KB009101

읽거나 말거나

Wszystkie lektury nadobowiązkowe
Wisława Szymborska

봄날의책 세계산문선

쉼보르스카 서평집

읽거나 말거나

비스와바 쉼보르스카 지음
최성은 옮김

봄날의책

저자의 말

'비필독도서 칼럼'을 쓰기로 작정한 계기는 '편집부로 배달된 책들'이란 제목으로 여러 문예지에 빠짐없이 등장하는 책 소개 칼럼들 때문이었다. 출간된 수많은 책들 중에 극히 소수의 책들만이 평론가들의 책상으로 배달된다는 건 누가 봐도 뻔한 일이다. 그중에서도 가장 선호되는 장르는 최근에 출간된 순수 문학 작품이나 정치적인 논평물 들이다. 회고록이나 고전문학의 재판본再版本 등은 앞서 언급된 작품들보다 읽힐 기회가 훨씬 적다. 또한 인문학술서나 시선집, 어휘·용어집 등이 평론가들의 손에 들어갈 확률은 매우 희박하다. 대중적인 교재나 다양한 실용서에 대한 언급은 아예 기대조차 할 수 없는 상황이다. 하지만 서점에서의 현실은 다르다. 전부는 아니라 하더라도 평론가들이 열광적으로 논평한 대부분의 책들은 몇 달 동안 먼지가 쌓인 채 서가에 꽂혀 있다가 결국 휴지조각으로 전락해버리는 반면, 미처 평가도 받지 못하고, 토론이나 추천의 대상도 되지 못했던 그 밖의 다른 책들은 순식간에 팔려나간다. 문득 나는 이런 책들에 관심을 쏟아보고 싶은 마음이 들었다. 처음에는 정말 제대로 된 리뷰를 써보겠노라 결심했었다.

각각의 작품들을 문예사조에 따라 분류하고, 책의 성격이나 경향을 규정하고, 이 책이 다른 책보다 나은지 못한지 독자가 냉정하게 판단할 수 있는 정보를 제공할 생각이었다. 하지만 얼마 지나지 않아 나는 내가 리뷰를 쓸 줄 모른다는 걸, 게다가 그다지 쓰고 싶어 하지도 않는다는 사실을 깨닫게 되었다. 본질적으로 나는 독자로, 아마추어로, 그리고 뭔가의 가치를 끊임없이 평가하지 않아도 되는 단순한 애호가로 머물길 원하고 있었던 것이다. 책이란 내게 때로는 그 자체로 삶의 중요한 일부이기도 하지만, 때로는 느긋하고 자유롭게 공상의 날개를 펼칠 수 있게 해주는 일종의 구실이기도 하다. 그러므로 이 조각글들은 가벼운 '기고문'이라 부르는 게 적절할 듯하며, '평론'으로 치부하는 건 아무래도 불편하다.

그리고 한 가지 더, 진심으로 전하고픈 이야기가 있다. 내가 구식이어서 그런지 몰라도, 책을 읽는다는 건 인류가 고안해낸 가장 멋진 유희라고 생각한다. 호모 루덴스는 춤추고, 노래하고, 의미 있는 동작들을 만들어내고, 포즈를 취하고, 옷을 차려입고, 식도락을 즐기고, 정교한 예식을 거행한다. 그리고 이런 유형의 유희들이 가진 중요성을 결코 가볍게 여기지 않는다. 이런 즐거움들이 없다면, 인간의 삶은 상상도 못 할 만큼 단조로워질 것이며, 동시에 대부분 개별적으로 뿔뿔이 흩어져버리고 말 것이다. 이런 놀이들은 대개 공동체적 활동을 요구하고 있으며, 어느 정도는 집단적인 훈련의 조짐이 가미되어 있게 마련이다. 하지만 책을 갖고 노는 호모 루덴스는 자유롭다. 적어도 주어진 자유를 가능한 한 마음껏 누릴 수 있다. 스스로 게임의 규칙을 정하고, 자신의 고유한 호기심에 부합되

는 주제를 선택할 수 있기 때문이다. 또한 유익한 정보를 얻을
수 있는 지적인 책은 물론이고, 그렇지 않은 시시한 책들도 얼
마든지 고를 수 있으며, 결국에는 거기서도 뭔가를 배우게 된
다. 어떤 책을 끝까지 완독하지 않아도 되고, 또 원한다면 어
떤 책은 뒤에서부터 거꾸로 읽을 수도 있다. 모든 것은 자신에
게 달려 있다. 전혀 예기치 못한 장소에서 낄낄거리면서 웃을
수도 있고, 어떤 대목에서는 평생 동안 기억하게 될 문장을 발
견하고는 갑자기 멈춰 설 수도 있다. 그리고 무엇보다 몽테뉴
가 주장한 것처럼 독서는 다른 어떤 놀이들도 제공하지 못하
는 자유, 즉 남의 말을 마음껏 엿들을 수 있는 자유를 제공해
준다. 혹은 아주 잠시 동안이지만 중생대 지층 속으로 순간 이
동할 수도 있게 해준다.

비스와바 쉼보르스카

차례

III. 1992-2002

I. 1967–1973

로맹 가리 지음, 크리스티나 비체프스카 옮김,『하늘의 뿌리』
Romain Gary, *Korzenie nieba*, (trans.) Krystyna Byczewska,
Warszawa: PIW, 1967

『새벽의 약속』*은 책 주인에게 충성스런 책이 아니었다. 같은
책을 두 번이나 샀는데 두 번 다 잃어버렸다. 처음에는 누군가
에게 빌려줬는데 돌려받지 못했고, 두 번째는 확실치 않은 어
떤 이유로 분실했다. 그래서『하늘의 뿌리』를 구입하면서 앞
으로 이 책이 어떻게 될지 자못 궁금했다. 무게가 꽤 나가는
커다란 판형의 책이니 아마도 책꽂이에 잘 꽂아두고 보관하는
게 낫겠다는 생각이 든다.

언제부턴가 우리에게 익숙해져버린 '구성상의 흡인력'이
라는 관점에서 보면, 이 작품은 확실히 실험적인 산문은 아님
에 틀림없다. 게다가, 뭔가를 간절히 원하면서 동시에 정신적·
물질적 특성이 온전히 결합된 총체로서 행동하는 주인공을 전
면에 내세운 산문이라니. 그리고 그 총체는 스스로에게 사냥
꾼들로부터 코끼리를 보호하라는 목표를 부여한다. 그리고
자신의 힘으로 그 목표를 실현해나가고, 어느 누구의 도움도
기대하지 않은 채 철저히 혼자이다. 이처럼 순진무구한 사람

---

* 로맹 가리가 1970년에 발표한 자전적 소설.

이 존재한다는 사실을 더 이상 믿지 않는 현대사회에서 이러한 주인공의 모습은 쉽게 받아들여지지 않는다. 질문 하나. 모렐Morel의 뒤에서 그를 지지하는 사람은 과연 누구인가. 알고 보니 아무도 없었다. 질문 둘. 사람들이 자신의 목적을 위해 모렐의 이타적이고 숭고한 광기를 어떻게 이용하는가. 이에 대한 대답이 바로 이 소설이 이토록 두꺼울 수밖에 없는 이유이다. 모렐의 문제에 일반인들, 정치인들, 행정부처, 그리고 여론까지 개입한다. 저자는 주인공에 대한 연민과 애정을 숨기지 않는다. 하지만 그렇다고 그의 정당성을 강조하기 위해 반대하는 사람들의 논리를 깎아내리지도 않는다. 물론 이 하늘의 뿌리들이 가진 힘은 바로 그 하늘의 뿌리가 실은 육지에 강하게 박혀 있고, 견고하게 얽혀 있다는 데서 나온다. 이 책을 읽기 시작한 지 며칠 만에 나는 일부 지루한 전개를 곧바로 용서할 수 있었다.

응우옌 주 지음, 로만 코워니에츠키 옮김, 『연옥의 보석』
Nguyen Du, *Klejnot z nefrytu*, (trans.) Roman Kołoniecki, Warszawa:
PAX, 1966

이 책의 원제는 『낌 방 끼에우*Kim Van Kieu*』이다. 베트남에서 민
족의 걸작이자 위대한 고전으로 일컬어지는 이 서사시에 등장
하는 세 주인공의 이름을 따서 지은 것이다. 하지만 과연 이처
럼 값지고 귀한 상품을 굳이 이렇게 과대 포장할 필요가 있을
까. 출판사에서 홍보를 위해 이 베트남 서사시와 비교하고 있
는 『트리스탄과 이졸데』의 경우, 만약 유럽 이외의 지역에서
이 작품을 『하녀의 오판誤判』과 같은 제목으로 소개했다면, 아
마도 우리 입장에서는 상당히 유감스러웠을 것이다. 그러므로
『연옥의 보석』이라는 제목 대신 세 명의 주인공, 즉 심지가 굳
은 낌Kim, 온화한 성품의 방Van, 그리고 아름답지만 불행했던
끼에우Kieu를 표지에 등장시키는 것이 마땅했으리라.
  이 서사시는 중국의 연대기에서 그 배경을 가져와 베트남
의 상황에 맞게 각색한 것인데, 그 과정에서 내용이 다듬어지
고, 심리학적으로 풍성해졌으며, 보다 심오한 도덕적 의미가
부여되었다. 현대적인 의미의 소설이라고 볼 수는 없겠지만,
이 동화 같은 이야기 속에 매우 이상적인 모습으로 등장하는
주인공들이 비교적 사실적인 터치로 묘사되고 있는 세상과 사

투를 벌이고 있다는 점은 흥미롭다. 운명의 가혹한 장난에도 불구하고 그들의 성정은 변함없이 맑고 투명하다. 그리고 그 해맑음 속에 섬세한 감정이 담겨 있고, 수많은 망설임과 고뇌가 절묘하게 빛나고 있어 지루할 틈이 없다….

사실 우리는 극동의 문학작품에 대해 너무나도 아는 게 없다. 특히 안타까운 것은 해당 언어에서 직접 옮긴 번역서가 한 권도 없다는 사실이다. 이 번역본만 해도 프랑스어에서 중역重譯되었다. 외국어가 가진 고유한 스타일을 접목시키기가 유달리 어려운 바로 그 언어를 거쳐 폴란드어로 옮겨진 것이다. 그렇기 때문에 원전原典 고유의 형식에 대한 정보를 거의 찾아보기 힘든 서문을 읽으며 더욱 아쉬움이 느껴진다.

알렉산더 레르네트-홀레니아 지음, 에디 베르펠 옮김, 『모나리자』
Aleksander Lernet-Holenia, *Mona Liza*, (trans.) Eddy Werfel,
Warszawa: PIW, 1967

모나리자의 미소에 얽힌 비밀을 풀기 위해 이 오스트리아 출
신의 작가는 지나칠 정도로 복잡한 일화를 고안해내고는 수많
은 역사적 인물을 등장시킨다. 그 와중에 누군가 한 명은 광기
에 휩싸인다. 레오나르도로 하여금 저 유명한 미소를 그리게끔
하기 위해 과연 이렇게나 많은 사건이 벌어져야만 했을까를
생각하면 설득력이 떨어진다. 창작의 비밀이란 실제로는 훨씬
단순한 반면 덜 감상적이라고 나는 여전히 생각하고 있다.
　그 뒤의 다른 이야기들을 읽을 땐 거부감이 훨씬 덜했다.
성숙한 내레이션 기법으로 흥미로운 질문을 던지기 시작했기
때문이다. 작가는 '우연'과 그 '우연'이 이미 정해진 것처럼 보
이는 인생의 흐름에 미치는 영향에 대해 관심을 갖고 있다. 불
과 몇 분의 시간 차이로 수감된 사형수가 목숨을 건지기도 하
고, 마라톤 전투의 전령은 마차를 몰던 마부와 예기치 않게 맞
닥뜨리는 바람에 죽음을 맞기도 한다. 만약 헬리오도로스가
발을 다치지 않았다면, 과연 은둔자가 되었을지 알 수 없는 노
릇이다. 19세기 사실주의자들이 예술적 의미 부여를 거부했던
포르투나Fortuna, 즉 눈먼 행운은 분명 존재한다. 결코 있음직

하지 않은 것들이 실은 충분히 일어날 수 있는 일들이었던 것이다.

수작秀作이라고 할 수 있는 단편 「7월 20일」에서는 깜짝 놀랄 만한 우연들이 모든 것을 결정짓는다. 2차대전 당시 독일에 점령당한 오스트리아 지역에서 뜻하지 않게 반反나치 항쟁에 가담하게 된 두 남녀는 가까스로 죽음을 면하게 된다. 황급하게 도망치다가 구불구불한 미로에 들어가게 되는데, 결국 그 미로가 밖으로 나가는 탈출구였던 것이다. 그들의 이 예기치 않은 행운, 다시 말해 자신들의 의지와는 상관없이 살아날 수밖에 없었다는 사실은, 어쩌면 세상의 법칙이 생각보다 훨씬 위협적이라는 것을 확인시켜주는 일례가 아니었을까. "운이 좋다", "기적적으로 살아났다"와 같은 표현들이 그저 단순한 농담에 그치지 않았다면, 그것들은 당시의 통계학이 위험을 무릅쓰고 시도한 일종의 모험이 아니었을지.

에디타 모리스 지음, 마리아 레시니에프스카 옮김,『히로시마의
파종播種』
Edita Morris, *Posiew Hiroszimy*, (trans.) Maria Leśniewska, Kraków:
Wydawnictwo Literackie, 1967

히로시마에서 원폭으로 인한 학살이 일어난 지 십수 년 후, 젊
고, 겉으로는 건강해 보이는 여인들이 인간의 외형과는 거리
가 먼 아이들을 출산하고 있다. 이런 유전학적 비극이 이 지구
상의 모든 사람에게 무서운 경고를 보내고 있다는 사실은 굳
이 언급할 필요조차 없다. 이러한 현실에 누구보다 충격을 받
은 에디타 모리스는 이를 주제로 글을 쓰기로 결심했다. 하지
만 그녀는 고대 그리스 비극의 개척자인 아이스킬로스도 아니
고, 그렇다고 저널리스트도 아니었다. 그래서 저자는 내가 보
기엔 가장 덜 효과적이라고 판단되는 세 번째 방식을 선택했
다. 이른바 '가벼운 대중소설', 다시 말해 침대로 들고 가서 잠
들 때까지 읽는 잠자리용 소설을 쓴 것이다. 본질적으로 잠에
서 깨어나게 만드는 이런 처참한 주제를 갖고서 말이다.
　이야기 속에 등장하는 몇 명의 인물은 새로운 희망을 품
고서 이미 재건된 도시에서 자신의 삶을 새롭게 재건하기 위
해 발버둥 친다. 하지만 그 노력은 헛되기만 하다. 애정 넘치는
가족공동체가 기다리던 아이는 낳고보니 끔찍한 기형아였다.

내 생각에 이러한 불운은 어떤 사람에게 닥치든지 연민과 공포를 동시에 불러일으키게 마련이다. 당사자가 조금 덜 착하거나 덜 아름답거나 덜 고상하거나 아니면 덜 모범적인 사람이라 할지라도, 그 불운의 강도는 조금도 덜하지 않을 것이다. 저자는 우리가 가진 보편적 공감력을 신뢰하지 않는다. 그래서 이러한 비극적인 사건이 예외적으로 아주 반듯한 가족에게 벌어졌다는 사실을 우리에게 주지시키려 애쓴다. 그러므로 이야기는 지나치게 달콤하고 감상적이다. 게다가 이 작품은 재잘거리는 듯한 어조로 씌어졌다. 모리스는 이러한 재잘거림이야말로 일본 여성들의 심리상태를 기가 막히게 보여주는 수단이라고 여기는 듯하다. 이 책이 가진 명백한 가치는 딱 하나, 바로 저자의 선한 의도뿐이다.

야누쉬 스크바라 지음,『오손 웰스』
Janusz Skwara, *Orson Welles*, Warszawa: Biblioteka X Muzy, WaiF,
1967

한번 완독한 책은 금방이든 나중이든 다시 읽을 수 있다. 자신의 책장 혹은 남의 책장에서 언제든 책을 뽑아들고서 다시 읽으면서 내용 확인이 가능하다. 하지만 영화는 다르다. 우리의 기억 속에서 대부분의 영화들은 주로 맨 처음 느낀 인상으로 각인되어 있으며, 그 첫 느낌을 수정하는 것은 거의 불가능하다.

오손 웰스의 가장 유명한 작품인 〈시민 케인〉은 대략 20여 년 전쯤 폴란드에서 상영되었다. 당시 영화를 본 사람들은 '위대한 걸작'이라고 입을 모았다. 나는 소극적인 태도로 그러한 의견을 받아들였다. 그들의 견해를 의심할 이유도 없었고, 그렇다고 무조건 믿을 필요도 없었으니까. 일반적으로 뛰어난 책들의 경우에는 노련한 평론가들로 이루어진 좁은 범주에서 회자되다가 넓은 범주의 일반 대중에게로 확산되기까지 단계적인 경로를 밟는다. 하지만 영화는 그 반대다. 일반 대중의 폭넓은 관심이 먼저이고, 이후 특별한 상영회에서 엄선된 노련한 전문가나 수집가 들이 관람한다. 나는 늘 이 두 번째 경로가 유감스러웠다.

지금까지 오손 웰스는 열 편의 영화를 만들었다. 야누쉬 스크바라는 이 전기傳記에서 열 편의 작품을 순서대로 간략하게 소개하면서 웰스의 예술적 사고가 의식적으로 진화하고 있다는 사실을 보여주려 애쓰고 있다. 하지만 변덕스런 웰스에게 이런 단계적 진화는 분명 쉬운 일이 아니었을 것이며, 그렇기에 스크바라의 주장은 그다지 설득력을 갖지 못한다. 이 책에는 웰스가 영화배우 시절에 맡았던 배역들에 대한 기록과 약간의 사진들도 수록되어 있다. 백 킬로그램이 넘는 이 거구의 사내가 한때는 가냘픈 소년이었고, 학교의 크리스마스 연극에서 성모 마리아 역할로 데뷔했다는 사실은 도저히 상상이 가질 않는다. 이참에 인생의 소명 또한 변하게 마련이라는 걸 잠시 이야기하고 싶지만, 여기서 그만하는 편이 낫지 싶다.

클로디 파엥 지음, 율리아 마투쉐프스카 옮김, 『알 하키마』
Claudie Fayein, *Al Hakima*, (trans.) Julia Matuszewska, Warszawa:
Iskry, 1967

'알 하키마'는 아랍어로 '여의사女醫師'를 뜻한다.* 이 고상한
직업을 가진 프랑스 태생의 클로디 파엥은 1950년대에 예멘에
서 머물렀고, 귀국한 이후 유럽인들에게는 잘 알려지지 않은
이 지역에 대해 글을 썼다. 이 책은 "나는 하렘**의 비밀을 알
게 되었다"라는 자극적인 부제를 달고 있다. 하지만 짜릿한 자
극을 기대한 독자라면 책장을 넘길수록 실망하게 될 것이다.
이 여의사의 눈에 하렘이란 너무 일찍 노쇠해버린 여자들과 그
여자들이 낳은, 구루병으로 골격이 비뚤어진 아이들이 모여 있
는 소굴이다.
　예언자는 남자에게 네 명의 아내를 소유할 수 있도록 허
락했지만, 현실에서는 부유한 사내들에게만 이런 아수라장
이 허용된다. 네 명의 아내는 지루하고 따분해서 죽을 지경
인 삶을 살면서도 왜 그래야만 하는지 의문조차 갖지 않는다.
몇 년 전 어떤 무슬림 가장家長의 인터뷰 기사를 읽은 적이 있

* 아랍어로 '알 하키마'는 '지혜로운 자'(여성형)이다.
** 이슬람 세계에서 보통 궁궐 내의 후궁이나 가정의 내실을 가리킨
다. 가까운 친척 이외의 일반 남자들의 출입이 금지되었다.

는데, 그때 기자가 여자들이 학교에 다니지 않는 이유를 묻자 그 가장은 매우 이상하다는 듯 이렇게 대답했다. "학교요? 아니, 무엇 때문예요?" "여자들이 읽고 쓰는 법이라도 익힐 수 있잖아요." 그러자 그 가장은 더욱 의아해했다. "무슨 목적으로요?" "글쎄요, 적어도 편지라도 쓸 수 있게 될 테니까요." "편지요? 누구한테 쓴단 말예요?!"

클로디 파옝이 자신의 책을 출판한 이후 예멘은 왕국에서 공화국으로 체제를 바꾸었다. 그 과정에서 다양한 경제 개혁이 이루어졌지만, 종교 전통에 강하게 뿌리박힌 여러 관습들의 경우, 과연 지금 이 세대가 살아 있는 동안 개선될 수 있을지는 의문이다. 여의사가 포착해낸 수많은 실상들은 아직도 여전하다. 그 가장의 인터뷰 이후, 일부 부인들이라도 편지를 쓰고 싶은 바람을 갖게 되었다면, 정말 다행이다. 비록 그게 남편에게 보내는 편지라 할지라도.

안제이 야키모비츠 지음, 『서양 그리고 동양의 예술』
Andrzej Jakimowicz, *Zachód a sztuka Wschodu*, Warszawa: PWN,
1967

이 책에 수록된 삽화들 중에서 우리는 아름다운 인도 여신의
작은 조각상을 발견할 수 있다. 폼페이의 잿더미에서 발굴해
낸 것이다. 이 조각상이 인도에서 아펜니노 반도에 이르게 되
기까지의 여정은 폴란드 시인 가우친스키Gałczyński가 지어낸
니오베의 머리에 얽힌 이야기*보다 훨씬 더 흥미진진할 것이
다. 고대 로마인들에게 인도는 지구의 변방에 위치한 나라였
다. 이 이국적인 여신상이 로마인들에게 과연 아름답게 느껴
졌을까. 아마 그랬던 것 같다. 그들의 광적인 수집벽은 문화적
열등감에서 꽃을 피웠다. 이러한 열등감은 세상의 여느 정복
자들과는 다른 양상을 띤다.

* 니오베는 그리스 신화에 나오는 테바이의 왕 암피온의 아내다. 슬
하에 7남 7녀를 둔 니오베는 남매만 낳은 레토 여신보다 자신이 더
훌륭하다고 자랑한다. 이에 화가 난 레토 여신은 니오베의 자식들을
모두 죽게 한다. 이에 슬픔에 빠진 니오베는 울며 탄식하다가 돌이
되었다고 전해진다. 니오베의 고향인 시필로스 산상에는 '니오베 돌'
이 있는데, 가까이에서 보면 그냥 바위에 불과하지만, 멀리서 보면 머
리를 숙인 채 눈물을 흘리는 여자의 모습으로 보인다는 전설이 전해
진다.

정복의 행위에는 통상 피지배자들의 예술에 대한 멸시의 태도가 따르게 마련이다. 아즈텍 제국을 멸망시킨 정복자 에르난 코르테스Hernán Cortés는 금으로 만든, 값을 매길 수 없을 만큼 귀한 조각상들을 녹여 문고리를 만들었다. 무슬림들이 분노에 휩싸여 프레스코 벽화와 수많은 조각품들을 파괴한 사실은 너무도 유명하다. 인도 예술은 영국인들에게 처음에는 기괴한 것으로 여겨졌다. 오랫동안 아프리카의 조각품들은 작품 속에 깃든 내면의 조화는 무시된 채 그 서투른 기법만 부각되었다.

과거에는 상업적인 경로를 통해 유입된 문화가 오히려 훨씬 많은 주목을 받았다. 바로 이런 방법으로 중국의 도자기가 유럽으로 전해졌고, 그 과정에서 18세기 유럽의 문화계를 강타한 중국풍이 시작되었다. 일본의 목판화 또한 이런 식으로 아르누보의 탄생에 기여했다. 안제이 야키모비츠는 이 얇은 책에서 동양과 서양이 서로 주고받은 중대한 영향관계들에 대해서만 간략하게 언급하고 있다. 좀 더 구체적으로 말하자면, 주로 미술 분야의 교류만 다루고 있다. 문학적 영감에 관한 내용은 극히 일부분이고, 음악은 아예 거론조차 안 되었다. 하지만 이 모든 걸 아우르기 위해서는 완전히 다른 책이 나와야 할 것이다. 매우 두꺼운 분량일 테니.

바츠와프 고윙보비츠 지음, 『일화 속의 학자들』

Wacław Gołębowicz, *Uczeni w anegdocie*, Warszawa: Wiedza Powszechna, 1968

위인들의 일화는 우리에게 용기를 북돋워준다. 책장을 넘기며 독자는 이런 생각을 하게 된다. '나는 클로로폼chloroform을 발견하진 못했지만, 그렇다고 학창시절에 리비히 J. von Liebig처럼 불량학생은 아니었어. 매독약으로 널리 알려진 살바르산Salvarsan을 발명하진 못했어도 자기 자신에게 편지를 쓰곤 했던 에를리히 P. Ehrlich처럼 정신없고 산만하진 않았다고. 원소에 관해서는 멘델레예프 D. I. Mendeleev가 분명 나보다 우위에 있지만, 얼굴과 몸의 털 관리에서만큼은 내가 그보다 훨씬 더 청결하고 말쑥할걸? 적어도 난 파스퇴르 L. Pasteur처럼 자기 결혼식을 잊어버린 적은 없잖아? 아니면 라플라스 P. S. Laplace처럼 자신의 부인이 보는 앞에서 설탕그릇에 자물쇠를 채우는 짓 따위는 하지 않았어.' 그러면서 우리는 우리 자신이 실제로 그들보다 조금은 더 분별력이 있고, 제대로 교육받았고, 심지어 일상생활에서는 훨씬 더 도량이 넓다고 느끼게 된다. 게다가 지금 와서 돌이켜보니 어떤 학자들의 주장은 정당했고, 또 어떤 학자들은 심각한 오류를 범했다는 사실이 밝혀지기도 했다. 오늘날 페텐코퍼M. von Pettenkofer와 같은 학자들은 그리 위험하거나 해롭지 않은 인물로 여겨진다.

의사인 그는 세균이 질병을 유발한다는 학설에 격렬하게 반대했다. 그러다 코흐R. Koch가 콜레라 병원균을 발견하자, 페텐코퍼는 코흐를 비롯한 세균학자들이 위험한 허언증 환자라는 것을 입증하기 위해 청중들이 보는 앞에서 배양 콜레라균을 복용하였다. 하지만 이 일화의 클라이맥스는 페텐코퍼에게 아무 일도 일어나지 않았다는 사실이다. 그는 건강하게 장수를 누렸고, 죽을 때까지 자신의 주장이 정당했음을 보란 듯이 입증해냈다. 그가 어째서 콜레라에 걸리지 않았는지 의학적 관점에서 보면 수수께끼이다. 하지만 심리학의 관점에서는 별로 놀랄 일도 아니다. 세상에는 지극히 당연한 현상에 유달리 강한 면역력을 갖고 있는 사람들이 종종 존재하니까. 단지 내가 페텐코퍼와 같은 유형의 사람이 아니라는 게 얼마나 기쁘고 다행인지!

찰리 채플린 지음, 브로니스와프 지엘린스키 옮김, 『자서전』
Charles Chaplin, *Moja autobiografia*, (trans.) Bronisław Zieliński,
Warszawa: Czytelnik, 1967

"어떻게 아이디어를 얻느냐고? 아이디어는 광기로 치달을 만
큼 강한 투지를 통해 얻어진다. 그러자면 아주 오랜 시간 고통
을 감내하면서 열정을 지킬 수 있는 능력을 가져야 한다. 이것
이 어떤 사람들에겐 다른 사람들보다 쉬운 일일 수도 있겠지
만, 글쎄, 정말 그럴지는 의문이다."

채플린의 이러한 도전은 그의 자서전에서 매우 희귀한 대
목이다. 주로 그는 인생의 특별한 모험을 이야기하는 데 주력
하면서 자신의 일에 관해서는 상대적으로 적게 언급하고 있
다. 창작의 고통과 관련된 부분은 위에 인용한 게 전부이다.
짧게, 그리고 핵심적으로. 오늘날 안토니오니 M. Antonioni 나 고
다르 J.-L. Godard의 요란한 장광설에 익숙해진 우리는 채플린의
절제를 단순히 그의 예술적 감각이 부족한 탓이라고 착각하는
경향이 있다. 어쩌면 채플린은 남보다 더 행복한 기질을 타고
난 게 아닐까. 어쩌면 그에게 세상은 좀 더 단순한 것이 아니
었을까. 어쩌면 그에게 좋은 영화를 만드는 건 쉬운 일이 아니
었을까.

하지만 내 생각에 무관심의 과잉은 이 예술가의 태생적

기질과는 전혀 상반된 것이었다. 사실 세상은 결코 단순하지 않고, 좋은 작품을 만들기 위해서는 늘 고도의 솜씨와 기술이 필요하다. 여기서 변한 건 아마도 삶의 방식일 것이다. 채플린은 자신의 노력을 영웅적으로 포장하는 게 아직은 유행이 아니었던 구시대 예술가였다. 완성된 작품, 그 결과로만 평가받는 시대였다.

출산의 고통을 묘사할 때 드러나는 채플린의 과묵함이 내게는 매우 인상적이었다. 독자들을 감동시키기 위한 의도로 쓴 그 어떤 대목보다 더 큰 감동으로 내게 다가왔다. 물론 그는 겸손한 부류의 사람은 아니다. 유쾌한 속물근성을 여과 없이 드러내며, 급속도로 이루어낸 자신의 성공담을 자랑스럽게 들려준다. 이 세상에 존재하는 그 어떤 백과사전에도 그의 이름이 누락될 수 없다는 사실을 그는 알고 있다. 또한 자신으로 하여금 미국을 떠날 수밖에 없도록 만든 정치적인 마녀사냥이 자신의 조국에 결코 득이 되지 않는다는 것도 그는 알고 있다. 채플린은 독자들이 자신의 삶에서 외적인 부분들에 주목하도록 끊임없이 유도한다. 나머지 부분들에 대한 첨언은 오늘날에도 변함없이 관객들을 울고 웃기는 그의 오래된 영화들에서 발견할 수 있다.

유제프 포브로지니악 지음,『파가니니』

Józef Powroźniak, *Paganini*, Kraków: Polskie Wydawnictwo

Muzyczne, 1968

파가니니에게는 두 개의 일대기가 있다. 두 번째의 경우는 여러 사람들의 상상력이 결집된 산물이다. 전기 작가들은 이러한 두 번째 이력 또한 빠트려서는 안 된다. 하지만 이러한 두 번째 이력에 관해서는 더 많은 원고료가 지급되어야 할 것이다.

파가니니가 연주를 할 때, 어떤 이들은 그의 옆에 서서 활의 움직임을 관장하는 악마를 보았노라고 수군거렸다. 그들은 또한 이 거장에게는 악마와도 같은 자신의 연주에 얽힌 비밀을 남몰래 적어놓은 붉은 노트가 있다고 주장했다. 파가니니가 죽고 난 뒤, 그 노트에는 세탁을 맡긴 속옷에 대한 기록이 적혀 있음이 밝혀졌다. 청중은 지옥의 도움 없이는 파가니니가 바이올린(지금까지 모두가 아주 부드럽고 상냥하게 연주해왔던 바로 그 악기)에서 이처럼 전혀 예상치 못한 기괴한 소리, 지저귀고 파르르 떨리고 덜커덕거리고 짖어대고 찍찍거리는 소리를 뽑아낼 수 없었을 것이라고 믿었다.

흥미로운 건, 심지어 동료 연주자들 중에도 이런 확신을 갖고 있는 사람이 있었다는 사실이다. 파가니니로부터 코담배를 권유받은 쾰른 오케스트라의 단원 중 한 사람은 혹시라도 사탄의 유혹이 자신의 깨끗한 영혼을 오염시킬까 두려워서 가루를 바닥에 쏟아버리기까지 했다. 그 순간 파가니니는 동료에게 이렇게 말했어야 했다. "여보게, 자네가 그렇게까지 악마의 존재를 믿는다면, 적어도 악마의 본성에 대해서는 좀 더 깊이 연구할 필요가 있다고 생각하네. 악마는 자기 손아귀에 잡히는 모든 사람을 노리진 않아. 그럴 만한 가치가 있다고 판단되는 사람만 선택하지. 악마는 사실 상당히 까다로워서 높은 역량과 자질을 요구하거든. 그래서 준비된 사람들에게만 다가간다네. 자네는 그저 착하고 게으를 뿐, 어린 시절에 하루 열두 시간씩 연주하는 놀라운 재능을 보여준 적이 한 번도 없지. 자네 손가락은 라인스톤rhinestone으로 만든 접시를 산산조각 낸 적이 없고, 왼손 엄지손가락이 뒤로 구부러지지도 않으며, 왼쪽 어깨가 오른쪽 어깨보다 높이 솟아 있지도 않잖나. 내가 담뱃갑에 넣고 다니는 게 무엇이건 간에 자네에겐 그저 평범한 코담배에 불과할 걸세. 동지여, 얼마든지 재채기를 하게나." 하지만 이 말은 결국 입 밖으로 나오지 않았다. 파가니니는 아무 말 없이 그저 눈을 돌려 흘끗 쳐다볼 뿐이었다. 이렇게 소소한 일화들이 만들어내는 광고 효과를 높게 평가했던 것이다. 하지만 그렇다고 모든 곳에서 모든 사람이 그의 불가사의한 예술성을 무조건적으로 인정한 건 아니었다. 프라하에서의 콘서트는 실패로 끝났고, 바르샤바에서는 열띤 논쟁을 불러일으켰다. 폴란드인 포브로지니악이 쓴 전기에는 이러한 내용들이 고스란히 담겨 있기에 풍성한 읽을거리를 던져준다. 또한 저자는 폴란드의 바이올리니스트 카롤 리핀스키Karol J. Lipiński(1790~1861)와 파가니니의 관계에 대해서도 적고 있

다. 가벼운 풍자와 더불어 거장에 대한 감탄과 경의를 담고 있
는 아름다운 기록이다.

한스 크리스티안 안데르센 지음, 스테파니아 베이린,
야로스와프 이바슈키에비츠 옮김,『동화』(벌써 5판이다!!!)
Hans Christian Andersen, *Baśnie*, (trans.) Stefania Beylin,
Jarosław Iwaszkiewicz, Warszawa: PIW, 1969

기발하고 풍부한 상상력을 가진 한 작가에게 아이들을 위해
뭔가를 써달라는 제안이 들어온다. "잘 됐네요!" 그가 기뻐하
며 탄성을 지른다. "마침 마녀가 등장하는 이야기에 대한 아이
디어가 있거든요." 그러자 출판사 여직원들이 양손을 내저으
며 말린다. "마녀는 안 돼요. 아이들을 겁주면 안 되잖아요!"
작가가 묻는다. "완구점의 장난감들은 어떨까요? 사팔뜨기 눈
에 보랏빛 털을 가진 곰 인형들 말예요."
　내게 의견을 묻는다면 난 좀 다른 생각을 갖고 있다. 아이
들은 동화를 읽으며 무서움을 느끼는 걸 좋아한다. 강렬한 정
서적 체험을 필요로 하는 본성을 갖고 있기 때문이다. 안데르
센은 아이들을 겁먹게 만들었지만, 확신컨대 그 어떤 아이도
그에게 언짢은 감정을 갖지 않았으며, 그건 그 아이가 어른이
되어서도 마찬가지일 것이다. 너무나도 아름다운 그의 동화들
은 말하는 동물이나 수다스런 양동이는 말할 것도 없고, 온갖
초자연적인 존재들로 가득 차 있다. 그리고 그러한 세상에서
모든 존재가 다 선善하고 무해無害한 건 아니다. 여기서 가장

빈번하게 등장하는 캐릭터는 바로 '죽음'이다. 행복의 절정에서 예기치 않게 가장 가깝고 가장 사랑하는 사람들을 무참히 빼앗아가버리는, 무자비한 개체.

안데르센은 아이들을 진지하게 여겼다. 그는 아이들에게 인생에서 즐겁고 짜릿한 모험만을 이야기하지 않고, 불행과 고난에 대해, 그리고 때로는 부당하게 겪을 수밖에 없는 좌절에 대해 일깨웠다. 상상 속의 기발한 인물들로 채워진 그의 동화는, 개연성 확보에 목숨을 걸고, 기이하고 불가사의한 내용에 과민반응을 보이는 오늘날의 그 어떤 아동문학보다 더욱 더 현실적이며 사실적이다.

안데르센은 자신의 동화를 슬픈 결말로 마무리하는 용기를 보여주었다. 그는 우리가 선한 존재가 되기 위해 노력해야 하는 이유가 나중에 보상받기 위해서가 아니라(오늘날 도덕적인 교훈을 담은 동화책들은 이런 주장을 끈질기게 내세우고 있지만, 사실 우리가 사는 세상에서 선한 행동이 항상 보답을 받는 건 아니지 않는가), 악이란 사실 지성과 감성의 제약에서 비롯되는 것이며, 그렇기 때문에 우리가 혐오해야 할 유일한 결핍의 형태라고 믿었기 때문이다.

게다가 그의 작품은 재미있다. 아, 얼마나 익살스러운지! 선한 의도에서 비롯된 웃음에서부터 냉소나 조롱에 이르기까지 다양한 색채를 띠고 있는 안데르센 특유의 유머 감각이 없었다면, 그는 위대한 작가가 되지 못했을 것이다. 만약 안데르센 스스로가 도덕의 화신이었다면, 아마도 그는 위대한 윤리주의자가 되지 못했을 것이다. 하지만 그는 그렇지 않았다. 안데르센은 변덕스럽고 약점도 많은 데다, 일상생활에서 참기 힘든 사람이었다. 찰스 디킨스는 안데르센이 자신을 만나러 와서 환영의 꽃다발로 장식된 방에 투숙한 날을 축복하며 기뻐했다. 하지만 그가 두 번째로 축복한 날은 자신의 손님이 코펜하겐의 안개 속으로 돌아간 날이었다. 여러 가지 면에서 서로 공통점이 많은 이 두 작가가 죽는 날까지 자주 만나 교류했을 거라고 사람들은 생각했지만, 실상은 전혀 그렇지 못했다.

사포 지음, 야니나 브조스토프스카 옮김, 『노래』

Safona, *Pieśni*, (trans.) Janina Brzostowska, Warszawa: PIW, 1969

사포가 남긴 시는 대략 1만여 편으로 추산된다. 그중에서 전해지는 건 550편이다. 그중에서도 완전한 형태로 분류될 수 있는 건 몇 편에 불과하며, 나머지는 심각하게 훼손된 일부분만 남아 있다. 솔직히 말해서 이렇게 빈약한 파편들을 놓고 사포가 시인으로서 위대한 족적을 남겼노라고 단언하는 건 불가능하다. 사실 이런 확신은 이미 고대로부터 이어져왔다. 그러므로 오늘날의 사포 열풍은, 어느 정도는 고대 그리스 문화에 대한 숭배의 표현이라고 볼 수 있으며, 그 문화에 내재된 미적 감각에 대한 무한한 신뢰를 반영하는 생생한 증거라고 할 수 있을 것이다. 굳이 이러한 믿음을 퇴색시키고픈 이유도, 또 그럴 만한 근거도 없다. 아니, 오히려 그 반대다.

일찍이 스트라보Strabo는 이렇게 썼다. "이 여성 시인에 견줄 만큼 아름다운 매력을 가득 담은 시어詩語를 구사할 줄 아는 여성은 지금껏 아무도 없었다." 그의 발언으로 미루어보면, 당시에 꽤 여러 명의 여성 시인이 존재했으며, 사포가 명성을 얻은 건 여성 시인이라는 희소성 때문이 아니라 경쟁에서 당당히 승리했기 때문임을 알 수 있다.

아쉽게도 시간은, 간결함을 특징으로 하는 그녀의 작품에 유독 잔인했다. 시詩란 돌을 깎아내어 만드는 조각품이 아니다. 사모트라케의 니케는 역사의 질곡 속에서 머리와 팔 그리고 발을 잃어버렸지만, 그럼에도 불구하고 아름다움을 간직하고 있다. 하지만 몇 행으로 이루어진 짧은 시는 단어 하나만 사라져도 시 전체의 의미가 훼손될 수 있다. 우리는 얼마나 섬세한 감성들로 이 시가 이루어져 있었을까 그저 짐작만 할 뿐이다. 사포의 조각글들을 오늘날의 무엇과 비교할 수 있을까. 이 승리의 니케상像 양옆에는 두 개의 진열장이 놓여 있는데, 거기에는 이 조각상에서 떨어져나온 작은 부스러기들이 치욕스럽게 고립된 상태로 놓여 있다. 몇 개의 발가락, 발꿈치의 일부분. 만약 니케상에서 단지 몇 개의 발가락만 남았더라면, 과연 감탄할 사람이 있겠는가. 사포의 작품 대부분이 바로 이 잘게 부서진 조각들과 같다. 어떤 작품에서 남아 있는 거라곤 단지 시어 "… myrra(미르라)…"뿐이거나, 또 다른 시에서는 "… 예기치 못하게…" 정도만 남아 있을 뿐이다. 아니면 영원한 침묵으로 견고하게 밀봉된 한숨뿐. "… 나는 두 팔로 하늘을 안을 수 있다는 걸 안다…."

비투스 B. 드뢰셔 지음, 크리스티나 코발스카 옮김,
『본능이냐 경험이냐』
Vitus B. Dröscher, *Instynkt czy doświadczenie*, (trans.) Krystyna
Kowalska, Warszawa: Wiedza Powszechna, 1969

태어나자마자 신속하게 혼자 힘으로 살아가는 능력을 발휘하
는 동물의 종種이 세상에는 얼마나 많은지. 이것은 우리가 감
히 넘볼 수 없는 그들의 타고난 신경기관 덕분이며, 인간의 경
우 오랜 세월 끈질긴 반복 훈련을 통해서만 터득할 수 있는 여
러 능력들을 타고난 덕분이다.

자연은 우리에게는 수천 가지 놀라운 특성을 허락하지
않았다. 대신 '지성'을 부여하긴 했다. 이것이 우리 인간들이
이 세상을 헤쳐나가는 주된 수단이 되리라는 걸 미처 생각지
못한 듯 말이다. 만약 자연이 이 사실을 알았더라면, 다량의
기본적인 정보들을 세습의 영역으로 설정해놓았을 것이다. 예
를 들어 우리가 구구단이나 혹은 부모님이 가진 외국어에 대
한 지식을 습득한 채로 태어났더라면, 아니면 즉석에서 멋진
소네트를 쓰거나 학술대회에서 뛰어난 발표를 할 수 있는 능
력을 타고났다면, 공평할 것이다.

만약 그렇다면 모든 신생아들은 훨씬 더 고차원적인 지
적 영역과 맞닥뜨리게 되겠지. 이미 세 살 때쯤이면 이 '비필독

도서 칼럼'을 나보다 더 잘 쓸 것이고, 일곱 살쯤 되면 『본능이냐 경험이냐』의 저자가 되어 있을 것이다. 물론 이런 이야기를 칼럼에 끼적인다고 상황이 달라질 건 없지만, 생각할수록 아쉬울 따름이다.

드뢰셔는 눈 없이도 볼 수 있고, 피부를 통해서도 소리를 듣고, 바람 한 점 없는데도 위험을 감지할 수 있는 동물들의 신경세포 조직의 놀라운 성과들에 대해 꼼꼼히 기록하고 있다. 이 모든 것은 다채롭고 풍부한 본능적 활동의 관습에서 비롯된 것이다…. 모든 종류의 본능이야말로 내게는 부러움의 대상이지만, 그중에서도 특히 부러운 게 있다. 타격을 제어하는 본능이 그것이다. 동물들은 같은 종들끼리 서로 자주 싸우지만, 그들의 싸움은 통상 무혈無血로 끝난다. 어떤 순간에 이르게 되면, 적수들 가운데 하나가 스스로 물러서면서 결투가 종료된다. 개들은 절대로 죽음에 이를 만큼 서로 물어뜯는 법이 없으며, 새들도 서로 부리로 쪼아 죽음까지 이르는 경우는 없다. 영양羚羊 또한 서로를 뿔로 들이받아 목숨을 잃는 짓 따위는 하지 않는다. 이 종種들이 특별히 고귀한 품성을 타고났기 때문이라기보다는 타격의 욕구와 충동, 그리고 깨물고픈 본능을 조정할 수 있는 메커니즘이 작동하기 때문이다. 이런 본능은 구속의 상태에 이르면 저절로 쇠퇴하게 되며, 특히 처음부터 가축으로 사육되는 수많은 종들에게서는 발견되지 않는다. 구속이라는 결과에서 비롯되긴 마찬가지이지만.

이레나 란다우 지음,『통계적인 폴란드인』

Irena Landau, *Polak statystyczny*, Warszawa: Iskry, 1969

내가 통계학을 처음 접한 건 여덟 살 땐가 아홉 살 땐가, 아무
튼 꽤 이른 나이에 같은 반 친구들과 함께 '알코올중독 반대
전시회'를 견학하러 갔을 때였다. 거기에는 지금은 당연히 잘
기억나지 않는 다양한 그래프와 숫자들이 있었다. 한 가지 뚜
렷한 건 알코올중독자의 간肝을 본떠 만든, 매우 화려한 색감
의 석고 모형이었다. 우리는 그 간 주변으로 우르르 몰려들었
다. 하지만 무엇보다 우리를 사로잡은 건 2분에 한 번씩 빨간
전구가 깜빡이는 도표였다. 벽에 붙어 있는 캡션에 따르면, 바
로 2분에 한 명씩 전 세계에서 사람들이 알코올중독으로 죽어
간다고 했다. 우리는 뭐에 홀리기라도 한 것처럼 그 자리에 멈
춰 섰다. 일행 중 진짜 손목시계를 차고 있던 여자애 하나가
전구가 깜빡이는 시간이 정말로 규칙적인지 집중해서 확인을
했다. 하지만 그보다 더 적절한 반응을 보인 건 조시아였다.
그 아이는 성호聖號를 긋더니 죽은 이의 명복을 비는 기도문을
암송했다. 통계의 수치가 그 순간처럼 내게 즉각적인 감흥을
안겨준 건, 그 뒤로 더 이상 없었다.

　　내 지인 하나는『통계연감』을 읽을 때마다 인생의 다채로

운 파노라마를 발견한다고 한다. 그는 숫자들을 통해 보고, 듣고, 심지어 냄새를 맡는 후각적 체험까지 한다. 그가 부럽다. 숫자들을 구체적인 이미지로 변환시키기 위해 내가 얼마나 많은 시도를 했는지 모른다. 내 눈앞에 한 명의 남자가 온전한 형태로 나타난다. 그리고 그 남자에게는 두 명보다는 적은 수의 여자들, 즉 한 명+소수점 이하 두세 자리에 해당하는 숫자의 여자가 할당된다. 이 기묘한 커플에 의해 (대략!?) 두 명의 아이가 세상에 태어나고, 그 아이들은 태어나자마자 곧바로 스피리투스*를 들이켜기 시작해서, 일 년이 지난 뒤에는 이미 4.5리터를 마시게 된다. 그리고 이러한 영상 속에 또 다른 현상들이 추가된다. 실질적인 내용에서나 언어적인 표현에서나 끔찍하기는 매한가지인 현상들, 즉 할머니의 질병률과 할아버지의 사망률이 그것이다.

이레나 란다우가 『통계적인 폴란드인』을 쓴 건, 아마도 나처럼 이렇게 뭔가 좋지 못한 상상을 하고 있는 사람들 때문인 것 같다. 이 책에서 저자는 일상의 다양한 상황에 놓인 정상적인 가족을 보여주기 위해 애쓰고 있다. 책에 등장하는 코발스키Kowalski 부부는 통계학적으로는 전형적이고 대표적인 사례로 그려지고 있지만, 그렇기에 그들의 모습은 곧바로 추상적인 것이 되어버린다. 왜냐하면 그 어떤 개인도 스스로를 전형적이라고 여기진 않기 때문이다. 그렇기 때문에 이 책은 소화하기에는 가볍지만 자양분이 많지는 않다. 거대한 숫자들

* 폴란드의 전통주로, 희석하지 않은 주정酒精은 약 95도여서 매우 독하다.

48

은 익숙해지기 힘들 뿐 아니라, 일상의 자연스런 대화에는 어딘지 어울리지 않는 것들이 대부분이다. 게다가 책의 말미에 이르면, 저자 스스로 농담조로 『통계연감』이 훨씬 홍미로우니 그것을 읽으라고 독자들에게 권하고 있다.

안나 바르데츠카·이레나 투르나우 지음,『계몽주의 시대 바르샤바의
일상생활』
Anna Bardecka, Irena Turnau, *Życie codzienne w Warszawie okresu
Oświecenia*, Warszawa: PIW, 1969

우리는 꿈꾼다, 하지만 아주 부주의하고, 아주 부정확하게 말
이다! "새가 되고 싶다"고 이 사람도 저 사람도 떠들어댄다.
하지만 친절한 운명이 그 사람을 칠면조와 맞바꿔준다면, 틀
림없이 실망을 금치 못하리라. 궁극적으로 그가 원한 건 그게
아니었을 테니. 시간여행은 그보다 더 심각한 위험을 내포하
고 있다. 당신이 '18세기 바르샤바로 가고 싶다'는 희망을 갖
고 있다고 가정해보자. 당신은 속 편하게 그저 이렇게 원하는
것만으로 충분하다고 착각하고 있다. 너무나 당연하게 다른
어느 곳도 아닌 국왕 폐하의 살롱에 착륙하게 될 것이라 믿고
있고, 폐하가 온화한 미소를 지으며 당신의 손을 잡고 식당으
로 에스코트해서 저 유명한 '목요일 정찬'을 맛볼 수 있게 해줄
거라 기대하고 있으니까.

실제로는 가장 가까운 곳에 있는 웅덩이에 처박힐 수도
있다. 가까스로 웅덩이에서 기어나와보니 여덟 마리의 말이
끄는 수레가 비좁은 거리를 지나가다가 잔뜩 겁먹은 당신을
벽으로 밀어붙일지도 모른다. 그러면 당신은 머리에서 발끝까

지 또다시 진흙투성이가 되겠지. 사방이 너무 어두워 아무것도 보이지 않고, 당신은 어디로 가는지도 모른 채 무작정 걷는다. 그렇게 당신은 포장되지 않은 도로와 쓰레기 더미, 쓰러져가는 오두막이 뒤섞여 있는 낯선 궁전의 뒷마당을 헤매고 다닌다. 그러다 얼마 지나지 않아 어둠 속에서 불한당들이 나타나 합성섬유로 만든 당신의 겉옷을 와락 붙잡을 것이다. 나는 지금 소설을 쓰고 있는 게 아니므로 이러한 곤경에서 당신을 구출할 수 있는 아이디어를 군이 생각해야 할 필요가 없다. 그러므로 당신이 지금 싸구려 여인숙에 앉아 있고, 비록 지저분한 접시일망정 구운 고기를 앞에 놓고 있다면, 그것만으로도 다행인 것이다. 그릇이 더럽다는 당신의 지적에 여인숙 주인은 자신의 통 넓은 바지에서 셔츠 자락을 꺼내어 접시를 윤이 날 때까지 닦는다. 당신이 화를 내면, 그는 말할 것이다. 라지비우Radziwił 왕자도 자신의 숙녀들을 이런 식으로 대접했다는 걸 모르는 걸 보니, 당신은 미개한 밀림에서 자란 게 틀림없다고.

호텔에서는 씻을 물을 달라고 청할 수 없고, 당신이 침대에 몸을 던지는 순간 빈대들이 달려들 것이다. 새벽녘이 되어서야 간신히 잠들지만, 아래층에서 불이 나 사람들이 비명을 지르는 통에 금방 다시 깨어난다. 당시에는 아예 개념조차 없었던 소방관을 기다리는 대신 당신은 아마도 창문으로 뛰어내릴 테고, 다행스럽게도 뒷마당의 악취 가득한 쓰레기 더미에 떨어져서 목은 멀쩡하지만 한쪽 다리가 부러진다. 풋내기 이발사가 마취도 하지 않고 당신의 다리뼈를 끼워 맞춘다. 괴저壞疽가 생기지 않고 뼈가 제대로 붙게 되면, 비로소 당신은 운이 좋았노라고 말할 수 있을 것이다. 당신은 다리를 약간 절 뚝거리며 당신의 시대로 돌아와서 진작 읽었어야 할 책 한 권을 구입할 것이다. 『계몽주의 시대 바르샤바의 일상생활』, 이 책은 계몽주의 시대에 당신이 세속성과 고결함 사이에서 적절한 균형을 잃지 않도록 도와줄 것이다.

유제프 칸스키 지음, 『오페라 가이드』
Józef Kański, *Przewodnik operowy*, Kraków: Polskie Wydawnictwo
Muzyczne, 1968

"〈일 트로바토레〉에 관해서 나는 안타깝지만 구체적으로 말할
수가 없다. 이 오페라에 이미 여러 차례 출연했음에도 불구하
고, 사실 나는 무슨 내용인지 여전히 정확히 알지 못한다." 빈
출신의 저명한 테너 레오 슬레자크Leo Slezak는 자신의 회고록
에서 이렇게 고백했다. 이 글을 읽으며, 나는 마치 심장에서 무
거운 돌덩이를 내려놓는 기분이었다! 그러니까 청중들 중에
서 나만 모르는 게 아니었던 것이다. 대체 누가 누구에게 대항
해서 노래하고 있는지, 그리고 뭔가 기구한 사연으로 인해 남
자 시종의 복장을 하고 있던 등장인물이 후반부에 가서는 가
슴이 풍만하고 혈색이 불그레한 하녀로 밝혀지는 건 또 왜 그
런 건지, 어째서 건강하고 생기발랄한 젊은 하녀가 자기를 향
해 '잃어버렸다 되찾은 내 소중한 딸'이라고 말하는 늙은 하녀
앞에서 갑자기 기절을 하는지, 도무지 이해가 되질 않았다. 그
런데 나만 그런 게 아니었다. 무대 위에 서는 사람들 또한 대체
무슨 이야기가 진행되고 있는지 모르고 있었던 것이다! 그러
니 이런 종류의 오페라 가이드는 사실은 배우와 청중 모두에
게 필요한 등불이었다.

나는 굳이 이 책을 광고할 필요가 없다. 이 책의 초판은 사막의 물처럼 순식간에 사라졌으니까. 그저 한마디만 덧붙이고 싶다. 이 책은 몬테베르디Monteverdi에서부터 1960년대에 이르기까지 200개의 오페라를 섭렵하고 있다. 각 오페라별로 작곡가의 간략한 일대기와 더불어 오페라의 내용을 상세히 요약해놓았고, 마지막으로 음악적 관점의 논평을 수록했다.

물론 200개의 오페라에 관한 정보를 단숨에 읽은 것은 아니다. 하지만 나는 이 오페라들에 등장하는 모든 인물의 목록을 읽었다. 그 목록에는 인물들의 보컬 유형도 함께 제시되어 있었다. 인간관계의 엄격한 법칙은 오페라의 세계에서도 어김없이 적용된다. 특히 가족관계는 원시 부족사회에서 그랬듯이 불변의 규약에 의해 규정된다. 소프라노는 어김없이 베이스의 딸이자 바리톤의 아내이며, 테너의 사랑하는 연인이어야한다. 테너는 알토를 자식으로 낳아서는 안 되며, 콘트랄토와 육체관계를 가져서도 안 된다. 바리톤이 주인공의 애인으로 등장하는 경우는 거의 드물기 때문에 차라리 메조소프라노에게 눈을 돌리는 편이 낫다. 메조소프라노는 테너를 조심해야한다. 운명은 그녀에게 주로 '다른 여자'의 역할을 맡기거나, 아니면 소프라노의 절친한 친구로서 보다 애처로운 역할을 선사하기 때문이다. 오페라의 역사에서 수염을 기른 유일한 여성(스트라빈스키I. F. Stravinsky의 오페라 〈난봉꾼의 행각〉을 보라!)이 바로 메조소프라노이니, 그녀들이 행복을 누리지 못하는 것은 어쩌면 당연한 일이다. 베이스는 아버지의 역할 외에도 대부분 추기경이나 악마, 감옥의 간수, 또는 한 차례이긴 하지만 정신병원 원장으로 등장한다. 사실 이러한 깨달음은 아무런 결론도 이끌어내지 못한다. 나는 오페라를 숭배한다. 그것이 진짜 인생이 아니기에. 나는 인생을 숭배한다. 그것이 때로는 진짜 오페라 같기에.

이사도라 덩컨 지음, 카롤 분스흐 옮김, 『나의 인생』
Isadora Duncan, *Moje życie*, (trans.) Karol Bunsch, Kraków: Polskie
Wydawnictwo Muzyczne, 1969

이사도라 덩컨은 무용계의 위대한 개혁가였다. 한 번의 시도
로(그리고 그 시도는 매우 폭넓은 것이었다) 가족관계, 교육
시스템, 정치체계 그리고 해묵은 관습들을 한꺼번에 개혁하고
자 했다. 그녀는 맨발로 춤을 췄지만 사랑하는 사람에게 갈 땐
푸른색 스타킹을 신었다. 이사도라는 결혼을 봉건주의의 잔
재라 여겼다. 자유연애의 원칙을 딱 한 번 어기고 시인과 결혼
했지만, 그것은 그녀에게 곧바로 고통스런 형벌이 되었다. 이
후 결혼을 하지 않고 세 아이를 낳았고, 다른 모든 여성들이
자신의 발자취를 기꺼이 따라오리라 믿었다. 채식주의자였고,
버나드 쇼 G. Bernard Shaw와 마찬가지로 육식에서 모든 전쟁의
원인을 발견했다. 덩컨은 무용을 주요 과목으로 지정해야 하
며 읽기와 쓰기는 보충 과목으로 충분하다고 주장하면서, 교
육시스템에 활기를 불어넣고자 했다. 한때 지상에서 절대적인
행복을 찾을 수 있다고 믿었던 그녀는 그리스로 떠났고, 그곳
에서 피리를 불며 염소를 키웠다. 이사도라와 그녀의 형제들
이 그리스에서 겪은 우여곡절과 같이 독창적이고 매력적인 내
용, 동시에 고대 엘라다 Hellada*에 대한 이사도라의 심취와 같

이 광기 어린 내용은 일반적인 회상문학에서는 좀처럼 발견하기 힘든 대목들이다.

특히 12장과 13장을 읽어보라고 권하고 싶은데, 이 무용수의 파란만장한 러브 스토리가 집중적으로 등장하기 때문이다. 가여운 이사도라는 이 이야기를 솔직하면서도 극적으로 쓰고자 했지만, 실제로는 가식적이면서 우스꽝스럽게 표현되고 말았다. 하지만 우리는 이사도라가 살았던 시대에는 가브리엘레 단눈치오Gabriele D'Annunzio와 같은 시인이 당대 최고의 문장가로 추앙받았다는 사실을 기억할 필요가 있다. 이사도라는 그저 단눈치오와 같은 스타일을 구사하려 했을 뿐이다. 만약 그녀가 폴란드인이었다면 프쉬비쉐프스키 Przybyszewski 와 같은 스타일의 글을 썼을 테고, 우리는 그런 그녀를 기꺼이 눈감아주었을 테니 말이다.

이 책에는 삽화가 거의 실려 있지 않다. 실제 이사도라 덩컨의 모습을 볼 수 있는 사진은 단 넉 장뿐이고, 나머지 넉 장은 영화에서 이사도라 덩컨 역할을 맡았던 영화배우 바네사 레드그레이브Vanessa Redgrave의 사진이다. 찾아보면 다른 원본 사진이 없는 것도 아닐 텐데 말이다. 여기에 무슨 의미가 담겨 있는 건 아닐까 해서 꽤 오랫동안 조사해봤지만, 별다른 성과는 없었다.

* 그리스인들이 자기 나라를 부르는 명칭.

이레나 스웜스카 지음, 『어린이 그림책 일러스트레이션의
심리학적 문제』
Irena Słońska, *Psychologiczne problemy ilustracji dla dzieci*, Warszawa:
PWN, 1969

이 책은 어린이의 미학적 발달에 관한 연구서로, 좀 더 구체
적으로 말하면 그림책이 그러한 발달 과정에 구체적으로 어떤
역할을 하는지를 고찰한 책이다. 이레나 스웜스카는 단순하지
만 근본적인 질문을 스스로에게 던지고 있다. 아이들은 어떤
일러스트레이션을 좋아하는가. 그림에서 아이들이 기대하는
건 무엇이며, 연령대별로 어떤 차이를 보이는가. 텍스트를 접
하기 전에 아이들은 일러스트레이션에서 무엇을 보며, 텍스트
를 접한 이후에는 어떻게 달라지는가. 저자는 일련의 테스트
와 실험 과정을 거쳐 몇 가지 결론을 추출하고 있다. 그 결론
은 일러스트레이터들과 교육자들에게, 나아가 미학적 사안에
관심을 갖고 있는 모든 이들에게 틀림없이 긴요한 정보가 될
것이다.
　사실 아이들을 대상으로 한 실험만큼 흥미진진한 건 없
다. 똑같은 주제를 그린 두 개의 그림을 아이들에게 보여준다.
그중 하나는, 이를 테면 반 고흐V. van Goch와 같은 저명 화가가
그린 것이고, 나머지 하나는 이상화된 자연주의 스타일로 그

린, 일종의 키치kitsch라고 치자. 5, 6세의 아이들은 대부분 거장의 그림을 선택하는 반면, 그보다 나이 많은 아이들은 압도적으로 많은 인원이 키치를 선택한다. 불과 얼마 전까지는 이러한 현상을 놓고, 나이 많은 아이들의 경우 이미 주변 환경으로부터 좋지 못한 영향을 받았기 때문에 취향이 망가진 것이라고 성급한 결론을 내렸다. 하지만 이레나 스윈스카는 성인들의 관점에서 유감스럽다고 여겨지는 이러한 선택이 실은 아이들의 단계적인 정서 발달의 과정과 연관되어 있다고 주장한다. 특히 7세에서 12세 사이에 집중적으로 이루어지는 정서 발달의 단계와 긴밀하게 연결되어 있다는 것이다. 그러므로 저자에 따르면 '나쁜 취향'이 발현되는 것은 이러한 연령대에서는 오히려 자연스런 현상인 것이다. 이 시기의 아이들은, 예를 들어 모든 새는 '새'로서의 요건을 충족시키기 위해서는 반드시 두 개의 다리를 갖고 있어야만 하며, 혹시라도 지금까지 새의 다리가 한 개라고 알고 있었다면 그것은 그릇된 생각이었다는 사실을 이제 겨우 깨닫고, 자신의 의식 속에 정립하게 된다. 또한 아이들은 이 나이 대에 이르러서야 비로소 숲이 초록색이라는 걸 깨닫게 되며, 이것은 바꾸어 말하면, 보라색으로 숲을 표현하는 것은 뭔가 진지하지 못하다는 생각을 갖게 될 수밖에 없는 것이다. 결국 이 시기는 자신이 새롭게 인식하게 된 세계에 대한 구체적인 확신과 근거를 찾는 기간이다. 따라서 변형이나 축약, 상징적인 표현을 기피할 수밖에 없다. 12세가 지나면, 순수한 미술적 가치에 눈을 뜨면서 글자 그대로의 해석, 즉 직해주의直解主義에 대한 집착 또한 점차 줄어들게 된다. 그리고 많은 경우 12세를 기점으로 미적 감각의 발달이 멈추게 되는데, 그것은 이 책이 다루는 범위를 넘어서는 또 다른 문제이다.

아무튼 나는 이 책을 적극 추천한다. 심지어 단순히 그림 보는 걸 좋아하는 사람들에게도 이 책은 안성맞춤이다. 게다가 저자는 어린아이들과의 익살스런 대화를 적절히 인용하면서 독자들이 웃음을 잃지 않도록 배려하고 있다. "물단지가 물을 담고 갑니다. 너무 가득 담아서 손잡이가 떨어져나갈 정도로요." 할머니가 그림책을 읽는다. 손자는 빤히 그림을 들여다본다. 그림 속의 물단지는 분명 깨졌지만, 그렇다고 손잡이가 떨어져나간 건 아니다. 그러자 아이가 단호한 목소리로 할머니에게 말한다. "할머니는 책을 읽을 줄 몰라!"

조르주 블롱드 지음, 야니나 카르츠마레비즈-페도로프스카 옮김,
『레밍의 비밀』
George Blond, *Tajemnicze lemingi*, (trans.) Janina Karczmarewicz-
Fedorowska, Warszawa: Nasza Księgarnia, 1969

"작은 새 한 마리가 나무에 앉아 있다 / 그리고 인간들에 대해
궁금해 한다 / 저들 중 가장 지혜로운 자도 / 행복이 어디에
있는지 알지 못하네…."

하지만 새들이 그들의 방식으로 아는 것에 대해서, 인간
의 방식으로는 차라리 모르는 게 낫다고 나는 생각한다. 새들
은 자신들의 광기에 대해서는 전혀 의식하지 못하는 미치광이
들이다. 가을이 되면 따뜻한 곳을 향해 비행을 시작해서 때로
는 수만 킬로미터 밖까지 날아가는 그들의 여정은, 겉보기에
는 그저 자신들의 안위를 도모하기 위한 평화로운 날갯짓일
뿐이다. 만약 그들의 목적이 단순히 좀 더 온화한 기후에서 먹
이를 구할 수 있는 서식지를 찾아가는 것이었다면, 아마 그들
은 훨씬 일찍 비행을 멈췄을 것이다. 하지만 이 정신 나간 피
조물은 그저 묵묵히 비행을 지속한다. 때로는 험준한 산 위를
날다 예기치 않은 폭풍을 만나 절벽으로 떨어지기도 하고, 광
활한 대양을 지나다가 바닷속으로 추락하기도 하면서 말이다.

사실 자연의 궁극적인 목적이 생명체의 무자비한 선택과

그로 인한 도태는 아니다. 강자든 약자든 결국 죽음을 면치 못하는 환경들도 존재하니까. 성가신 운명은 차르나 호수Lake Czarna에 서식하는 야생거위를 괴롭힌다. 이 거위는 아직 깃털을 채 갈기도 전, 상공으로 날아오를 준비도 안 된 상태에서 이류의 충동을 느낀다. 그래서 남쪽을 향해 무작정 걷기 시작한다. 이들의 거대한 행진을 보란 듯이 기다리고 있는 건, 다양한 육식동물들, 그리고 몽둥이를 든 포유동물 즉 인간이다. 그렇게 살육이 시작된다. 이러한 비극이 어김없이 매년, 벌써 수백 년에 또 수백 년이 지나도록 일정하게 반복되고 있지만, 이 어리석은 종種의 기억 속엔 아무런 흔적도 각인시키지 못한다.

사실 이보다 더 잔혹한 운명을 겪는 것은 작은 굴속에 서식하는, 매우 온순한 동물인 레밍이다. '나그네쥐'라고도 불리는 이 종자는 어느 날 갑자기 몸집이 비대해져서 더 이상 굴속에 머물 수 없게 된다. 그래서 이 쥐들은 떼를 지어 이 오래된 서식지를 떠난다. 가까운 곳에 또 다른 서식지를 만들기 위해서냐고? 어림없는 소리. 그들은 어딘가를 향해 가기 위해서 그저 걸을 뿐이다. 호르몬에 의해 좌우되는 운명의 명령에 따라서 말이다. 그렇게 걷고 또 걷다가 바다에 이르게 되면, 그들은 거기에 몸을 던져 죽는다. 이 종種이 그나마 명맥을 유지하는 건, 무리에서 이탈하여 처음의 굴속에 남게 된 극소수의 쥐들 덕분이다.

인간의 역사에도 비슷한 일화들이 존재한다. 단지 우리에겐 이 모든 일에 대해 행복감을 느껴야 할 의무가 없을 뿐이다. 하지만 동물의 경우에는 억지로 행복감을 느끼도록 강요받고 있는 듯하다.

블론드는 이 책을 어린 독자들을 위해 썼다. 여기에는 다섯 개의 이야기가 수록되어 있다. 레밍, 거위, 바다표범, 코끼리 그리고 바이슨*에 관한 이야기가 그것이다. 저자는 나이 어린 독자들을 고려해서 약간의 허구를 가미했지만, 적절한 선을 고수했고, 그렇다고 지나치게 유아적인 방식으로 내용을 포장하지도 않았다. 성인들 또한 지식을 얻음과 동시에 두려움을 느끼며 읽을 수 있는 책이다.

* 아메리카 들소 혹은 유럽 들소를 일컫는다.

저자 미상, 안나 루드비카 체르니 옮김, 유제프 빌콘 그림,
『엘 시드의 노래』
Pieśń o Cydzie, (trans.) Anna Ludwika Czerny, (ilust.) Józef Wilkon,
Kraków: Wydawnictwo Literackie, 1970

엘 시드는 실제로 존재했고, 그의 아내는 '지메나Chimena'라는
이름의 실존 인물이었다. 시드의 용맹성에 대해서는 의문의
여지가 없다. 하지만 스페인의 무어인에 대한 그의 형언하기
힘든 적개심은 전설에 의해 과장된 것이다. 당시에 그는 기독
교인들에 맞서 무어인들과 연대하여 대항했기 때문이다. '시
드'라는 별명은 아랍어 '시디(나의 주인)'에서 비롯된 것으로,
이슬람 세계에 대한 주인공의 친밀한 관계를 드러내고 있다
고 볼 수 있다. 하지만 민족 서사시에서 이런 부분은 잊혀졌
고, 주인공에게는 오직 하나의 행보만이 허용되었다. 스페인
왕의 편에 서서 무어인에게 맞서는 영웅의 모습 말이다.
　　시드에 관한 첫 번째 시가詩歌가 등장한 것은 그가 사망
한 지 대략 반세기가 흐른 뒤인 12세기 중반이었다. 현재 우리
에게 전해진 버전은 13세기에 창작된 것이다. 한 사람이 쓴 것
이라고 보기엔 의심스런 대목이 많다. 아마도 두 명의 작가가
집필했지만 훗날 필사자筆寫者에 의해 한 사람으로 바뀌어 기
록되었을 확률이 높다. 왜냐하면 두 개의 서로 다른 이야기가

하나의 서사시 속에 담겨 있기 때문이다. 첫 번째 이야기는 시드가 전쟁에서 세운 공훈에 대해 노래하고 있고, 두 번째 이야기는 그의 가족과 관련된 사적인 내용을 담고 있다. 첫 번째 파트에는 검이 부딪히는 소리가 난무하지만, 두 번째 파트에는 궁궐 대신들의 수군대는 소리와 여인들의 드레스 자락이 바스락거리는 소리가 끊이질 않는다. 단순 명료하고 소박한 매력은 두 이야기 모두에 잘 녹아들어 있지만, 개인적으로는 첫 번째 파트를 선호한다. 중세시대의 발자크가 썼기 때문이다. 작가의 눈에 병역兵役이란 무엇보다도 돈벌이를 위한 재정 사업이다. 전투를 하기 위해서는 금이 필요하고, 금을 얻기 위해서는 전투가 필요하다. 전쟁에는 비용이 소요되는 만큼 이윤이 따르게 마련이다. 미래의 전리품을 위해 투자를 해야 하고, 조공을 거두어들여야 하고, 만약 가능하다면, 돈을 빌릴 때도 속임수를 써야 한다. 기사의 머리는 누군가가 그것을 산산조각 내기 전까지는 두당 돈의 가치로 환산된다. 작가는 전리품에 대해서는 단 한순간도 빠트리는 법 없이, 환희에 찬 필치로 생생하게 기록하고 있다.

기사도 정신을 미화하려는 문학적 시도는 아직 시작조차 되기 전이었으므로, 이 서사시는 오히려 상당 부분 진정성을 획득하고 있다. 예를 들어 「롤랑의 노래」만 해도 절대적인 미덕의 가치를 내세우려는 경향이 투영되면서 내용을 포장하는 듯한 느낌이 들 때가 있지만, 이 작품은 그렇지 않다. 안나 루드비카 체르니의 번역은 너무나도 아름답다. 당대의 서사시에 내재된 본질적인 자유로움을 고스란히 살렸다. 오늘날 우리의 시각으로 보기엔 다소 고집스럽고 투박하게 여겨지는 중세시대 특유의 소박함이 생생하게 표현되고 있다.

쿠노 미텔슈태트 편저, 안나 M. 링케 옮김,
『델프트의 얀 페르메이르』
Jan Vermeer van Delft, (edit.) Kuno Mittelstädt, (trans.) Anna M.
Linke, Warszawa: Arkada, 1970

페르메이르의 그림을 글로 묘사하는 건 쓸데없는 헛수고이다.
그보다는 두 대의 바이올린과 바순, 하프로 이루어진 사중주
의 음악으로 표현하는 게 훨씬 나은 방법일 것이다. 하지만 미
술사학자들은 아무리 힘들어도 어휘를 사용할 수밖에 없다.
그게 그들에게 주어진 일이자 사명이므로.

　　쿠노 미텔슈태트는 상대적으로 쉬운 길을 선택했다. 시대
적 배경 속에서 페르메이르의 그림을 소개하고, 아티스트 당
사자 또한 시대의 대변인으로 묘사한 것이다. 하지만 애석하
게도 자신의 시대를 완벽하게 대표하는 예술가는 존재하지 않
으며, 특히 페르메이르의 경우 이런 관점에서 보면, 그는 지극
히 제한적이고 사적인 영역에서만 현실을 노래한 음유시인이
었다. 그렇다고 그의 예술이 가진 위대함이 반감되는가. 물론
아니다. 위대함이란 전혀 다른 걸 의미할 때도 있으니까. 하지
만 미텔슈태트는 이런 측면들을 간과하길 원치 않았다. 그래
서 그는 이 네덜란드인의 작품에서 당시 한창 커져가고 있던
중산층 계급에 대한 혐오감과 사회비판적 요소들을 찾아내려

했다. 만약 어떤 그림에서 이런 징후들이 나타나지 않으면, 그는 거기에 아예 없는 뭔가를 억지로라도 보기 위해 안간힘을 썼다.

예를 들어 미텔슈태트는 페르메이르의 유명한 작품 〈작업실의 화가〉에서 예술가의 '부엌'과 뮤즈의 의상을 입고 있는 그의 모델 간의 아이러니한 대조에 주목하고 있다. 모델의 '인위적인' 포즈를 통해 삶의 이상화와 우화적인 표현법에 심취한 당시 부르주아의 취향을 적나라하게 폭로하고 있다고 해석한 것이다. 그림을 보기 전까진 그의 주장이 꽤 논리적으로 들린다. 폭로자의 역할을 담당하고 있는 것으로 명시된 모델은 매혹적인 푸른색의 긴 로브robe를 걸친 채 겸손하게 눈을 내리깔고 서 있는 젊은 여성이다. 포즈를 취하고 있는 건 사실이지만, 그것은 강요나 허세를 완전히 배제한 몸짓이다. 여기에 어떤 아이러니가 있다면, 그것은 구성상의 대조에서 비롯된 것이라기보다는 그림 전체에 걸쳐 두루 나타나고 있다고 볼 수 있다. 트럼펫의 희미한 광채, 커튼의 주름, 그리고 창문을 통해 검은색과 흰색으로 이루어진 대리석 마룻바닥으로 쏟아지는 햇빛에 골고루 스며들어 있는 것이다. 뿐만 아니라 이러한 아이러니는 이 거장의 다른 모든 그림에서도 비슷한 유형으로 발견된다.

페르메이르는 이른 나이에 세상을 떠났는데, 그의 말기 작품 가운데 하나에 대한 미텔슈태트의 평가 또한 나를 놀라게 했다. 〈버지널virginal 앞에 서 있는 젊은 여인〉이 그것이다. 이 비평가는 이 작품이 한 시대의 몰락과 더불어 예술적 영감의 쇠퇴를 상징하고 있다고 분석했다. 차갑고, 경직돼 있으며, 계산적이라는 것이 그 이유다. 평론가의 표현을 그대로 옮기자면, 악기 옆에 서 있는 숙녀는 "놀라우리만치 얼어붙은 자세"를 취하고 있으며 심리적으로 완전히 "소외된 상태"라는 것이다…. 하지만 아무리 그림을 들여다봐도 나는 이러한 견해에 동의할 수가 없다. 내 눈에는 그저 다양한 질료들을 비추고 있는 햇살의 눈부신 기적만이 보일 뿐이다. 인간의 피부, 실크 가운, 의자의 쿠션, 회칠한 새하얀 벽. 페르메이르는 기적을 되풀이하고 있지만, 끊임없이 새로운 변주와 참신한 매력으로 그것을 재현하고 있다. 여기 어디에서 소외와 냉정함, 아니 그와 비슷한 무엇이라도 엿볼 수 있단 말인가. 그림 속 여성은 버지널 위에 자신의 양손을 올려놓고 있다. 마치 우리에게 농담을 걸거나 아니면 뭔가를 상기시키고 싶어서 한 소절의 멜로디라도 들려주려는 듯 말이다. 특별히 예쁘다고는 할 수 없는 얼굴에 웃을락 말락 사랑스런 미소를 머금은 채 그녀는 우리를 향해 고개를 돌리고 있다. 그 미소에는 모성의 관대함과 사색의 깊이가 서려 있다. 300여 년의 세월 동안 그녀는 평론가들을 포함한 우리 모두를 이렇게 바라보고 있는 중이다.

스프레이그 드 캠프·캐더린 드 캠프 지음,
바츠와프 니에포쿨치츠키 옮김, 『영혼, 별 그리고 마법』
L. Sprague de Camp, Catherine C. de Camp, *Duchy, gwiazdy i czary*,
(trans.) Wacław Niepokólczycki, Warszawa: PWN, 1970

천문학, 연금술, 점복술, 흑마술黑魔術, 백마술白魔術, 숫자점,
수상술手相術, 강령술降靈術, 골상학骨相學, 접신론接神論, 오컬
티즘occultism, 심령술, 텔레파시.* 저자는 이 모든 것들을 획일
적인 잣대로 바라보고, 무조건적으로 비판한다. 다시 말해 각
주제들에 대해 거의 비슷한 강도의 경멸과 연민을 피력하는
것이다. 나는 여기에 어느 정도는 서열을 부여할 필요가 있다
고 보는데, 그 이유는 이러한 신비주의와 관련된 열광이나 유
행의 정도가 모두 동일할 수는 없기 때문이다. 악마를 신봉하
는 것은 철학자의 돌**을 찾으려는 선의의 탐색과는 전혀 다른

* 이 중 백마술은 치료 등 선의의 목적으로 행해지는 마술로, 악의에
바탕을 둔 흑마술의 반대 형태이고, 수상술은 손가락과 손바닥의 형
태, 손금으로 사람의 타고난 운세를 풀이하는 기술이나 이론이며, 골
상학은 두골의 형상에서 사람의 성격을 비롯한 심적 특성 및 운명 등
을 추정하는 학문이고, 오컬티즘은 자연 또는 인간의 숨어 있는 힘이
나 현상을 연구하는 비학祕學의 총칭 및 그것을 실용화하려는 태도
로, 은비학隱祕學 또는 은비론隱祕論 등으로 번역되기도 한다. 라틴어
의 occultus(감추어진 것)가 그 어원이다.

사회적 파장을 초래한다. 텔레파시 현상의 진위 여부에 대한 의구심과 논쟁이 요정의 존재에 대한 의구심, 이 두 의혹의 강도가 같을 수는 없는 법이다.

이 책의 가장 큰 강점은 민간신앙과 관련된 역사적·문화적 배경을 제시하고 있다는 점, 그리고 마술사들과 예언자들, 수많은 교파의 창시자들의 개인사를 기술하고 있다는 점이다. 저자는 광신주의에 사기 행각이 결합된 특별히 자극적인 사례들을 선택하여, 믿을 수 없을 만큼 괴상한 인간 군상을 우리 눈앞에 생생하게 펼쳐 보인다. 마치 뛰어난 초현실주의 화가가 그린 회화 속의 등장인물들처럼 말이다. 하지만 마법을 구사한다고 그들이 생계 걱정 없이 평탄하게 살면서 명성을 얻었다고 생각하면 큰 오산이다. 대부분의 마법사들은 떠돌이 생활을 하며, 매우 불안하고 위험한 삶을 영위했다. 제대로 쉬지도 못했고, 끊임없는 스트레스와 긴장, 불면증에 시달려야만 했으며, 시종일관 초자연적이고 불가사의한 분위기로 자신을 포장해야 한다는 강박에 시달려야만 했다. 게다가 별로 가까이하고 싶지도 않은 죽은 영혼들의 이름을 빌려 각종 서한과 선언문, 혹은 기발한 자백서를 끊임없이 작성해야만 했다. 마법을 시연하기 위해서는 비밀스런 장치나 정교한 연출이 요구되었는데, 마법 도구가 제대로 작동하지 않거나 조력자들이 배신하는 건 언제든 발생할 수 있는 일이었고, 그럴 경우 경쟁

** 연금술계의 문헌에 반드시 등장하는 신비로운 현자의 돌. 이 정체 불명의 물질은 그것을 가진 자에게 부와 영원한 삶을 주며 신과의 일체화를 가능케 해주는 '완전한 물질'이었다. 많은 연금술사가 이것을 만들어내기 위해 일생을 바쳤지만 결국 실패로 끝났다.

자에게 추종자들을 뺏기는 건 시간문제였다. 연금술사인 셍지부이 Sędziwój는 다른 연금술사의 늙은 미망인과 결혼했다. 미망인에게 접근하면 고인故人이 갖고 있던 연금술 비법을 알아낼 수 있으리라는 기대 때문이었지만, 아무 소득이 없었다. 접신론자인 브와바트스카 Bławatska는 120킬로그램의 거구였는데, 스커트 안에다 신비한 음악이 흘러나오는 오르골을 몰래 매달고 다녔다. 젓가락처럼 비쩍 마른 또 다른 여인, 메리 베이커 에디 Mary Baker Eddy는 자신이 물 위를 걸어다닌다고 주장하면서 마른 몸매를 유지하기 위해 안간힘을 썼다. 사람들이 자신의 말에 의심을 품지 않고, 실제로 물 위에서 걸어보라는 요구를 하지 않도록 하기 위해 그녀가 기울인 노력은 상상조차 힘들 정도였다. 신비주의자 마더스 Mathers는 유령들과 체스 시합을 벌여야만 했는데, 장시간에 걸쳐 체스를 두는 시늉을 하는 것은 분명 지루하기 짝이 없고, 극도의 인내심을 요구하는 일이었을 것이다. 유명한 미디어들은 교령회交靈會*에서 그럴듯한 장면을 연출해내기 위해 남몰래 각고의 훈련을 쌓아야만 했다. 소맷자락에 숨겨놓은 포크를 이용해서 테이블을 들어올리는 기술은 하루아침에 이루어지지 않는다. 그저 연습, 연습, 또 연습만이 살길이다.

* 산 사람들이 죽은 이의 혼령과 교류를 시도하는 모임.

T. S. 엘리엇 지음, 안제이 노비츠키 옮김, 야누쉬 그라비안스키 그림
(그림이 아름답고 유머러스함),『고양이에 관한 시』
Thomas S. Eliot, *Wiersze o kotach*, (trans.) Andrzej Nowicki,
Warszawa: Nasza Księgarnia, 1970

T. S. 엘리엇은 우울하게 눈썹을 모으고 미간을 찡그린 채『황
무지』를 집필했다. 이 시인이 쓴 익살스런 우화시『고양이에
관한 시』* 역시 그의 대서사시만큼이나 무겁고 우울하고 고통
스런 문제들을 다루고 있다고 나는 생각한다. 나에게 농담은
근엄함 또는 진지함을 보증하는 일종의 징표다. 근엄함이라는
건 개인의 확신과 선택에서 비롯되는 것이지 심리적 제약으로
인한 것은 아니기 때문이다. 물론 엘리엇과 같은 작가에게는
그 어떤 보증도 징표도 필요 없을 테지만 말이다.
　내가 이런 이야기를 하는 이유는 따로 있다. 만약 어떤 시
인이『황무지』처럼 무겁고 심각한 작품을 쓰기를 원한다면,
고양이 시리즈처럼 '순간적이고 가벼운' 작품 또한 쓸 수 있어
야 한다는 점을 강조하기 위해서다. 비단 고양이가 아니라 개

---

* T. S. 엘리엇이 1939년 발표한 우화시집『지혜로운 고양이가 되기
위한 지침서 *Old Possum's Book of Practical Cat*』에서 발췌하여 번역된 폴
란드어판. 이 작품은 앤드루 로이드 웨버 Andrew Lloyd Webber에 의해
1981년 뮤지컬 〈캣츠 Cats〉로 재창조되기도 했다.

나 소, 칠면조, 딱정벌레, 아니면 작은 풍뎅이에 관한 시라도 상관없다. 아니, 고양이를 고수해도 좋다. 고양이에 대해 쓸거리는 무궁무진하니까.

역자인 안제이 노비츠키는 열네 편의 시 가운데 순전히 자의적인 판단으로 아홉 편만을 골라 번역했다. 그렇다고 번역되지 않은 나머지 다섯 편의 시에 이 이야기의 결말이 담겨있는 건 아니다. 열네 편의 시에 등장하는 각각의 고양이들은 고유한 스토리를 갖고 있는 개별적 존재이자 독립적인 문학작품의 주인공이니까. 이에 대해서는 누구보다 엘리엇 자신이 잘 알고 있었으리라. 하지만 고양이에겐 공통적으로 적용되는 일련의 변치 않는 속성들이 있는데, 시인은 이 부분 또한 놓치지 않았다. 여기 한 대목을 인용할 테니 귀 기울여 들어주시길. "문은 언제나 잘못된 방향을 향해 나 있다 / 그래서 고양이는 바로 조금 전에 나갔건만, 금방 다시 돌아오고 싶어 한다." 고양이에 대해 좀 아는 사람이라면, 누구나 시인의 관찰력에 박수를 보낼 것이다. 고양이 주인의 삶은 끊임없이 문을 열고 닫는 일의 반복이다. 우리가 열린 공간에서 몸을 움직이는 건 개덕분이고, 아파트 안에서 몸을 움직이는 건 고양이 덕분이다. 둘 다 유익한 일이다. 위장에게나 영혼에게나 활동 불능과 무감각에 빠지는 것만큼 해로운 건 없으니까.

알프레드 테니슨 지음, 지그문트 쿠비악 옮김,『시선집』
Alfred Tennyson, *Poezje wybrane*, (trans.) Zygmunt Kubiak,
Warszawa: PIW, 1970

알프레드 테니슨은 빅토리아 시대의 가장 빛나는 시인이다. 그
는 태생적으로 자신이 살고 있는 세상의 질서에 대해 별다른
의구심도 갖지 않은 채, 오랜 세월에 걸쳐 신중하게 창작활동
을 했다. 낭만주의자들과는 달리 그의 심장에는 이미 세찬 풍
랑이 일렁이지 않았다. 절망은 멜랑콜리의 포즈를 취했고, 순
간적인 시적 감흥은 고요한 명상으로 표출되었다. 그의 시는
정교하게 빚은 단아한 조각상과도 같았다. 대부분의 작품에서
테니슨은 고전주의와 중세의 모티프를 발전시켜나갔고, 율리
시즈와 아서 왕 그리고 신들의 입을 빌려 노래했다.

시인은 희곡도 집필했으나 크게 주목받지는 못했다. 하지
만 그의 서사시가 성공을 거두게 된 주된 요인은 다름 아닌 극
적인 요소 때문이었다. 이상스럽게 들리겠지만, 사실이다. 테
니슨의 세계는 아름다운 솔리스트들의 독백을 배경으로 한,
웅장한 장식품과도 같다. 막이 내리면(다시 말해 서사시가 대
단원을 맺고 나면), 우리는 뭔가 아쉽고 허전한 느낌을 받게
된다. 그래서 다 함께 "작가! 작가!"를 외치게 된다. 자줏빛 휘
장 너머에서 고대의 월계관이나 마스크를 벗어던진 시인의 맨

얼굴이 드러나기를 고대하면서 말이다. 그러다 마침내 그런 일이 실제로 벌어졌다.

1850년 테니슨은 젊은 나이에 세상을 떠난 벗에게 헌정하는 연작 서정시 『인 메모리엄 In Memoriam』을 출간했다. 예술적으로 고르지 못한 이 연작시에는 직설적으로 감정을 표출한 몇 편의 시가 포함되어 있다. 역자인 지그문트 쿠비악은 이 중에서 네 편의 시를 번역했는데, 그중에서도 60이라는 번호가 매겨진 시에서 그는 특별한 아름다움을 발견했다. 일반적으로 통용되는 '진정한 우정'의 이미지를 훌쩍 뛰어넘는 주옥같은 비유적 표현이 등장하는 걸 보면, 시인이 경험한 우정은 분명 애절하고 감동적인 것이었으리라.

역자가 선별한 거의 모든 시들은 폴란드어로는 최초로 번역된 것들이다. 방대한 작업에 경의를 표한다. 하지만 본문에 「록슬리 홀 Locksley Hall」이 누락된 것은 아쉽다. 대신 시인 얀 카스프로비츠 Jan Kasprowicz*의 번역본이 부록으로 첨부되어 있다. 조심스레 덧붙이자면, 불완전한 번역본을 독자들에게 상기시킬 필요까진 없었다고 본다. 굳이 들춰내지 말고, 그냥 조용히 잊히도록 내버려두는 게 훨씬 나았을 텐데.

* 19세기 말, 20세기 초에 활동하던 폴란드의 서정시인으로 상징주의, 표현주의, 자연주의적 성향의 시를 썼다.

안제이 코워딘스키 지음, 『공포영화』
Andrzej Kołodyński, *Film grozy*, Warszawa: Wydawnictwa
Artystyczne i Filmowe, 1970

공포영화가 하나의 독립된 장르로 자리매김한 건 이미 오래
전 일이다. 60여 년이 넘는 세월 동안* 공포영화는 사람들로
하여금 일상의 근심에서 잠시라도 벗어나 오싹한 공포를 만
끽하게 해주었다. 멜리에스 G. Méliès가 파리 오페라하우스 앞에
서 거리 장면을 찍을 때, 카메라가 몇 초간 작동을 멈추었다.
나중에 카메라에 찍힌 영상을 확인해보니 합승마차가 느닷없
이 영구차로 변하는 장면이 담겨 있었다. 바로 이 영구차를 타
고서 영화인들은 놀라운 가능성의 세계에 입성할 수 있었다.
연극이 재현해낼 수 없었던 것들, 예를 들어 유령이나 사이보
그, 순간적인 변신, 사람과 사물이 하늘을 날고, 홀연히 사라
지는 장면들이 영화에서는 손쉬운 일이 되어버렸다.
　문학적 자료들은 이미 오래전부터 준비되어 있었기에 그
저 고르기만 하면 되었다. 포 E. A. Poe나 호프만 E. Hoffmann의 작
품들, 스티븐슨 R. L. Stevenson의 『지킬 박사와 하이드』, 위고
V. Hugo의 『노트르담 드 파리』, 고골 N. Gogol의 『비이 *Viy*』 등….

* 쉼보르스카가 이 글을 쓴 것은 1970년이다.

은막 위에서 골렘*과 뱀파이어, 오페라의 유령, 생사의 비밀을 쥐고 흔드는 파우스트의 축소판들이 살아 움직였다. 유성영화의 등장은 코미디 영화에는 치명적인 타격을 안겨주었지만, 공포영화에는 새롭고 참신한 효과를 더해주었다. 이때부터 괴물들은 웅얼대고, 지껄이고, 고함을 지르고, 심지어는 굳이 모습을 드러내지 않고도 다가오는 발자국 소리만으로 공포를 자아낼 수 있게 되었다. 시간이 흐르면서 공포영화는 SF의 영역에서 입지를 구축하게 되었고, 1950년대부터는 심리분석학에 관한 소책자에서 새로운 영감을 얻게 되었다. 이처럼 공포영화는 놀랍도록 꾸준하게 생명력을 이어오고 있다. 그 생산력 또한 매우 왕성해서, 킹콩과 고질라는 후손을 낳아 기르고, 꽤 많은 동족들도 양산해냈다.

관객들은 안전하게 겁에 질리는 걸 좋아한다. 비현실적인 공포는 현실적인 공포의 동종요법同種療法**이다. 하지만 우리가 특별하고 비범한 것에 매료되는 이유가 다만 이것 때문만은 아닐 것이다. 환상에 대한 갈망이 즉흥적인 필요에 의해서만 야기되는 것은 아니기 때문이다. 영화의 환상성 창출에 관해서 사회학자들이 어떻게 말하는지 기꺼이 읽어보고 싶지만, 그보다 더 궁금한 건 인류학자들의 견해이다. 하지만 아쉽게도 이러한 정보를 담고 있는 이 책의 서문은 너무 짧고, 개괄적이다. 저자 스스로가 이 장르에 대해 경멸해야 할지 찬사를

* 골렘은 신화에 등장하는 사람의 형상을 한 움직이는 존재로, 흔히 마법사들이 어떠한 물체를 매개로 마법을 사용해 창조한다.
** 병에 걸렸을 때 질병의 증상과 비슷한 증상을 인체에 유발시켜 치료하는 방법을 일컫는다.

78

보내야 할지 확신을 내리지 못한 것 같은 느낌을 받는다. 그보다는, 본질적으로 공포영화는 원초적인 취향을 충족시켜주는 것에 만족해야 하는 이류 장르라는 의견에 동조하고 있는 듯하다. 그러니 이제부터는, 공포영화가 보고 싶을 때는 스스로의 지성이 미숙하다는 점을 안타깝게 여기며 살그머니 다녀와야만 하나보다. 그런데 어떻게 몰래 다녀온단 말인가. 영화관에 가면 늘 나처럼 은밀하게 영화를 보러 온 수십 명의 지인들과 마주치는데.

세르게이 프로코피에프 지음, 야드비가 일니츠카 옮김, 『자서전』
Sergei Prokofiev, *Autobiografia*, (trans.) Jadwiga Ilnicka,
Kraków: Polskie Wydawnictwo Muzyczne, 1970

음악적 재능은 비교적 일찍 발현되어 영구적으로 지속되기 마련이다. 상당수의 아이들이 솜씨 좋게 시를 지을 수는 있지만, 그렇다고 훗날 모두가 시인이 되는 건 아니다. 그림을 예쁘게 잘 그릴 순 있지만, 이런 취미는 대부분 오래가지 않는다. 반면에 네 살배기 소년이 자신만의 멜로디로 피아노 건반을 두드린다면, 이것은 아마도 정해진 운명이라고 말할 수 있으리라. 그리고 이러한 운명은 이미 작곡가의 어린 시절부터 특별하고 비범한 분위기를 만들어낸다. 다른 아이들이 놀이에 열중하며 동네 여기저기를 휘젓고 다니는 동안, 시끄러운 소음으로부터 방해받지 않기 위해 창문을 꼭 닫아놓은 채, 집 안에 앉아 창밖을 조용히 내다보고 있는 한 소년이 있다(브뤼헐 P. Brueghel 풍의 그림에서는 볼 수 없는 장면이다). 세르게이 프로코피에프가 바로 이런 소년이었다.

프로코피에프는 네 살의 나이에 음악활동을 시작했고, 일곱 살 때는 몇 개의 곡을 혼자 쓰기도 했다. 뿐만 아니라 자신만의 아이디어로 리브레토*를 창작하고, 서곡까지 갖춘 오페레타 〈거인〉을 작곡했다. 거인이 어린 소녀 스티에니아를 공격하지만 다행스럽게도 두 명의 비밀스런 수호자가 나타나 거인을 물리친다는 내용이다. 2막에서 스티에니아는 수호자들에게 감사의 편지를 쓴다. 여기까진 별문제가 없다. 그런데 프로코피에프는 다음과 같은 느닷없는 질문을 받게 된다. "스티에니아는 수호자들이 누군지도 모르는데, 대체 누구에게, 어느 주소로 편지를 썼을까요?" 잠시 머뭇거리던 어린 작곡가의 대답은 다음과 같았다. "아, 그들이 거인을 쫓아가다가 자기도 모르게 명함을 떨어뜨린 거예요."

내가 이러한 일화를 소개하는 것은 독자들의 관심을 유발하기 위한 일종의 미끼이다. 이처럼 프로코피에프는 사소한 사건에 대해서도 애정을 담아 자신의 유년기와 소년기를 유머러스하게 기술했다. 1940년에서 멈추는 이 자서전에서 가장 공들여 씌어지고 가장 빛나는 대목은 바로 여기까지이다. 이후부터 작가의 글쓰기는 전쟁과 오랜 투병생활로 난관에 봉착하게 된다. 1차대전과 2차대전의 전간기戰間期, 해외로 떠났던 1918년부터 조국으로 돌아온 1934년까지의 시간은 프로코피에프에게는 음악적으로 가장 완성도가 높았던 숙련기였다. 하지만 생생하고 활기 넘치는 어린 시절에 대한 묘사와 비교해보면, 이 시기에 대한 서술은 건조하기 짝이 없다. 작품활동과 만남들, 여행과 콘서트에 대한 기록은 점점 메마르고 무뎌진다. 회고록의 형태였다면 훨씬 더 흥미로웠을 텐데, 전형적인 자서전에 그치고 말았다.

* 오페라, 오페레타, 칸타타, 뮤지컬, 발레 등의 대본. 바그너처럼 대본까지 집필한 작곡가가 있었던 반면, 대부분의 작곡가들은 전문 대본 작가들에게 의뢰했다.

하나의 책에서 드러나는 서로 다른 두 개의 어조, 그 간극을 어느 정도 메워주는 건 같은 출판사에서 동시에 출간된 프로코피에프에 관한 다른 두 권의 책,『친절한 편지에 감사합니다*Merci za miły list*』(프로코피에프의 서간집)와『논설집*Artykuły*』이다.

슈체판 피에니온젝 지음, 『사과꽃 필 무렵』
Szczepan Pieniążek, *Gdy zakwitną jabłonie*, Warszawa: Wiedza
Powszechna, 1971

이 책은 과수재배 분야에서 독보적인 입지를 구축한 전문가에
의해 집필되었다. 저자는 무수히 많은 과일들을 맛보았고, 인
도의 망고, 태국의 두리안, 중국의 감, 미국의 아보카도, 뉴질
랜드의 나무토마토, 그리고 하와이 빵나무 열매의 맛을 꿰뚫
고 있다. 짐작컨대 그가 원했다면, 천국의 반항아였던 우리 조
상들이 따 먹은 금단의 열매가 과연 무엇이었는지 — 바나나였
는지, 마르멜루*였는지, 아니면 복숭아였는지, 석류였는지 —
이론가이자 숙련가로서의 권위를 발휘하여 단번에 알아맞힐
수 있었을 것이다. 아마도 가장 유력한 후보는 사과일 테지만
말이다.
　슈체판 피에니온젝은 이 책을 전문가용이 아닌, 아마추어
의 입장에서 자신이 잘 모르는 분야의 지식을 넓히고자 하는
다수의 독자들을 위해 썼다. 그가 바랐던 건 그런 평범한 독자
들에게 과일나무나 관목 들에 대한 애정을 접목(아, 얼마나 적

* '퀸스' 또는 '유럽모과'라고도 불리며, 모과와 사과를 닮았지만 과
육은 매우 딱딱하고 맛은 시다. '마멀레이드'의 어원이 되는 과일이기
도 하다.

83

절한 단어인가!)시키는 것이었다. 하지만 불행히도 우리 아마추어들은 끊임없는 우유부단함 속에서 살아간다. 이 책과 마찬가지로 우리가 지금까지 읽은 자연과학 책들 또한 우리에게 개별적으로 상당한 열정을 요구하기 마련이다. 이러한 모든 열정에는 충절忠節이 요구되며, 다른 것들과의 공존이나 타협은 허락지 않는다. 만약 내가 지금 과일나무와 관목 들을 열렬히 사랑한다면, 그것들을 위협하는 다른 2만 개의 생물들에 대해 당장 적대감을 가져야만 한다. 그럴 경우 엘크*에 대한 내 오랜 애착도 포기해야 한다. 과수원의 어린 나뭇가지들을 먹어치우는 존재이기 때문이다. 이와 비슷한 이유로 지금부터는 노루나 다람쥐에 대한 애정도 접어야 하고, 두더지나 생쥐, 박쥐에 대한 관심도 끊어야 한다! 찌르레기, 참새, 떼까마귀, 갈까마귀 들도 멀리해야 한다!

곤충을 싫어하는 건 그래도 좀 수월하다. 종류가 워낙 다양해서 그 많은 곤충들에 대해 제대로 관심을 가질 여유가 없었기 때문이다. 하지만 고백하건대, 심지어 곤충들 중에도 내 눈길을 끄는 몇몇 대상들이 있었다. 예를 들어 나는 순수하게 미적인 관점에서 점박이응애**나 작은 자주색 거미에 대해 괴상한 애정을 품고 있었다. 나는 지금껏 점박이응애야말로 자연이 만들어낸 가장 익살스런 돌연변이 중 하나라고 여겨왔으며, 그래서 이 곤충을 우아하면서도 태평스러운 생명체 가운데서도 단연 으뜸이라고 여기곤 했다. 그런데 알고보니 사과

* 북유럽과 아시아에 서식하는 큰 사슴.
** 거미류의 진드기과 절지동물로, 각종 과수나 채소에 기생하면서 해를 끼치는 잡식성 해충.

와 자두에서 가장 맛있는 과즙만 빨아먹는 게 바로 이놈이었다! 음, 하지만… 그래도 점박이응애에 대한 애정을 거두지는 말까? 계속해서 좋아해볼까? 여전히 관심을 가져도 될까? 적절한 시기에 살충제를 뿌려 점박이응애의 일족을 말끔히 소탕한 덕분에 사과가 건강하게 잘 익었고, 그 잘 익은 사과를 깨물어 먹으면서도 나는 여전히 점박이응애를 좋아할 수 있을까? 뭐, 별다른 방도가 없지 않은가? 어차피 자연에 대한 인간의 사랑은 온통 위선과 아집으로 변질되어버렸으니 말이다.

저자 미상, 한국어판에서 할리나 오가렉 최 옮김,
『열녀 중의 열녀 춘향 이야기』
Opowieść o Czhun-hiang najwierniejszej z wiernych, (trans.) Halina
Ogarek Czoj, Wrocław: Ossolineum, 1970

동아시아에서는 용꿈을 꾸면 좋은 일이 일어난다고 믿는다.
그리고 실제로 기생 출신의 한 여인이 꿈에서 복숭앗빛 호수
를 향해 뛰어드는 초록빛 용을 본 후, 그녀의 딸은 열여섯 살
의 나이에 젊고 부유한 양반 자제와 사랑에 빠지게 된다. 젊은
청년이 그녀를 보고도 첫눈에 반하지 않는 건 불가능한 일이
었다. 어린 춘향은 립스틱조차 바르지 않아도 "온 나라를 뒤
흔들 만큼" 빼어난 미모의 소유자였기에. 게다가 그녀는 우아
한 몸가짐과 예의범절을 갖추고 있었고, 시를 짓는 데도 탁월
한 재주가 있었다. 하지만 출신계급이 미천했기 때문에 그녀가
오를 수 있는 위치는 양반의 비공식적인 아내 자리뿐이었다.

그러던 어느 날 젊은 도령은 멀리 떨어진 한양에 가서 "검
푸른 구름 위로 높이 오르기 위해", 좀 더 단순하게 표현하자
면 관직을 얻고 출세를 하기 위해 춘향을 떠나게 되었다. 가여
운 춘향의 눈물도 애원도 소용없었다. "버들가지 만 갈래인들
떠나는 봄바람을 어이하겠는가?" 결국 춘향은 홀로 남겨졌고,
언젠가는 연인이 돌아오리라는 실낱같은 희망에 의지한 채,

무슨 일이 있어도 절개를 지키겠노라 굳게 결심했다. 그래서 탐욕스러운 늙은 관리가 그녀를 첩으로 삼으려 하자 차라리 목에 형틀을 쓴 채 옥에 갇히는 쪽을 선택했고, 몽둥이로 무자비하게 매질을 당했다. 쇠가 박힌 대나무 몽둥이가 그녀의 작고 여린 발바닥을 부서트렸다. 하지만 초록빛 용이 아무런 이유도 없이 복숭앗빛 호수에 뛰어든 건 아니었다. 마침내 젊은 도령이 돌아왔고, 검푸른 구름 위 매우 높은 곳까지 오른 덕분에 추악한 늙은 관리를 벌하고, 춘향을 자신의 공식적인 부인으로 삼을 수 있었다.

열녀 중의 열녀 춘향에 관한 이야기는 구전되어오다가 18세기 말, 19세기 초에 글로 기록되었고, 당연히 한국 고전문학의 정수 중 하나로 꼽히고 있다. 어떤 이들은 생생하고 정교한 묘사를 높이 평가하고, 다른 이들은 생동감 넘치는 러브신을 극찬하기도 한다. 또 어떤 이들은 작품 속에 녹아들어 있는 수준 높은 감성에 찬사를 보내고, 사회비판적인 요소와 여성의 힘겨운 운명에 대한 공감의 메시지에 매료된 이들도 있다. 그 밖에도 판타지적 요소가 없다는 점을 이 작품이 지닌 가장 큰 덕목으로 꼽는 이들도 있다. 이러한 찬사의 밑바탕에는, 리얼리즘이야말로 문학이 이룩한 가장 위대한 성취라는 확신이 깔려 있다. 이런 확신을 가진 사람들의 입장에서 동화나 민담은 리얼리즘과 판타지가 혼합되어 있으므로 미성숙한 하위 문학이자 아직 나비로 성장하지 못한 애벌레와 같은 것으로 치부된다. 그러므로 이들에게는 동화나 민담을 읽는다는 것이 상당히 힘겨운 일일 것이다. 모든 종류의 기적이나 환상은 미학적으로 불완전한 일종의 죄악으로 치부되고, 개연성에 위배되는 요소들은 전부 유치하기 짝이 없게 여겨질 테니 말이다. 그런 이들을 보면 참 안타깝다. 이 춘향에 관한 이야기조차도 그런 사람들에겐 이따금 안면근육의 경련을 일으키게 만들 것이다. 매우 강렬한 해피엔딩을 맞고 있지만, 사실 거기에 춘향의 으깨어진 두 발에 대한 언급은 단 한마디도 없으니 말이다. 과연 춘향의 발꿈치뼈는 아무런 흉터도 남기지 않고 잘 붙었을까. 안심해도 좋다. 완벽하게 잘 아물었을 것이다. 틀림없이 춘향은 잘생긴 배우자 옆에서 절뚝거리며 걷지도 않았을 테고, 첫날밤에 원앙이 수놓인 이불을 덮어 자신의 뒤틀린 두 발을 애써 가리지도 않았을 것이다. 동화는 결코 현실의 삶에 완전히 항복하는 법이 없으니까. 아니, 오히려 그 반대이다. 틈만 나면 훨씬 나은 자신만의 해결책을 제시하면서 현실을 난처하게 만든다.

호세 마리아 코레도르 지음, 예지 포피엘 옮김,
『파블로 카잘스와의 대화』
José María Corredor, *Rozmowy z Pablo Casalsem*, (trans.) Jerzy Popiel,
Kraków: Polskie Wydawnictwo Muzyczne, 1971

호세 마리아 코레도르가 파블로 카잘스와 장시간에 걸친 인터
뷰를 했을 당시, 거장은 이미 여든 살이었다. 카잘스는 80여
년의 시간 중에 60년을 바흐를 연주하며 음악 속에서 영혼의
교감을 나누었다. 다채로운 일화와 추억 들은 또 얼마나 많으
며, 그와 우정을 나눈 작곡가들과 비르투오소들의 행렬은 또
얼마나 긴지…. 정의로운 한 인간으로서 투철한 도덕적 신념
으로 세상의 불의에 과감히 맞섰던 그의 삶은 열정적이었으
며, 그의 투쟁은 영웅적이었다. 파시즘에 맞서 결코 물러서지
않았던 그의 손에 들린 유일한 무기는 다름 아닌 첼로의 활이
었다. 중요한 건, 인터뷰에서 카잘스가 줄곧 이야기하는 작업
과 활동이 과거형이 아니라 여전히 현재진행형이며, 자신이 아
니라 타인으로부터 완벽하다는 평가를 받고 있다는 사실이다.
그러므로 여기서 우리는 가장 이상적이고 아름다운 노년의 모
습을 발견할 수 있다.

일반적으로 활력 넘치는 노년을 가리켜 우리는 '영원한
청춘'이라 일컫는다. 하지만 이는 지혜롭지 못한 표현이다. 특

히 대부분의 위대한 예술가들이 중년의 나이에 정상의 반열에 오른다는 점을 감안하면, 더욱 그러하다. 대체 우리가 이해하고 있는 '지속적인 젊음'이란 과연 무엇일까. 통상 세상이 적극적으로 양산하는 새로운 정보나 현상 들을 따라잡기 위해 안간힘을 쓰고, 구석으로 밀려나거나 잊힐지도 모른다는 두려움에 새로운 것들을 무조건 받아들이려 부단히 노력하는 노인의 모습을 떠올리게 된다…. 하지만 이것은 젊음이 아니라 강박적인 부담일 뿐이다.

만약 이런 게 젊음의 본질이라면 파블로 카잘스는 결코 '영원한 청춘'이 아니다. 그는 현대음악이 건네는 모든 구애를 받아들이지도 않았고, 자신의 후원자들이 제안하는 새로운 장르에 쉽게 현혹당하지도 않았다. 그가 이해하는 오늘날 세상의 메커니즘은 그다지 현대적이지 않다. 또한 그의 사고방식에서 실용주의의 흔적은 조금도 발견되지 않는다. 엄정하고 단호하게 그리고 명확하게 그의 입을 통해 울려퍼지는 단어들은 자유, 인간의 존엄, 품성과 같은 것들이다. 그리고 이 어휘들은 경이로우리만치 맑고 깨끗해서 마치 그의 첼로 소리 같다.

파블로 카잘스는 스스로를 젊다고 느끼지 않으며, 바로 그래서 위대하다. 모든 걸 다 따라잡고, 모든 걸 다 이해하는 척하기에는 그는 너무도 성실하고 부지런하다. 단지 그렇기 때문에 카잘스는 그저 그 자신일 뿐이며, 자신이 하는 말이 중요하고 진실하다고 확신할 수 있는 것이다.

아르놀드 모스토비츠 편저, 『프랑스식 유머를 소개합니다』
Arnold Mostowicz, *Przedstawiamy humor francuski*, Warszawa: Iskry,
1971

유머란 심각함의 동생이다. 하지만 이 두 형제 사이에는 줄곧
긴장이 함께한다. 심각함은 연장자의 우월함을 내세우며 위에
서 유머를 내려다보고, 유머는 이로 인해 콤플렉스를 갖는다.
그래서 내심 심각함처럼 냉정하고 근엄해지길 갈망하지만, 다
행스럽게도 성공하지 못한다. 유머와 익살로 유명한 작가들
의 생애를 살펴보면(이 '프랑스 유머 모음집'의 인명색인에 언
급된 작가들을 중심으로 살펴봐도 역시 이러한 경향이 어김없
이 나타나는데), 오히려 이러한 작가들이 진지하고 엄숙한 작
품을 창조해내기 위해 가망 없는 시도를 끈질기게 되풀이해왔
음을 발견하게 된다. 거의 모든 유머 작가들은 자신들의 작품
목록 어딘가에 '세상으로부터 잊혀진' 우울하기 짝이 없는 소
설이나 희곡을 한두 편쯤 갖고 있다. 하지만 그들에게 '문학사
적으로 확고한 위치'를 부여해준 건, 생전에는 크게 주목받지
못했던 해학적인 유머레스크humoresque*이다. 나는 살면서 지

* 본래는 19세기에 널리 보급된 유머러스하고 변덕과 익살이 넘치
는 성격을 띤 기악곡을 말한다. 슈만이나 드보르자크의 작품이 유명
하다.

금껏 위의 경우와 반대되는 이력을 가진 작가를 본 적이 없다. 그러니까 예를 들어 다음과 같은 이력 말이다. "그는 실패를 거듭하면서도 줄곧 해학적이고 유머러스한 작품들, 다양한 익살극을 집필했다. 하지만 중부유럽 농민의 삶을 극적으로 그린 대하소설을 통해 마침내 불멸의 명성을 얻었다." 흥미로운 일이 아닐 수 없다!

배우들도 마찬가지다. 대부분의 희극배우들은 비극의 주인공을 연기하는 걸 남몰래 꿈꾼다. 하지만 나는 지금껏 비극 전문 배우가 카페에서 다음과 같이 소리치는 걸 단 한 번도 들어본 적이 없다. "저 얼간이(배우들 사이에서 연출가를 부르는 은어다)가 나더러 또 햄릿 역을 맡으라는군! 아니, 얼마나 머리가 나쁘면 내가 앤드루 에이규치크 경Sir Andrew Aguecheek* 역을 맡기 위해 태어났다는 걸 알아보지 못하는 거지?" 정말 흥미롭지 않은가!

나는 유머와 심각함은 각자 동등한 나름대로의 가치를 갖고 있다고 생각한다. 그렇기에 통쾌한 역전극이 벌어져서 심각함 또한 유머에게 질투를 느끼는 순간이 오기를 고대하고 있다. 유머는 그 종류가 실로 다양하다. 하지만 아직까지 심각함에는 그 어떤 세부적인 분류도 적용되지 않고 있는데, 나는 이러한 구분이 반드시 필요하다고 생각한다. 친애하는 비평가 여러분, '부조리적 유머'라는 용어를 즐겨 사용하고 계시니, 마찬가지로 '부조리적 심각함'이라는 용어도 도입해주세요! 세

* 셰익스피어의 5대 희극 중 하나인 「십이야十二夜」의 등장인물 중 한 명.

련된 심각함과 촌스러운 심각함을 구별하고, 가벼운 심각함과 악의 섞인 심각함도 구분해주세요.

비단 비평의 영역뿐 아니라 다양한 출판물에서도 생동감 있는 표현을 위해서 몇몇 어휘들은 그 개념을 세분화해서 사용하면 좋을 것 같다. 삶에서, 그리고 예술에서, 과연 '무분별한 심각함'을 논할 필요가 전혀 없는 걸까. '음란한 심각함'이나 '재기 넘치는 심각함', '박진감 넘치는 심각함'은 또 어떤가. 사상가 X가 쓴 '탁월하게 심각한 감각'에 대한 논평이나 계관시인 Y의 '심각한 걸작 시리즈', 아방가르드 작가 Z의 '충격적인 심각함'에 대한 글이 있다면, 나는 기꺼이 읽어보고 싶다. 평론가들 중 누군가가 다음과 같은 비평을 쓴다면? "졸작이 될 뻔한 희곡작가 N. N.의 작품을 구제한 건 에필로그의 찬란한 심각함 때문이었다." 혹은 "여성 시인 W. S.의 시에는 의도치 않았던 심각함이 표출된다." 왜 지금껏 수많은 유머 잡지에 심각함에 관한 칼럼이 하나도 없었을까. 아니, 칼럼은 고사하고, 유머 잡지는 이렇게나 많은데 심각함만 전문적으로 다루는 잡지는 어째서 거의 찾아볼 수 없는 것일까. 왜?

안나 도스토옙스키 지음, 리샤르드 프쉬빌스키 옮김,
『나의 가여운 표도르』
Anna Dostojewska, *Mój biedny Fiedia*, (trans.) Ryszard Przybylski,
Warszawa: PIW, 1971

1867년 봄, 46세의 표도르 도스토옙스키 Fyodor M. Dostoevsky는
20세의 아내와 함께 러시아를 떠나 독일로 갔다. 이것을 신혼
여행이라 부르기는 애매할 듯하다. 실제로는 채권자들을 피해
도망쳐서 독일 카지노에서 한밑천 크게 잡는 게 목적이었으므
로. 이 시기에 안나는 일기를 썼다. 이 기록에다 '나의 가여운
표도르'라는 제목을 처음으로 붙인 게 누군지는 모르겠다. 하
지만 제목을 통해 드러나는 건, 젊은 아내가 병들고 광적인 천
재 남편에게 무한한 연민을 갖고 있었다는 사실이다. 안나는
도스토옙스키를 존경하고 숭배했으며, 무조건적으로, 또 순종
적으로 사랑했다. "나의 훌륭한 표도르", "나의 멋진 표도르",
"나의 지혜로운 표도르", 이 중에 무엇을 선택해도 이 책의 제
목으로 잘 어울렸을 것이다.

객관적인 관점으로는, 안나는 표도르와 함께 근심과 두
려움, 굴욕의 지옥을 견뎌내야만 했다. 하지만 주관적인 관점
으로는, 그녀는 그의 곁에서 행복했고, 그의 미소나 따뜻한 말
한마디는 그녀의 눈물을 닦아주기에 충분했다. 그래서 안나는

기꺼이 자신의 손가락에서 반지를 빼고, 귀에서 귀걸이를 뺐으며, 어깨에 걸친 숄까지 벗어서 표도르를 위한 자금을 마련했다. 그리고 그가 한 판, 또 한 판, 모든 걸 다 탕진할 때까지 도박을 할 수 있도록 도왔다. 거듭되는 실패 속에서 아주 잠시라도 표도르에게 기쁨을 안겨주거나 위로가 될 수 있다면, 그게 무엇이든 간에 그녀에게도 역시 기쁨이자 위안이었다. 그녀는 남편의 눈을 통해 세상을 봤고, 그의 견해를 온전히 수용했으며, 그의 콤플렉스를 함께 나누었고, 러시아가 아닌 모든 것에 대한 그의 짜증스런 경멸의 태도 또한 고스란히 모방했다.

도스토옙스키의 간질병은 날이 갈수록 심해지고 발작 또한 잦아졌지만, 안나는 비통한 심정을 애써 참으며 남편을 극진히 간호했다. 상점이나 레스토랑, 혹은 카지노에서 남편이 예기치 않게 분노를 터트리거나 무례한 언행으로 소동을 피워도 모든 걸 묵묵히 감내했다. 당시 안나는 임신 중이었는데, 건강상태가 매우 좋지 못했다. 아마도 끊임없이 긴장과 스트레스에 시달려야만 했기 때문일 것이다. 하지만 이 모든 역경에도 불구하고, 그녀는 행복했다. 행복하길 간절히 원했기에 행복할 수 있었고, 더 큰 행복은 꿈도 꾸지 않았다….

우리는 여기서 위대한 사랑의 면모를 발견할 수 있다. 냉정한 관찰자들은 이런 경우 다음과 같은 질문을 던질 것이다. "그래서 그녀(그)는 그(그녀)에게서 무엇을 보는가?" 하지만 이런 질문은 접어두자. 위대한 사랑이란 본래 타당성이 결여되어 있는 법이니까. 그것은 마치 극한의 오지에서 불가사의하게 자라는 한 그루 나무와도 같다. 그 뿌리는 어디에 박혀 있는지, 수액은 어디서 공급받는지, 대체 무슨 기적이 일어났기에 푸른 잎사귀들이 돋아날 수 있는지 도무지 알 수 없지만, 그럼에도 불구하고 나무는 그 자리에 존재하고, 녹음을 드리운다. 그건 아마도 스스로 생명을 유지하는 데 꼭 필요한 뭔가를 찾아냈기 때문일 것이다.

리샤르드 프쉬빌스키는 서문에서 반은 농담조로, 하지만 어느 정도는 진심을 담아서 이렇게 적고 있다. "안나 도스토옙스키의 일기는 아내들을 위한 지침서이다. 다루기 힘든 상대인 건 분명하지만, 그래도 선의를 잃지 않고 있는 남편을 어떻게 대해야 하는지 이 책은 알려준다." 하지만 내 생각은 다르다. 애석하게도 저자의 경험은 다른 이들에겐 별로 유용할 것 같지가 않다. 안나의 행동은 계획이나 체계에 따라 이루어진 것이 절대 아니다. 그녀의 놀라운 인내심은 그저 그녀의 타고난 본성에 부합했을 뿐이다.

유르겐 토르발드 지음, 반다 크라겐·카롤 분스흐 옮김,
『탐정의 시대─범죄수사의 역사와 모험들』
Jürgen Thorwald, *Stulecie detektywów—Dzieje i przygody*
kryminalistyki, (trans.) Wanda Kragen, Karol Bunsch, Kraków:
Wydawnictwo Literackie, 1971

두 남자를 동시에 사랑한 시절이 있었다. 유르코 보훈Jurko
Bohun*과 셜록 홈즈Sherlock Holmes가 그들이다. 보훈에 대한
내 관심은 금방 식었다. 오직 헬레나만 바라보는 남자였으니
그럴 만도 했다. 완고한 독신에 자유로운 영혼인 셜록 홈즈만
남았다. 셜록이 오랫동안 닥터 왓슨과 함께 살고 있다는 사실
은 순진무구했던 어린 시절의 내게는 별문제가 되지 않았다.
홈즈에 대한 연모의 정은 그러다 얼마 안 가서 수그러들긴 했
지만, 내게는 아련한 향수와 함께 앞으로 삶에서나 소설에서
나 홈즈에 버금가는 탐정은 결코 만나지 못하리라는 확신을
남겼다. 직관의 대가! 추론의 전문가! 모래 위에 찍힌 발자국
을 보고 살인자가 붉은 구레나룻의 소유자임을 알아맞히고,
한 숙녀가 자신의 눈에다 코안경을 갖다 대는 모습을 보면서

* 폴란드의 문호 헨릭 시엔키에비츠Henryk Sienkiewicz의 소설 『불과
검으로』에 나오는 주인공 중 한 명으로, 카자크 기사이다.

그녀의 할아버지가 50년 전에 인도에서 세상을 떠났다는 사실을 추리해내다니.

셜록 홈즈가 이룩한 눈부신 성공사례들과 비교해보면, 실제 범죄수사의 역사는 애처롭기 그지없다. 끝도 없이 많은 서류철과 실험실 들, 여전히 완벽하지 못한 수많은 도구들, 범죄자와 희생자를 밝혀내기 위한 다양한 협동작전들, 사인死因을 밝히기 위한 오랜 수사와 탐문의 과정들, 그리고 꽤 많은 사건들에서 발견되는 여전한 의혹들과 오판에 대한 의구심들…. 심지어 지문감식법 또한 쉽게 고안된 것이 아니다. 오늘날의 관점에서는 너무도 손쉽고 당연한 방법이기에 이미 동굴벽화 시대 때부터 통용되었을 것 같지만, 실제 인류가 지문감식법을 사용하기 시작한 것은 19세기 중반의 일이었다. 이와 비슷한 시기에 독물학毒物學, 즉 독의 종류와 효능에 대한 학문 또한 본격적인 기반을 갖추게 되었다. 탄도학彈道學, 다시 말해 탄환의 발사 그리고 이와 연관된 모든 것을 다루는 학문도 마찬가지였다. 같은 공장에서 생산된 동일한 모델의 권총 두 개에서 각기 발사된 총알의 탄피가 똑같지 않다는 중대한 발견도 이 당시에 이루어졌다.

이 방대한 분량의 저서에서 토르발드는 각각의 사안들에 대해 실제 일어났던 다양한 범죄 사건들을 접목시켜 생생하게 기술하고 있다. 덕분에 이 책을 읽는 독자들은 수십 개의 짤막짤막한 탐정 스토리들로 구성된 하나의 거대한 추리소설을 읽는 것 같은 느낌을 받게 된다. 놀랍지 않은가!!! 불과 몇 주 전에 출간되었지만, 워낙 인기가 많아서 이 책을 구하기는 쉽지 않을 것 같다.

이런 장르의 책을 번역하는 건 결코 쉬운 일이 아니다. 카롤 분스흐의 경우, 번역 작업을 하면서 뿌듯했을 것이다. 법학을 전공한 자신의 이력이 실질적으로 큰 도움이 되었을 테니 말이다. 공동 번역자인 반다 크라겐은 선량한 품성의 소유자인 데다 법학과 관련된 전문지식을 갖고 있지 않았기 때문에, 복잡한 법정 장면이라든지, 잔인한 시체해부 장면을 번역할 땐 나름 고충을 겪었으리라.

쿠르트 바슈비츠 지음, 타데우시 자브우도프스키 옮김,
『마녀들—마녀재판의 역사』
Kurt Baschwitz, *Czarownice*, (trans.) Tadeusz Zabłudowski,
Warszawa: PWN, 1971

16~17세기 유럽에서는 마녀사냥이 대대적으로 유행했고, 심
지어 18세기에도 백만 명에 가까운 희생자가 죽임을 당했다.
물론 이 수치는 어느 정도 과장된 것일 수도 있지만, 그렇다고
해서 마녀사냥이라는 현상의 잔혹함과 무자비함이 축소되는
건 아니다. 테러나 학살의 파급효과는 단순히 죽임을 당한 희
생자들에게만 국한되는 것이 아니다. 그 사건을 함께 겪은, 상
상조차 못 할 만큼 많은 또 다른 희생자들을 양산하기 때문이
다. 야만적으로 돌변한 사람들, 신체적으로 훼손당하거나 정
신적으로 충격받은 사람들이 그 예이다. 점점 더 많은 마녀들
이 화형을 당할수록, 마녀의 존재를 믿는 사람들의 숫자도 점
점 늘어났다. 하지만 이와 함께 마녀사냥에 저항하는 무리들
도 꾸준히 생겨났다. 그리고 시간이 흐르면서 이 끔찍한 재앙
을 어떻게든 완화시켜보려는 노력이 조금씩 결실을 맺게 되
었다.
　　우리는 그 시절의 잔혹함에 대해서는 많은 걸 알고 있지
만, 이러한 잔혹함에 맞서 당시에 구체적으로 어떤 투쟁이 벌

어졌는지에 대해서는 잘 알지 못한다. 마녀사냥은 스스로는 결코 멈출 수 없는 일종의 광기였기에, 실제로 끈질긴 저항이 지속되었다. 『마녀철퇴 *The Malleus Maleficarum*』*와 같이 부끄럽고 비참한 기록들도 있었지만, 한편으로는 올바른 판단력과 자비를 호소하는 책들, 즉 프리드리히 폰 슈페Friedrich von Spee의 『양심의 책』**, 발타사르 베커Balthasar Bekker의 『마법에 걸린 세상』*** 등의 저술도 있었음을 기억할 필요가 있다. 또한 적어도 가끔씩은 이성적인 판단을 내릴 수 있는 권력층이 지배했던 도시나 지방이 존재했다는 사실도 기억하자. 베네치아 공화국과 파리가 그 대표적인 예이다. 아우구스부르크와 브레멘, 울름과 같은 도시들 또한 오랫동안 무자비한 광기를 거부했다. 벨기에 북서부에 위치한 브루게에서는, 타인을 마녀로 고발하는 사람이 있으면 진술의 정당성을 입증할 때까지 고발자를 감옥에 수감시킨다는 법안이 발표되기도 했다. 그러자 상당수의 밀고자들이 잠잠해졌다. 영국에서는 수사 과정에서 고문을 금지한 이후 고발 횟수가 눈에 띄게 줄었다.

하지만 마치 어두운 밤하늘을 밝히는 한줄기 별빛처럼,

---

* 1487년 독일에서 출판되었으며, 마녀의 특성, 색출법, 재판방식 등을 기술하여 마녀재판의 잣대를 제시한 책으로 알려져 있다. 도미니코 수도회의 성직자인 하인리히 크라머Heinich Kramer가 집필했다.
** 독일의 예수회 신부이자 시인인 프리드리히 슈페의 저서로, 1629년부터 2년간 마녀재판에서 사형선고를 받은 여성 200명의 고해사제를 역임한 뒤 마녀사냥에 반대하여 저술했다.
*** 네덜란드의 신학자 발타사르 베커가 1691년부터 1693년 사이에 출간한 세 권짜리 책으로, 무지와 미신에 대해 신랄한 비판을 하면서 마녀사냥을 금지할 것을 주장했다.

쿠르트 바슈비츠의 책장 속에서 내 시선을 단숨에 사로잡은 도시는 바로 네덜란드의 아우데바터르이다. 그곳에는, 장이 서는 날이면 치즈와 밀가루의 무게를 달고, 필요한 경우 사람의 몸무게도 측정하는 도시의 공공 저울이 있었다. 당시에는 마녀들이 일반인들보다 몸이 가볍다는 미신이 널리 성행했기에 키와 지방 함유량은 마녀를 식별하는 척도로 간주되었다. 따라서 유럽의 여러 도시에서 무고한 여인들을 대상으로 공공연하게 몸무게 측정이 행해졌고, 안타깝게도 이러한 행위는 마녀로 의심받는 용의자들에게는 치명적인 결과를 초래하곤 했다. 아우데바터르의 저울은 한 치의 오차도 없는 정확한 측정기기로 유명했는데, 이 저울에 오르는 이들은 주로 이웃 나라에서 도망쳐 온 피난민들이나 박해받는 난민들, 생활고를 겪는 빈민들이었다. 몸무게 측정은 시의회 의원들과 시민들이 지켜보는 가운데 정해진 의식에 따라 거행되었다. 의식이 끝난 뒤에는 시의원이 시청으로 가서 시장과 평의회 구성원 전원이 참석한 가운데 보고서를 낭독하고, 이 보고서를 바탕으로 시장의 서명과 직인이 첨부된 인증서가 발급된다. 그리고 저울에 올라선 당사자에게 인증서가 전달된다. 그런데 놀랍게도 이 인증서에 부정적인 판결이 명시된 적은 한 번도, 정말 단 한 번도 없었다!!! 마녀 혐의를 받던 용의자들은 자신들의 몸무게가 적절하다는 사실을 법적으로 입증하는 증명서를 들고, 죽음의 공포에서 벗어나 당당히 고향으로 돌아갈 수 있었다. 아우데바터르의 저울은 오늘날까지도 보존되어 도시의 기념비적인 유산으로 각광받고 있다고 한다. 운명이여, 부디 이 저울을 영원히 수호하기를. 또한 측정 결과가 어떻게 나올지

뻔히 알면서도 서로 눈짓 하나 깜빡이지 않고 사뭇 진지하게 이 생명수호의 희극에 참여했던 아우데바터르의 시민들도 기억하기를. 그들은 정의로웠을 뿐 아니라 영리했다. 선의善意는 기지가 뒤따르지 않으면 아무런 힘이 없다.

한나 미에슈코프스카·보이체흐 미에슈코프스키 지음,
『내 집 수선과 꾸미기』
Hanna Mieszkowska, Wojciech Mieszkowski, *Naprawy i przeróbki w moim mieszkaniu*, Warszawa: Wydawnictwo Watra, 1971

나는 '만능 손'이란 단어를 딱히 좋아하지는 않지만, 이 단어로 지칭되는 사람은 정말 좋다. 손기술로 모든 종류의 다양한 과업들을 수행해내는 그들의 격세유전隔世遺傳의 재능은 누구나 닥치는 대로 모든 일을 해야만 했던 원시공동체사회를 떠올리게 한다. 노동의 분업이 이루어지기 훨씬 전부터 대대로 전해져온 이 생생한 인류의 관습은, 인간을 위한 봉사가 심각한 위기를 맞고 있는 작금의 시대에 완벽하게 부합한다.

물질과 사투를 벌이려는 억누를 수 없는 본능 외에도 인간에게는 오늘의 현실에서 매우 유용한 원시사회의 습성이 하나 더 남아 있다. 바로 채집과 수렵의 습성이다. 만능 손에 해당하는 사람들은 길거리에서 뒹굴고 있는 작은 나사 하나, 양철조각 하나도 허투루 지나치지 않는다. 꼭 지금이 아니더라도 10년쯤 지난 후에 유용하게 쓰일 수도 있기 때문이다. 다른 이들은 다급한 상황이 닥치고 나서야 어쩔 수 없이 철물점으로 향하지만, 그들은 평소에도 휴식 삼아 그곳에 들러 몇 시간이고 끌이나 정 따위를 뒤적거리면서 즐거워한다. 만능 손은 타고나는 것이지, 중년의 나이에 갑자기 만능 손을 갖게 되는 경우는 없다. 발레와 유사해서, 아주 어릴 때부터 꾸준히 훈련과 연습을 하지 않으면 발레리나가 될 수 없는 것과 같은 이치다.

만능 손은 흔히 요란하고 떠들썩한 유년기를 보내게 마련이다. 깨진 유리조각들, 부식성 액체, 일시적 감전, 실험용 폭발 속에서 생사의 경계를 넘나드는 일이 그들에겐 익숙하다. 그들의 부모는 평균 이상으로 자주 학교에 불려가게 되고, 자신의 아이가 담임선생의 의자 밑에다 의자 바닥을 쿵쿵 두드리는 괴상한 장치를 설치해놓았다는 사실을 알게 된다. 만능 손이 성숙기에 접어드는 시점은, 자신의 주머니에 넣고 다니던 다양한 내용물들을 서랍으로 옮겨 정리를 시작하게 될 무렵이다. 그러다 세월이 흘러 표면이 울퉁불퉁 튀어나온 마룻바닥과 이와 비슷한 수준의 여러 가지 문젯거리를 떠안고 있는 새 아파트로 그들이 이사할 때쯤은 수년간의 다양한 실습과 경험을 두루 거치고 난 다음이다. 적재적소, 즉 적합한 장소에 배치된 적절한 인재란 바로 이런 경우를 두고 일컫는 말일 것이다.

내가 지금 이렇게 만능 손에게 찬사를 보내는 것은 이 책 『내 집 수선과 꾸미기』와 어느 정도 연관이 있다. 신의 은총을 받은 만능 손은 이런 유의 책을 절대로 구입하지 않을 것이다. 굳이 사야 할 필요성을 느끼지 못할 테니까. 이 타고난 천재는 두 개의 손잡이를 적절히 균형 맞춰 고정시키는 법을 이미 어디선가 본 적이 있다. 그에게는 손잡이를 알맞게 조이기 위한 이론을 밤새도록 공부하기보다는, 비록 아주 잠깐이라도 눈으로 한 번 보는 게 훨씬 효과적이다. 그러므로 이 책은 귀가 얇은 사람들, 그러니까 지침에 따라 벽에다 대고 못질을 하는 순간 곧바로 못이 제대로 잘 박힐 거라고 믿는 순진한 사람들을 대상으로 하고 있다. 집 꾸미기는 결국 몇 주 지나지 않아 숙련된 수리공이 우울하게 그 모습을 드러내는 것으로 끝맺기 마련이다. 비로소 나는 이 책을 읽어야만 하는 유일한 가치를 발견하게 된다. 일찍이 율리안 투빔Julian Tuwim과 열쇠공의 이야기*에서처럼 전문지식이 있는 것처럼 가장하면서 수리공과 이런저런 수다를 떨 수 있다는 것. 이게 바로 이 책이 필요한 이유다. 대화가 없다면 인생에 과연 무슨 낙이 있겠는가.

* 폴란드 시인 율리안 투빔(1894~1953)은 익살스런 풍자시 「열쇠공Ślusarz」을 쓴 바 있다.

에리히 프롬 지음, 알렉산데르 보그단스키 옮김, 『사랑의 기술』
Erich Fromm, *O sztuce miłości*, (trans.) Aleksander Bogdański,
Warszawa: PIW, 1971

사랑은 기술이라고 에리히 프롬은 말한다. 물론 여기서 프롬이
의미하는 것은 테크닉이 아니라 감정이다. 우리 시대에 사랑의
테크닉에 관한 책은 무수히 많다. 그중에는 선정적인 경향 가
운데 하나인 관음증에 대한 언급도 종종 발견된다. 나는 이러
한 선정적인 경향의 목록에다 이른바 '글쓰기 도착증'을 하나
더 추가할 것을 제안하고 싶다. 박식한 체하는 작품들을 즐겨
쓰는 작가들은 분명 화를 낼 테지만 말이다. 글쓰기 도착증은
사회를 위협하는 일종의 일탈이다. 왜냐하면 활자를 통해 쾌
락을 맛보려는 '독서 도착증'을 유발하여, 독자들로부터 직접
선정적인 체험을 해보고 싶은 욕구를 앗아가기 때문이다.

사랑을 일종의 심리상태로 인식하고 분석할 경우, 상황은
달라진다. 이 경우, 시시콜콜하고 사소한 분석에 연연하여 실
제로 감정을 느끼고 체험하는 걸 주저하는 사람은 아무도 없
다. 문제는, 누구나 사랑을 할 수는 있지만 실제로 '선택받은'
사람은 많지 않다는 데 있다. 프롬에 따르면 사랑은 기술인데,
기술에는 타고난 재능이 필요하기 때문이다. 프롬은 바로 이
재능의 문제를 간과한 채, 사랑에 빠진 사람들과 예술가들에

게서 공통적으로 나타나는 성향을 분석하는 데만 집중하고 있다. 예술작품과 마찬가지로 사랑 또한 통제와 노력, 적극적인 개입과 집중력, 그리고 인내심이 요구된다고 프롬은 역설하고 있다. 나 역시 동의한다. 다만 이 중에서 무엇을 우선적으로 선택할 것인가의 문제는 개인의 자유의지에 달려 있다. 게다가 사랑의 관계에 적용시킬 경우, 미덕으로 받아들여지기 힘든 성향들이 예술에는 분명 존재한다. 프롬은 심리분석학자로서 이러한 사실을 틀림없이 알고 있었겠지만, 모럴리스트적인 열정과 아름다운 사랑의 모형을 창조하고 싶은 욕구에 휩싸여 더 이상의 분석과 고찰을 시도하지 않아서, 그의 추론은 설득력을 잃고 말았다.

이 책의 가치는 따로 있으니, 오늘날에는 구시대의 유물로 치부되며 소홀히 여겨지는 진리를 일깨우고 있다는 점이다. 즉 사랑은 수동적인 감정이나 유희의 수단이 아니며, 받는 게 아니라 주는 것이라는 사실, 그리고 고난이나 역경에 대한 단단한 각오 없이는 버텨내기 힘들다는 사실 말이다. 하지만 그래도 여전히 뭔가가 부족하게 느껴진다. 대부분의 모럴리스트가 그렇듯이 프롬 또한 성급한 약속을 자제하지 못했다. 능동적이고 강인한 사랑은 반드시 성공한다고 그는 단언했다. 만약 실패한다면 그 원인은 다음과 같은 두 가지 때문이다. 우리 자신의 부족함 때문이거나(이럴 수가!), 아니면 사회제도가 잘못되었기 때문이라는 것이다. 사랑을 위해 쏟아부은 감정의 소비나 사회적 상관관계와는 상관없이 그저 실패로 끝나버린 사랑에 대해서 프롬은 아무런 관심도 없다. 딱 한 번 이에 관한 언급이 등장하는데, 마르크스의 주장을 인용하는 대목에서이다. 모든 문제의 원인을 무턱대고 성격적 결함이나 정치 제도에서 찾으려는 경향에 대해 부정적인 입장을 취했던 바로 그 마르크스 말이다. "만약 당신이 상대로부터 상호적인 사랑을 이끌어내지 못한 채 사랑하고 있다면, 만약 타인을 사랑하고 있는 당신의 삶의 일부가 당신을 사랑받는 인간으로 만들지 못한다면, 당신의 사랑은 무력하고 불행한 것이다…." 이러한 슬픈 전망에 관해 프롬은 애석하게도 아무런 언급도 하지 않았다. 그는 낙관주의자가 되기로 결심했다. 낙관주의가 모든 문제를 해결할 수는 없음에도 말이다.

A. 지악 · B. 카민스키 지음, 『집 안에서 벌어지는 사고들』
A. Dziak, B. Kamiński, *Wypadki w domu*, Warszawa: Państwowy
Zakład Wydawnictw Lekarskich, 1970

집에서 빈둥거리는 것은 사실 굉장히 위험한 일이다. 매 순간
죽음이나 부상의 위협이 도사리고 있기 때문이다. 게다가 집
안에 문명의 설비가 많이 갖추어져 있을수록 재난이 일어날
확률 또한 더욱 높아진다는 점을 간과해서는 안 된다. 사실상
동굴에 거주하는 게 가장 안전하다. 단, 집주인이 사냥이나 낚
시를 하기 위해 집을 비운 사이, 날카로운 이빨을 가진 호랑이
가 몰래 동굴에 잠입하지만 않는다면 말이다.

A. 지악과 B. 카민스키가 저술한 이 소책자(출판사는 인
쇄비를 아끼기 위해서인지 저자의 이름을 생략한 채 알파벳
머리글자만 제시하고 있다)는 다양한 돌발상황에 대처하고
적절한 응급처치를 하는 방법을 우리에게 알려주고 있다. 그
런데 저자들은 뭔가를 가르쳐주고 싶다는 열정에 사로잡힌 나
머지, 제목이 제시하는 주제에서 너무 멀리 벗어나고 말았다.
이 책은 집이라는 영역을 넘어서 마당과 숲, 강변에서 일어나
는 사건사고까지 모두 다룬다. 그리고 마침내 이 유용한 저서
의 마지막 장은 다음과 같이 끝을 맺는다. "대량 인명피해가
발생할 경우의 행동요령(자연재해, 핵폭탄 투하 등)." 독자들

로서는 정말 뜬금없는 결말이 아닐 수 없다. 왜냐하면 마치 그림책 표지처럼 다리에 붕대를 감은 채 서 있는 알록달록한 집을 표지에 그려놓은 이 책의 대단원에 설마 이런 무시무시한 내용이 적혀 있으리라고는 짐작조차 할 수 없었기 때문이다.

언젠가 독자와의 만남에서 무엇 때문에 순수문학이 아닌 실용서나 대중학술서에 관한 칼럼을 쓰느냐는 질문을 받은 적이 있었다. 그때 나는 이런 유형의 출판물에는 좋은 결말 또는 나쁜 결말이 존재하지 않으므로 이런 책들이 좋다는 대답을 한 적이 있었다. 하지만 이제는 그런 견해를 철회하고 심사숙고할 필요가 있을 것 같다. 왜냐하면 '세상의 종말'이라는 극적인 대반전으로부터 갓난아기를 무사히 보호하는 방법에 관한 실용서가 출판되지 않으리라고 더 이상 확신할 수가 없기 때문이다.

알리츠야 할리츠카 지음, 반다 브웡스카 옮김,『어제』
Alicja Halicka, *Wczoraj*, (trans.) Wanda Błońska, Kraków:
Wydawnictwo Literackie, 1971

알리츠야 할리츠카는 크라쿠프에서 태어났지만, 젊은 나이에
가족의 품을 떠나 미술 공부를 하기 위해 모나코로 향했다. 그
리고 얼마 후인 1912년에 파리로 가서 뛰어난 입체파 화가 루
이 마르쿠시Louis Marcoussis*와 결혼했고, 파리 아방가르드 화
단의 영원한 일원이 되었다. 그 자신이 화가였음에도 불구하
고, 할리츠카는 자신의 예술이나 남편의 작품에 대해서, 아니
면 다른 화가들의 예술세계에 대해서 그다지 흥미로운 기록을
남기지는 못했다. 할리츠카가 파리에서 보낸 1910년대와 1920
년대는 모든 예술분야에 있어 대대적이고 극적인 전환기였다.
하지만 그녀는 그저 유명인사들과의 다양한 에피소드를 나열
하는 것으로 이 시기를 그리고 있다. 보헤미안 라이프의 단면
들, 센 강 양편에 빠르게 퍼져나가던 각종 구호들, 주류와 비
주류 인사들에 관한 생생한 묘사들, 이 모든 것이 끝없이 반
복되다보니 책의 어디쯤에 이르면 슬슬 지겨워지기 시작한다.

* 바르샤바 출신의 폴란드계 프랑스 화가로, 밝은 색채로 종합적인
큐비즘을 구현하는 다양한 작품을 발표했다.

그러고는 꼭 유명인사가 아니어도 상관없으니 이 책이 아니면 잊힐 수밖에 없는 인물에 대한 진솔한 이야기를 읽고 싶다는 생각이 들게 만든다. 하지만 책장을 넘길 때마다 계속되는 건, 피카소나 아폴리네르와 같은 유명 예술가들에 대한 이야기뿐이다….

할리츠카는 흔히 말하는 '마당발', 그러니까 '모두'와 알고 지내는 사람이었다. 하지만 '모두'를 안다는 건, 오히려 누군가를 '잘' 알기에는 역부족임을 의미한다. 그러기에는 시간도 에너지도 충분치 않기 때문이다. 알고 지내는 사람이 많을수록 그 우정의 깊이는 얕아질 수밖에 없다. 할리츠카는 새로 만나는 모든 사람들에게서 상투적인 에피소드를 이끌어내고, 이어서 전시회 개막식과 화랑, 초연장初演場을 끊임없이 누비고 다닌다….

그러다 어느 날, 병에 걸려 오랫동안 집에서 투병생활을 하게 된다. 그러자 '모두'와 함께했던 왕성하고 시끌벅적하고 활동적인 그녀의 세상은 갑자기 땅속으로 꺼진 듯 자취를 감추고 만다. 할리츠카의 곁을 지킨 건 오직 늙은 하녀 뒤부아Dubois 부인뿐이다. 뒤부아 부인은 예술가도 귀족 출신도 아닌, 그저 가난한 전직 화장실 청소부였지만, 이 책에서 가장 아름다운 에피소드의 주인공이다. 어느 날, 그녀는 노름판 물주를 업으로 삼고 있는 자신의 애인과 함께 한 번은 카이로에, 또 한 번은 부에노스아이레스에 가서 그곳의 여러 도박장에서 화장실 청소를 하며 잠시나마 바깥바람을 쐬게 된다. 그처럼 멀리까지 여행을 다녀온 소감이 어땠는지 묻는 할리츠카의 질문에 뒤부아 부인의 대답은 의외로 간결했다. "글쎄요 마담,

전 늘 지하실에서 일만 해서 별로 본 게 없답니다…" 하느님 맙소사!

미에치스와프 예지 퀸스틀러 지음, 『한자漢字』
Mieczysław Jerzy Künstler, *Pismo chińskie*, Warszawa: PWN, 1970

이 책은 2년 전에 출간되었으므로 신간이라고 볼 수는 없다. 하지만 당시에는 이 책을 구할 수가 없었는데, 얼마 전 도서전에서 우연히 이 책을 발견하게 되었다. 한자漢字에 대해서 아무것도 모른 채로 이 세상을 살아간다는 건 바보 같은 일이다. 이 책을 읽고 난 뒤에도 나는 여전히 아무것도 모르지만, 그래도 이 경우의 '아무것도'란 본래의 원초적인 의미를 벗어나, 어느 정도는 소크라테스식 문답법의 심오함을 획득하고 있다고 생각된다.

　이 책을 통해 나는 중국어와 그 방언들에 대해 많은 정보를 얻었다. 또한 음가音價만을 나타내는 것이 아니라 그 자체로 하나의 단어가 되어 의미를 표현하는 글자들에 대해서, 그리고 이러한 글자들이 서로 조합되어 한 단위의 또 다른 뜻을 만들어내는 조어造語의 원리와 서예에 대해서도 알게 되었다. 가장 흥미로웠던 건 바로 조어 원리였다. 예를 들어 '평화'를 의미하는 단어는 지붕, 심장, 그릇, 이렇게 세 개의 상형문자가 결합된 것이다.* 이 자체만으로도 이미 아주 짧고 세밀한 한 편의 시詩라고 할 수 있을 것이다.

한자는 시인들로 하여금 극도의 구체성을 지향하도록 만들었다. 만약 새에 관한 시를 쓰고 싶다면, 중국의 시인들은 꼬리가 긴 새에 대해 쓸지 짧은 새에 대해 쓸지 결정을 내려야 한다. 어쩌면 위의 두 글자를 결합시킨 제삼의 글자를 통해 몸집이 크고 포동포동한 또 다른 새를 표현하고자 할 수도 있다. 물론 한자에는 이와 같은 구체적인 특성을 나타내지 않고, 그저 일반적인 의미의 새를 뜻하는 글자도 존재한다. 하지만 특유의 회화적 요소 덕분에 중국의 문자는 오늘날까지도 추상적인 개념화에 대한 저항의식을 고스란히 간직하고 있다.

한자에는 여성에 대한 적대감이 반영되어 있다. '싸움'을 뜻하는 글자는 두 명의 여자를 그래픽적으로 단순화시켜 조합한 것이며, '배반'이란 단어에는 무려 세 명의 여자가 등장한다. '아내'를 의미하는 글자와 '애인'을 의미하는 글자가 서로 다른 건, 너무도 자명한 일이다. '아내'는 여자에다 빗자루를 결합시켰고, '애인'은 여자에다 피리를 결합시켰다. 유럽에서 수많은 여성지들이 즐겨 다루는 테마인 '이상형'을 의미하는 글자가 과연 한자에 존재하는지는 잘 모르겠지만, 그것은 아마도 빗자루에 피리를 결합시켜놓은 형태가 아닐까 싶다.

풍부한 정보와 논지의 명료함에 저자에게 진심으로 감사하면서도, 한편으로는 실제 생활에서 한자가 어떻게 쓰이고 있는지에 대한 내용이 거의 없어 살짝 아쉽기도 하다. 예를 들어 중국 학교에서는 읽고 쓰기를 배우는 데 얼마나 많은 시간이

---

* 편안할 녕寧 자를 말하는 것으로, 이 글자는 원래 집(지붕)을 뜻하는 宀, 그리고 그릇皿과 마음心의 합자이다. 寍으로 표기되기도 한다.

소요되는지, 한자를 외워서 자유자재로 사용하려면 또 얼마나 걸리는지, 필기를 할 때 한자는 얼마만큼이나 효율적인지 등등 궁금한 점이 아주 많다. 그리고 진짜로 알고 싶은 건, 중국의 타자기는 과연 어떤 모양일까 하는 점이다. 지금 내 머릿속에는 대략 80여 명의 숙달된 속기사를 태우고 왔다 갔다 하는 기관차 정도 크기의 거대한 기계가 떠오른다. 이럴 경우, '속기사'를 뜻하는 글자는 아마도 여자와 용의 조합이 아닐까.

권터 템브록 지음, 할리나 야쿠프칙·마리아 카츠마렉·
다누타 바실릭 옮김,『동물의 음성—생체음향학 입문』
Günter Tembrock, *Głosy zwierząt—Wprowadzenie do
bioakustyki*, (trans.) Halina Jakubczyk, Maria Kaczmarek,
Danuta Wasylik, Warszawa: PWN, 1971

생체음향학이란 불과 얼마 전부터 그 독립성을 인정받기 시작
한 새로운 학문분야이다. 오랜 세월 동안 동물학의 가장자리
에서 별다른 주목을 받지 못했지만, 오늘날 새로운 기기와 도
구 들을 사용할 수 있게 되면서 체계적인 연구가 시도되었고,
그 결과 적지 않은 혁신이 이루어졌다. 초음파 감지가 가능해
지면서 지금까지는 거의 무성無聲으로 간주되었던 동물들의
소리를 들을 수 있게 되었다. 또한 이러한 소리들을 테이프에
녹음하여 보존할 수 있게 되면서 훨씬 더 미세하게 소리를 구
분하고 분류할 수 있게 되었다.

　어린 악어는 이미 알 속에서 끙끙거리며 소리를 내기 시
작한다. 어디에선가 읽었는데, 코끼리의 절대음감은 바그너나
차이콥스키도 감히 따라갈 수 없을 정도라고 한다. 같은 종류
의 새라 할지라도 지역에 따라 서로 다른 사투리가 나타나기
도 한다. 개구리는 셋이서 트리오로 함께 개골개골거린다. 인

간의 귀가 미처 감지해내지 못하는 독특한 소리를 낼 수 있는 능력이 쥐에게 있다는 건 이미 널리 알려진 사실이다.

　내가 두서없이 이런저런 이야기를 늘어놓는 바람에 이 책의 구성이나 논지의 해박함이 생생하게 전달되지 못한 것 같다. 쉽게 읽히는 책이 아닌 건 분명하다. 아마추어의 입장에서 초반부를 무사히 독파하기 위해서는 분명 적지 않은 어려움이 뒤따른다. 하지만 그 정도의 어려움은 분명 감수할 만한 가치가 있다. 특히 직업적인 필요와는 아무런 상관없이 세상의 신비에 대해 놀라며 감탄할 수 있는 시간이 우리에게 허락되는 여름휴가 때라면 더욱 그러하다. 저자인 템브록과 세 명의 역자 덕분에 우리는 잔디밭에서 찍찍거리는 게 과연 무엇인지 알 수 있게 되었을 뿐만 아니라, 어떻게 그런 소리를 내는지, 또한 그 목적은 무엇인지도 이해할 수 있게 되었다.

루이 베리 콩스탕 지음, 타데우시 에베르트 옮김, 『나폴레옹 1세의
제1침소 시종이 쓴 회고록』
Louis Wairy Constant, *Pamiętniki kamerdynera cesarza Napoleona I*,
(trans.) Tadeusz Ewert, Warszawa: Czytelnik, 1972

"황제의 삶은 아마도 만사형통일 것이다." 하지만 신은 애석
하게도 우리에게는 그런 은총을 베풀지 않으셨다. "동이 틀 때
면, 이미 황제의 침대로 커피를 대령시켰다…." 바꿔 말하면
밤 당번을 맡았던 친구와 교대하기 위해 낮 당번 시종이 황제
의 침실로 들어왔다는 이야기이다. 나폴레옹 황궁의 에티켓은
엄격하기로 소문난 합스부르크 왕가의 그것 못지않게 까다롭
고 복잡했다. 황제에게는 스스로 씻거나 바지 단추를 잠그는
행위도 금지되었다. 심지어 침대에서 혼자 일어나서도 안 되었
으며, 반드시 누군가가 일으켜주어야만 했다. 그러고 나면 시
종의 손을 거쳐 곧바로 비서와 부관의 손으로 넘겨졌다. 절대
군주들조차 맨발로 다니는 그곳, 그러니까 화장실에 갈 때도
마찬가지였다. 차려 자세를 취하거나 아니면 머리를 조아린
채 황제의 볼일에 증인을 서기 위해 기다리는 사람들의 무리
를 지나쳐야만 했다. 일에 열중하기 위해 집무실로 돌아와서
도 문밖에 서 있는 자신의 충실한 시종 콩스탕의 숨소리를 들
어야만 했다. 만약 이러한 상황이 실제로 그에게 별다른 방해

가 되지 않았다면, 그건 아마도 나폴레옹이 타고난 집중력의 소유자라는 의미일 것이다.

　나폴레옹의 화려하고 다양한 여자관계 또한 항상 제삼자에 의해 매우 신중하게 주선되었다. 절대로 혼자 남겨지거나 누군가의 시선으로부터 벗어나본 적이 없고, 불과 며칠 동안만이라도 사람들로부터 주목받지 않고 자유롭게 지낼 수 있는 시간이 허락되지 않았다. 항상 누군가가 그의 방 열쇠구멍에 귀를 대고 있었다. "당장 꺼져버려!"라고 소리쳐봐도 상대는 그저 몇 발자국 뒤로 물러서는 게 고작이었으니, 다 소용없는 일이었다. 이런 식의 삶은 내 기준으로 보면 끔찍함 그 자체다. 만약 이 모든 것에도 불구하고 나폴레옹이 되기를 원하는 이가 있다면, 틀림없이 자기과시적인 경향이 강한 사람일 것이다.

　나폴레옹과 조제핀Joséphine de B.의 이혼, 그리고 이러한 결론에 이르기까지의 수많은 사건들 또한 당연히 궁궐 사람들 모두가 지켜보는 가운데 진행되었다. 조제핀이 공개석상에서 의식을 잃고 쓰러지자 그의 야심만만한 남편은 당혹감과 짜증으로 얼굴이 창백해졌다. 마침 그 자리에 사진사는 없었지만, 미래에 회고록을 쓰게 될 콩스탕이 있었기에 이 이야기는 널리 알려질 수 있었다.

　나폴레옹은 내가 별로 좋아하는 역사적 인물은 아니지만, 이 책을 읽고 난 뒤에는 그에 대한 연민의 감정이 생겼다. 우리에 갇힌 호랑이에게서 느끼는 일종의 동정심이라고 할까. 사실 이러한 비유가 적절한 것인지는 잘 모르겠다. 호랑이는 강제로 우리에 갇힌 것이고, 나폴레옹의 경우는 기꺼이 스스로를 밀실에 가두었으니 말이다. 짐작컨대 세인트헬레나 섬에 유배되었을 당시 나폴레옹은 자존심에 치명적인 타격을 입은 채 괴로워하면서도 한편으로는 자신에게 주어진 새로운 삶에 비교적 쉽게 적응했을 것 같다. 자신을 에워싼 새로운 무리들 속에서 그는 여전히 주인공이었으니까. 또한 변함없이 자신을 주의 깊게 살피는 주변의 시선을 만끽할 수 있었으니까. 그게 하인이든 간수든, 사실 뭐 그리 큰 차이가 있겠는가.

『1973년 벽걸이 일력』*

Kalendarz ścienny na rok 1973, Warszawa: Książka i Wiedza, 1972

오늘은 달력 중에서도 매일 한 장씩 뜯어내는 벽걸이 일력日曆에 대해 몇 자 적어보려 한다. 이러한 일력은 적어도 365페이지의 분량이 보장되어 있으니 꽤 두꺼운 책이라고 할 수 있을 것이다. 그러니 이 칼럼의 글감으로 손색이 없지 않겠는가. 해마다 키오스크**에서 판매하는 달력의 발행부수가 판본당 330만 권이 넘는다고 하니 베스트셀러 중의 베스트셀러가 아닐 수 없다. 달력은 편집자에게 철저한 시간엄수를 요구한다. 일 년 또는 반년 뒤로 출간계획을 미룰 수 없기 때문이다. 교정자 또한 전문적인 정확성을 발휘해야 한다. 사소한 실수로 독자에게 심리적인 혼란을 줄 수 있기 때문이다. 예를 들어 한 주일에 수요일이 두 번씩 있다든지, 성 요셉 대축일을 성 게오르기우스 축일로 지내게 된다면, 생각만 해도 오싹한 일이 아닐 수 없다.

달력은 정오표를 첨부해가며 출판 작업을 진행하는 학술

* 1972년 12월 31일에 쓴 칼럼이다.
** 지하철역이나 버스 정류장, 광장 등에서 신문과 차표, 간단한 음료나 스낵 등을 판매하는 매점.

서적이 아니다. 또한 편집자의 실수를 순간적인 영감에 의한 변덕 정도로 치부해버리는 시집과도 엄연히 다르다. 여기까지는 편집과 관련된 문제들이다. 하지만 이게 다가 아니다. 일력의 운명은 페이지를 한 장씩 찢을 때마다 점진적으로 소멸해 간다는 데 있다. 수백만 권의 책들은 본래 우리보다 더 오래 살아남기 마련이다. 심지어 그 가운데 상당수는 시대에 뒤떨어지거나 터무니없는 졸저임에도 불구하고 불멸을 지속한다. 달력은 우리보다 더 오래 그 존재를 지속하려 들지 않고, 서가의 외딴 곳에 자리를 차지하려 들지도 않는 유일한 책이다. 달력은 치밀한 계획에 의해 단명하도록 만들어진다. 또한 매우 겸손하게도 각각의 페이지가 매번 정확히 읽히길 바라지도 않으며, 그저 만약의 경우에 대비해서 한 귀퉁이에 약간의 텍스트가 채워져 있기만을 희망한다. 달력에는 모든 게 조금씩 다 들어 있다. 주어진 날짜에 해당하는 역사적 기념일, 각운을 맞춘 간단한 시구詩句, 금언金言, 유머러스한 재담才談 (벽걸이 달력에서 흔히 볼 수 있는 것들이다!), 아니면 통계 정보라든지 수수께끼, 흡연에 대한 경고, 집 안에서 해충을 박멸하기 위한 방법 등등. 이처럼 달력에는 모든 요소들이 뒤죽박죽 혼재되어 있고, 서로 불협화음을 이룬다. 역사의 장엄함과 평범한 날의 사소함이 공존하고, 철학자의 명문은 일기예보와 경쟁하며, 클레멘티나 숙모가 알려준 유용한 생활정보의 바로 옆에서 영웅의 일대기가 잘난 체하며 공존한다….

누군가는 이런 이야기를 들으면 화를 낼지도 모르지만, 그래도 한마디 덧붙이겠다. 문만 열면 바로 코앞에 왕의 무덤들이 빤히 보이는 크라쿠프에 살고 있는 우리에게는, 달력이 갖고 있는 이러한 다양하고 혼란스런 속성이 감동적으로 다가올 때가 있다. 심지어 나는 달력에서 위대한 소설들과의 은밀한 유사성마저 느낀다. 마치 달력이 서사시의 동종同種이거나 사생아이기라도 한 것처럼 말이다. 언젠가 벽걸이 달력의 어느 페이지에서(부디 좋은 날짜였기를!) 내 시의 한 구절이 적혀 있는 것을 발견하고는 뭔가 멜랑콜리한 감정에 휩싸인 적도 있었다. 마침 그 달력의 반대편 페이지에는 비엔나풍 치즈케이크를 만드는 조리법이 적혀 있었다. 치즈 0.5킬로그램, 전분 1티스푼, 설탕 1컵, 버터 6티스푼, 달걀 4개, 바닐라 향료와 건포도 들. 자, 이 건포도에서 올해의 칼럼을 끝맺으려 한다. 자애로운 독자들이여, 새해 복 많이 받으시길!!!

막달레나 스토코프스카 지음, 『누가? 무엇을? 음악과 음악들에
대해서』
Magdalena Stokowska, *Kto? Co? O muzyce i muzykach*, Warszawa:
Państwowe Zakłady Wydawnictw Szkolnych, 1972

이 책은 음악감상 수업을 진행하는 교사들에게 유용한 자료를
제공하기 위해 제작된 교재다. 작가는 자신의 논지를 더욱 풍
성하게 뒷받침하기 위해 이례적으로 회고록이나 서간문 등에
서 발췌한 다양한 문학 자료와 여러 일화들을 소개하고 있다.
수많은 편지의 필자들 중에서 단연코 으뜸은 작가로서도 내
가 너무나 좋아하는 프레데릭 쇼팽 Frédéric F. Chopin이다. 이 책
에는 또한 음악에 관한 시도 몇 편 수록되어 있는데, 그중 절
반 정도는 교육적 목적에 치우치다보니 시적 완성도가 별로
높지 않아 기억에 남지 않는다.
　이 책이 타깃으로 설정한 범주에 속한 독자가 아닌 경우,
여기에 적힌 정보들이 그다지 새롭게 여겨지지 않을 수도 있
다. 어딘가에서 읽었거나 들었던 것 같은 내용이 대부분이기
때문이다. 그럼에도 불구하고, 몇 가지 사소한 대목들은 내게
매우 신선하게 다가왔다. 특히 아직 폴란드에서 출간되지 않
은 『음악과 관련된 독설 백과 *Lexicon of musical invectives*』에서 인용
된 자료들이 그러했다. 미국 작가 니콜라스 슬로님스키 Nikolas

Slonimsky가 집필한 이 책에는 평론가들이 작곡가들을 향해 내뱉은 온갖 종류의 신랄한 논평과 악담 들이 집대성되어 있다. 막달레나 스토코프스카의 교과서에 수록된 예들 중에서 맛보기로 몇 가지만 소개하겠다.

영국의 한 비평가는 쇼팽에 대해 이렇게 평가했다. "멜로디뿐 아니라 하모니 또한 기괴하기 짝이 없다. 불협화음과 귀에 거슬리는 소음을 추구하는 이런 불건전한 취향을 가진 음악가가 있으리라고는 상상조차 못 했다." 또 다른 평론가(역시 영국인이다!)는 리스트 F. Liszt에 대해 이렇게 말했다. "…구성, 아니 '비구성'이라고 하는 편이 맞을 것이다. 이것이야말로 비옥한 하모니의 영토에 독을 퍼뜨리는 보기 싫은 버섯을 표현하는 데 가장 적합한 단어일 것이다." 라벨 M. J. Ravel에 대한 뉴욕 평론가의 견해는 이러하다. "라벨의 공식적인 일대기에는 언급되어 있지 않지만, 틀림없이 그는 세 살 때 코담배 상자를 꿀꺽 집어삼켰을 테고, 아홉 살 때는 곰을 보고 소스라치게 놀랐을 것이다. 그의 음악에서 하프와 첼레스타*의 찢어질 듯한 고음이 자꾸만 반복되고, 바순과 콘트라베이스의 가르랑거리는 소리가 자주 등장하는 걸 보면 알 수 있다." 파리의 비평가는 베르디 G. Verdi에 대해 이런 의견을 내놓았다. "우리가 멜로디라고 부르는 그것을 창조함에 있어 베르디만큼 재능 없는 이탈리아 작곡가는 지금껏 없었다." 무소르그스키 M. P. Mussorgsky에 대한 상트페테르부르크 평론가의 논평은 다음과

* 건반이 있는 피아노 모양의 작은 타악기로, 강철로 만든 음판音板을 해머로 쳐서 소리를 내는데, 음색이 맑고 깨끗하며 날카롭다.

같다. "그의 오페라 〈보리스 고두노프Boris Godounoff〉는 다섯 개의 막과 일곱 개의 장으로 구성된 잠음 그 자체이다"….

이러한 견해들은 인간의 취향이 시시각각으로 변한다는 점을 새삼 일깨워준다. 교과서용으로 집필된 책에 이런 내용이 포함되었다는 사실이 다행이라고 나는 생각한다. 인류가 저지른 과오와 실수의 역사가 지금까지는 독립적인 강의 주제로 인정받지 못했다. 하지만 이 강의에서 좋은 점수를 받지 못하면, 그 누구도 '성숙'이라는 증명서를 받지 못한다는 사실에 내 목을 걸어도 좋다. 비록 우연이라고는 해도, 어쨌든 피아노 반주를 곁들인 채 이런 논의가 소개되었다는 그 자체만으로도 나는 기쁘다.

스테판 소스노프스키 지음,『도보여행자를 위한 필수 안내서』
Stefan Sosnowski, *Vademecum turysty pieszego*, Warszawa: Sport i
Turystyka, 1972

도보여행자란 A라는 지점에서 B라는 지점까지 자신의 다리로
이동하는 사람을 말한다. 심지어 A와 B 사이에 교통수단이 마
련되어 있더라도 말이다. 도보여행자는 기차나 고속버스를 이
용하는 것보다 훨씬 늦게 목적지에 도착하게 마련이며, 여정
의 마지막에는 피로와 배고픔 또한 이루 말할 수 없고 몰골도
지저분해져 있지만, 스스로에 대한 만족감은 그 무엇에도 비
길 수 없을 만큼 커진다. 이런 유의 여행자는 혼자냐 단체냐에
따라 자신이 속한 사회로부터 우스꽝스럽거나 혹은 진지한
사람으로, 괴상하거나 혹은 정상적인 사람으로 평가받게 된
다. 만약 그들이 무리를 지어 여행한다면 별문제가 없다. 집단
에 대한 소속감은 그들 여정의 한 발자국 한 발자국을 신성하
게 만들어주고, 머리 위에는 숭고한 필요성이라는 후광을 씌
워준다.

　그들은 걷는다. 왜냐하면 걸어야만 하기 때문이다. 이때
우리의 머릿속에 떠오르는 광경은 보이스카우트의 경쾌한 발
걸음, 또는 배낭을 둘러멘 대학생들의 행군이다. 혹은 건강을
생각해서, 아니면 젊기 때문에, 그것도 아니면 휴가라서 걷는

다. 반면에 개별적인 도보여행자는 타인들로부터 궁금증과 의혹을 불러일으킨다. 교통수단을 이용해서 얼마든지 쉽게 도달할 수 있는 곳까지 혼자서 터덜터덜 걸어가는 것, 게다가 번잡하기 짝이 없고 히치하이킹을 하고픈 유혹이 도사리고 있는 고속도로를 피해서 멀리 돌아간다는 것, 그 자체가 일종의 미친 짓으로 여겨질 수밖에 없다. 나이 지긋한 사람이 혼자서나 둘이서, 혹은 셋이서 도보여행을 하며 휴가를 보내기를 원할 경우, 가족과 직장동료들에게 구구절절 설명을 해야만 하는 이유가 여기에 있다. 그저 '걷는 게 좋아서'라는 그들의 설명은 언제나 주변의 뿌리 깊은 불신에 부딪히고 만다.

얼마 전에 들은 이야기이다. 늘 혼자서 다니기를 고집하는 한 도보여행자가 우연한 기회에 경품 추첨에 당첨되어 자동차를 갖게 되었다. 하지만 그렇다고 그의 성향이 바뀌지는 않았다. 휴가 첫날, 그는 자동차를 차고에 고이 모셔둔 채, 브로츠와프Wrocław에서 코워브제그Kołobrzeg까지 도보여행을 떠났다. 그러자 그의 가장 가까운 친구들조차도 머리가 어떻게 된 모양이라고 수군거렸다. 오늘날 주변 사람들을 놀라게 하는 건, 알고보면 그다지 힘든 일이 아니다. 과거에 살바도르 달리Salvador Dali는 '괴짜'라는 명성을 얻기 위해 피땀 흘려 노력해야만 했고, 그의 기이한 행동들에는 그에 상응하는 경비와 홍보가 뒷받침되어야만 했다. 하지만 결과적으로 보면, 이제는 누구도 달리의 그림을 보면서 놀라지 않는다. 브로츠와프 출신의 도보여행자는 훨씬 더 저렴하고 효과적인 방법으로 사람들을 경악하게 만들었다. 이 자리를 빌려 그에게 인사를 전한다.

이제 지금 내 앞에 놓여 있는 이 책에 관해 몇 마디 덧붙이도록 하겠다. 책의 제목이나 표지의 삽화는 분명 개별적인 여행자를 지칭하고 있다. 하지만 본문을 읽어보면, 저자가 단체여행이나 캠프, 경주競走, 잼버리jamboree, 집회 등을 염두에 두고 책을 썼다는 생각이 든다("잼버리란 일종의 거대한 집회이며, 일부 참가자들에게는 경주이기도 하다"). 이 책의 발행 부수는 2만 부에 달하는데, 이 또한 다수를 겨냥하고 있음을 알 수 있다. 진정한 의미의 개별 여행자는 아마도 그 숫자가 훨씬 적을 것이며, 앞으로 점점 줄어들 것이다. 내 생각엔 다음 세대쯤 되면 '걷기'가 진정한 아방가르드로 인식되지 않을까 싶다.

안제이 코워딘스키 편저, 『SF 영화 — 영화 소사전』
Andrzej Kołodyński, *Filmy fantastyczno-naukowe — mały leksykon filmowy*, Warszawa: Wydawnictwo Artystyczne i Filmowe, 1972

이 책에 언급된 대부분의 영화들은 '사이언스'보다는 '판타지' 쪽에 가깝다. 영화의 '사이언스'적 측면은 가깝거나 먼 미래에 영화 속 세상이 실제로 가능해진다는 가설을 전제로 한다. 하지만 대부분의 관객은 화면에 등장하는 새로운 기계나 괴이한 현상 들이 나타나게 된 원인이나 동기에 대해서는 별로 관심이 없다. 고질라의 생물학적 개연성이라든지, 아니면 우리의 혹성에 괴생물체가 착륙하게 된 세부적인 기술력에 대해서 관객들은 의구심을 갖지 않는다. 악당 설계사의 손에 들려 있는 비밀스런 송신기가 영화에서는 마치 그리스 신화 속의 마녀 키르케*의 지팡이와 같은 역할을 하지만, 그 누구도 개의치 않는다. 심지어 일부 감독들이 개연성을 포기해버려도 관객이 알아차리지 못하는 경우도 흔하다….

개인적으로 나는 이 영화 소사전을 쓴 저자들이 그다지 부럽지 않다. 수많은 영화들을 몇 개의 그룹으로 분류해야 하

* 태양신 헬리오스와 바다의 님프 페르세이스 사이에서 태어난 딸로, 그리스 신화에서 메데이아와 함께 마녀의 대명사로 불린다.

고, 어떤 영화가 좀 더 'SF'에 가까운지, 어떤 영화가 좀 더 '공포영화'적인 요소를 많이 갖고 있는지 결정하는 건 결코 쉬운 일이 아니다. 공포영화의 경우 범죄영화에도 해당하는 경우가 많은데, 범죄영화는 또 심리극이나 스릴러물과도 중복되는 요소가 많다. 이런 식으로 하다보면 생각의 실타래가 끝도 없이 이어진다. 만약의 경우를 대비해서 나는 이 영화 소사전 시리즈를 모두 구입할 생각이다. 굳이 이 책이 아니라 다른 책에서라도 내 관심을 자극하는 영화에 대한 글을 발견할 수 있을 거라는 기대감으로 말이다. 안제이 코워딘스키가 쓴 이 SF 영화 소사전의 경우 73개 영화의 내용을 소개하고 있는데, 이 중에서 절반 이상이 폴란드에서는 상영되지 않은 작품들이다.

일본인들은 특수효과를 동원한 괴수영화에서 두드러진 전문성을 보여준다. 이런 유의 영화를 한두 편 보고나면 한동안은 안 봐도 될 만큼 질리게 마련이어서, 오늘날 일본의 야수동물원이 그 범위를 얼마나 크게 확장했는지 짐작하기 힘들다. 다른 칼럼에서 이미 언급했던 〈고질라〉나 미국의 제작사로부터 판권을 사들인 일본판 〈킹콩〉 외에도 야수동물원의 리스트에는 무시무시한 익룡 라돈과 갸오스, 익살스런 거인 마진, 머리가 셋인 기도라, 금속으로 된 머리를 가진 기라라, 하늘을 나는 거대한 거북이 가메라, 도마뱀 가족 갓파, 나방 모스라, 바다뱀 몬다 그리고 공격적인 박쥐 바르곤 등이 포진하고 있다. 흥미로운 건, 일부 영화에서는 실제 살아 있는 동물들이 출연한다는 점이다. 물론 이 동물들은 괴수의 사이즈에 맞춰 적절히 확대된 상태로 등장한다. 하지만 가여운 두꺼비나 이구아나는 인공괴수들과의 경쟁에서 버텨내지 못하고, 특별한 이유도 없이 죽임을 당한다.

크리스티나 코빌란스카 편(텍스트 편집 및 서문/논평),
『프레데릭 쇼팽이 가족과 주고받은 편지』
Krystyna Kobylańska, *Korespondencja Fryderyka Chopina z rodziną*,
Warszawa: PIW, 1972

초창기에 쇼팽의 편지는 저자의 유명세 때문에 각광받았지
만, 그 문학적 가치는 별로 주목받지 못했다. 오히려 낭만성
과는 거리가 먼, 명료하고 냉철한 그의 문체는 일말의 실망감
마저 안겨주었다. 사람들은 쇼팽의 편지를 읽으며 그의 음악
에서처럼 멜랑콜리한 한숨과 비탄의 눈물을 기대했던 것이다.
하지만 쇼팽이 쓴 편지에는 농담과 익살, 신랄한 논평, 자신의
감정에 대한 냉철한 거리두기, 나아가 그것을 자제하고 감추
려는 분별력이 두드러졌다. 당시에는(아니, 어쩌면 지금도 그
럴 것이다) 자신에 관해 모든 것을 솔직하게 말하는 사람만
이 흉금을 터놓는 사람이라고 여겨졌다. 쇼팽은 다분히 독립
적인 영혼의 소유자였으므로 쉽사리 감정을 드러내지 않았다.
또한 가까운 사람들에게도 자신의 슬픔이나 고통을 토로하지
않았다.

　평생 동안 나날이 악화되어 가는 질병에 시달리면서도,
가족들에게 보내는 쇼팽의 편지에는 항상 잘 지내고 있다거나
아니면 "점점 나아지고 있다"라고 적혀 있다…. 심지어 자신의

누나인 루이즈에게 보낸 마지막 편지에서 하루빨리 자신에게 와달라고 부탁하면서도 특유의 익살스런 어조를 잃지 않으려 안간힘을 쓰고 있다. "내 줏대 없는 변덕이 오늘은 이렇게 가족을 보고 싶어 하고 있네…." 하지만 그때 쇼팽은 이미 자신이 죽는다는 걸 알고 있었다. 다행스럽게도 사랑하는 남동생의 문체에 대해 잘 알고 있던 루이즈는 직감적으로 행간에 담긴 그의 진심을 읽었다.

쇼팽이 가족에게 보낸 편지는 오늘날 별로 남아 있지 않으며, 대부분 원본이 아니라 사본이다. 하지만 크리스티나 코빌란스카가 공들여 작업한 이 책은 쇼팽에게 보내는 가족들의 편지를 함께 수록함으로써 상당히 인상적인 저작물이 되었다. 편지의 저자들은 쇼팽의 어머니와 누이들, 조카들 그리고 무엇보다 아버지인 니콜라스다.

천재적인 청년 음악가의 아버지로 산다는 건 분명 수월치 않은 일이었을 것이다. 쇼팽의 아버지가 쓴 편지를 읽어보면, 그는 이 역할을 누구보다 훌륭하게 해낸 것으로 보인다. 아니, 단순히 맡겨진 역할을 수행했다기보다는 새로운 배역을 창조했다고 하는 편이 옳을 것이다. 경험도 미숙하고 주변의 아부나 아첨에 흔들리기 쉬운 나이에 험난한 세상의 한복판에 내던져진 아들, 첫 번째 성공 이후 쉽게 돈을 벌기도 했지만 얼마 못 가서 주머니 사정이 궁핍해졌고 체질적으로도 병약했던 아들을 위해, 아버지는 자식이지만 존경과 신뢰를 담아서 할 수 있는 한 가장 부드럽고도 섬세한 조언을 아끼지 않았다. "몬 본 아미 Mon bon ami" 즉 "친애하는 벗이여", 이것은 겨우 스물네 살 된 자신의 아들에게 아버지가 보낸 편지의 첫 문장이다. "네가 뭘 하든, 그건 전부 옳고 좋은 일일 거야. 그렇지 않다는 건 있을 수 없는 일이니까. 단지, 가능하다면 네가 조금만 더 분별력을 가졌으면 한단다…." 이것은 분명 일반적인 아버지와 아들 사이에서는 보기 힘든 모습이다. 과거의 유형인 '멘토'로서의 아버지도 아니고, 현재 유행하는 '친구'로서의 아버지와도 다르다. 니콜라스는 말로써 핵심을 꿰뚫는다. 가족은 서로 닮는 것일까. 아버지 또한 아들에게 멋들어진 거짓말을 한다. "내가 아팠다니, 대체 무엇 때문에 네가 그런 생각을 하게 되었는지 통 알 수가 없구나, 그리운 아들아, 하지만 아니란다, 절대 아니야…."

나관중 지음, 나탈리아 빌라 옮김(영어에서 번역),『삼국지』
Lo Kuan-czung, *Dzieje trzech krolestów*, (trans.) Natalia Billa,
Warszawa: Czytelnik, 1972

『삼국지三國志』는 14세기에 씌어진 중국의 고대소설로, 한漢나
라가 멸망한 뒤 벌어진 다양한 사건들을 기록하고 있다. 저자
는 각양각색의 민담 그리고 연대기에 수록된 다채로운 내용
들을 수집하고, 여기에 허구를 적절히 접목시켜 한 편의 대하
소설을 완성했다. 인물들의 심리적 개연성과 상황적 맥락 등을
세심하게 고려한 것을 보면, 리얼리즘의 정신에 입각해서 쓴
것으로 보인다. 소설의 원본은 일단 그 방대한 분량으로 독자
들을 압도하는데, 600명이 넘는 인물이 등장하며, 그 분량도
1500페이지에 달한다. 폴란드어판은 축약본인 영어판에서 중
역重譯된 것으로, 여기에는 대략 300여 명의 인물이 나온다. 중
국 인명을 기억하는 게 결코 쉬운 일이 아닌 유럽의 독자들에
게 이 300이라는 숫자 또한 결코 만만한 것이 아니다. 내 경우
도 벌써 몇 번이나 이 책을 독파하려고 시도했지만, 여전히 누
가 누군지 헷갈리고 내용이 정리되지 않고 있다. 여기 무작위
로 한 대목을 골라 예를 들어보겠다.

 "각각 삼백 척의 군함이 배치되어 있는 네 개의 대대는 네
명의 사령관, 즉 한당, 주태, 장흠, 진무가 이끌고 있다. 화력

을 갖춘 스무 척의 거대한 함선이 앞장서서 네 개의 대대를 지휘한다. 주유와 정보가 가장 큰 전함 가운데 하나에 승선하여 전장으로 향한다. 정봉과 서성이 그들을 호위하고, 나머지 지휘관들 그리고 노숙과 감택은 병영을 지키기 위해 후방에 남았다. 주유가 공격을 감행하기로 결정하자 정보는 매우 놀란다. 곧이어 손권의 전령이 와서 육손에게 진형의 측면을 지휘하라는 전갈을 전하며, 기주와 황주로 가라고 명한다. 그리고 오吳나라 군주가 직접 자신의 군대를 이끌고 그를 지원한다…."

각 페이지마다 위와 비슷한 사례가 반복된다. 게다가 일부 주인공들의 이름을 책 속에서 때로는 이렇게 표기했다가 때로는 저렇게 표기하는 등, 일관성이 결여되어 있다. 그러므로 이 소설을 제대로 완독하는 건 사실상 불가능한 일이며, 궁극적으로는 이러한 애로사항이 독서를 방해하는 가장 큰 장애라고 할 수 있다. 어떤 근본적인 해결책이 있을지 사실 잘 모르겠지만, 분명한 건 특단의 조치가 필요하다는 사실이다. 주요 인물들의 경우 이름의 표기는 반드시 하나로 통일할 필요가 있다. 또한 책의 뒷부분에 인명 색인을 배치하고, 그들이 맨 처음 등장하는 페이지를 명기해주는 것도 각각의 인물들을 구별하고 인지하는 데 도움이 될 수 있을 것이다. 마지막으로, 만약 어떤 인물의 이름이 예를 들어 '용맹스런 호랑이'라든지 아니면 '따분한 표범'과 같은 특정한 의미를 담고 있다면, 독자들이 그 시각적인 이미지를 연상할 수 있도록 번역본에서는 이와 같은 표현들을 그대로 직역하는 것도 하나의 대안이 될 수 있을 것이다. 하지만 내 아이디어를 관철해야만 한다는 생각은 전혀 없다. 지금까지 미처 적용되지 않은, 보다 나은 방안이 존재할 수도 있으니 말이다. 하지만 만약 아무것도 하지 않은 채 현 상태를 고수한다면, 이 소설은 영원히 판독 불가능한 책이 될 것이다. 확신컨대 이 책을 끝까지 꼼꼼하게 읽은 사람은 편집자들밖에 없을 듯하다. 1만 부나 되는 초판을 찍어놓고, 고작 두세 명이라니…. 터무니없이 적은 인원이 아닌가.

이레나 도브쥐츠카 지음, 『찰스 디킨스』
Irena Dobrzycka, *Karol Dickens*, Warszawa: Wiedza Powszechna, 1972

흔히 예술가라고 하면 불행을 필수적으로 달고 사는 사람을 떠올리게 마련이다. 지옥과도 같은 고통을 겪지 않고서는 아무것도 성취하지 못한다는 믿음, 이것은 예술가 자신의 고유한 성향, 그의 운명 그리고 그가 속한 사회가 공동으로 만들어낸 허상이다. 생전에는 절대로 인정받지 못하다가, 운이 좋으면 고달팠던 생의 말년에 이르러 간신히 명성을 얻게 되거나, 그것도 아니면 후대에 가서야 비로소 예술가로서 인정을 받는 삶.

이레나 도브쥐츠카가 쓴 디킨스의 전기를 읽고 난 뒤, 나는 이러한 공식에 유쾌한 어깃장을 놓고 싶은 마음이 들었다. 디킨스야말로 앞서 언급한 선입견(단순하고 유치하기 짝이 없다)에 해당하지 않는 작가이기 때문이다. 그는 행운아였고, 행복한 최후를 맞았으며, 이러한 이력이 그를 진정한 예술가로 만드는 데 조금의 걸림돌도 되지 않았다. 찰스 디킨스는 24세의 나이에 『피크위크 클럽의 기록 *The Pickwick Papers*』 (1837)을 써서 일약 베스트셀러 작가가 되었고, 단번에 자신의 영원한 팬으로 남게 될 수백만 명의 독자를 얻었다. 첫 번째 시도를 통해 물질적인 풍족함을 이루어냈고, 이후 그의 재정적 상황은 한 번도 나빠진 적이 없었다.

이처럼 모든 게 순조롭고 그럴듯해 보이지만, 실상은 가난하고 암울한 어린 시절을 보냈으니 어떻게 그의 인생이 행복했다고 말할 수 있냐고 반문하는 독자들도 있을 것이다. 하지만 바로 이 특별한 개인사, 즉 어린 시절의 고난이야말로 디킨스가 남긴 위대한 작품을 구성하는 필수불가결한 요소가 되어주었다. 유년기의 역경이 그에게 어떤 부정적인 손상도 입히지 않은 걸 보면, 디킨스는 아마도 정신적으로 또 육체적으로 어마어마하게 많은 에너지를 비축하고 있었음이 분명하다. 그는 사람들에 대한 믿음이나 타고난 명랑함을 결코 잃지 않았고, 불우한 어린 시절을 극복한 데 대한 보상으로 수십 권의 두꺼운 책을 쓰고도 남을 만한 값진 경험과 풍부한 감성을 선물받았다.

내가 그를 행운아라고 이야기하는 건, 인생의 전반기에 겪은 수모와 고통도, 그리고 후반기에 획득한 눈부신 성공도 결코 그를 타락시키거나 망가트리지 않았기 때문이다. 그는 언제나 성공하지 못한 사람들의 편에 서 있었다. 그의 언어는 바로 이런 불행한 사람들을 옹호하면서 독자들로 하여금 스스로 양심의 가책과 부끄러움을 느끼게 만드는 놀라운 힘을 갖고 있었다. 그는 지금껏 자신들의 역할이나 자질에 대해 자부심을 느끼던 정부 관료들이나 조직, 단체 들을 뜨끔하게 만들었지만, 어쩐 일인지 그들로부터 앙갚음을 당한 적이 한 번도 없었다.

그가 세상을 떠났을 때(갑작스런 죽음이었는데, 이것 또한 행운의 일부라고 생각한다…), 사람들은 알 수 없는 약간의 안도감을 느끼며 존경과 숭배의 마음을 담아 그를 웨스트민스터 사원에 안장했다. 디킨스는 자신을 모방하는 수많은 아류 작가들을 양산하는 데 그치지 않고, 뛰어난 문인들의 멘토로도 각광받았다. 폴란드 실증주의의 대표적인 작가 프루스 B. Prus가 디킨스로부터 얼마나 많은 영향을 받았는지 우리는 잘 알고 있다. 하지만 도스토옙스키 F. M. Dostoevsky가 디킨스의 작품을 얼마나 열렬히 읽었는지, 그리고 카프카 F. Kafka가 디킨스를 얼마나 높이 평가했는지는 잘 모른다….

내가 보기에 오늘날 젊은 작가들은 디킨스를 거의 읽지 않는 것 같다. 뭐, 그렇다고 염려할 필요는 없을 듯하다. 가깝거나 먼 미래에 젊은 작가 한 명이 독감에 걸려 침대에 드러눕게 되면, 그는 아마도 이 상황에서 아스피린만으로는 뭔가 부족하다는 걸, 그래서 치유의 기능을 가진 책 한 권이 절실하다는 걸 깨닫게 될 것이다. 바로 이런 순간에 한탄을 하기도 하고, 농담을 건네기도 하는 작가가 있다. 인류를 사랑할 뿐 아니라, (드문 일이긴 하지만) 인간을 사랑하는 작가… 바로 디킨스다.

스테판 야로친스키 지음, 『드뷔시―생애와 작품, 시대 연보』
Stefan Jarociński, *Debussy―kronika życia, dzieła, epoki*, Kraków:
Polskie Wydawnictwo Muzyczne, 1973

편집의 완성도가 높고 아름답게 출판된 책을 선호하는 독자들
에게 스테판 야로친스키가 쓴 클로드 드뷔시의 전기를 추천한
다. 이 책을 읽는 데 음악성이 요구되긴 하지만, 그렇다고 필
수적인 조건은 아니다. 음악적 감각이 없는 사람도 여기서 분
명 유익한 점을 발견할 수 있다. 야로친스키는 예술가의 생애
와 작품 사이에서, 그리고 작품과 시대 사이에서 일정한 간격
을 유지한다. 작가가 제공한 다양한 팩트들을 토대로 간격의
폭과 넓이를 설정하는 건 온전히 우리 독자들의 몫이다.

책을 펼치면 다음과 같은 구성이 눈에 들어온다. 짝수 페
이지는 두 단으로 나뉘어 있는데, 거기에는 해당 연도에 발생
한 흥미로운 역사적 사건들이 기록되어 있다(첫 번째 단에는
세계사의 주요사건이, 두 번째 단에는 프랑스에서 일어난 사
건이 게재되어 있다). 그리고 홀수 페이지에는 같은 시기 드뷔
시의 삶을 추적하고 있다. 다양한 자료들에 기초하여 주로 달
별로 무슨 일이 일어났는지 적혀 있지만, 어떤 시기에는 날마
다 상세한 내용을 기술하기도 했다. 이렇게 작가는 흥미로운
유희에 우리를 초대한다. 왜냐하면, 이 책을 읽노라면 얼마 지

나지 않아 작곡가의 작품에 실제로 영향을 미친 객관적인 사건이 뜻밖에도 별로 많지 않다는 사실을 깨닫게 되기 때문이다. 생강과자와 풍차의 연관성이라고는 고작 밀가루밖에 없는 것과 비슷하다고나 할까.*

에디슨이 전구를 발명한 것과 17세의 클로드 드뷔시가 음악원에서 전위적인 화성和聲과 변조變調를 인정받은 것 사이에는 어떤 관련이 있을까. 그렇다면 1893년 프로이센 정부가 러시아 농산물의 풍성한 수확량에 매우 높은 세금을 부과한 사건과 바로 그때 프랑스인 드뷔시가 〈현악 4중주〉와 〈목신의 오후에의 전주곡〉을 작곡하고, 「바그너주의의 비효용성」이라는 논문을 쓴 사실도 어떤 연관성이 있는 걸까. 그렇다. 이 모든 일들은, 한 개인이 의식적으로 소화해낼 수 있는 현실이란 게 고작해야 아주 미세한 파편 정도에 불과하다는 걸 단적으로 보여준다. 심지어 남보다 뛰어난 재능과 감수성을 가진 예술가라 해도 말이다. 드뷔시의 연대기에 수록된 사건들은 다른 수백만 개의 사건 가운데서 간신히 골라낸 보잘것없는 선택의 결과에 불과하다는 사실을 조롱하듯 보여준다. 게다가 이 선택에서 늘 우선순위를 차지하는 건 예술가와 어떤 식으로든 관련이 있을 수밖에 없는 문화적 사건들이다. 하지만 예술분야에서도 모두가 자신의 생각과 작품을 다른 예술가들과 공유하는 건 아니었다. 그렇기 때문에 동시대 예술가들 사이

* A와 B 사이에 별다른 연관성이 없음을 강조하고 싶을 때, 폴란드에서는 "생강과자와 풍차가 무슨 상관이 있다고"라는 속담을 사용한다. 하지만 쉼보르스카는 전혀 상관없어 보이는 이 둘 사이에도 '밀가루'라는 사소한 공통점이 있다는 점을 포착하고 있다.

145

에서 비밀스런 내적 유사성이 발견될 때 우리는 놀라움을 금할 수가 없는 것이다. 니체, 르낭,* 인상주의자들, 베르그송, 로댕, 안톤 체호프의 연극, 프로이트, 프루스트… 이들 모두가 어떤 논리적이고 필연적인 흐름을 보여준다! 이런 맥락에서 보면, 드뷔시 또한 결국 자신이 남긴 음악과 전혀 다른 음악은 만들 수 없었으리라는 강한 확신을 갖게 된다. 여기에 과연 얼마만큼의 착각이 내포되어 있는지는 솔직히 잘 모르겠다. 하지만 게임은 계속될 것이다. 그러니 우리 지나간 시간의 영혼과 술래잡기를 해보자. 그 소맷자락이라도 붙잡아보려고 노력해보자. 비록 그 영혼이 우리의 눈앞에서 자꾸만 자취를 감춘다 해도 상관없다. 여기, 책 속에, 모든 책 속에 틀림없이 존재하고 있으니. 우리의 옆에서, 앞에서, 뒤에서, 헐떡이는 숨소리가 들리지 않는가.

* 19세기 프랑스의 언어학자·종교사가·비평가.

프리드리히 니체 지음, 스테판 리한스키 엮음, 『잠언 선집』
(번역자는 여러 명인데, 시적인 텍스트의 번역에서는 상당히
실망스러움)
Friedrich Nietzsche, *Aforyzmy*, (edt.) Stefan Lichański, Warszawa:
PIW, 1973

니체를 젊은 날의 멘토이자 우상으로 여겼던 사람들은 이제
전부 세상을 떠났다. 하지만 그들은 죽기 전에 자신들의 멘토
에 대한 믿음이 심각하게 흔들리는 위기에 직면해야만 했다.
여기서 내가 말하는 사람들은 품위와 예의를 갖춘 안티파시스
트들을 의미한다. 그들은 히틀러주의자들이 니체가 남긴 작품
들을 어떻게 약탈하는지, 그리고 나치의 사상을 전파하기 위
한 거대한 신전에 그것들을 어떻게 진열하는지를 똑똑히 지켜
보았다. 그러면서 점차 니체가 이 소름 끼치는 집단과 어울리
는 게 아닐까 하는 의심을 품게 되었다. 결국 사람들은 얼마
전에 세상을 떠난 자신들의 멘토에게 독일의 정신을 타락시키
는 사상가이자 히틀러주의의 이념적인 선구자라는 꼬리표를
달아주었다.
　처음에는 니체를 철저히 동경했던 토마스 만이 여러 해에
걸쳐 쓴 투고문을 살펴보면, 그가 니체의 도덕성에 대한 판결
을 내리기까지 얼마나 힘들어했는지를 알 수 있다. 니체를 향

한 숭배의 감정에 조금씩 불신과 비판, 불안과 동정심이 끼어들게 된 것이다. 하지만 니체의 성격과 그의 작품에 대한 애정만큼은 결코 변치 않았다. 그것은 비극적이면서 동시에 희극적이었다. 자신의 소설 『파우스트 박사』에서 토마스 만은 독일이라는 유기체를 송두리째 뒤흔드는 거대한 질병의 원인을 찾기 위해 니체주의에 대한 해부를 시도한다. 하지만 비슷한 시기에 다른 작가가 니체에 관해 너저분한 의혹을 제기하는 기사를 쓰자, 즉시 이에 항의하며 니체를 적극적으로 옹호했다. 궁극적으로 그는 다른 범인凡人들이 니체를 비난하는 것보다는 스스로가 비판자가 되길 자청했던 것이다….

전염병처럼 번지던 니체의 작품에 대한 악의적인 시선이 오늘날에는 사라진 것 같다. 뿐만 아니라 이제는 그를 철학자라고 부르는 것도 점점 어색하게 느껴지는 상황이다. 스테판 리한스키가 이 책의 서문에서 적절히 언급했듯이 니체는 철학자처럼 보이는 시인이며, 실제로 얼마 동안 모더니즘 세대에게 이런 확신을 주입시킨 장본인이기도 하다. 읽는 이로 하여금 생각하게 만드는 시를 썼으니 그는 분명 뛰어난 시인이었다!

니체의 아포리즘을 읽으면서 나는 다시 한번 놀라지 않을 수 없었다. 극심한 개인주의자인 데다 프로이센 군국주의의 적이었던 니체와 같은 인물을 맹목적인 복종의 표본으로 둔갑시키기 위해서 얼마나 많은 조작과 속임수가 개입되었고, 그의 사상이 얼마나 걸러지고, 개조되고, 맥락으로부터 멀어졌는지 믿기 힘들 정도이다. 만약 『차라투스트라는 이렇게 말했다』의 작가가 저 암울한 시절까지 죽지 않고 살아 있었더라면(실제로 그의 정신은 살아남았다), 아마도 그는 이 모든 것들에 맞서 격렬하게 투쟁했을 것이다. 주변에서 벌어지는 모든 일들에 항상 근본적으로 저항해왔으니 말이다. 그 결과 아마도 니체의 책들은 나치의 손에 모두 불태워졌을 것이고, 아마도 그는 스위스로 당당히 망명했을 것이다. 고인故人이 된다는 건 때로는 상당한 불운이다.

II. 1974–1984

루이 암스트롱 지음, 스테판 존덱 옮김,『뉴올리언스에서의 나의 삶』
(번역이 상당히 좋음)
Louis Armstrong, *Moje życie w Nowym Orleanie*,
(trans.) Stefan Zondek, Kraków: Polskie Wydawnictwo Muzyczne,
1974

암스트롱은 이미 20세의 나이에 호평과 칭송, 그리고 나날이
높아져가는 명성을 누렸다. 암스트롱은 이런 유명세를 누릴
만한 자격이 충분한 인물이었지만, 일상생활에서 그것을 감내
하기에는 분명 힘든 부분이 있었다. 현대의 오르페우스는 그
를 사랑하는 트라키아 여인들로부터 갈가리 찢기지는 않았으
나, 그가 공연을 하는 클럽의 출입구에는 항상 열성 팬들이 기
다리고 있었고, 기자와 사진사, 서명 수집가와 파파라치, 스타
의 일상을 훔쳐보고 싶어 하는 프로와 아마추어 관음증 환자
들이 그를 따라다녔다. 또한 '친척'이나 '지인'이라는 이름하
에 많은 사람들이 금전적 지원과 호의를 요구했고, 협박범, 사
이코패스, 모사꾼들이 주위에 득실댔다. 천성적으로 온화하고
부드러운 사츠모Satchmo*는 음악에만 온전히 열중하기 위해
여러 명의 비서와 근육질의 보디가드들을 고용하여 공격적인

* 루이 암스트롱의 애칭으로, '큰 입satch'이란 뜻을 갖고 있다.

대중으로부터 자신을 보호할 수 있는 견고한 울타리를 만들었다…. 하지만 이는 별로 유쾌한 일이 아니었고, 자연히 사람을 예민하게 만들었다. 그러자 세상은 대스타가 날카로워졌다며 순식간에 적대적으로 돌변했다. 특히 대스타의 지난 시절을 기억하는 오랜 동료들이 이러한 상황을 용납하지 않았다. 그들은 침울하게 고개를 끄덕이면서 아는 척을 했다. "아주 거만해졌어. 뭐, 명성을 얻고 나니 머리가 어떻게 된 게지. 뻔한 스토리야."

나는 암스트롱이 이 회고록을 쓴(썼다기보다는 누군가가 받아쓰도록 구술했을 테지만) 이유가 바로 이런 사람들을 염두에 두고, 그들을 달래고 회유하기 위해서가 아닐까 하는 생각을 떨쳐버릴 수가 없다. 회고록의 각 페이지마다 암스트롱은 이렇게 말하고 있는 듯하다. "어이, 뉴올리언스에 있는 당신들, 흑인들뿐 아니라 백인들, 살아 있는 사람들뿐 아니라 죽은 사람들까지 다들 내 말 좀 들어보라고. 나는 결코 당신들을 외면한 적 없어. 당신들에 대해 한시도 잊은 적이 없다고. 이 책을 읽어보면 알게 될 거야. 당신들이 알다시피 우리 사이에는 정말 많은 일이 있었지만, 나는 당신들 모두에 대해서 좋은 이야기만 여기에 적었어. 그리고 무엇보다 당신들, 성공하지 못한 음악계 동료들, 나는 여기에 그저 당신들의 이름이나 별명을 언급하기만 한 게 아니야. 당신들 모두가 얼마나 아름다운 연주를 했는지 엄숙하게 증언했다고. 심지어 당신들 가운데 상당수는 나보다 재능이 뛰어났고, 내가 지금 갖고 있는 음악 실력은 모두 당신들의 연주를 보고 들으면서 깨우치게 된 것이라고 적었어. 단지 나는 당신들보다 운이 좋았을 뿐인데,

혹시 이러한 사실에 대해 조금이라도 거북하거나 불편하다면, 내 행운에 대해 당신들에게 사과할게⋯."

이것이 바로 이 회고록의 어조다. 숭고하고 감동적이다. 하지만 과연 솔직하다고 볼 수 있을까. 이런, 우리 너무 쩨쩨하게 굴지 말자. 회고록에서 솔직함을 찾는 건 사실 큰 의미가 없다. 오히려 저자가 자기 자신과 세상을 기록하는 과정에서 어떤 버전을 선택했는지 궁금해하는 편이 훨씬 가치 있는 일일 것이다. 선택의 가능성은 항상 열려 있으므로. 예를 들어 누군가에 대해 좋은 말을 한마디도 쓰지 않기 위해 펜대를 잡는 사람도 있으니 말이다.

타데우시 마렉 지음, 『슈베르트』
Tadeusz Marek, *Schubert*, Kraków: Polskie Wydawnictwo Muzyczne, 1974

초라하고 보잘것없는 외투 안에서 낭만주의 가곡의 빛나는 영혼이 살았다. 프란츠 슈베르트는 키가 작고, 통통했으며, 등이 굽은 데다, 얼굴 또한 내면의 영감을 드러내지 못했다. 움직임은 느릿느릿 소심했고, 옷차림은 결핍에 시달리는 그의 불행한 처지를 고스란히 드러내주었다. 이런 사내가 일거리를 달라며 영향력 있는 인물 앞에 나타나거나 옆구리에 악보를 낀 채 출판사를 찾아가봤자 그 결과는 뻔했다. 보잘것없는 일감을 할당받거나, 아니면 공들여 쓴 주옥같은 작품들이 찡그린 표정의 출판업자에게 절반도 안 되는 가격에 넘어간다는 걸 의미했다.

슈베르트의 출판업자는 디아벨리Diabelli라는 이름을 갖고 있었고, 자신의 이름에 딱 맞게 행동했다.* 그는 40여 년의 세월 동안 〈겨울 나그네〉로만 2만 7000굴덴을 벌어들였으나, 그가 저작권을 영구적으로 소유하기 위해 슈베르트에게 지불한

* 디아벨리라는 이름은 '악마diablo'라는 단어를 떠올리게 한다. 즉 이름에 딱 맞게 행동했다는 것은 그가 슈베르트의 곡을 헐값에 사들인 악덕 출판업자였음을 의미한다.

돈은 단돈 20굴덴에 불과했다. 맘씨 좋은 이름을 가진 다른 출판업자들 역시 슈베르트를 대하는 태도는 비슷했다. 슈베르트는 우정 빼고는 모든 면에서 불행했다. 자기처럼 집시와 다름없는 생활을 했던 동료들이 없었더라면, 아마도 짧은 생애 동안 그가 얻은 초라한 명성조차도 누리지 못했을 것이다.

2차대전이 일어나기 전, 슈베르트의 생애에 대해 빈에서 만든 음악영화를 본 적이 있었다. 아직 작품에 대해 비판적인 시각을 갖기 전, 어린 나이여서 그랬는지는 몰라도 영화가 정말 마음에 들었다. 영화 속 슈베르트는 역사적 인물들을 말쑥하고 아름답게 미화시키는 오랜 전통에 따라 안경을 썼지만, 잘생긴 청년의 모습이었고, 우아하게 절제된 스타일의 옷차림이었다. 영화에 따르면 슈베르트는 에스테르하지Esterházy 공주를 사랑했다. 뜨거운 사랑의 감정으로 그는 사랑하는 여인의 손을 잡기 위해 깊은 고민에 휩싸였고, 마침내 저 아름다운 〈교향곡 제8번 B단조(미완성 교향곡)〉를 쓰기 시작했다. 하지만 공주는 절대로 가난한 음악가와 결혼하지 않는다는 결론에 이르게 되면서 슈베르트는 이 곡을 끝마치지 못했다. 나는 바로 어제까지만 해도 이 감상적이고 진부한 스토리를 사실로 믿었다. 인생이란 얼마든지 감상적이고 진부할 때도 있으니 말이다. 그런데 타데우시 마렉의 책을 읽고 나니 실제 슈베르트의 삶은 이와는 딴판이었고, 훨씬 더 슬프고 흥미롭다는 사실을 알게 되었다.

슈베르트가 음악 가정교사로 일하며 에스테르하지의 성에 머물렀을 당시, 공주의 나이는 고작 열 살이었다. 그리고 2년 뒤에 〈미완성 교향곡〉이 탄생했다. 슈베르트가 에스테르

하지 가문에 다시 돌아왔을 때 공주의 나이는 열여섯 살이었지만, 둘 사이에 격정적인 연정이 싹텄다는 증거는 어디에도 없다. 당시 슈베르트는 건강이 회복되었다는 일시적인 착각(실제로 그때 그는 성병을 앓고 있었다)으로 음악 레슨이 없을 때는 작곡에만 전념했다. 그리고 얼마 후, 슈베르트는 만성 두통이 사라지고, 원기도 회복되었다고 굳게 믿으며, 상당히 좋은 컨디션으로 빈에 돌아왔다. 영화제작자들은 틀림없이 이러한 사실을 알고 있었을 것이다. 하지만 그들은 '예술가의 사랑'이라는 공식을 선택하여 뻔한 신파를 지어냈다. 위대한 예술의 탄생 과정을 가장 사진발 잘 받게 포장하는 유일한 방법은 결국 그 이면에 남녀 간의 사랑이 있었음을 보여주는 것이라 굳게 믿으면서.

할리나 미할스카 지음,『모두를 위한 하타 요가』
Halina Michalska, *Hatha Joga dla wszystkich*, Warszawa: Państwowy
Zakład Wydawnictw Lekarskich, 1974

하타 요가란 숨 쉬는 방법과 몸의 움직임을 체계적으로 수련
하는 시스템으로 인도에서 시작되었다. 규칙적으로 수련을 하
면서(매일 1시간씩, 안 되면 적어도 15분이라도 하는 게 좋다)
적절한 집중력을 발휘하여 세상으로부터 자신을 단절시킬 수
만 있다면 놀라운 효과를 경험할 수 있다고 이 책은 말한다.
피로와 긴장을 완화시켜주고, 궁극적으로는 인격의 성장을 이
루는 데 도움을 준다고 한다. 하지만 이 책의 제목이 성급하게
단정하듯이 이 요가가 '모두'를 대상으로 하는 것 같지는 않다.
극심한 피로와 긴장에 시달리고 있는 사람들은 요가를 할 시
간이 없고, 요가를 할 시간이 있는 사람들은 아마도 극심한 피
로와 긴장에 시달리고 있지는 않을 것이기 때문이다. 게다가
하타 요가는 의심 많은 회의론자들에게도 별로 적합지 않다.
회의론자들로서는 세상으로부터 자신을 단절시키는 게 가장
힘든 과제이기 때문이다. 이를 위해서는 신뢰하는 자세, 그리
고 나날이 늘어가는 열정이 요구되는데, 회의론자에게는 바로
이런 점이 절대적으로 부족하다.
　예를 들어 회의론자가 요가 자세 25번인 쿠쿠타아사나

Kukutasana를 시도한다고 가정해보자. 먼저 그리 넓지 않은 간격으로 양다리를 벌린 채 앉는다. 오른쪽 다리를 접어 양손으로 그 발을 잡은 뒤, 왼쪽 서혜부 쪽에 교차시킨다. 오른팔은 허벅지와 종아리 사이에 넣는다. 이쯤 되면 회의론자의 머릿속에는 세속적인 생각들이 떠오르기 시작한다. '대체 지금 내가 여기서 뭘 하고 있는 거지?' 그다음으로는 왼손으로 왼쪽 다리를 잡아당긴 뒤에 오른손으로 그 발을 잡고, 발을 오른 다리 쪽으로 가져온다. 그러고 나서 앞에서와 같은 방법으로 왼팔을 허벅지와 종아리 사이에 집어넣는다. 이때 오른발은 가능한 한 왼쪽 둔부 가장 가까운 곳에 가져다 놓는다. 양손은 구부린 두 다리 사이로 바닥에 내려놓되 손바닥이 바닥을 향하도록 하고, 엄지가 서로 맞닿게 한다. 흉곽을 앞쪽으로 쭉 내밀면서 숨을 깊이 들이마시고, 몸을 땅에서 번쩍 들어올리며 손바닥으로 그 무게를 지탱하도록 한다. 이렇게 잠시 동안 자세를 유지하며 자연스럽게 호흡을 한다. 이런 동작을 하는 와중에도 여전히 꼬리를 물고 의구심이 생겨난다. 이렇게 몸을 비비 꼬는 게 과연 정신수양에 도움이 될까? 이런저런 생각을 하다 보면 하타 요가란 완벽을 추구하기 위한 수행의 과정에서 첫 번째 단계이며, 인도의 고행자들에 따르면, '우주' 안에 존재하는 개별적인 '나'를 온전히 떨쳐버리는 사람만이 완벽이라는 경지에 도달할 수 있다는 가르침을 떠올리게 된다. 그렇다면 과연 이런 경지에 다다르는 게 나에게 꼭 절실한 일일까, 회의론자는 여기서 또다시 의문을 품게 된다. 어쩌면 반대의 경우가 바람직한 게 아닐까? 나 자신을 떨쳐버릴 게 아니라, 인간으로서 고유한 성향을 굳건하게 간직한 채 주위의 모든 난관을 헤치고 살아남는 게 중요하지 않을까? 자신을 세상과 단절시키는 건, 죽고 나서도 얼마든지 가능하다. 생각이 여기까지 이르게 되면, 회의론자는 당장 쿠쿠타아사나 동작을 중단해야겠다고 결심하게 된다. 다만 119 구조대의 도움 없이 무사히 꼬인 몸을 풀 수 있기를 바랄 뿐이다.

에토레 비오카 지음, 『야노와마─인디언에게 유괴된 어느
여인의 이야기』
Ettore Biocca, *Yanoáma—opowieść kobiety porwanej przez Indian,*
(trans.) Barbara Sieroszewska, Warszawa: PIW, 1974

1937년 헬레나 발레로Helena Valero는 열두 살의 어린 나이에
극적인 사건으로 인해 리오네그로Rio Negro*와 오리노코Orinoco
강** 사이의 원시림에 거주하는 인디언 부족 야노와마에게 납
치를 당한다. 그리고 20년 후 자신이 살았던 문명의 세계로 탈
출하게 되는데, 이탈리아의 민속학자 에토레 비오카가 저술한
헬레나 발레로의 이야기는 민속학과 심리학 분야에서 독창적
인 자료로 인정받고 있다. 백인들은 그때까지 야노와마 부족
의 삶에 대해서 거의 아는 게 없었다. 야노와마 부족 또한 백
인들과의 접촉을 시도하지 않았다. 그들은 원시림에 고립되어
자신들만의 '은폐된' 현실 속에서 살았다. 문명화된 사람들이
'선사시대'라 부르는 먼 과거 속에 파묻힌 채로 말이다. 그들이

---

* 아르헨티나 남부의 주州로, 서쪽은 칠레와 접해 있고 동쪽은 산마
티아스만에 면해 있다.
** 남미 북부의 강으로, 브라질과 베네수엘라의 국경 부근에서 발원
하여 콜롬비아 동쪽 국경을 따라 북류北流하다가, 다시 베네수엘라를
관류貫流하여 동북으로 향해 대서양으로 흘러든다.

162

알고 있는 유일한 타문화의 도구는 '마체테machete'*였는데, 식물을 자르거나 베어낼 때 사용했다. 강기슭을 따라 우연히 이루어진 교역을 통해 획득한 물건으로, 인디언의 손에서 이른바 '고급문화'의 사악한 상징이라고 할 수 있는 살상의 도구로 쓰이지는 않았다.

야노와마 부족은 자신들의 전통적인 무기, 즉 곤봉과 독화살을 사용해서 서로를 죽였다. 그 무기들의 효능이 얼마나 탁월했는지, 여성의 출산율이 남성의 전투적 기질에서 비롯된 인구 감소를 상쇄하지 못할 정도였다. 그렇다면 부족 간의 전쟁, 시작도 끝도 없는 이 싸움은 무엇 때문에 벌어지게 된 것일까. 분명 생존을 위한 기본적인 욕구 때문은 아니었다. 이 부족은 굶주림이라는 걸 알지 못했고, 사냥을 위한 영토도 충분히 확보하고 있었으며, 오두막을 짓는 데 필요한 자재들도 사방에 널려 있었다. 그럼에도 불구하고 그들은 결국 서로 죽고 죽이기를 되풀이하고 있다. 이것이, 도저히 믿기 힘든 내용을 담은 이 책에서 내가 확인한 내용이다. 그 이유는 아마도 이 공동체가 생존을 위해 애써 이룩한 다른 모든 것들보다 우위에 두었던 어떤 특별한 관습 탓이 아닐까 싶다.

야노와마 부족의 남자들은 이미 소년시절부터 '에페나epena'라 불리는, 토속식물에서 추출한 마약을 피우는 의례에 참여하기 시작한다. 이 식물의 연기는 호전성을 강하게 자극하는데, 어느 시점에 이르면 심각한 정신적 손상을 가져오게 된다. 야노와마의 여인들은 자신의 남편과 오빠, 남동생과 아

---

* 날이 넓고 무거운 칼로, 무기로도 쓰였다.

들 들이 에페나를 흡입하는 순간 나쁜 일이 벌어지게 된다는 걸 알고 있었다. 몇 차례에 걸쳐 에페나를 깊게 들이마시고 나면 어김없이 다른 남자를 공격할 이유를 발견하곤 했기 때문이다. 야노와마 부족의 남자들에게 최고의 명예는 '와이테리 waiteri'가 되는 것이다. 와이테리란 다른 남자를 죽인 남자, 특히 어린 나이에 이미 몇 명의 남자를 살해한 경험이 있는 남자를 말한다. 이렇게 '편력 기사Knight-errant'*의 정신이 부족 공동체 전체로 확산되었다. 중세시대 유럽에서 활약하던 편력 기사들은 휴전기休戰期에 따분함을 달래기 위해 홀로 모험을 떠난 '개인들'이었지만, 야코와마 부족의 경우는 '모두'가 와이테리가 되어야만 했고, 이로 인해 종족의 보존이 불투명한 상황에까지 이르게 되었다는 점에서 차이가 있다.

언뜻 보면, 이곳 사람들은 파라다이스에서 건강한 삶을 누리는 것 같고, 질병도 별로 없어 보인다(병에 걸리기도 전에 이미 대부분이 다른 남자로부터 죽임을 당하니). 그렇다면 정신적 타락이 그 원인일까. 수렵과 채집의 시대에 살았던 원시인들도 이와 유사한 규율을 갖고 있었을까. 그렇다면 그들은 과연 어떻게 살아남을 수 있었을까. 무엇이 이러한 규율을 진화하게 만들었을까. 단순하기 짝이 없는 질문들이다. 하지만 인류학이라는 위대한 학문을 논하면서, 나는 모르는 것에 대해 아는 척하고 싶지는 않다.

* 중세시대의 몰락한 기사로, 작위를 가졌지만 여러 요인으로 영지를 박탈당해 세상을 떠도는 무사 수행자를 일컫는다. 대부분 '도적 기사'로 일생을 마치지만, 돈키호테와 같은 낭만적인 협객도 있었다.

이르지 펠릭스 지음, 바르바라 브조프스카-지흐 옮김, 『가정용 조류』
Jiří Feliks, *Ptaki pokojowe*, (trans.) Barbara Bzowska-Zych, Warszawa:
Państwowe Wydawnictwo Rolnicze i Leśne, 1974

집에서 키우는 가정용 조류는 시각적인 즐거움을 누리기 위해 새장에 가두고 기른다는 점에서 가금류家禽類와는 다르다. 사실 주인이 마음대로 볼 수 있도록 새를 가두어놓는 것이 미적으로 어떤 즐거움을 주는지 나로서는 잘 이해가 가지 않는다. 이 책에서는 철창 안에서의 삶을 그럭저럭 버텨낼 수 있는 88종의 새와 그들의 특성을 소개하고 있다. 각각의 새들을 설명하는 과정에서 수컷을 그린 총천연색 일러스트레이션이 삽입되어 그 내용을 훨씬 더 풍성하게 만들어준다. 그런데 어떤 종류의 새들은 암컷과 수컷의 생김새가 명백히 다른데도 암컷 삽화가 아예 누락되어 있다. 새를 키워보고 싶다는 마음이 들게 하는 건 분명하지만, 만약 누군가가 이 책의 영향으로 새를 사러 갔다가 암컷을 고르게 되면, 결국은 판매원의 조언에 귀를 기울일 수밖에 없을 것이다. 얼마 전에 나비에 관한 비슷한 유형의 화보집에 대해서 칼럼을 쓴 적이 있다. 거기에서도, 애벌레를 소개하는 지면에서 이와 같은 성차별을 발견할 수 있었다. 무조건 비판하는 건 아니지만, 분명 문제는 있다.

하지만 지금은 일단 새들에게로 돌아가보자. 인간의 목소리를 흉내내는 새들은 무엇보다 매력적이다. 애석하게도 나는 살면서 지금까지 앵무새는 고사하고 말하는 찌르레기를 본 적이 한 번도 없다. 어린 시절 우리 집에서 키우던 유일한 앵무새는 단 한마디도 하지 않았다. 우리 가족의 여자 구성원들은 앵무새에게 '안녕하세요'나 '안녕히 주무세요', '맛있게 드세요', '감사합니다'와 같은 예의 바른 문장을 가르치려고 애를 썼다. 반면에 남자 구성원들은 주지아(앵무새의 이름이었다)로 하여금 자신의 새장이 놓여 있는 응접실에는 별로 어울리지 않는 거친 표현을 말하게 하기 위해 안간힘을 썼다. 두 개의 서로 적대적인 교육시스템을 한꺼번에 강요받은 가엾은 앵무새는 결국 입을 굳게 다물어버렸고, 자신의 짧은 생을 마칠 때까지 단 한마디도 내뱉지 않았다.

대신 주지아는 시계 소리에 민감하게 반응했다. 응접실의 벽시계가 정각을 알리는 종을 울리면, 갑자기 미칠 듯한 분노에 사로잡혀 자신의 알록달록한 날개를 신경질적으로 파닥거리면서 끔찍하고 날카로운, 동시에 후두음喉頭音에 가까운 괴상한 소리를 내곤 했다. 그 소리가 어찌나 무시무시했던지 지금까지도 생생히 기억난다. 그때 나는 고작 일고여덟 살이었고, 시간의 흐름에 대해서는 아무 생각도 없는 나이였다. 하지만 주지아는 바로 그 시간의 흐름을 못 견디게 싫어하는 그런 존재로 내게 인식되었다. 마치 겁주어서는 안 되는 대상을 향해 겁주고 싶은 듯, 아니면 저항해서는 안 될 대상에게 저항하고 싶은 듯, 주지아는 사력을 다해 악다구니를 썼다. "우리는 아주 큰 상대와 싸운다고 여기지만, 우리와 맞서는 그것은 실제로는 작다"라고 릴케R. M. Rilke는 썼다. 하지만 내가 릴케를 읽은 건 훨씬 훗날의 일이다. 애초에는 시계 소리를 견디지 못하는 주지아가 있었다.

비에스와프 코탄스키 지음, 『일본의 예술』
(인명 색인이 누락되어 아쉽다)
Wiesław Kotański, *Sztuka Japonii*, Warszawa: Wydawnictwa
Artystyczne i Filmowe, 1974

너무나도 흥미로운 일본의 고전시가 선집인 『만요슈萬葉集』*
을 번역하고 소개해준 데 대해 우리는 역자인 코탄스키에게
큰 빚을 지고 있다. 이번에 그가 일본 미술사를 간략히 소개
한 책을 썼다. 아쉽게도 이 책에서는 수많은 미술품의 복사본
들이 텍스트 대신 여러 지면을 차지하고 있다. 색채로 아름다
움을 전달하는 예술품들이 본래의 의도와는 다르게 우리의 눈
을 즐겁게 해주지 못한다는 건 안타까운 일이다. 우타가와 히
로시게歌川廣重의 〈오하시 다리의 소나기〉**만 보더라도 폴란드

* 일본에서 가장 오래된 시가집詩歌集. 총 20권으로 구성되어 있고,
작품 수는 약 4,500여 수에 달한다. 편찬연대 및 편자에 관해서는 여
러 학설이 있지만 나라奈良 시대 후기의 유력한 귀족이자 가인歌人인
오토모노 야카모치大伴家持가 현재와 같은 형태로 편찬했다고 보는
설이 유력하다. 폴란드어판은 일본문학가인 코탄스키의 편역으로 발
췌 소개되었다.
** 히로시게(1797~1858)의 걸작 〈명소 에도 백경名所江戸白景〉 시리
즈 가운데 58경에 해당하는 이 작품은 현재 뉴욕 브루클린 박물관에
전시되어 있다. 〈명소 에도 백경〉은 히로시게가 죽을 때까지 작업했던

판『대백과사전』에 수록된 복사본과 비교해보면 그 화질이 훨씬 떨어진다는 걸 알 수 있다. 이 채색 목판화에 대해 언급하는 건, 가끔은 다소 엉뚱한 상상력을 발휘하여 내가 이 판화의 소유주가 된 듯한 착각에 빠지곤 하기 때문이다.

때때로 나는 도둑질을 하는 꿈을 꾼다. 꿈에서 나는 평소에 너무나 좋아하는 그림이나 조각품을 박물관에서 몰래 훔치고는 두려움에 떨면서 아무도 모르게 물건을 박물관 밖으로 빼내기 위해 사방을 두리번거린다. 이런 식으로 나는 렘브란트Rembrandt H. van R.가 그린 〈카네이션을 든 사스키아의 초상화〉*와 호베마M. Hobbema**의 〈미델하르니스의 가로수길〉***의 주인이 되었다(대체 얼마나 큼직한 코트를 입고 있었기에 이렇게 큰 대작들을 옷 안에 감추고 박물관을 빠져나왔을까). 고대 이집트의 돌로 만든 고양이 한 마리(얼마나 무거웠는지도 생생히 기억한다)와 〈오하시 다리의 소나기〉 역시 이런 방법으로 획득했다.

미완의 대작으로, 에도 즉 지금의 도쿄 지역의 풍경을 담은 119개의 목판화 작품으로 구성되어 있다. 쉼보르스카는 이 〈오하시 다리의 소나기〉를 소재로 「다리 위의 사람들」(1986)을 쓴 바 있다.
* 렘브란트가 자신의 아내 사스키아Saskia van U.(1612~1642)를 그린 초상화 중 1641년 작作인 〈화장대의 사스키아Saskia at Her Toilet〉를 지칭한다. 쉼보르스카는 이 그림을 소재로 「자살한 사람의 방」(1976)이란 시를 썼다.
** 호베마(1638~1709)는 네덜란드 바로크 양식을 대표하는 풍경화가다.
*** 1689년 작으로, 런던의 내셔널갤러리에 소장되어 있다. 쉼보르스카는 이 그림을 소재로 「풍경」(1967)이란 시를 썼다.

꿈속의 갤러리에 전시될 나의 소장품 목록은 아마도 이게 끝이 아닐 것이다. 머지않아 코탄스키의 책에 등장하는 진흙으로 빚은 작은 레서스*도 추가될 것만 같다. 이 레서스는 고훈 시대古墳時代(기원후 3~6세기)**의 발굴품이다. 지금으로부터 까마득히 오래전인 이 시기에 일본인들은 사람이나 동물 혹은 생활용품 들을 본떠 만든 작은 모형들을 망자亡者와 함께 무덤에 묻는 관습이 있었다. 아마도 무덤 속을 생전의 집과 같은 분위기로 만들려는 의도였으리라. 그렇기 때문에 당시 일본인들은 망자에게 익숙했던 대상들을 소재로 모형을 만들었으며, 원형과 최대한 닮은 모습으로 재현하기 위해 애를 썼다. 내가 위에서 언급한 작은 원숭이 또한 해당 종種에 매우 근접한 모습으로 제작되었다. 하지만 실제 원숭이와 똑같이 닮았다고 해서 예술품으로 인정받는 건 아니다. 그렇다면 이 원숭이의 특별한 점은 무엇일까. 머리를 옆으로 살짝 기울인 인상적인 포즈? 진흙에 뚫린 두 개의 구멍으로 재현한 어두운 눈동자와 그 독특한 시선? 깊은 슬픔과 호기심을 동시에 담고 있는 표정? 작은 얼굴 속에 동시에 간직한 원숭이적·동물적·인간적 성향? 어쨌든 머나먼 박물관에 이 모형이 보관되어 있는 게 천만다행이다. 대낮에는 몰래 훔쳐내오기가 불가능하므로 역시 꿈을 택할 수밖에 없다. 나는 곧바로 모형이 전시된 전시실로 들어가서 여러 마리의 원숭이 가운데 나의 원숭이를 집어든다. 그리고 코트 자락 속에 감춘 뒤 누구에게도 들키지 않고 박물

* 붉은 털을 가진 벵골 원숭이.
** 고훈 시대Tumulus period는 일본에서 3세기 말부터 8세기 초까지의 시기를 이른다.

관을 빠져나와 서둘러 길을 건넌다. 만약 경보가 울리면, 별수
없다. 재빨리 잠에서 깨어나는 수밖에.

카지미에라 말레친스카 지음,『종이의 역사』
Kazimiera Maleczyńska, *Dzieje starego papieru*, Wrocław: Ossolineum, 1974

종이의 전신은 양피羊皮였다. 하지만 누군가의 영혼이 담긴 텍스트를 읽으면서 그것이 씌어진 종이가 송아지나 당나귀 가죽을 벗겨 만들었다는 사실을 떠올리는 건 어쩐지 적절치 않은 듯하다. 종이의 탄생은 이보다 훨씬 더 골치 아프고 복잡했다. 바로크식 수사법으로 이야기하자면 종이는 '비천한 가문' 출신이었다. 아버지는 넝마이고, 어머니는 누더기였으니.

　『종이의 역사』에 언급된 역사적 사실들과 제지製紙의 세부과정이 모두 기억나는 건 아니지만, 누더기를 모으러다녔던 고물상과 관련된 대목만큼은 아주 생생히 기억한다. 그들은 서사시에서 한 번도 언급되지 않은 새로운 주인공들이었다! 고물장수들은 방랑자의 삶을 택했고, 때로는 안전이 보장되지 않은 다양한 모험에 기꺼이 뛰어들었다. 15세기에서 18세기 사이에는 한 다발, 그러니까 500장의 종이를 만들기 위해 십수 킬로그램에 해당하는 아마포 조각이 소요되었다. 종이에 대한 수요가 계속해서 급증하면서 넝마 조각을 확보하는 일은 전체 생산과정에서 가장 정체가 심한 단계일 수밖에 없었다. 각 제지소마다 전담 고물장수를 별도로 고용했고, 이들에게는 정확하게 분할된 담당구역이 배정되었다. 이론적으로는 다른 고물장수의 구역을 넘봐서는 안 되었지만, 실제로는 상권 침범으로 인한 다툼과 분쟁이 끊임없이 벌어졌다. 대담하고 배짱 좋은 넝마주이들은 자신에게 할당된 구역만으로는 만족하지 않았고, 때문에 추적과 매복 그리고 무자비한 난투극이 끊이질 않았다. 고물장수는 당시 유럽의 풍경에서 빼놓을 수 없는 요소였고, 선술집과 시장, 농산물 품평회에서, 그리고 도시나 시골의 쓰레기장 주변에서 어김없이 그 모습을 볼 수 있었다.

그저 활동적이고 영리하기만 해서는 뛰어난 고물장수가 될 수 없었다. 사람들로부터 제대로 된 넝마나 고물을 얻어내기 위해서는 타인으로부터 연민을 불러일으키는 재능이 요구되었다. 아마도 그는 경건한 성가나 흥겨운 가곡을 멋들어지게 부르고 다녔을 것이고, 필요하다면 마술도 하고, 기적의 연고를 팔기도 했으리라. 고물과 넝마를 모으는 데 최적화된 조건을 갖춘 적임자가 아니면, 임무를 수행하지 못했으리라.

역사에 한 획을 그은 중대한 사건들은 고물장수들의 적극적인 참여와 지혜가 뒷받침되지 않았더라면 결코 일어나지 못했을 것이다. 본격적인 전투가 벌어지기를 기대하면서 대규모 부대의 후방에서 왔다 갔다 하거나 덤불 속을 살금살금 기어가고 있는 넝마주이의 모습이 눈앞에 선하다. 그러다 마침내 전투가 시작되면, 재빨리 달려가서 전사자戰死者들의 몸에서 갑옷을 벗겨내고, 반지나 구두, 그 밖에 손에 잡히는 건 뭐든지 닥치는 대로 쓸어담았을 것이다. 만약 아무것도 얻을 게 없다면, 누군가가 먼저 와서 크게 한탕 했다는 의미이다. 하다못해 피에 젖은 셔츠 조각일망정 항상 뭔가는 건지게 마련이다….

자신이 어떤 재료로 만들어졌는지 종이의 입장에서는 아무 상관이 없다. 마찬가지로 그 위에 무슨 내용이 씌어져도 관심이 없다. 이에 대해 체코 시인 프란치셰크 할라스František Halas는 아름다운 시를 남겼다.

"너는 아마도 시를 쓰고 있을 것이다 / 아니면 계산서나 연애편지일 수도 / 체포영장이나 / 기도문일 수도 / 죽은 아이의 셔츠로 만들어진 그것 위에 말이다 / 어쩌면 무차별로 사격을 당한 군인의 군복이거나 / 병원의 시트일 수도 있다 / 누군가의 눈물을 닦아준 손수건이나 / 관을 덮는 휘장 / 매춘부의 속옷 / 그리고 또 무엇으로 만들어졌을지 나도 잘 모르겠다…."

루드비크 베체라 지음, 『장미 도감』
Ludvík Večeřa, *Mały atlas róż*, Warszawa: PWRiL, 1974

장미는 최소 2500만 년 전부터 지구를 아름답게 장식해왔다. 하지만 꽃의 왕국에서 으뜸으로 인정받게 된 것은 불과 얼마 전, 그러니까 1만 년 전의 일이다. 이 시기부터 장미는 역사와 문학, 예술, 종교 그리고 경제활동에 활발하게 참여하기 시작했다. 장미의 화석들, 그러니까 '선사시대'의 원형들은 이미 자연에서는 그 자취를 찾아볼 수 없다. 현재 알려진 품종만 대략 2만여 종. 대부분 메소포타미아와 그리스, 로마, 중국의 정원사들이 참을성 있게, 그리고 빛나는 영감을 받아 탄생시킨 작품들이다. 근대에 와서는 우리의 이웃인 네덜란드인들의 헌신과 노력이 있었음을 잊어서는 안 될 것이다. 오늘날에는 장미 재배에 있어 어느 특정 국가나 민족이 우위에 있다고 단정하기는 힘들다. 전문가와 장미를 사랑하는 마니아 들이 자신이 속한 지역에 최적화된 새로운 품종을 만들어내고 있기 때문이다.

신품종이 개발되면, 국제적으로 널리 통용되는 기준에 따라 까다로운 품평 과정을 거치게 된다. 심사자들은 꽃송이 자체와 그 색감, 향기뿐만 아니라 장미의 전반적인 위상을 점검

한다. 꽃봉오리 단계에서부터 만개했다가 시들 때까지 장미는 공간적으로 또 시간적으로 아름다움을 유지해야만 한다. 뿐만 아니라 잎사귀도 평가의 대상이 된다(사실 잎사귀는 추한데 아름다운 꽃은 없지 않은가). 결국 심사위원들은 식물의 형태 전반, 그러니까 잎자루와 줄기, 가시까지 모두 꼼꼼히 살핀다. 또한 장미의 생장능력과 병에 대한 저항력도 고려한다. 차라리 한 소녀가 '미스 유니버스'로 선발되는 게 훨씬 쉬울 것이다. 미인대회의 심사위원들은 장미품평회의 심사자들보다는 덜 까다로우니 말이다. 그들은 그저 하루 동안에 받은 인상으로 점수를 매긴다. 나는 지금껏 한 소녀가 여인으로 성숙할 때까지 최종 판결을 기다리는 미인대회 심사위원이 있다는 얘기는 들어본 적이 없다.

『장미 도감』은 자신의 정원을 갖고 있는 독자들로서는 효용성을 누리며 읽고 들여다볼 수 있는 책이다. 대신 정원을 소유하지 않은 독자들에게는 추상적인 기쁨을 제공한다. 공자孔子 시대 중국 황제의 도서관에는 약 600여 권에 달하는 장미 재배에 관한 책들이 소장되어 있었다고 한다. 내 작은 서가에는 오직 이 작은 책자 하나뿐이다. 내가 중국의 황제가 아니라는 명백한 증거로서 말이다.

발테르 하스 지음, 율리우쉬 키드린스키 옮김, 『벨벳과 실크를 걸친 나이팅게일들 — 위대한 프리마돈나들의 일생』
Walter Haas, *Słowiki w aksamitach i jedwabiach—z życia wielkich primadonn*, (trans.) Juliusz Kydryński, Kraków: Polskie Wydawnictwo Muzyczne, 1975

16세기까지만 해도 유명 극장에서 여자가 여자 역할을 맡는다는 건 충격적인 일이었다. 반면에 소년이 여자로 분장하는 것, 예를 들어 치렁치렁한 페티코트를 휘감은 미소년 데스데모나Desdemona가 오셀로Othello 옆에 서 있는 건 당연한 일로 간주되었다. 이 시기에 새로운 음악 장르로 탄생된 오페라에서도 이런 말도 안 되는 규율이 엄격히 적용되었다. 양치기 소년 다프니스Daphnis는 동성에게 사랑을 고백했고, 여기에 양치기 소녀로 분장한 소년 클로에Chloé가 열정적인 가성으로 응답했던 것이다. 하지만 1600년 피렌체에서 막을 올린 오페라 〈에우리디케〉의 성대한 초연에서는 여자가 주연을 맡았다. 당시로서는 파격적인 사건이었지만, 다행히도 교황청이 있는 로마에서 멀리 떨어져 있었기 때문에 가능했다. 실제로 로마에서 여성이 무대에 오르게 된 것은 훨씬 나중의 일이었다.

시간이 흐르면서 교황청의 금지령은 점점 큰 골칫거리가 되었다. 오페라는 끊임없이 공연되는데, 아름다운 목소리를 가진 소년들의 성장 또한 빨랐기 때문이다. 공급은 늘 부족했고, 변성기는 불가피했으므로 항상 위험부담이 도사리고 있었다. 결국 소년들을 거세하기 시작했다. 지극히 비인간적인 방법이 동원된 것이다…. 이때부터 천상의 님프나 여신, 양치기 소녀의 역할은 지나치게 몸집이 크고 뚱뚱하지만 아름다운 천상의 목소리를 가진 장애인들이 도맡게 되었다. 그러자 유럽의 모든 극장이 그들을 잡기 위해 혈안이 되었다. 여성들이 이미 경력을 쌓기 시작했던 극장들도 마찬가지였다. 카스트라토castrato* 들은 여성들에게 위협적인 경쟁상대가 되었고, 소프라노들이 맡을 수 있는 역할이라고는 남자 주인공의 감상적인 애인이나 정부로 국한되었다. 그러자 오페라 무대는 밀랍 인형들이 돌아다니는 쇼처럼 기괴해졌다. 런던의 한 무대에서는 바지를 입은 소프라노들과 크리놀린crinoline**을 착용한 카스트라토들이 함께 무대에 올랐다. 청각적으로는 아마도 훌륭한 무대였겠지만, 시각적으로는 납득하기 힘든 장면이었다.

마침내 무자비한 거세의 전통이 멈춰지자 여성들에게 다시 무대에 오를 수 있는 기회가 주어졌다. 카스트라토들이 도맡았던 역할들을 되찾았을 뿐 아니라 남성의 역할도 할 수 있게 되었다. 그러다보니 이전과 정반대의 상황이 되었을 뿐, 비정상적인 무대는 여전했다. 잠들어 있는 데스데모나를 위협하는 존재는 가짜 콧수염을 붙인 여자 오셀로였다. 쇼팽은 파리

* 16~18세기에 유럽의 오페라 무대에서 활동하던 남성 가수로, 어려서 거세를 당해 여성의 음역을 가졌다.
** 19세기에 서양 여자들이 치마를 불룩하게 보이기 위해 안에 입던 틀이다.

에서 바로 이런 무대를 관람했다. 오셀로는 가냘프고, 데스데모나의 체구는 육중했다. 목 조르는 사람과 목 졸리는 사람이 실제로는 반대가 되어야 한다는 생각에 쇼팽은 몸서리를 쳤다. 당시 파리에서 함께 망명생활을 하던 폴란드 시인 미츠키에비츠A. Mickiewicz*에게 오페라 대본을 써달라고 권유하지 않았다는 점에서 나는 쇼팽에게 경의를 표한다. 물론 피아노곡에 전념하고 싶었다든지 하는 더 중대한 이유가 있었겠지만, 뭐, 누가 알겠는가. 어쩌면 쇼팽이 갖고 있던 특유의 희극적 본능 때문일 수도 있다는 생각이 든다. 자신의 힘으로는 어쩔 도리가 없는 말도 안 되는 캐스팅이 이루어질지도 모른다는 직감이 작용한 게 아니었을지. 그리고 오페라하우스의 박스석, 가장 어두운 구석에서 몸을 웅크린 채 절망하는 작곡가, 바로 자신의 모습을 미리 보았을 수도 있다.

* 미츠키에비츠(1798~1855)는 19세기 낭만주의 시대의 시인으로, 폴란드에서 민족 시인으로 추앙받고 있다. 조국 폴란드가 러시아, 프로이센, 오스트리아로부터 삼국분할을 겪을 당시인 1829년 파리로 망명하여 조국애와 민족적 자긍심을 고취시키는 다양한 작품을 남겼다. 파리에서 망명생활을 할 때 쇼팽과 교분을 쌓았다.

페터 타이히만 지음, 브와디스와프 케르멘 옮김, 『개가 아플 때』
Peter Teichmann, *Gdy zachoruje pies*, (trans.) Władysław Kermen,
Warszawa: PWRiL, 1974

개의 질병에 관해 쓴 이 책에서 우리는 빈혈에서부터 황열에
이르기까지 거의 모든 종류의 인간의 질병을 발견하게 된다.
개들은 우리 인간들과 똑같이 고통을 겪고 죽음을 맞이한다.
이렇게 그들은 아픔에서도 우리와 동행하려고 애쓴다. 개들은
천성적으로 인간들보다 훨씬 사려 깊게 병을 앓는다. 우리에게
고통을 토로하지도 않고, 견디기 힘든 심기증心氣症*에 빠져 드
러눕는 일도 없으며, 흡연이나 과음으로 자신의 생을 단축시
키지도 않는다. 그렇다고 그들의 건강상태가 통계적으로 인간
보다 양호한 건 아니다. 인간과 공유하는 질병들 외에도 개에
게서만 발생하는 고유한 질병들이 그들을 괴롭히기 때문이다.
그러므로 이 책의 분량이 아무 이유 없이 400페이지를 상회하
는 것은 아니다.

언뜻 보기에는 모든 주제를 빠짐없이 다루고 있는 것 같
지만, 실상은 그렇지 않다. 작가는 개들에게서 가장 빈번하게

* 건강에 대해 지나치게 걱정하고, 아무 이상이 없는데도 자신이 병
들었다고 생각하는 심리 상태.

180

나타나는 질병, 즉 노이로제나 강박증에 대한 내용을 수록하지 않았다. 가축이나 애완동물의 심리에 대한 연구가 오늘날에는 매우 흥미로운 주제로 각광받고 있지만, 과거의 수의학은 이런 쪽으로는 전혀 신경을 쓰지 않았던 것이다. 이 방대한 분량의 책에서 이러한 내용을 읽을 수 없다는 점이 안타깝다.

멍멍이나 누렁이의 입장에서 우리와 함께 살아가는 게 결코 만만한 일이 아니라는 걸 우리는 이미 잘 알고 있다. 그들은 평생 동안 우리를 이해하고, 우리가 강요하는 기준에 맞추고, 우리의 말과 행동에서 자신들과 관련된 의미를 읽어내기 위해 애를 쓴다. 그러기 위해서는 이루 말할 수 없는 노력과 끝없는 긴장이 요구된다. 매번 우리가 집을 나서면, 마치 우리가 어딘가로 영원히 떠나기라도 하는 듯 절망에 빠져 눈물을 흘린다. 매번 우리가 집에 돌아오면, 마치 기적이라도 일어나서 우리가 무사히 귀가한 듯 쇼크를 동반한 기쁨에 젖는다. 이런 식의 작별과 환영은 우리에게 항상 감동을 준다. 우리도 그들처럼 당해봐야 그 절절한 아픔을 이해할 수 있을 것이다.

몇 주 동안 집을 비워야만 할 때는 정말 난감하다. 언제 돌아온다고 날짜를 알려줄 수도 없고, 여행지에서 엽서를 보내거나 시외전화를 걸 수도 없다. 개는 희망 없이 항상 기다려야만 하는 운명을 타고났다. 여기서 끝이 아니다. 개가 낯선 인간세계의 질서와 자신의 본성 사이에서 갈팡질팡하다가 평정심을 잃게 되는 상황이 수백 가지는 더 있다. 그러다 결국 어느 시기가 닥치면, 자신의 꼬리를 쫓아 빙글빙글 돌기 시작한다. 이것은 꼬리잡기를 하려는 유쾌한 장난이 아니라, 우리의 피보호자가 현실감각을 상실했다는 일종의 신호다. 인간의 경우에는 꼬리가 없으므로 질병의 이러한 단계가 아무런 예고도 없이 갑자기 찾아온다.

헤르만 케스텐 지음, 가브리엘라 미치엘스카 옮김,
『카사노바』
Hermann Kesten, *Casanova*, (trans.) Gabriela Mycielska, Kraków:
Wydawnictwo Literackie, 1975

폴란드에서 카사노바의 회고록 전체가 번역·소개된 적은 지금
껏 한 번도 없었다. 케스텐의 저서는 카사노바가 남긴 열두 권
의 회고록 가운데 구미가 당기는 대목들만을 간추린 요약본이
라고 할 수 있다. 뿐만 아니라 회고록에 실린 특정한 에피소드
들을 소개하는 과정에서 역사적이고 심리학적인 논평을 추가
하여 가능한 한 그 신빙성을 부각시키고 있다는 점에서 이 책
의 가치를 발견할 수 있다.

　당연한 이야기겠지만, 회고록에서 카사노바는 종종 허풍
을 늘어놓는다. 수십 페이지 정도의 자서전이라면 최소한의 솔
직함을 유지하는 게 가능할 수도 있었겠지만, 열두 권이나 되
는 분량에서는 성자聖者라 할지라도 사실만을 기록하긴 힘들
것이다. 게다가 소문난 플레이보이에 자기과시의 대가로부터
어떻게 정직한 기록을 기대할 수 있겠는가. 만약 이 방대한 분
량의 텍스트에서 50퍼센트가 거짓이라고 해도, 나머지 절반만
갖고도 무위도식을 즐기는 악동, 꾀와 활력이 넘치는 거인, 돈
을 뜯어내고 모으는 데 탁월한 감각의 소유자, 그리고 여자를

홀리는 기술 또한 타의 추종을 불허하는 기록보유자의 삶을 묘사하기에 충분했으리라.

카사노바를 거절할 수 있는 여인은 거의 없었고, 대다수는 욕망 또는 호기심으로(로맨스의 시작이 둘 중에 어떤 이유였든, 결과는 마찬가지이다) 스스로 그의 침대에 뛰어들었다. 문제는 이러한 시작 단계가 겨우 며칠 동안만 지속되고, 대부분은 더 이상의 진전이 이루어지지 않았다는 사실이다. 여기서 한 가지 깊은 의구심이 든다. 모든 여성들은 카사노바가 자신을 차버리는 걸 너무도 쉽게 허용했다. 거친 소란이나 분노에 찬 언쟁도 없이, 자살 시도라든지 절망에 빠져 이성을 잃어버리는 경우도 없이 말이다. 불과 며칠 전까지만 해도 결혼을 약속하는 카사노바의 다짐을 들으며 환희에 젖었고, 스스로도 그에게 영원한 사랑을 맹세했건만, 여인들 중 누구도 그를 붙잡기 위해 애원이나 협박을 하지 않았다. 뿐만 아니라 수년의 세월이 흐른 뒤에 연인을 되찾겠다는 희망을 품고 카사노바를 괴롭힌 여인도 단 한 명 없었다. 그렇다면 혹시, 카사노바에게는 여인들로부터 지속적인 사랑의 감정을 불러일으키는 능력이 부족했던 게 아닐까. 게다가 카사노바 스스로가 기회만 닿으면 자기 자랑에 침이 마를 정도였는데, 여인들은 조용히 입을 다물어버렸다! 이상한 일이다. 카사노바가 아닌, 그저 주위의 평범한 남자라 해도 여자와 헤어지는 게 얼마나 험난한 가시밭길인지 뼈저리게 실감하기 마련인데 말이다. 그런데 전 세계에서 가장 유명한 난봉꾼인 카사노바는 손쉽게 여인들을 떠날 수 있었고, 심지어 일부는 그가 짐을 꾸리는 걸 돕기도 했다. 그러고 나서는 표나게 안도하면서, 심지어는 서둘기까지

하면서 자신의 이해심 많은 남편, 혹은 별로 매력적이지 않은 약혼자의 품으로 돌아가거나, 아니면 어떤 여인들은 잠시 동안 명상을 하며 숨을 고르는 것도 시간이 아깝다는 듯 새로운 모험을 즐겼다. 그들은 카사노바에게 실망했던 것일까. 낙담했던 것일까. 아니면 싫증을 느꼈을까. 이러한 질문들을 던지면서 올해 '세계 여성의 해' 운동에 적극 동참하고자 한다.

브와디스와프 둘렝바 엮음,『쇼팽』
(쇼팽과 관련된 다양한 서류와 자료, 그림 들을 모은 화보집)
Chopin, (edt.) Władysław Dulęba, Kraków: Polskie
Wydawnictwo Muzyczne, 1975

얼마 전 국제 쇼팽 콩쿠르가 막을 내렸다. 참가자들은 저마다
의 감동과 경험 외에도 가장 적절한 타이밍에 발간된 이 화보
집을 선물받고 전 세계로 뿔뿔이 흩어졌다. 기념품으로 소진
되고 남은, 또는 미처 다 팔리지 않아 남은 분량들이 서점의
진열장에 놓여 있는 것을 보니, 아직까지 우리 폴란드에는 특
별한 이벤트가 없어도 쇼팽의 음악을 듣고 그의 생애에 관심
을 갖는 사람들이 있다는 희망이 생긴다. 나는 순수한 아마추
어 애호가의 입장에서 오래전부터 위의 두 가지를 병행해왔다.
사실 남몰래 쇼팽을 사랑한 지는 꽤 오래되었다. 물론 짝사랑
이다. 나에게 쇼팽은 우리 문화에서 자신의 창조적 재능을 가
장 잘 실현한 인물 가운데 한 명이다. 하지만 단지 이 때문에
쇼팽을 사랑하게 된 건 아니다. 이쯤에서 사람을 끌어당기는
그의 인간적인 매력에 대해 언급하지 않을 수 없다. 나 역시 예
외는 아니었다. 쇼팽이 죽은 지 백 년 하고도 수십 년이 지났지
만, 그는 여전히 사람들로부터 연민과 공감을 이끌어낸다. 이
런 점에서 보면, 생전에 쇼팽은 진정한 행운아였다. 그는 자신

의 특별한 인성으로 모두를 매료시켰는데, 한 가지 짚고 넘어 가야 할 것은 이러한 특별함이 뭔가 요란스러웠다기보다는 보기 좋게 절제되어 있었다는 사실이다. 쇼팽의 절친한 벗이나 그를 숭배하는 사람들 중에는 심지어 음악에는 전혀 문외한인 이들도 있었다.

여전히 나는 일부 전기작가들이 낭만주의의 선입견에 짜 맞추어 쇼팽의 일대기를 그럴듯하게 포장하고 왜곡했다고 생각하고 있다. 재능을 인정받지 못한 예술가, 불행한 연인, 자신을 둘러싼 평범하고 진부한 것들과의 투쟁에서 실패한 고결한 영혼… 이 모든 것은 사실 베토벤에게 완벽하게 어울린다. 하지만 쇼팽의 경우는 달랐다. 그는 특별히 절망적이거나 극적인 사건 없이 평단의 인정과 명성을 누렸고, 그가 겪은 사랑의 고통 또한 아주 심각한 것은 아니었다. 아마도 그의 일생에서 정복하지 못한 유일한 적은 끊임없이 그의 건강을 파괴했던 질병이었을 것이다. 하지만 누가 알겠는가, 때로는 적군 또한 아군이 되어줄 때가 있었을지.

아무튼 내가 그를 사랑하는 건, 그가 행운아였기 때문이 아니라, 행운을 누리는 가운데서도 자기 자신에 대해 냉철하게 거리를 둘 줄 알았고, 타인의 문제에 대해서는 늘 따뜻한 관심을 갖고 있었기 때문이다. 쇼팽의 사교적인 매력은 나약한 심성이나 확신의 부재에서 비롯된 것이 결코 아니다. 아니, 오히려 그 반대이다. 바로 그렇기 때문에 그는 자석처럼 사람들을 자신에게로 끌어당길 수 있었던 것이다. 이와 관련해서는 나중에 기회가 닿으면 좀 더 상세하게 쓰도록 하겠다. 예를 들어 쇼팽이 쓴 모든 편지들이 다시 출판되어 아무리 읽고 또 읽어도 줄지 않는 감동과 기쁨을 마음껏 누릴 수 있을 때 말이다.

자, 그럼 다시 화보집으로 돌아가보자. 이 책은 적절한 인용문들(편지, 회고록, 신문기사의 일부 등)을 삽입하여 쇼팽의 생애를 한눈에 정리해 보여주고 있다. 또한 폴란드 국립음악출판사에서 출간된 이 시리즈의 다른 화보집들이 대부분 그러하듯, 시각적인 즐거움 또한 놓치지 않는다. 쇼팽이 살았던 시대의 풍경과 분위기, 그와 교유交遊했던 대부분의 사람들, 쇼팽의 전 생애가 여기에 담겨 있다. 석판화, 목판화, 스케치, 수채화, 유화… 생의 다양한 시기를 맞은 거장의 생생한 모습이 30여 개의 이미지 속에 고스란히 담겨 있다. 하지만 가장 큰 감동을 주는 건 그가 직접 쓴 악보의 필사본들이다. 만약 이 기회를 잡지 못하고, 발라드 F-마이너 작품번호 52나 마주르카 작품번호 63의 초고를 보지 못하는 이들은 정말 굉장한 걸 놓치게 되는 것이다. 그리고 그에 대한 벌로 자기가 무엇을 놓쳤는지도 영원히 알지 못하리라.

엘지비에타 부라코프스카 지음,『돌고래의 모든 것』
Elżbieta Burakowska, *Wszystko o delfinach*, Warszawa: Krajowa
Agencja Wydawnicza, 1975

친애하는 돌고래들아! 너희는 나름대로 완벽한 존재들이야.
자연은 너희에게 관대한 예외를 허용했어. 그 증거로, 너희는
살아남기 위해 몸부림치며 여생을 보내지 않아도 되지. 어쩔
수 없이 감내해야만 하는 각종 고난으로부터 자유롭고, 성숙
기가 되어도 아무 이해관계 없이 순수한 호기심을 간직한 채
놀이를 할 수 있어. 동물 중에 너희처럼 특권을 누리는 종은 거
의 없을 거야. 그 어떤 동물도 너희처럼 자유롭고, 개방적으로,
그리고 독창적으로 놀이를 즐기는 법을 알지 못하니까.

　　너희는 하루 종일 우리의 배들을 따라다니며 우리 앞에서
재주와 재롱, 에너지를 뽐낼 수도 있어. 너희가 누리는 생의 즐
거움은 바라봐줄 관객을 원하지. 인간 세상과의 접촉은 너희
에게는 또 다른 기발한 놀이의 일종일 거야. 아마도 그래서 너
희는 우리와 쉽게 친해지고, 아무 저항 없이 훈련에 순응하는
거겠지. 너희는 주어진 게임의 규칙을 재빨리 파악할 뿐 아니
라 얼마 후에는 게임의 변종을 즉흥적으로 만들어낼 수도 있
어. 게다가 이 모든 걸 대가 없이 하는 것도 아니야. 공중에서
우아하게 목례를 하거나, 공을 높이 쳐올리거나, 고리 사이로

멋지게 점프를 하고 나서 너희는 우리의 손에 들려 있는 먹잇감, 그러니까 작은 물고기들을 기꺼이 받아먹곤 하지. 사실 너희가 마음만 먹으면 스스로 언제든 잡아먹을 수도 있지만 말야. 음식을 맛있게 먹는 모습은 놀이 프로그램의 일부일 뿐, 결코 그 궁극적인 목적이 될 수는 없어. 그렇기 때문에 너희는 적당히 만족감을 표시하면서 우리가 내미는 상징적인 선물을 받고, 과장된 박수나 머리 쓰다듬는 걸 허용하는 거야.

아, 이게 끝이 아니야. 너희는 우리 인간이 잘하는 우정과 협력에도 탁월한 재주가 있어. 어부들이 고기를 낚을 때 도와줄 줄도 알고, 물에 빠진 사람을 해변으로 끌어다주기도 해. 우리는 너희에 대해 놀랍고도 눈물겨운, 많은 이야기를 알고 있어. 학자들은 너희의 지능에 대해 연구하면서 예상했던 기준과는 매우 다른 편차가 있음을 발견했다고 해.

사랑하는 돌고래들아, 지금부터 내가 하려는 이야기에 부디 화내지 말았으면 해. 사실 너희의 지능에는 한계가 있단다. 너희가 우리 인간에게 주는 신뢰, 그게 바로 너희의 한계인 거야. 너희는 우리를 훌륭한 놀이상대라고 생각하고 있지. 그런데 그 놀이들이 언제라도 소름 끼치는 나쁜 짓으로 돌변할 수 있다는 걸, 아마 너희는 상상도 못 할 거야. 경고하건대, 이미 어떤 인간들은 너희를 해군의 무기로 사용하기 위해 길들이기 시작했어. 너희에게 군함 A와 군함 B를 구별하도록 가르치는 것은 전혀 어려운 일이 아니지. 어떤 군함이 지나가면 무심히 지나치고, 강력폭탄이 실린 다른 군함과 맞닥뜨리면 전속력으로 돌진해서 온몸으로 부딪히게 만드는 거야. 이와 관련된 모의실험에서 너희는 이미 우수한 성적으로 통과했다고 해.

너희가 그렇게도 신뢰하는 인간들을 고발하는 것. 이게 바로 내가 너희에게 편지를 쓰려고 마음먹은 이유야. 지금 이 순간, 문득 〈콰이 강의 다리〉라는 영화가 떠올라. 군인들이 야 생의 섬에다 무거운 대포를 설치하려 하고, 일손이 필요한 군인들은 이웃 마을에 사는 원주민 소녀들을 부르지. 소녀들은 일렬로 늘어서서, 쇠로 만든 포탄을 손에서 손으로 건네어 나르게 돼. 구릿빛 피부에 반나체로, 머리에는 꽃을 단 아름다운 소녀들. 우습지 않아? 소녀들의 손에서 운반되고 있는 게 살상 무기가 아니라 과일 바구니이기라도 한 것처럼, 그녀들의 손짓은 마치 춤을 추듯 부드럽고, 눈빛에는 이게 뭔지는 잘 모르지만, 아무튼 기대치 않았던 놀이에 참여하게 된 데 대한 순수한 기쁨이 담겨 있어. 사랑하는 돌고래들아, 너희에게 내가 하고 싶었던 이야기는 이게 전부란다. 태평스런 바다의 어린 영혼, 절대 읽지 않을 이 편지의 선량한 수신인이여.

반다 쉬슈코프스카-클로미넥 지음,『입양, 그 후에는?』
Wanda Szyszkowska-Klominek, *Adopcja i co potem?*, Warszawa:
Nasza Księgarnia, 1976

이 책이 폴란드에서 입양에 대해 본격적으로 언급한 첫 번째 책이라니, 믿고 싶지 않을 정도이다. 서점에 가면, 일상생활에서 벌어지는 다양한 사안들과 관련된 수만 종의 실용서가 산더미처럼 쌓여 있다. 아동심리와 관련된 서적들 역시 오래전부터 그 전통을 이어오며 산더미의 한 귀퉁이를 차지하고 있다. 집에 있는 어린이, 학교에 다니는 어린이, 건강한 어린이, 아픈 어린이, 말썽꾸러기 어린이, 얌전한 어린이, 불우한 환경에 처한 어린이, 그리고 그럭저럭 평범한 어린이에 관한 책들. 하지만 이 책들은 전부 태어나는 순간부터 가족을 소유한 어린이들과 관련되어 있다.

입양은 아이뿐만 아니라 그들의 새로운 부모에게도 다양하고 특별한 문제들을 유발한다. 그렇기 때문에 실행에 옮기기 전에 어떤 각오와 준비를 해야 하는지 미리 알아두는 것이 큰 도움이 된다. 이것이 바로 이 선구적인 책의 주제이다. 이 책이 이러한 사안에 대해 생생하고 논리적이며 진심을 다해 기술하고 있다는 사실을 기쁜 마음으로 전하는 바이다. 저자는 크라쿠프의 시립 입양보호기관에 재직하면서, 여기서 수집하고 관찰한 다양한 사례와 경험 들을 바탕으로 이 책을 집필했다. 뿐만 아니라 100명의 아동을 대상으로 준비 단계에서부터 5년이란 시간이 경과할 때까지 심리적으로 어떻게 발달했는지 체계적으로 분석한 연구결과를 함께 수록했다. 십수 건에 달하는 실제 사건들을 고심 끝에 선정하여 소개함으로써, 입양과 양육의 과정에서 맞닥뜨릴 수 있는 다양한 난제들과 이를 해결하기 위한 적절한 해결책들이 보다 구체적이고 명확하게 제시될 수 있었다.

이 책의 주요 독자층은 물론, 어마어마한 책임이 따르는 최종 결정을 앞두고 '입양이란 어떤 것인가'에 대해 구체적으로 알고 싶어 하는, 미래의 '아이를 낳지 않은 부모들'일 것이다. 하지만 과연 이들만 이 책을 읽어야 하는 걸까. 어쩌면 우리 모두가 입양에 대해 제대로 알고 있어야 할 책무가 있는 건 아닌지 묻고 싶다. 이 책에 따르면, 입양이라는 상황이 사회로부터 늘 우호적인 관심과 이해를 받는 건 아니다. 많은 부모들이 아이와 주변인들에게 입양 사실을 숨기는 이유는 아이의 인생에 복잡한 문제를 만들지 않기 위해서인데, 실제로는 오히려 역효과를 가져온다. 사실 입양이 사회 전반에 걸쳐 지극히 자연스런 현상으로 받아들여진다면, 골치 아픈 문젯거리가 생길까봐 전전긍긍하고 두려워할 필요도 없을 것이다. 문제는 비밀이란 어떻게든 밝혀지게 마련이라는 점에 있다. 비밀을 캐내야만 직성이 풀리는 사람들이 어딘가에는 꼭 있고, 그들 중 대부분은 조용히 입 다물고 넘어가는 법이 없다. 결과적으로 아이는 사려 깊지 못할 뿐 아니라 때로는 그릇된 방법으로 자신의 상황을 인지하게 되고, 꽤 오랫동안 헤어나오지 못

할 큰 충격을 받게 된다. 우리의 주변에는 항상 이런 사람들이
있다. 이들은 법적인 제재가 없다는 걸 알기에 겁내지도 않고,
주변 사람들이나 친구들로부터의 비난도 크게 신경 쓰지 않는
다. 더욱 심각한 건, 대중의 의견이나 평판 또한 딱히 공정하지
않다는 사실이다. 궁극적으로 부정적인 결과를 초래할 수밖에
없다면, 그리고 시간이 흘러도 우리 폴란드에서 별다른 변화의
조짐이 없다면, 차라리 저자의 충고를 받아들여, 부모들 스스
로 아이에게 출생에 대해서 알려주는 게 보다 현명한 방법일
것이다. 검증된 방법에 의해 진심을 담아 자연스럽게 밝혀진
진실은 적절한 비중을 획득하게 마련이다. 지나치게 부풀려지
거나 왜곡되지 않고, 딱 있는 그대로 말이다.

빅토리아 돌린스카 지음, 『우리의 꿈은 무엇을 말하는가』
Wiktoria Dolińska, *Co mówią nasze sny*, Kraków: Wydawnictwo
Literackie, 1976

이 책의 작가는 열정의 상징과도 같은 인물이었다. 그녀는 평생을 공부와 연구에 바쳤다. 교육학, 수학, 심리학… 얼마 동안은 시를 쓰기도 하고, 그림도 그렸고, 음악에 빠져 살기도 했다…. 그러다 마침내 (주의! 이건 절대 인쇄의 오류가 아님) 71세의 나이에 아동심리에 대한 논문으로 박사학위를 받았다. 뿐만 아니라 오랜 시간에 걸쳐 자신과 타인의 꿈들을 기록하고, 현대 프로이트 학설을 바탕으로 그 꿈들을 해석하는 방법론에 대해 연구했다. 저자는 1년 반 전에 세상을 떠나면서 꿈에 관한 이 책을 남겼는데, 미처 다 끝맺지는 못했으나, 이미 논지의 골자를 확고하게 수립했고, 그것을 뒷받침하기 위해 그동안 수집했던 다양한 꿈의 사례들을 제시하고 있다.

돌린스카는 꿈들을 그 내적인 구조에 따라서 다음과 같이 분류하고 있다.

1. 각각의 요소들이 아무런 의미도 만들어내지 못하는 혼란스런 꿈
2. 단지 부분적으로만 의미상으로 연결이 가능한 꿈
3. 전체적으로 의미를 갖고 연결되는 꿈

저자는 이 세 번째 그룹을 다시 '환상적인 꿈'과 '상징적인 꿈'으로 나누는데, 이 중에서 상징적인 꿈의 경우만 해석이 가능하다고 보았다. 그런데 이러한 분류의 이면에는 해석자가 숨겨놓은 모종의 덫이 깔려 있는 게 아닐까. 예를 들어 해석이 난감한 꿈들은 아예 논쟁을 피하기 위해 환상적인 꿈이나 혼란스런 꿈으로 분류해버릴 확률이 크지 않을까 싶다….

그리고 또 한 가지 의문점이 있는데, 이것은 다만 이 책에만 국한된 것은 아니다. 사실 이러한 의구심은 지금보다 훨씬 오래전, 심리분석 분야의 다른 책들을 읽으면서 갖게 되었다. 꿈에 대한 기록들을 읽을 때마다 나는 사전에 어떤 설문조사가 있었는지 알고 싶은데, 이에 관한 정보는 어디에서도 찾을 수가 없었다. 학자들은 자신들의 응답자에게 과연 무슨 질문을 했을까. 예를 들어 꿈꾸기 전에 하루 종일 일어난 여러 사건들과 꿈의 명확한 관계에 대해서 물어보았을까. 응답자가 누군가에게 꿈에 대해 발설한 적이 없었는지, 아니면 지금 처음으로 이야기하는 것인지는 알아보았을까. 이런 식의 질문이 반드시 선행되었으리라고 믿고 싶지만, 확인할 길이 없다.

나는 이와 관련하여 별로 좋지 못한 경험을 한 적이 있다. 어느 날 밤, 상당히 복잡하고 이해하기 힘든, 그러면서 뭔가 내면의 문제와 밀접하게 연관되어 있는 듯한 꿈을 꾸었다. 이틀 후 나는 심리분석학자에게 그 꿈에 대해 털어놓았다. 마침 그는 논문을 위한 자료를 수집 중이었다. 내 이야기를 듣더니 만족감에 눈을 찡긋거리며, 이 케이스를 자신의 연구논문에 포함시켜도 되느냐고 물었다. 그러고는 그 대가로, 내 꿈을 토대로 하여 나에 대한 그의 생각을 이야기해주었다. 별로 정확한 견해는 아니었지만, 학문을 존중하는 마음으로 그의 이야기에 귀 기울였다. 그러고 나서 몇 시간이 지난 후, 나는 꿈을 꾸었던 바로 그날 영화 한 편을 봤다는 사실이 떠올랐다. 영화 속의 어떤 장면이 꿈속에서 벌어진 상황과 매우 유사했다. 단지 부분적으로 약간의 변형이 있었을 뿐. 결국 나의 꿈은 얼마 전에 느낀 감흥에 대한 직접적인 연상작용, 그러니까 프로이트의 용어를 빌리자면, 전형적인 '하루의 잔재'였던 것이다. 하필이면 왜 이런 꿈을 꾸게 되었는지, 그 근본적인 이유에 대해 조사해봤다면 어땠을까. 뭐, 어쨌든 간에 우리 두 사람이 애초에 기대했던 것과는 달리, 그 꿈에서 딱히 주목할 만한 심리학적 가치는 발견되지 않았다. 만약 잠들기 직전에 내가 무슨 일을 했는지에 대한 질문이 선행되었다면, 이런 식의 곡해는 없었을 것이다.

영화와 꿈 사이에 미세한 차이점이 발생하게 된 것은 아마도 내가 심리분석학자를 만나기 전에 이미 두 차례에 걸쳐 다른 이들에게 꿈에 대한 이야기를 했기 때문일 것이다. 내가 지금 언급하고 있는 이 분야는, 어떤 의미에서는 전문적인 스토리텔링과 밀접한 관련이 있다. 그러므로 대화를 이끌어가는 사람에게 신중함과 주의력을 촉구할 필요가 있지 않을까 생각한다.

카티아 만 지음, 에밀리아 비엘리츠카 옮김, 『쓰지 못한 내 추억들』
(아들 미카엘 만과 딸 엘리자베트 플레셴이 책 출간을 주도했음)
Katia Mann, *Moje nie napisane wspomnienia*, (trans.) Emilia Bielicka,
Warszawa; Czytelnik, 1976

한 교수의 집에서 아름다운 처녀의 모습을 본 순간, '저 여자
아니면 그 누구하고도 안 해'라고, 학력도 짧고, 번듯한 집도,
물려받은 재산도 없는 29세의 한 젊은이가 마음속으로 다짐했
다. 토마스 만이었다. 당시 그는 이미 작가로서 고유한 입지와
명성을 쌓고 있는 중이었다. 자신의 굳은 결심을 실행에 옮기
기 위해 작가는 즉시 그녀에게 청혼했다. 연적戀敵과의 경쟁과
약혼이라는 의례적인 단계를 거쳐 그 처녀는 마침내 만과 결
혼식을 올렸다. 잘 만들어진 교과서에서 오려내기라도 한 것
처럼 둘은 서로에게 더할 나위 없이 잘 어울렸다.

　　여기서 잠시 신부를 가까이에서 살펴볼 필요가 있을 것
같다. 그림처럼 화사한 미모에 착하고, 심지가 굳건하며, 유머
와 에너지가 넘친다. 하지만 그녀는 이제 겨우 스물두 살. 그
어떤 선지자라 해도 이 젊은 처녀의 내면에 비범하고 탁월한
천재의 곁을 묵묵히 지키며 생의 수많은 난관들과 맞서 싸우
는 현명한 여인의 자질이 도사리고 있으리라고는 예견하지 못
했을 것이다. 하지만 신랑에게는 뛰어난 직감이 있었다. 그가

"이 사람이 아니면 안 된다"고 점찍었던 그 여인은 그로부터 50년 동안 인내와 재치, 이해심으로 자신과 함께했던 것이다.

참견하기 좋아하는 관찰자들의 눈에 이들은 아마도 따분한 부부였을 것이다. 딱 두 번, 남 말하기 좋아하는 호사가들이 조바심치면서 뭔가 사건이 터지기를 고대했던 순간이 있었다. 쌍둥이 남매의 근친상간을 다룬 「벨중족의 혈통Wälsungenblut」*이 출판되었을 때, 그리고 한 소년에게서 애절한 사랑의 감정을 느끼는 늙은 예술가의 이야기 「베네치아에서의 죽음Der Tod in Venedig」이 발표되었을 때의 일이었다. 하지만 사생활에서도, 또 직업적인 부분에서도 만은 일상적인 모습을 그대로 유지했다. 견고하고 아름다운 외벽에 절대로 균열이 일어나지 않은 건 부부의 노력과 관리 덕분이었지만, 짐작컨대 카티아 여사의 수고가 훨씬 더 컸으리라. 하지만 그녀에게 주어진 고난과 의무는 이게 다가 아니었다. 카티아 여사는 딸 셋, 아들 셋, 완벽한 성비로 도합 여섯 명의 아이를 낳았다. 양육과 가사에 요구되는 일상의 모든 과업은 그녀가 도맡았다. 뿐만 아니라 그녀는 남편의 뮤즈이자 벗이었고, 비서와 출납원, 운전사이자 간호사였고, 그의 작업 환경이 평화롭게 유지될 수 있도록 밤낮으로 지키는 경비원이었으며, 신경 쓰이는 일들을 해결하는 중재자였다. 카티아 여사는 이 모든 역할을 능숙하고 자연스럽게 수행했다. 아흔 살의 나이에 이르러서야 그녀

---

* 1905년에 씌어진 이 작품은 1906년에 문예지에 수록될 예정이었으나 파격적인 내용이 불러일으킬 파장을 우려한 부인 카티아의 격렬한 반대로 발표되지 못했다. 그러다 1921년에 단행본으로 출간되었고, 1958년 전집에 수록되었다.

는 평생 자신이 하고 싶은 일은 아무것도 못 했노라고 고백했다….

하지만 남성의 강압과 폭력에 맞서는 여성해방주의자들이여, 카티아의 일생에 대해서 흥분하거나 안타까워할 필요는 없다. 토마스 만의 부인이라는 자리는, 정부부처로 치면 거의 장관급에 해당하는 상당히 중요한 직책이었다. 게다가 만약 그녀가 정말로 상실감을 느끼고 상처를 받았다면, 아마도 슬픔과 회한을 토로하고 자신을 위로하는 내용의 회고록을 썼을 것이다. 특히 홀로된 후에는 작정했든 그렇지 않았든 간에, 언제든 마음만 먹으면 남편의 공적인 이미지를 훼손할 수 있는 회고록을 쓸 수도 있었다. 하지만 그녀는 그렇게 하지 않았다.

예술가의 헌신적인 아내는 홀로된 후에도 분별력과 유머 감각을 잃어서는 안 되었다. 그녀는 톨스토이나 도스토옙스키, 콘래드와 같은 작가들의 홀로된 아내가 어떤 말년을 보냈는지 잘 알고 있었다. 그녀는 짧게 혼잣말을 했다. "난 저렇게는 안 해…."

이 책은 나이 든 노인에게 과거의 추억과 일화 들을 들려달라며 졸라서 그 내용을 녹음한 자료를 바탕으로 탄생된 것이다. 당연히 그 내용이 특별할 리 만무하다. 평소에 만이 스스로에 대해 했던 이야기를 기억하는 사람이라면, 아마도 당장 눈치챌 수 있을 것이다. 남편이 생전에 설정해놓은 솔직함의 수위를 넘지 않으려고 카티아 여사가 상당히 많은 노력을 기울였다는 사실을 말이다. 고백하건대, 만약 그렇지 않았다면 매우 실망스러웠을 것 같다.

얀 보엔스키 지음, 『아파트 도배하기』
Jan Wojeński, *Tapetowanie mieszkań*, Warszawa: Watra, 1976

"자신의 아파트를 스스로 도배하는 유행이 몇 년 전부터 아파
트 주인과 핸디맨handyman* 들 사이에서 폭넓게 확산되고 있
다. 이것은 'DIY—Do it yourself'라는 구호 아래 취미활동의
일종으로 간주되고 있다."

　이 책의 한 구절을 인용한 것이다. 여기서 "DIY— 자기 손
으로 직접 해라"라는 문장은 사실 뒷부분을 생략한 것이다. 전
체를 다 인용하면 다음과 같을 것이다. "자기 손으로 직접 해
라, 왜냐하면 전문가를 믿을 수 없으니까." 영어로 '취미활동'
을 뜻하는 '하비hobby'라는 단어의 폴란드어 버전은 아무런 강
요가 없는 자발적 의지에서 비롯된 것이 아니라 어쩔 수 없는
필요에 의한 것이므로 더 이상 '하비'라고 할 수 없다. 이처럼
본래의 취지와 다른 의미로 통용된다면, 굳이 이러한 외래어를
사용할 필요가 없을 것이다.

　하지만 누군가가 벽지를 손수 바르겠다고 결심했다면, 틀
림없이 이 실용서를 읽게 될 것이고, 어떤 일이 자신을 기다리

---

* 집 안팎의 잔손질을 잘하는 사람을 일컫는 말.

고 있는지 알아보고자 할 것이다. 제일 먼저 부딪히는 문제는 적절한 도구를 확보하는 일이다. 집집마다 두세 개 정도의 연장은 갖고 있지만, 그 밖의 특별한 도구들은 구입하거나 빌려야만 한다. 연장을 구매하기 위해 퇴근 후 상점을 돌아다니는 데만 적어도 2주는 쉽게(실상은 쉽지 않고 어렵게) 소요된다. 어떤 상점의 경우에는 여러 번 발걸음을 해야 하는데, 비록 오늘은 없지만, 내일이라도 상품이 도착할 수 있기 때문이다. 책에서 안내하는 대로 페인트 가게에도 들러야 한다. 보증금을 지불하면 도구를 빌려준다고 알려져 있지만, 실제로는 선뜻 빌려주려 하지 않는다. 혹시 친지나 이웃이 필요한 도구를 갖고 있을 수도 있기 때문에 직접 찾아가봐야 할 때도 있다. 갑자기 남의 집에 들이닥치는 것은 실례이므로 아이들을 위한 초콜릿도 사가야 하고, 주인의 건강이나 안부도 자상하게 물어봐야 한다. 때로는 누군가의 생일인 줄 모르고 남의 집을 방문했다가 그대로 눌러앉게 되는 바람에 접합용 칼이나 페인트 롤러에 대해서는 말도 꺼내지 못한 채 새벽 네 시에 귀가하게 될 수도 있다. 다른 날 그 집에 다시 갔더니 아무것도 모르는 귀머거리 할머니가 당신을 맞이할지도 모른다. 뭐, 이런 경우에는 시간을 내어 또다시 그 집을 방문하는 것 외에는 다른 방법이 없다. 이렇게 하는 데 일주일 정도가 걸린다. 이 정도로 시간이 흘렀는데도 아직 연장 세트를 구비하지 못했다면, 근거리나 원거리에 위치한 다른 도시에 가보는 수밖에 없다. 여기에 또다시 1~2주가 소요된다.

이렇게 해서 필요한 도구를 모두 확보하고 난 뒤에야 비로소 접착제와 접합제, 그리고 벽지의 구매에 대해서 고민할 수 있게 된다. 여기에 또다시 일주일이 소요된다. 마침내 본격적인 준비 작업에 돌입하게 된다. 가구를 치우고, 마룻바닥에 깔개를 깔고, 벽을 판판하고 고르게 손질하는 작업을 한다. 먼지가 뒤덮인 난장판 속에서 절망과 후회를 거듭하며 최소 일주일의 시간이 흘러간다. 벽지를 바르는 구체적인 기술에 대해서는 굳이 언급하지 않겠다. 단, 경험이 전혀 없는 사람에게는 무척 복잡하고 많은 시간이 요구되는 작업이라는 사실만은 강조하고 싶다. 두 번째 방을 도배할 땐, 당연히 첫 번째 방보다는 훨씬 나은 결과를 기대할 수 있다. 물론 두 번째 방을 소유한 사람에 한해서 말이다. 결론적으로 이 모든 노력과 수고에는 대략 두 달 정도의 시간이 걸린다. 그리고 이 기간 동안 다른 모든 일은 뒷전으로 미뤄질 수밖에 없으니, 도배가 끝나고 난 뒤 밀린 일을 복구하는 데 또다시 한 달가량이 소요된다. '자기 손으로 하라'는 구호를 따르기 위해 벽지를 바르다 깨진 유리창도 스스로 갈아 끼워야 한다.

하지만 여기서 절대로 복구할 수 없는 한 가지가 있으니, 바로 돈 주고도 살 수 없는 우리 인생의 일부가 그것이다. 도배 작업을 완료한 대신, 우리는 지치고 피곤하고 우울해진다. 공적이고 문화적이고 철학적인 관점에서 이렇게 우리는 철저히 방치되어 있다. 이런 식으로 우리의 전 생애가 흘러가고 있는 중이다. 하루, 또 하루 이렇게….

아르투르 루빈스타인 지음, 타데우시 샤파르 옮김,『나의 젊은 시절』
(영어에서 번역했지만, 저자는 폴란드어로도 충분히 회고록을
쓸 수 있었으리라 생각된다)
Artur Rubinstein, *Moje młode lata*, (trans.) Tadeusz Szafar, Kraków:
Polskie Wydawnictwo Muzyczne, 1976

몇 년 전, 한 프랑스 잡지사와의 인터뷰에서 루빈스타인은 어
린 시절의 흥미로운 일화를 언급한 적이 있는데, 아쉽게도 이
두꺼운 회고록에는 수록되어 있지 않다. 어쩌면 회고록에 수록
된 그 어떤 내용보다 매력적일 수도 있는 이 일화를 이 칼럼의
독자들을 위해 소개하겠다.

1890년 파리의 극장에는 '베이비Baby'라는 영어식 이름을
가진, 눈부시게 아름다운 미모의 사내아이가 등장했다. 아이
는 수많은 오페라와 연극에 출연했다. 때로는 화살을 손에 들
고 화살통을 옆에 찬 큐피드의 모습으로, 때로는 마지막 장에
서 어머니의 은밀한 애인을 감동시키는 '불륜의 씨앗'으로. 베
이비의 인기는 나날이 높아져서, 심지어 어린아이가 등장할 필
요가 없는 공연에서도 베이비를 출연시키기 위해 별도의 장면
이 삽입될 정도였다. 베이비가 관객을 끌어모아주면, 비록 실
패작이라 해도 최소한 망하지는 않는다는 걸 극장주들은 잘
알고 있었다. 어린 배우의 명성은 전 유럽을 강타했고, 이제 겨

우 서너 살에 불과한 아르투르 루빈스타인이 살고 있는 폴란드의 도시, 우츠Łódź에까지 전해졌다. 어린 아르투르는 베이비를 보면서 그 아름다움과 재능에 감탄했다. 그리고 가까운 가족 외에는 아무도 모르는 자신의 숨은 재능도 누군가가 알아봐주면 좋겠다는 바람을 갖게 되었다. 그리하여 어린 루빈스타인은 파리의 경쟁자가 닦아놓은 성공의 발자취를 은밀하게 따라가기 시작했다. 어차피 처음부터 상대가 안 되는 게임이었기에, 장르가 서로 다르다는 건 별 의미가 없었다. 그런데 얼마 지나지 않아 전세가 역전되었다. 천사처럼 귀엽고 통통했던 파리의 라이벌은 성장하면서 그 귀여움을 잃기 시작했다. 이빨을 모두 갈고 나자 웃을 때마다 이빨 사이의 벌어진 틈이 보기 싫게 드러났다. 불과 얼마 전까지만 해도 베이비를 떠받들고 칭송했던 평론가들이 "이제 베이비는 끝났어"라고 냉정하고 잔인하게 선언했다.

루빈스타인은 그 순간을 다음과 같이 회상하고 있다. "그제야 나는 한 짐 덜었다는 생각이 들었어요. 왜냐하면 나는 아직 끝나지 않았으니까!!!" 그때부터 시작된 루빈스타인의 성공은 매우 오랫동안 지속되었다. 그는 80년을 음악가로 헌신했다. 아니, 헌신이란 말은 다소 과장된 표현일 수도 있겠다. 적어도 이 피아니스트의 젊은 시절과 부합하는 표현은 아님에 분명하다. 그 시절 음악가로서 루빈스타인의 삶은 그다지 엄격하거나 모범적이지 않았으니까. 초창기에 젊은 아르투르는 자신의 재능을 앞세워 방탕한 생활을 했다. 하루 또 하루, 그저 즐겁고 유쾌하게 살았고, 자신의 음악적 능력을 갈고 닦기 위한 체계적인 연습도 게을리했다. 지금 이 순간의 영예, 그리고 젊은 나이에 이룩한 성공에 대한 갈채, 그것만으로 충분하다고 여겼다. 하지만 이 모든 것은 한순간에 『잃어버린 환상』*이라는 슬픈 이야기로 끝나버릴 수도 있는 덧없는 것이었다. 젊은 날 탄탄대로의 성공가도를 걷다가 말년에 연기 자욱한 카페에서 클럽 연주자로 생을 마감하는 거장들이 한둘이 아니기에. 그렇다면 루빈스타인은 과연 어떻게 이런 운명으로부터 벗어날 수 있었을까. 이 질문에 대한 논리적인 대답을 이 책에서는 찾을 수가 없다. 마에스트로는 그저 운이 좋았기 때문이라고 설명한다. 서른 살이 되자 루빈스타인의 삶과 음악은 안정기에 접어들었다. 오십대가 되었을 때 피아니스트로서 정점을 찍었고, 이후 10여 년 동안 이러한 절정기를 유지하는 데만 그친 것이 아니라 끊임없이 새롭게 발전시켜나갔다. 이와 유사한 경우를 찾는다면, 아마도 마리아 칼라스뿐일 것이다.

---

* 『잃어버린 환상 Les Illusions Perdues』은 오노레 드 발자크 Honore de Balzac가 쓴 소설로, 총 17권으로 이루어진 '인간 희극 La Comedie humaine'(1829~1848) 중에서 중심이 되는 작품이다. 파리의 문학계, 언론계, 그리고 정치계에 발을 들여놓았다가 환멸을 맛보는 시골 출신의 시인 뤼시앙 샤르동과 그의 둘도 없는 친구 다비드 세샤르의 이야기를 그리고 있다.

앤 래드클리프 지음, 마리아 프쉬마노프스카 옮김,
『이탈리아인 또는 검은 회개자들의 고해소』
Ann Radcliffe, *Italczyk albo konfesjonał czarnych pokutników*,
(trans.) Maria Przymanowska, Kraków: Wydawnictwo Literackie,
1977

18세기 후반 영국에서 성행하던 문학 장르는 '공포 로맨스', 다른 용어로는 '고딕소설'*이었다. 오늘날 우리가 추리소설을 즐겨 읽는 것과 같은 이유로 당시 독자들은 이 장르에 탐닉했다. 사건의 전개가 매우 빠르고, 장면이 바뀔 때마다 끔찍한 위험이 주인공들을 기다린다. 풍경 속에는 황폐한 고성古城, 지하 감옥, 암석 동굴 그리고 악당들의 무리가 숨어 있는 어두운 숲이 빠짐없이 등장한다. 악랄한 백작이나 비밀스런 참회자들, 망토를 뒤집어쓴 채 복수를 시도하는 미지의 인물과 대문 앞에 버려진 아이 또한 빼놓을 수 없는 요소들이다. 그 아이의 어깨에는 뭔가를 암시하는 칼자국이 나 있거나, 최소한 메달 목걸이라도 걸려 있게 마련인데, 이것은 훗날, 즉 저자가 미리 설

---

* 중세적 분위기를 배경으로 공포와 신비감을 불러일으키는 유럽 낭만주의 소설 양식의 하나이다. 18세기 후반에서 19세기 초반까지 특히 성행했으며, 고딕소설이란 명칭은 중세의 건축물이 주는 폐허스런 분위기에서 소설적 상상력을 이끌어냈다는 의미에서 붙여졌다.

정해놓은 시기가 되면 본명과 재산을 되찾게 된다는 사실을 암시하는 일종의 단서다. 유령과 해골, 불길한 꿈 그리고 몇 년이 지났음에도 선명하기 짝이 없는 피가 묻어 있는 단검 또한 낯익은 단골손님이다. 『이탈리아인…』에는 위에 언급한 거의 모든 요소가 고루 등장하여 장르소설로서의 본연의 가치를 충실히 드러내고 있다. 이 책이 과연 소름 끼칠 정도의 전율을 불러일으킬 만한 작품인지는 의문이지만, 그래도 나는 제법 큰 감동을 받았다.

어린 시절, 아마도 여덟 살이나 아홉 살쯤 되었을 때, 이와 비슷한 책을 발견하고는 즐겁게 완독한 경험이 있다. 폴란드어 번역본은 이번에 처음으로 출간되었으니 분명 『이탈리아인…』은 아니다. 하지만 이와 유사한 장르임에는 틀림없었다. 몇 세대에 걸쳐 손때를 묻히며 전해져온 듯한 책의 낡은 외관 또한 생생히 기억나는데, 그 또한 장르의 특성과 절묘하게 맞아떨어졌다. 표지와 겉장이 떨어져나간 상태였고, 각 페이지의 모서리들은 심하게 닳아 있는 데다 여기저기에 누런 손자국이나 있었다. 책 속에는 말린 제비꽃과 납작하게 눌린 파리 사체도 있었다. 또한 여백 곳곳에는 이런저런 숫자들을 더한 합계가 적혀 있고, 어린아이가 크레파스로 끼적인 듯한 낙서도 눈에 띄었다. 이 책이 어찌나 좋았던지, 남은 페이지수를 헤아리며 맛보았던 안타까움과 절망감은 오늘날까지도 생생히 기억난다. 그러다 마침내 '끝'이라는 단어와 맞닥뜨려야만 하는 잔혹한 순간이 찾아왔다. 이 단어를 읽는 순간, 엄청난 공허감이 밀려들었으며, 그 어떤 대가를 치르더라도 이 공허함을 채우고 싶다는 생각이 들었다.

그리하여 나는 소설을 써야겠다고 결심했고, 매우 열정적으로 작업에 돌입했다. 연필을 깎고, 새 공책을 펼쳤다. 여주인공의 이름은 이미 생각해놓았으므로 고민할 필요가 없었다. 예전에 어느 잡지에서 '정원의 이딜라Idylla'라는 표제가 붙은 그림을 본 적이 있었다. 장미 넝쿨을 배경으로 사랑에 빠진 한 쌍의 연인을 그린 그림이었는데, 그때 나는 '이딜라'가 여자를 가리키는 이름이라는 걸 알았다. 소설의 첫 문장은 다음과 같이 시작한다. "갈색 눈동자를 가진 이딜라가 먼동이 틀 무렵 지평선을 바라보고 있다. 마침 그 너머에서 약혼자의 편지를 갖고 오는 우체부의 모습이 아른거린다…." 그러고는 곧바로 사건이 벌어진다. "뒤에서 이딜라를 덮치는 누군가의 그림자. 정체를 알 수 없는 무시무시한 손이 그녀의 어깨에 와락 내려앉는다." 아쉽게도 이 대목에서 텍스트는 중단되고 말았다. 왜 그랬는지 그 이유는 모른다. 계속해서 어떤 일이 벌어졌는지, 나는 결코 알 수 없을 것이다.

알베르 코엔 지음, 안나 소호바 옮김, 『내 어머니의 책』
Albert Cohen, *Książka o mojej matce*, (trans.) Anna Sochowa, Kraków:
Wydawnictwo Literackie, 1977

프랑스의 외교관인 저자는 제2차세계대전 당시 영국으로 파견되었다. 이 시기에 이미 고령이었던 그의 어머니는 독일로부터 점령당한 프랑스에 남았다가 나치에 의해 가슴에 노란 별을 단 채로 힘없이 외롭게 세상을 떠났다. 아들이 고인이 된 어머니를 기리기 위해 쓴 이 책은 한마디로 정의하기가 힘들다. 욥Job의 탄식이자, 아들의 애끓는 사모곡이며, 생의 비참함을 성찰하는 현대판 「전도서傳道書」이기도 하고, 세상의 모든 어머니에게, 또 하나밖에 없는 자신의 어머니에게 바치는 찬가라고도 볼 수 있기 때문이다. 또한 어린 시절을 추억하는 회고록이기도 하다.

하지만 무엇보다 이 책은 가장 가까운 사람을 잃고 난 뒤에 쓴 절절한 아픔의 기록이다. 여기에는 고통의 이면과 단계, 그 비장함과 어리석음, 극단적인 성향이 모두 담겨 있다. 뿐만 아니라 고통이 취하는 다양한 포즈들도 고스란히 드러난다. 심지어 고통에게도 선호하는 포즈가 있다니 놀랍지 않은가! 이 책에서 고통은 때로는 재잘거리기도 하지만, 때로는 우물거리며 말을 더듬기도 한다. 정의롭기도 하지만, 비겁하기도 하다. 날카로운 투시력을 갖고 있기도 하지만, 아무것도 보지 못할 때도 있다. 때로는 저자가 고통에 대해, 애초에 의도했던 것보다 너무 많은 이야기를 늘어놓고 있다는 생각이 들기도 한다. 그로 인해 저자는 자신의 약점을 무의식중에 드러내고 말았다. 모성애를 다른 모든 종류의 사랑보다 우위에 놓음으로써, 저자는 다른 사랑이 갖고 있는 고유한 아름다움과 가치를 부정해버리고 말았다. 병들고, 못생기고, 지체장애인인 로미오를 사랑할 수 있는 줄리엣은 세상 어디에도 없다고 저자는 단정 짓고 있다. 이런 로미오를 사랑하는 건 오로지 그의 어머니뿐이라는 것이다. 문학작품 속의 줄리엣은 잘 모르겠지만, 개인적으로 나는 좋을 때나 나쁠 때나, 심지어 더욱 나쁠 때에도 자신의 남편을 사랑하는 몇몇 아내들을 알고 있다…. 감정의 영역에서 일반적인 규칙은 존재하지 않는다. 그렇기 때문에 완전한 사랑, 아니 올바른 사랑과는 거리가 먼 또 다른 어머니의 상像들도 존재하는 것이다. 고아원에 가보면, 순수한 의미의 진짜 고아는 사실 많지 않다.

고통은 특유의 공포증을 동반하기 때문에 때로는 가상의 적을 만들어내기도 한다. 이 책의 경우, 저자는 젊은 여성들을 대상으로 분노와 경멸의 감정을 여과 없이 쏟아낸다! 요염하고 탐욕스런 여인이 어느 날 갑자기 아들의 인생에 나타나서 아들을 어머니로부터 떼어놓는다. 심지어 그 대가로 진실한 사랑이 베풀 수 있는 그 무엇도 내놓지 않은 채 말이다. 가여운 젊은 여인들, 진심으로 안타깝다. 인생의 가혹한 법칙을 만든 건 그녀들이 아니다. 뿐만 아니라, 당장 오늘이 아니더라도 내일이면 그녀들 또한 그 법칙의 희생양이 될 텐데 말이다. 애초부터 자식과 함께 세상에 태어난 어머니는 없다. 그들도 어머니가 되기 전에는 요염한 젊은 처녀였을 것이다. 그러다 어느 날, 누군가의 아들인 한 사내의 인생에 끼어들게 되었을 것이고, 그러다 아이를 낳고, 그렇게, 또 그렇게…. 하지만 이토록 가슴 아픈 책을 두고 논쟁을 벌이는 것은 의미가 없을 듯하다. 고통이란 논리적일 수 없는 법이니까.

불어 번역이 상당히 뛰어나다. 사실 책을 읽기 전부터 이미 번역자인 안나 소호바 씨를 알고 있었기에, 단 한순간도 번역의 우수성을 의심하지 않았다.

로만 헤이싱 지음, 『오선지에 적힌 소문들. 음악가의 에피소드』
Roman Heising, *Plotki z pięciolinii. Anegdoty o muzykach*, Kraków:
Polskie Wydawnictwo Muzyczne, 1977

모든 전문직에는 그 분야에서 유달리 선호하는 에피소드들이
있게 마련이다. 음악의 세계 또한 예외는 아니다. 이 책을 읽고
나서 나는 음악의 세계에서 통용되는 다음과 같은 여섯 가지
공식을 발견할 수 있었다.

1. 등장

늙은 거장이 살고 있는 고요한 은신처에 두려움으로 얼굴이
창백해진 어린아이의 뒷덜미를 한 손으로 움켜쥔 아빠 혹은 엄
마가 찾아온다. 노인은 불쾌한 기색을 노골적으로 드러내며 새
식구를 바라본다. 하지만 아이가 바이올린 또는 피아노로, 자
신이 작곡한 곡이나 아니면 다른 거장의 곡을 연주하기 시작하
자 분위기가 순식간에 바뀐다. 백발의 권위자는 눈시울을 붉히
며 병들어 쇠약해진 가슴으로 미래의 천재를 와락 끌어안는다.

2. 살롱에서의 연주

천재적인 아이는 혈기왕성한 소년으로 성장하고, 다시 건장한
청년이 되어 살롱에 진출한다. 그리고 음악에 무지한 청중들

앞에서 연주를 하게 된다. 집주인이 짐짓 너그러운 태도로 청년 음악가에게 권유한다. "좀 더 크게 연주해도 됩니다. 이 집 전체가 내 것이니까요." 음악가가 여섯 살 때부터 하루 여덟 시간씩 연습을 했다는 이야기를 들은 안주인이 이해할 수 없다는 듯 눈썹을 씰룩거리며 묻는다. "아니, 지금까지 대체 뭘 했어요? 손가락이나 꼼지락거리며 빈둥거렸나보죠?"

3. 생계를 위한 레슨

에피소드에 등장하는 천재의 제자들은 대부분 멍청이들이다. 따라서 레슨을 하며 보람이나 만족을 기대할 순 없다. 자신의 스승으로부터 불같은 노여움을 유발하는 것이 바로 이 멍청이 제자들의 역할이다. "자네가 얼마나 재능이 없는지 깨달으려면, 아직 한참은 더 연주를 해야겠군."

4. 평론가들

꼭 다수가 아니더라도, 최소한 평론가들 중 한 명은 젊은 천재의 음악을 이해하지 못하는 귀머거리이다. 세월이 흘러, 이 천재 음악가의 음악을 이해하지 못한다는 사실 자체가 오히려 이해받지 못하는 상황이 되었음에도 불구하고, 완고한 평론가는 자신의 부정적인 견해를 바꾸려들지 않는다. 그러던 어느날, 자신의 고집 때문에 결국 톡톡히 망신을 당하는 일이 벌어진다. 이름이 알려지지 않은 신인의 데뷔 작품에 평론가가 호들갑을 떨며 극찬한다. 그리고 이 신인을 예로 들며 거장의 실력이 녹슬었다고 조롱한다. 장난기가 발동한 거장이 가짜 이름으로 작품을 발표했다는 사실을 미처 몰랐던 것이다.

5. 여권 분실

마에스트로가 국경을 넘어가던 중 여권을 분실하는 바람에 문제가 발생한다. 하지만 다행스러운 건, 거장은 절대로 자신의 악기를 잃어버리지 않는다는 사실이다. 그가 악기를 꺼내어 세관원 앞에서 너무나도 익숙한 멜로디 몇 소절을 연주하자, 세관원은 이 여행자의 정체를 알아보고 정중하게 통과시켜준다.

6. 등장

나이를 먹어가면서 거장은 점점 괴팍해지고, 고요한 은신처에서 은둔생활을 시작한다. 대문에는 다음과 같은 카드가 걸려 있다. "나를 방문하는 사람은 내게 영광을 주지만, 나를 방문하지 않는 사람은 내게 기쁨을 준다." 하지만 애석하게도 똑, 똑, 똑… 누군가 계속해서 문을 두드린다. 대체 누가 이렇게 성가시게 하는 거지? 문간에는 두려움으로 얼굴이 창백해진 어린아이의 뒷덜미를 한 손으로 움켜쥔 채, 아빠 혹은 엄마가 서 있다. 노인은 불쾌한 기색을 노골적으로 드러내며 새 식구를 바라보고, 그다음 이야기는 첫 번째 공식과 똑같이 전개된다.

날카로운 독자라면, 아마도 이 여섯 개의 공식이 그다지 현대적이지 못하다는 사실을 눈치챘을 것이다. 이 책에는 오늘날의 음악계에서 벌어지고 있는 에피소드들이 거의 수록되어 있지 않은 관계로 과거와 현재의 차이점을 한눈에 파악하기는 힘들다. 분명한 건, 개인레슨을 받는 학생들의 숫자가 줄어들고 있고, 살롱문화도 사라지고 있으며, 대신 음악학교나 페스티벌,

콩쿠르, 그리고 학년제로 운영되는 전문음악교육기관이 그 자리를 대체하고 있다는 사실이다. 성악뿐만 아니라 기악이나 지휘, 작곡 분야에서 여성들도 두각을 나타내는 중이다. 또한 모든 세관원들이 음악에 관심을 갖고 있는 건 아니다. 그리고 마지막으로 에피소드에 등장하는 평론가들의 성향 또한 과거와는 사뭇 달라졌다. 어찌나 애매모호한 언어를 구사하는지, 그 어떤 실수를 해도 대중들 앞에서 절대 웃음거리가 되지 않는다. 그 어떤 꼬투리도 용납하지 않으려는 듯, 그들의 평론은 빈틈없이 불분명하다.

에바 M. 슈쳉스나 지음,『동아시아의 음식』
Ewa M. Szczęsna, *Kuchnie Dalekiego Wschodu*, Warszawa: Watra, 1977

저자는 꽤 오랫동안 동아시아에 거주하면서 특이한 동아시아 요리들의 레시피를 폴란드로 가져왔다. 특히 가장 오랜 전통을 자랑하며 고유한 맛과 식문화를 아시아의 주변국에 널리 전파해온 중국의 음식에 주력했다. 이렇게 흔치 않은 레시피를 책으로 출간해보겠다는 계획은 나쁘지 않은 아이디어임에 틀림없다. 다만 누가 이 책을 출판할 것인가. 주제의 이국적인 측면을 생각하면, 여행 가이드 시리즈를 출판하고 있는 '이스크리Iskry 출판사'도 괜찮을 거 같다. 아니면 다양한 색채와 플레이팅 등 요리가 갖고 있는 예술성을 부각시키고자 한다면, 예술전문 출판사에서 책이 나오는 것도 고려해볼 만하다. 단, '바트라Watra 출판사'만은 아니라고 생각한다. 이 출판사의 도서 목록을 살펴보면 대부분이 실용서다. 바트라가 출판을 결정한 순간, 결국 이 책은 매일매일 해 먹을 수 있는 요리를 소개하는 평범한 형태의 요리책이 되리라는 의미나 다름없었고, 아쉽지만 실제로 그렇게 되고 말았다.

이 책의 초고가 감내해야만 했을 험난한 운명에 대해서는 잘 모르지만, 그래도 인생을 좀 살아봤기에 다음과 같은 추측을 해본다. 이 텍스트를 처음으로 접한 첫 번째 편집자는 상당히 예민한 사람이므로 원고를 읽다가 거의 기절할 뻔했을 것이다. 그리하여 개와 원숭이, 설치류, 새 둥지, 파충류와 양서류, 곤충을 재료로 한 모든 요리를 목록에서 제외시켰을 것이다. 두 번째 편집자는 현실감각이 매우 강한 사람이었기에 다음과 같은 생각을 했을 것이다. '대체 폴란드 시장에서는 절대 구할 수 없는 재료나 양념이 요구되는 조리법을 소개할 필요가 뭐가 있을까?' 구할 수 없는 재료가 포함된 요리를 하나씩, 둘씩 지워나가다보니 남는 요리가 하나도 없었고, 결국 텍스트는 증발되고 말았을 것이다. 그러자 자신이 저지른 파괴 행위에 불현듯 양심의 가책을 느끼게 된 편집자는 일종의 대안으로, 제외시켰던 요리의 절반을 다시 복구시켰을 것이다. 몰래 한마디 덧붙이자면, 사라진 절반과 비교하여 딱히 더 현실적이거나 덜 현실적이지도 않은 요리들을 적당히 골랐으리라. 이런 상태에서 원고는 세 번째 편집자인 건설적인 성향의 낙관주의자에게 넘겨졌을 것이다. 그는 저자에게 동의를 구하고 지극히 사소한 수정을 가해야 할 시점이 되었다고 판단했을 것이다. "친애하는 작가님, 대나무 싹의 맛은 어떤가요? 순무를 씹을 때 나는 맛과 대충 비슷하지 않을까요? 순무가 아니면, 당근의 맛과는 얼추 비슷하겠죠? 중국의 버섯들에서는 어떤 향기가 나지요? 넓은 의미에서 본다면, 우리 폴란드에서 나는 양송이버섯과 흡사하지 않나요? 은행 열매를 넣어야 하는 요리에 알감자를 대신 넣어보면 어떨까요? 콩비지는 우리나라에서는 절대로 구할 수 없으니 우리가 평소에 즐겨먹는 노란 치즈를 넣으면 맛있지 않을까요? 어쩌면 더 좋은 맛이 날 수도 있잖아요? 간장은 또 어떻고요? 마기 소스*에 물을 좀 타면 그럭저럭 비슷한 맛이 날 것 같은데요? 그런데 작가님, 이상한 일이죠? 이렇게 자꾸만 고민을 거듭하다보니, 동아시아 음식이 더 이상 이국적으로 느껴지질 않네요…."

물론 위에 언급한 상황은 순전히 내 상상이다. 이런 식의 대화도, 이런 성향의 편집자들도 아예 없었을 수도 있다. 저자 스스로의 의지로 본래 아이디어를 철회했을지도 모르는 일이다. 아무튼 책은 출간되었다. 순수한 호기심도 미각도 만족시켜주지 못하는 어정쩡한 상태로 말이다. 그리고 순무가 필요 없는 곳에 순무가 등장하는 다른 수많은 책들과 함께 의미도 가치도 없이 서가의 빈 공간을 차지하고 있다.

* 스위스의 마기Maggi 사社에서 만든 액체 조미료의 상품명으로, 동물성 단백질을 분해 농축한 것이다.

조피아 소코워프스카 지음, 브와디스와프 둘렝바 엮음,
『모차르트』

Zofia sokołowska, (edt.) Władysław Dulęba, *Mozart*, Warszawa:
Polskie Wydawnictwo Muzyczne, 1977

위대한 비르투오소를 주제로 폴란드 국립음악출판사에서 출
판되고 있는 화보집 시리즈는 세월이 흘러도 가격에만 변동이
있을 뿐, 그 가치와 완성도는 한결같다. 각각의 책 모두가 심
혈을 기울여 출판된 모범적인 역작이다. 이 화보집에서 중심이
되는 것은 당대의 상황을 생생하게 보여주는 일러스트레이션
이며, 텍스트는 그림에 첨부된 일종의 논평 형식으로 꼭 필요
한 곳에만 등장한다. 사건들, 지인들, 가족, 특정 작품이 탄생
하게 된 배경 등이 그 핵심 내용이다. 단, 여기에 심리학적 분
석은 포함되어 있지 않다. 모차르트와 관련된 다양한 일화들
은 독자 스스로 얼마든지 찾아내어 보완할 수 있다.

　　바로 이 대목에서 모차르트는 가장 흥미롭고 매력적인
대상이었다. 분명 그는 세상에 하나뿐인 음악 천재는 아니었
다. 하지만 다른 천재들이 실화에 근거한 일화를 남겼다면, 모
차르트는 전설을 남겼다. 가장 근본적인 차이는 아마도 유례
없이 왕성했던 그의 창작력 때문일 것이다. 모차르트는 21개
의 오페라, 19개의 미사곡, 40개 이상의 성가, 51개의 교향곡,

100개가 넘는 관현악곡, 50여 개의 콘체르토, 30여 개의 삼중주, 사중주, 오중주, 100여 개의 피아노곡과 바이올린 소나타, 그리고 수많은 가곡과 아리아, 분실된 악곡의 주옥같은 소절들을 만들었다…. 만약 100세까지 살았다면 그러려니 할 수도 있겠지만, 겨우 서른다섯의 나이에 생을 마감했는데도 불구하고 말이다. 그러므로 필멸의 생을 살고 있는 범인凡人들의 눈에 모차르트의 이와 같은 왕성한 창작력은 신기하고 놀라울 뿐만 아니라 뭔가 의심스러울 정도로 과장스럽고, 정체를 알 수 없는 괴력의 도움으로 이룩한 과잉의 업적처럼 여겨지는 것도 이상한 일이 아니다.

모차르트는 놀라운 재능을 가진 영재로서 성공의 첫발을 내디뎠다. 이 정도의 재능을 보유한 영재가 아주 드문 건 아니다. 하지만 대부분의 영재들은 일련의 연주회를 멋지게 성공시킨 뒤에는 결국 체계적인 훈련과정에 돌입해야만 한다. 천재성의 불꽃이 사그라드느냐, 아니면 꾸준히 유지되다가 예술가로서의 절정기에 빛나는 재능으로 타오르느냐 하는 것은 바로 이 훈련에 달려 있다. 모차르트 역시 배우고 공부했다. 하지만 과연 이게 일반적인 의미의 학습이었는지는 의문이다. 모차르트는 컴퓨터처럼 정확한 기억력을 소유하고 있었기에, 모르는 곡을 듣다가도 어떤 대목이 자신의 마음을 사로잡으면 음표 하나 틀리지 않고 그대로 재현해낼 수 있었다. 각각의 음악규칙을 단번에 깨우쳐서 자신의 작품에 곧바로 적용시킬 수도 있었다. 애써 찾아 헤매지 않고도 원리를 발견했고, 뭔가를 학습한다기보다는 그저 이미 알고 있는 걸 상기하는 과정처럼 보였다…. 모차르트의 머릿속에는 모든 게 당장에라도 활용

가능한 상태로 정리되어 있는 것 같았고, 그저 서둘러 악보에 적는 것이 그가 하는 작업의 전부처럼 느껴질 정도였다. 모차르트는 단어의 철자보다 기보법을 먼저 깨우쳤다. 악보를 그릴 땐 실수하지 않았지만, 철자법은 죽을 때까지 자주 틀리곤 했다.

모차르트가 세상을 떠난 지 얼마 안 되어 흉흉한 소문들이 떠돌기 시작했다. 독살을 당했다는 둥, 프리메이슨에 가입했다는 둥, 마르지 않는 영감과 창의력을 보장받는 대가로 모종의 세력과 손을 잡았다는 둥. 어떤 사람들은 모차르트의 주변 인물들 중에 인간의 탈을 쓴 악마가 있을 거라 믿었다. 혹시 모차르트의 아버지가 아닐까? 아니면, 저녁 무렵에 은밀하게 찾아와서 죽어가는 작곡가에게 레퀴엠을 주문한 갈색 머리의 남자? 오랜 연구 끝에 이 모든 불가사의한 사안들의 실상이 밝혀졌다. 아버지는 악마라는 오명을 씻었고, 독살의 주범으로 지목된 살리에리A. Salieri의 친구도 혐의를 벗었다. 레퀴엠의 작곡을 의뢰한 의문의 사내는 알고보니 모차르트의 오랜 고객이었다. 프리메이슨과 관련해서는 모차르트는 이 단체에 가입한 적이 없으며, 몇몇 다른 예술가들이 여기에 연루되었으나 아무런 도움도 얻지 못했음이 드러났다.

그렇다면 인간 모차르트와 관련하여 더 이상의 비밀은 없는 걸까. 그렇지 않다. 그가 사망한 지 200여 년이 흐른 뒤에도 원본 전체가 공개되지 않은 그의 편지들이 대표적인 예이다. 여기서 음악과 관련된 내용들은 따로 발췌되어 소개되었지만, 그가 남긴 에로틱한 고백은 유치하고 적나라한 외설로 간주되었으며, 이러한 선정성을 견뎌낼 수 있는 내공을 쌓은 것으로 간주되는 일부 연구자들에게만 공개되었다. 갈수록 방탕한 무리들과 어울리기 시작했던 모차르트의 말년에 관해서도 알려진 게 별로 없다. 여기에는 모차르트가 재산을 어떻게 탕진했는지에 대한 의문도 포함되어 있다. 어찌 됐든 그는 당대에 큰 인기를 누린 작곡가였고, 놀랍도록 왕성한 창작 실력 덕분에 작곡 의뢰도 상당히 많이 받았다. 모차르트보다 재능이 덜하고 창의력이 부족한 작곡가들도 더 많은 식구들을 거느린 가장으로서의 부담을 감수하며 벌어들인 수입으로 그럭저럭 먹고살았다. 반면에 모차르트는 빚더미에 깔려 극심한 빈곤 속에서 최후를 맞았다. 대체 무엇 때문이었을까. 타고난 낭비벽이나 나쁜 습관이 있었던 걸까. 어쩌면 이 질문은, 이 질문에 대한 답을 찾아낸들 결코 정답이 될 수는 없다는 것을 우리에게 역설하고 있는지도 모른다. 이런저런 사건이나 배경과 상관없는 진짜 비밀은 바로 그의 천재성 속에 숨겨져 있다. 우리는 천재성의 비밀을 여는 열쇠를 갖고 있지 않다. 재미있는 건, 천재들조차 그러한 열쇠를 발견하지 못했다는 사실이다.

미에치스와프 퀸스틀레르 엮음, 『중국의 금언』
Aforyzmy chińskie, (edt.) Mieczysław Künstler, Warszawa: PIW, 1977

서글픈 사실이지만 그래도 말하련다. 시간이 흐를수록 더 많은 타격을 입는 건 어리석음이 아니라 지혜다. 물론 지혜가 막 자신의 입지를 구축하는 단계에는 해당하지 않는다. 확고한 위상을 획득하고 모두가 그 설득력에 공감할 때, 사람들의 입에서 입으로 전해지기 시작하다가 책에서 책으로, 그리고 세대에서 세대로 전해질 무렵이 되었을 때의 이야기다. 그때가 되면 지혜는 가엾게도 생기를 잃고 시들고 쇠약해지다가, 결국 진부하고 당연한 것으로 탈바꿈하게 된다. 그러면 더 이상 누군가를 오싹하게 만들거나 누군가의 심장을 따뜻하게 덥혀줄 수가 없다.

　나는 중국의 현자賢者들(2000년 전에 살았던 현자가 이 중에서 가장 젊은 축에 속한다!!!)이 남긴 금언金言들을 읽으며 적절한 존경심을 느끼는 동시에 하품을 한다. "기력이 부족한 사람은 여정의 절반에서 도태되고 만다." 맞는 이야기다. "부지런함은 부를 가져다주고, 게으름은 가난을 가져다준다." 사실이다. "때가 왔을 때 행동하지 않으면 실패로 이어진다." 당연한 말씀. "인간이 새로 태어날 수는 있어도 죽은 사람을 살릴 순 없다." 옳은 말이다. "적이 많은 사람은 자신의 힘도 배분할 줄 알아야 한다." 공감하는 바이다. "통치에는 지식이 필요하다." 의심의 여지가 없다. "규칙은 저절로 준수되지 않는다." 물론이다. "시작이 있으면 반드시 끝이 있고, 끝이 있으면 반드시 시작이 있다." 아무렴! "덕에 대해서 떠들어대는 사람이라고 모두가 덕을 갖고 있는 것은 아니다." 명백한 사실이다. "씨앗을 잘못 뿌려놓고 풍작을 기대하는 건 헛된 일이다." 그렇고말고! 나는 이와 유사한 경구들을 당장 두 개, 세 개, 아니 열 개도 나열할 수 있다.

내가 이런 이야기를 하는 건, 진부해져버린 지혜를 탓하거나 비난하기 위함이 아니라 안타까운 심정을 토로하기 위해서다. 사실 역사적·문학적 배경에 대한 일말의 단서도 없이, 이 금언이 당대에 어떤 의미를 갖고 있었는지, 그 안에 담겨진 날카로운 이빨과 발톱은 무엇인지 대체 어떻게 알 수 있단 말인가. 일부 금언들은 특정 인물이나 특정 기관, 혹은 특정 사건을 지칭하는 암시를 담고 있을 수도 있다. 그렇다면 그(인물) 또는 그것은 금언의 작가에게 분노하지 않았을까. 어쩌면 작가를 박해하고 생명까지 위협했을 수도 있다. 아니, 굳이 이렇게 멀리까지 나아갈 필요도 없다. "너무 깊은 생각은 절대 부를 가져다주지 않는다"는 왕충王充*의 말은 옳았다. 더욱 속상한 것은 그 '깊이'란 것이 조금씩 메말라가다가 결국에는 돌바닥을 드러낸다는 사실이다. 하지만 돌은 결국 돌일 수밖에 없

* 후한後漢 시대의 유물론자로, 인간도 모든 사물과 마찬가지로 기氣의 산물이고, 성인聖人과 범인凡人의 근본적인 차이는 없으며, 개별적인 지식을 보편화하는 능력의 유무가 그 차이를 결정한다고 했다.

는 법. 밑바닥에서 우리를 올려다보고 있지만, 그래도 그 시선
에는 우월감이 담겨 있다.

S. 데이비드 외 지음, 알렉산데르 비르빈스키·마르첼
비르빈스키 옮김, 『화훼장식』
S. David, K. Deutschmann, M. Freitag, A. Hofmann, J. Kamp,
H. Linke, M. Lobst, E. Miessner, *Bukieciarstwo*, (trans.) Aleksander
Wyrwiński, Marcel Wyrwiński, Warszawa: PWRiL, 1978

'화훼장식floristry'. 아직은 낯설고 미약하기만 한 이 신조어에
는 꽤 많은 의무와 수고가 뒤따른다. 단순히 꽃다발을 만드는
기술뿐만 아니라 화관花冠을 엮고, 화환花環을 짜는 기술, 즉
'화관장식wreathery'이나 '화환장식garlandry'과 관련된 내용도 이
단어와 연관되어 있다. 뿐만 아니라 꽃과 어울리는 화병花瓶을
고르는 안목을 추구하는 '화병장식vasonry'이라든지, 아니면 화
분花盆 식물을 가꾸는 기술을 배양하는 '화분장식pottistry'과 같
은 분야도 새롭게 추가될 것이다. 덕분에 명명학命名學 분야에
서 우리의 저장고는 더욱 풍요로워질 예정이다. 하지만 여기서
끝이 아니다. 저자들은 기하학과 광학, 구도 그리고 외교술과
이데올로기에 이르기까지 그 주제를 폭넓게 확장시켰다. 이 책
의 저자가 여러 명일 수밖에 없는 건 바로 이 때문이다. 혼자서
이렇게 다양한 주제를 다루는 건 불가능하기에.

　이 책은 단 한 줄의 축약도 없이 통째로 번역되었다. 네덜
란드 화훼산업의 구조와 현황을 소개한 방대한 분량의 장章에

서는 개별 화초의 가격, 세세한 표와 그래프를 빠짐없이 수록하고 있는데, 이 가운데 대부분은 10년은 족히 지난 자료들이라 지금은 전혀 쓸모없는 내용인데도 불구하고 포함되었다. 이 장을 읽다보면, 우리 폴란드에서는 종이 수급에 아무 문제가 없는 것 같은 달콤한 착각에 빠지게 된다. 꼭 필요하고 전문적인 정보들만 간추려도 충분했을 텐데 아쉽다.

물론 나는 서로 다른 전통과 취향으로 인해 표출되는 가벼운 이국 정서를 반대하지는 않는다. 그렇기에 '예술가를 위한 화관'에 대한 내용은 상당히 흥미롭게 읽었다. 알고보니 서쪽에 살고 있는 우리의 이웃들*은 창조적 영감을 받은 사람들에게 화관을 씌워주는 유쾌한 전통을 갖고 있었다. "이런 행사에 사용되는 화관은 일체의 장식을 배제한 채, 초록색 혹은 황금색의 월계수 잎만을 엮어서 만든, 중간 사이즈의 로마풍 월계관이다." 반면에 운동선수를 위한 화관은 강한 호소력을 갖고 있다. "참나무 잎사귀를 촘촘히 엮어 만든 화관은 로마풍 월계관보다 화려하고 눈에 띈다." 꽃으로 만든 머프**도 내게는 상당히 인상적이었다. 유럽에서는 겨울철에 결혼식이 많이 거행된다는 사실을 염두에 둔, 실용적인 아이디어에서 비롯된 것이다.

저자들은 우리의 개인생활이나 직장생활, 나아가 정치활동에서 꽃이 담당하는 대표적인 역할들을 부각시키기 위해 애쓰고 있다. 바로 이런 목적 때문에 그들이 홍보에 열을 올리는

* 서유럽 사람들을 일컫는다.
** 방한용 토시.

꽃들은 전부 온실에서 재배되는 '세련되고 고상한' 품종들이다. 저자들에게 야생화는 아무 가치도 매력도 없는 꽃이다. 그러므로 들꽃들을 엮어 만든 꽃다발은, 그들의 견해에 따르면 '덜 까다로운 취향을 가진' 아이들에게나 어울리는 것이다. 그런데 우스운 건, 이 책의 표지에 시골풍의 야생화 꽃다발이 수록되어 있다는 사실이다. 짐작컨대, 저자의 취향에 대한 암묵적인 문제제기일 수도 있고, 확신컨대 늘상 벌어지는 편집상의 실수일 수도 있을 것이다.

안나 시비데르쿠프나 지음, 『일곱 명의 클레오파트라』
Anna Świderkówna, *Siedem Kleopatr*, Warszawa: Wiedza Powszechna, 1978

클레오파트라는 알렉산더 제국이 멸망한 뒤 이집트를 통치했던 그리스-마케도니아의 프톨레마이오스 왕조*에서 세습되던 그리스식 이름이다. 이 왕조에서 클레오파트라는 총 일곱 명이었다. 하지만 그중 딱 한 명, 그러니까 일곱 번째이면서 마지막이었던 클레오파트라만이 자신도 예상치 못한 먼 미래에 찬란한 명성을 떨치게 되었다. 그녀 이전의 클레오파트라들은 모두 사람들의 기억 속에서 잊혀졌다. 그렇다고 그 여인들의 생애가 별로 흥미로울 게 없었거나, 왕족인 남편이나 형제, 아들의 곁에서 조용한 삶을 살았던 것은 아니다. 흥미롭지도 않고 조용한 삶이란 당대에는 대단한 사치였기에, 일곱 명 중 그 누구도 이런 편안한 삶을 원하지도, 또 선택하지도 않았다.

사방에서 강풍이 밀어닥치고 왕좌가 흔들리던 격동의 시기였다. 게다가 가족관계 역시 오늘날에는 상상조차 못 할 정도로 복잡했다! 프톨레마이오스 왕조는 파라오의 전통을 계승

---

* 기원전 305년부터 기원전 30년까지 이집트를 다스린 헬레니즘 계열의 왕가로, 왕을 '파라오'라고 칭했고, 기존 이집트의 전통과 연속성이 있기 때문에 이집트 제32왕조라고도 불린다.

했고, 파라오들은 남매지간인 이시스 신*과 오시리스 신**을 모델로 자신의 누이들과 혼인했다. 이들의 관계는 단지 형식적인 것만이 아니라 공동의 자손을 생산한다는 뚜렷한 목표를 갖고 있었다. 그리고 이들의 자손들 역시 다음 세대를 잉태하기 위해 서로 혼례를 올렸다. 이렇게 해서 어머니는 자신의 아이들의 고모가 되고, 아버지는 그들의 외삼촌이 되었다. 그러니까 아들 또는 딸이 아버지와 어머니에게는 자식이면서 조카가 되는 셈이고, 자식들끼리는 형제이자 사촌지간이 되는 셈이었다. 이러한 복잡성은 선조祖의 수를 어느 정도 간소화하는 결과를 초래했다. 프톨레마이오스 왕조의 아이들에게는 우리와 마찬가지로 두 명의 부모가 있지만, 조부모의 경우에는 네 명이 아니라 단지 두 명이었고, 증조부도 여덟이 아니라 두 명이었다. 이런 식으로 조상의 숫자가 현재의 우리보다 훨씬 적었다.

하지만 느닷없는 변수가 개입될 때도 있었다. 가장 유명했던 클레오파트라 7세 때의 일이다. 그녀에게는 두 명의 조부모와 두 명의 증조부모가 있었다. 하지만 고조부모는 모두 네 명이었다. 그렇다면 이것은 100년도 넘은 과거에 이방인의 피가 가족의 침실로 은밀히 스며든 결과였을까. 아니, 그렇지 않다. 같은 친족들끼리인 것은 맞지만, 허용된 관례의 범위를 넘어서는 동종교배가 이루어진 탓이었다. 클레오파트라 2세는 자신의 오빠와 첫 번째 결혼을 했고, 그가 죽자 남동생과 다시

* 이집트 신화에서 나일 강을 주관하는 여신이자 풍요의 여신으로, 오시리스의 누이동생이자 아내이다.
** 이집트 신화에서 사자死者의 신으로 숭배된 남신으로, 누이동생인 이시스와 혼인한다.

혼인을 했다. 남동생은 홀로된 자신의 누이이자 형수의 매력에 만족하지 않았다. 그래서 그녀가 죽기도 전에, 그녀가 첫 번째 결혼에서 낳은 딸과 결혼을 했다. 그러니까 자신의 친조카이자 외조카이며, 동시에 의붓딸인 여자와 혼인을 한 것이다. 이 젊은 아가씨는 자동적으로 자기 엄마의 올케(남동생의 아내였으므로)가 되었고, 그녀가 자신의 삼촌이자 아버지(어머니의 남동생이자 남편이었으므로)와의 사이에서 낳은 여러 명의 자식들은 아버지이면서 동시에 삼촌이자 할아버지(어머니의 아버지의 형제였으므로)를 갖게 되었다. 할머니의 입장에서 보면, 이 아이들은 손주이면서 동시에 조카인 셈이다. 아, 어찌나 복잡한지 더 이상 계속할 여력이 없다(책에서는 이 부분을 보다 명확히 설명하기 위해 가계도를 수록해놓았다). 아무튼 이 사소한 스캔들로 인해 클레오파트라 7세의 고조부모의 숫자가 두 배로 늘어나게 되었다. 하지만 이것으로 모든 문제가 정리된 건 아니다. 왜냐하면 클레오파트라 7세의 5대 조부모(그러니까 고조부모의 부모)에 이르면, 부계와 모계가 서로 같아져버리기 때문이다. 이쯤 되면 부계와 모계를 나누는 게 무슨 의미가 있는지 알 수가 없어진다. 오늘날의 시의성에 딱히 부합하지는 않으나, 그래도 여기서 한 가지 논리적인 결론이 추출된다. 근친상간이란 겉보기에는 단순해 보이지만, 실제로는 극도로 복잡한 도착증이라는 사실.

조피아 뱅드로프스카 지음, 『아름다워지기 위한 100분의 시간』
Zofia Wędrowska, *100 minut dla urody*, Warszawa: Sport i Turystyka, 1978

아름다움을 가꾸기 위해 100분을 투자하라고? 그것도 날마다? 일과 가사와 육아를 병행하며 눈코 뜰 새 없이 바쁜 일반 여성들에게는 누리기 힘든 일종의 사치다. 어쩌다 짬을 내서 시도해보려 해도 막상 이 책을 대충 훑어보고 나면, 100분의 시간으로는 턱없이 부족하다는 사실을 깨닫게 된다. 이 책이 요구하는 건, 결국 하루 24시간을 모두 투자하라는 것이다. 심지어 다른 생각을 하는 동안에도 늘 자신의 외모에 대해 신경을 써야만 한다. 걸으면서도 어떻게 걷는 게 효과적인지 고민해야 하고, 앉을 때나 누울 때도 마찬가지이다. 줄을 서서 기다릴 때도 건강과 아름다움에 도움이 되는 최적의 자세를 취하려고 노력해야 한다. 이와 관련된 대목을 인용하면 다음과 같다. "발꿈치는 서로 붙이고, 발가락은 자신의 주먹 넓이로 쫙 벌려주며, 머리는 어깨에서 최대한 곧게 위로 뽑아내야 한다." 이런 식의 훈련은 계산대에 도착해서 구매한 물건을 장바구니에 넣고 상점을 나설 때까지 계속되어야 한다. "줄에서 벗어날 때도 올바른 자세를 유지하는 훈련을 해야 한다. 고개를 당당히 들고, 흉곽은 앞으로 쫙 펴며, 무릎이 아닌 엉덩이 근육을 사용하여 한 걸음씩 내디뎌야 한다….”

집으로 돌아온 후에도 줄을 설 때의 긴장된 자세를 벗어나 편안하게 쉬어서는 안 된다. 가슴 펴기와 고개를 당당히 드는 자세는 물론 계속 유지되어야 한다. “방에서 부엌으로, 또는 방에서 방으로 뭔가를 들고 갈 경우, 머리 위에다 그 물건을 올려놓고 오른손과 왼손으로 번갈아가며 잡아준다….” 아무것도 운반하지 않을 때는 양팔을 뒤로 뻗어서 서로 교차시킨 뒤, 네 발자국은 정상적인 걸음으로, 네 발자국은 발꿈치를 들고, 다시 네 발자국은 뒤꿈치를 디딘 채 걷는 동작을 목적지에 다다를 때까지 반복한다. 또한 ‘주어진 빈 시간을 모두 활용하여’ 목 근육을 풀어줄 필요가 있는데, 입을 크게 벌린 뒤, 소리는 내지 않고 모음 ‘o, u, i’를 발음하는 입모양을 수시로 만들도록 한다. 이 모든 광경을 지켜보며 불안해 하는 남편을 향해 사우어 크림이나 딸기를 잔뜩 바른 얼굴로 함박 미소를 지으며 ‘이 모든 수고와 노력은 당신이 예쁜 동안童顔 마누라를 갖도록 하기 위함’임을 설명하는 것도 잊어서는 안 된다.

최소한 밤 열 시에는 잠자리에 들어야 하는데, 이때도 반듯하게 누운 채로 양팔을 몸과 평행이 되게 쭉 뻗어야 한다. 처음에 당신의 남편은 근육과 힘줄, 등뼈에 유익한 이 사르코파거스Sarcophagus* 같은 포즈, 그러니까 남편이 옆에 있건 말건

* 석관石棺. 특히 조각이 되어 있는 대리석제의 관을 가리킨다. 어원은 그리스어의 lithos sarcophagos(육식의 돌이란 뜻)이다. 고대 그리스 사람이 관을 석회암으로 만들어, 수납收納된 시체를 분해 흡수시키려 하여 이런 호칭이 생겨났다고 전해진다.

관 속에 누운 것처럼 꿈쩍도 하지 않는 포즈에 대해 반발할 것이다. 하지만 몇 주가 흐른 뒤에는 결국 포기하고, 당신이 하고 싶은 대로 하도록 내버려둘 것이며, 그러다 몇 달이 지나면 아예 짐을 싸서 집을 뛰쳐나갈 것이다. 덕분에 당신은 전보다 넓은 주거공간을 갖게 될 것이며, 날마다 조깅과 멀리뛰기를 할 수 있는 일상을 누릴 수 있게 될 것이다. 그렇다면 당신의 남편은 누구와 동거를 시작했을까. 당신은 끝내 알아맞히지 못할 것이다. 사실 얼마든지 짐작 가능한 일인데도 말이다. 당신의 남편은 아마도 엉덩이가 아닌 무릎의 근육으로 아무렇게나 걸음을 내딛고, 고개를 축 늘어트린 채 줄을 서는 여인, 딱 자기 나이로 보이는 여자와 함께 살고 있을 것이다.

마리아 소우틴스카 지음, 『동물들의 어린 시절』

Maria S. Sołtyńska, *Dzieciństwo zwierząt*, Warszawa: Krajowa
Agencja Wydawnicza, 1978

동물들의 어린 시절과 관련된 주제로는 아마도 400페이지 분
량의 책을 일곱 권쯤 써도 모자랄 것이다. 하지만 지금껏 서점
에서 이런 내용을 담은 책이 발견될 기미가 보이지 않았기에,
마리아 소우틴스카가 쓴 이 책이 반갑다. 저자는 99페이지라
는 한정된 분량 속에 될 수 있는 한 많은 양의 개괄적인 정보
와 함께, 생명체에게 너무나도 신기하고 특별한 시기인 강아지
시절, 새끼 고양이 시절, 병아리 시절, 망아지 시절, 그리고 애
벌레 시절 등등과 관련된 다양하고 구체적인 정보를 담기 위
해 노력했다. 바로 이 어린 시절과 관련된 이상한 점, 혹은 특
이한 점에 대해 잠시 살펴보고자 한다. 좀 더 구체적으로 말하
자면, 여러 가지 이상한 점들 중에서도 무엇이 가장 이상한지
에 관해 살펴보도록 하겠다.

아마도 가장 이상하고 특이한 것은 자연이 이 '어린 시절'
이라는 시기를 생명체에 부여하기 시작한 게 꽤 오랜 시간이
흐른 뒤라는 사실이다. 수십억 년 동안 생명은 단세포생물의
분열에 의해 유지되어왔다. 하지만 이러한 분열을 가리켜 '탄
생'이라 부를 수는 없다. 세포분열의 과정에서 갑작스레 두 개

의 똑같은 견본으로 쪼개어지긴 하지만, 그래도 본질적으로는 여전히 이전과 동일한 세포이기 때문이다. 그러므로 동일한 성질의 두 개의 세포를 원세포의 '자식'이라 부를 수도 없다. 어떤 존재가 자신의 자식이 되는 것은 불가능한 일이며, 아무런 흔적도 남기지 않은 채 감쪽같이 자신의 자손으로 탈바꿈한다는 건 말도 안 되는 일이기 때문이다. 그렇다. 문자 그대로 아무 흔적도 남기지 않은 채, 초기의 세포는 분열의 과정에서 사라지게 된다. 하지만 이것은 훨씬 복잡한 구조를 갖고 있는 여느 동물들이 알고 있는 일반적인 의미의 죽음과는 완전히 다르다. 죽음을 확정짓기 위해서는 체계적인 범죄수사 과정에서 그러하듯 '시체'를 필요로 한다. 그런데 여기 시체가 어디 있단 말인가.

아주 오래전, 학창시절의 동무였던 짚신벌레가 떠오른다. 한때는 대체 무엇 때문에 이 짚신벌레를 노트에 그려야 하는지 납득할 수가 없었다. 그러니 짚신벌레는 나에게 따분한 대상에 불과했고, 세포분열 과정도 딱히 인상적이지 않았다. 그저 분열하니까 분열하는 거라고 여겼다. 절친한 친구였던 마우고시아와 함께 크라쿠프의 낡은 영화관에 몰래 숨어들어가서 성인영화를 관람하는 게 내게는 훨씬 더 매력적이고 흥미로운 일이었다. 짚신벌레가 내 상상력을 자극하기 시작한 건 나중의 일이었다. 애당초 자연은 무슨 생각과 의도를 갖고 있었던 걸까! 적절하게 태어나지도, 또 의무적으로 죽음을 맞이하지도 않는 괴상한 피조물을 창조하다니 말이다. 심지어 죽음을 맞는다 해도 그 죽음은 항상 불의의 사고로 인한 외부적 요인에 의한 것이다. 반면에 피할 수 없는 과정의 하나로 프로

그램화된, 유기체 내부의 필연적 요인에 따른 죽음이란 없었다. 마치 훗날 정규직으로의 전환을 앞두고 얼마 동안 임시로 맡은 과업을 처리하듯이 말이다. 여기서 우리는 짚신벌레, 혹은 그와 유사한 다른 극미동물極微動物*들이 '불멸不滅'과 꽤 두터운 친분을 맺고 있었다는 사실을 추측할 수 있다. 단지 자신만이 아는 어떤 이유로 인해 생명체의 진화는 어느 날 갑자기 본래의 의도에서 벗어나게 되었고, '필멸必滅'의 존재를 생산하는 단계로 접어들게 되었다. 이러한 존재들의 생生은 언제나 다음과 같은 순서와 단계로 이루어진다. 출생, 유년기, 성년기, 노년기, 사망. 왜 하필이면 다른 방식이 아니라 이런 방식을 취하게 되었는지는 나도 모르겠다. 하지만 뭔가를 알고 있다고 자부하는 사람들도 실제로는 알지 못한다.

* 육안으로는 식별이 어려운, 현미경으로만 볼 수 있는 동물로, 미소동물微小動物이라고도 한다.

새뮤얼 피프스 지음, 마리아 돔브로프스카* 옮기고 해설,『일기 I, II』
Samuel Pepys, *Dziennik t. I i II*, (trans.) Maria Dąbrowska, Warszawa:
PIW, 1978

새뮤얼 피프스는 내 가까운 지인이다. 그 인연은 폴란드에서
이 책의 2쇄가 출간된 1954년에 시작되었다. 이때부터 나는 그
가 남긴 이 두 권짜리 작품을 몇 번이고 다시 읽곤 했다. 이 책
이 뛰어난 이유 중 하나는, 저자가 뛰어난 책을 쓰기 위해 특
별히 애쓰거나 하지 않고, 온전히 자기 자신을 위해 썼다는 데
있다. 저자는 또한, 정교한 짜임새와는 거리가 먼, 자유로운 스
타일의 일상의 기록이 언젠가 여러 외국어로 번역되리라는 사
실을 예상치 못했을 것이다. 그중에는 폴란드어도 포함된다.
새뮤얼 씨, 세상에나, 폴란드어라고요!!! 번역본들 중에는 좋
은 번역, 매우 좋은 번역, 탁월한 번역 등등이 있지만, 그래도
어쨌든 번역은 번역일 수밖에 없다. 그런데 돔브로프스카의 펜
끝에서 보기 드문 기적이 탄생했으니, 번역이 더 이상 번역이
아니라ー흠, 어떻게 표현하는 게 좋을까ー제2의 원작으로 탈
바꿈한 것이다.

　* 19세기 말~20세기 초에 활동했던 폴란드의 여성 소설가이다. 서사
　시적 작풍, 인간의 심리에 대한 예리한 관찰과 풍자로 전통적인 리얼
　리즘 소설의 대가로 불린다.

이번에 『일기 I, II』의 4쇄가 출간된 기념으로 나는 다시금 책장을 넘겼다. 그러자 이상한 일이 벌어졌다. 마치 피프스가 진짜로 내 오랜 지인이 아닐까 하는 착각이 드는 것이다. 상대가 무슨 의도로 이런저런 이야기를 하는지 속속들이 이해할 정도로 서로를 잘 알고, 가까운 지인 말이다. 1669년의 일화를 예로 들겠다. 피프스는 자신의 생일을 맞아 가족들과 함께 왕들의 무덤이 있는 웨스트민스터 사원을 방문했다. 그중에는 헨리 5세의 아내였던 캐서린 왕비의 시체가 방부 처리된 상태로 놓여 있었다. 피프스는 느닷없이 그 시체를 와락 끌어안고는 입을 맞추었다. 시체애호증 아니냐고? 천만의 말씀! 그건 그저 삶의 환희에 대한 순수하고 소박한 표현일 따름이었다. 피프스는 이렇게 적고 있다. "내 생애 처음으로 왕비에게 키스를 했다…." '처음으로'라니! 낙관주의란 이럴 때 쓰는 말이다! 비록 처음에는 죽은 왕비였지만, 누가 알겠는가, 앞으로 살아 있는 왕비에게 키스할 기회가 생길지. 피프스의 진술은 과거에도 항상 나를 활짝 웃게 만들었고, 지금도 여전히 그렇다. 그런데 불과 어제까지만 해도 나는 그의 유머가 의도된 것이 아니라는 명백한 확신이 있었다. 그런데 지금은 잘 모르겠다. 어쩌면 의식적으로 내뱉은 농담이 아니었을까. 상류사회에 진출한 가상의 자신의 모습을 스스로 조롱하고 풍자한 것일지도 모른다.

우리가 저자를 비웃고 있느냐, 아니면 저자와 함께 웃고 있느냐, 이 두 질문 사이에는 본질적으로 중요한 차이점이 있다. 저자의 등 뒤에서 웃고 있는지, 아니면 마주 보고 웃고 있는지, 저자의 의도와는 반하게 웃고 있는지, 아니면 그의 의도에 부합해서 웃고 있는지, 고민해볼 필요가 있다고 본다. 내가 품게 된 이러한 의문들을 구체화하기 위해 위에서 언급한 사례는 어쩌면 지극히 사소한 것일지도 모르지만, 이 사안 자체가 매우 중요하다는 것만큼은 틀림없는 사실이다.

그렇다면 우리가 고전을 읽을 때, 적절치 못한 대목에서 우월감을 드러내며 짐짓 너그러운 미소를 짓지 않으려면 어떻게 해야 할까. 특히 저자가 위트로 이름을 날린 작가가 아니라 그저 가끔씩 농담을 구사하는 경우라면? 이런 상황에서 그가 내뱉은 농담은 제대로 이해받지 못하거나, 아니면 자신도 모르게 무심코 튀어나온 우연의 산물로 치부되는 경우가 대부분일 것이다. 일반적으로 시간의 경과는 유머에게 점점 불리한 음향 효과를 제공하게 된다. 다시 말해 사람들은 엉뚱한 곳에서 웃음을 터뜨리거나 꼭 필요한 대목에서 웃지 않게 되는 것이다. 짐작컨대 특정 어휘나 문장, 구절, 아니면 작품 전체 속에는 실로 엄청난 희생양들이 존재하리라.

고대문화의 전문가로 널리 알려진 마르가레타 리멘슈나이더Margareta Riemenschneider에 따르면, 성경에 나오는 요나Jonah의 이야기는 본래 웃기고 재미난 전래 구전동화였다고 한다. 그런데 훗날 누군가가 이 이야기를 심각한 내용으로 잘못 이해하고, 제멋대로 재해석한 버전이 오늘날까지 전해지게 되었다는 것이다. 호메로스Homeros의 경우도 마찬가지라고 리멘슈나이더는 말한다. 그 안에 담긴 수많은 유머와 재치, 날카로운 풍자 들이 의도치 않게 비장하고 엄숙한 구절로 변질되고 말았다. 하긴 이미 지나가버린 것들에 대해 눈을 감고 귀를

닫는 것은 어제오늘의 일이 아니다. 하지만 그렇다고 이것이
굴복의 사유가 되어서는 안 될 것이다.

미오드라그 파블로비치 지음, 요안나 살라몬·다누타 치를리치-
스트라쉰크자 옮김, 『신화와 시』
Miodrag Pavlović, *Mit i poezja*, (trans.) Joanna Salamon,
Danuta Cirlić-Straszyńska, Kraków: Wydawnictwo Literackie, 1979

미오드라그 파블로비치는 세르비아의 중견 시인 그룹에 속하
며, 그 작품성을 널리 인정받은 뛰어난 시인이다. 내가 알기로
그의 시선집은 아직 폴란드어로 번역되지 않았다. 그러므로 독
자들은 시인이 쓴 시들과는 단절된 상태에서, 시에 관한 이러
저런 생각들을 담은 그의 이 책을 읽어야만 한다. 이것은 분명
쉽지 않고, 또 유용하지도 않은 일이다. 만약 순서가 바뀌었다
면, 그러니까 시가 먼저 출판되고 그 후에 이 모든 것들이 시와
함께 소개되었더라면 이상적이었으리라. 목공소에 널려 있는
나무토막과 대팻밥만 보고 가구의 모양을 짐작하는 건 어려운
일이므로.

　어쨌든 내 경우를 예로 들자면, 솔직히 나는 이런 종류의
시에 관한 글들을 즐겨 읽는 편은 아니다. 내가 공감할 수 있
는 어조나 감성의 글을 만나기가 쉽지 않기 때문이다. 시인들
은 시라는 장르가 다른 문학권에서는 범접할 수 없는 절대적
영역인 것처럼 너무 쉽게 단정 지으며 시에 관한 글을 쓰곤 하
는데, 이러한 태도가 나를 불편하게 할 때가 있다. 그들은 시야

말로 문학의 핵심이자 정수라고 여긴다. 이런 확신에 아무도 이의를 제기할 수 없는 그런 시기가 분명히 있었지만, 지금은 구식이 되어버렸다. 시는 여전히 존재하고 있으며, 마이너 장르가 아닌 것은 분명하다. 하지만 생生에 대한 통찰력이나 감수성에서 시가 예술적인 산문이나 희곡과 비교하여 반박할 수 없을 만큼 우위에 있다고 주장하는 건, 뭔가 설득력이 부족하다. … 이미 오래전부터 위대한 작가들은 그가 시인이든 소설가든 희곡작가든 상관없이 함께 똑같은 페가수스에 올라탄 채 달리고 있지만, 누가 갈기를 잡고, 누가 꼬리를 잡고 있는지, 항상 확실한 것은 아니다. … 이 시는 어떻고, 저 시는 어떻고, 또 다른 시는… 그런데 실제로 이와 유사한 대부분의 문장들에서 주어는 언제든지 '산문'으로 대체 가능하다.

나는 이런 논리를 파블로비치의 책을 읽으면서도 똑같이 적용시켜보았다. 이것은 저자의 의도를 거스르는 일일지도 모르지만, 작금의 현실에 부합하는 것이다. 예를 들어 신화와 시의 관계를 고찰한 장을 읽으면서 내 머릿속에는 책에서 언급되지 않은 다른 작품들이 계속해서 떠올랐다. 과거의 신화를 계승한 토마스 만의 『요셉과 그 형제들』이나 제임스 조이스의 『율리시스』, 아니면 불굴의 노력으로 새로운 신화를 창조해낸 카프카의 『변신』과 베케트의 『고도를 기다리며』와 같은 작품들 말이다.

「미래 문학사 개관」이라는 제목이 붙은 짤막한 에세이는 별도로 언급할 필요가 있겠다. 눈부시게 매력적인 파트이다. 해학으로 가득한 듯하지만, 조금만 숙고해보면 마냥 유쾌하지만은 않다는 걸 감지하게 된다. 나는 안도의 숨을 내쉬며

이 대목을 읽었다. 왜냐하면 비로소 문학이 하나의 전체로서 그 모습을 드러냈기 때문이다. 여기서 시는 문학의 일부로 등장한다. 다른 장르보다 덜 중요하지도 더 중요하지도 않은, 딱 그만큼의 비중으로.

얀 소코워프스키 지음, 『폴란드의 새』

Jan Sokołowski, *Ptaki Polski*, Warszawa: Wydawnictwa Szkolne i

Pedagogiczne, 1979

나는 새들을 사랑한다. 그들이 날기 때문에, 그리고 날지 않기 때문에. 물이나 구름 속에 몸을 담그기 때문에 사랑한다. 공기로 가득 찬 그들의 발목을 사랑하고, 깃털 아래, 방수防水 기능을 가진 솜털을 사랑한다. 날개 후미의 사라진 발톱들과 발끝에 보존되어 있는 발톱들을 사랑한다. 정감 넘치는 물갈퀴 또한 사랑스럽기 짝이 없다. 때로는 자줏빛의, 때로는 노란빛의 껍질로 싸인 그들의 가늘고 꼿꼿한 다리, 혹은 휜 다리를 사랑한다. 우아함을 뽐내는 점잖은 발걸음, 또는 발밑의 땅이 흔들리기라도 하는 듯 뒤뚱거리는 발걸음을 사랑한다. 자신만의 방식으로 우리를 쳐다보는 불룩 튀어나온 눈을 사랑한다. 원뿔 모양, 가위 모양, 납작한 모양, 옆으로 휜 모양, 긴 모양, 짧은 모양의 부리를 사랑한다. 그들을 돋보이게 만들어주는 온갖 장식들, 즉 주름과 깃털, 볏, 러프,* 프릴, 더블릿,** 판탈롱, 부채, 그리고 디키***를 사랑한다. 결코 단조롭지 않은 오묘한 색채의

---

* 새나 다른 동물의 목 주위에 목도리같이 둘려 있는 것이나 털.

** 14~17세기에 남성들이 입던, 허리가 잘록하여 몸에 꼭 끼는 윗옷.

246

잿빛 깃털뿐 아니라 짝짓기 철이 되면 특별한 효과를 뽐내는 화려한 얼룩무늬 깃털 또한 사랑한다. 나는 새들의 둥지와 알 그리고 악어처럼 크게 벌린 새끼 새들의 부리를 사랑한다.

또한 나는 새들의 짹짹거림, 높고 짧은 지저귐, 색색거림, 삐걱거림, 감미로운 노랫소리를 모두 사랑한다. 이 조류도감의 저자는 새들의 소리에 특별한 관심을 보이고 있다. 예를 들어 "프습 프습 틱 틱"은 회색빛 딱새가 '이리 오라'며 도발하는 신호이고, "빗 빗 칫 츠르"는 흰머리딱새의 짝짓기 음성이다. 이것만 봐도 서로 가까운 조류끼리라도 종족을 벗어난 문란한 애정행각은 배제하고 있음을 알 수 있다. 물론 새들의 음성을 인간의 언어로 표기한 이러한 예시는 본질적으로 부정확할 수밖에 없다. 차라리 이 도감에 몇 장의 CD를 첨부하는 게 훨씬 나았으리라. 하지만 저자인 얀 소코워프스키는 그 시기에 자신이 해야 할 일이 뭔지를 정확히 알고 있었다. 폴란드 레코딩 산업의 눈부신(?) 발전 속도를 감안해볼 때, CD가 첨부된 도감이 출판되려면 적어도 몇십 년은 기다려야 한다는 걸 직감했는지도 모르겠다. 아무튼 그렇기에 그의 장황하면서도 완벽하지 못한 묘사에 우리가 감사할 수밖에 없는 것이다. 게다가 이러한 묘사는 오랜 문학적 전통을 계승하고 있다는 점도 강조하고 싶다.

기왕에 문학 이야기가 나왔으니 좀 더 덧붙이자면, 내가 새들을 사랑하는 또 다른 이유는 그들이 오랜 세월 동안 폴란

*** 예복용 남성복 셔츠의 앞판, 또는 여성복 상의에서 블라우스처럼 보이는 앞판 장식.

드의 운문韻文 속에서 꾸준히 지저귀고 있기 때문이다. 하지만 안타깝게도 모든 새들이 여기에 해당되진 않는다. 폴란드 시에 가장 빈번히 등장하는 단골손님이자 사랑받는 소재는 나이팅게일이다. 독수리, 까마귀, 부엉이, 제비, 황새, 비둘기, 갈매기, 백조, 두루미, 종달새, 뻐꾸기도 이런 특권층에 속한다. 좀드물긴 해도 왜가리, 개똥지빠귀, 피리새, 할미새, (유럽산) 되새, (유럽산) 대륙검은지빠귀, 그 밖에 다른 몇몇 새들도 폴란드 시에서 만날 수 있다. 하지만 시에서 아예 언급조차 되지 않는 새들도 있는데, 그 이름의 폴란드식 어감이 상스럽게 들려서 시적인 분위기를 훼손한다고 여겨지기 때문이다. 이런 이유로 나는 지금껏 흰멧새, 밭종다리, 벌매, 심지어 쇠박새와 같은 새들을 폴란드 시에서 한 번도 본 적이 없다. 그래도 언젠가는 시 속에 등장할지도 모른다는 희망이라도 있으니 아주 절망적인 상황은 아니다.

반면에 동음이의어로 새의 이름에 다른 뜻이 있는 경우는 일말의 희망조차 품을 수 없다. '알락해오라기'는 폴란드어로 '봉크bąk'인데, 이 단어에는 '쇠파리'라는 뜻도 있다. '검은머리딱새'는 폴란드어로 '콥치우쉑kopciuszek'인데 동화 속 주인공 '신데렐라'의 폴란드어 이름이 바로 '콥치우쉑'이다. 이런 새들의 경우는 시적인 풍경을 그리는 데 일대 혼란을 가져온다.

폴란드어로 '지에를라트카dzierlatka'는 '젊은 처녀'라는 뜻도 있고, '뿔종다리새'라는 뜻도 있다. 만약 어떤 시인이 "나의 고요한 오두막에 지에를라트카(젊은 처녀?)가 날아와 앉았다"고 쓴다면, 호색한의 자만이라는 오해를 받기에 충분할 것이다. '냉장고'를 뜻하는 폴란드어 단어 '로두프카lodówka'는 옛

248

말로 '바다꿩'이라는 뜻도 갖고 있다. "울타리에 나 홀로 앉아 있노라니 로두프카(냉장고?)가 날아와 내 몸을 스치고 지나 갔다…." 아, 이건 정말 아니지 싶다. '보요브닉bojownik'은 '투사'라는 뜻으로 쓰이는 단어인데, 여기에는 '목도리도요새'라는 뜻도 있다. "나레프 강변을 돌아다니지 마시오, 내 사랑하는 그대, 당신의 자태를 보고 보요브닉(투사들?)의 무리가 놀랄 수도 있으니…." 그 어떤 시인도 스스로의 명성을 위협하는 이런 시를 쓰려고 하진 않을 것이다.

우리 폴란드의 시에서 추방당한 새들이 그들의 부재不在를 원통히 여겼는지는 별개의 문제다. 자신의 이름이 다른 무엇인가를 떠올리지 않아도 되는, 다른 외국어로 쓴 시 안에서 그들의 현존現存은 얼마든지 보장될 수 있으니까.

마이클 그랜트 지음, 타데우시 리보프스키 옮김,
『글래디에이터』
Michael Grant, *Gladiatorzy*, (trans.) Tadeusz Rybowski, Wrocław:
Ossolineum, 1980

글래디에이터의 결투는 애초에 장례식 프로그램의 일환으로
치러진 목숨을 건 사투로, 에트루리아*에서 시작되었다고 전
해진다. 하지만 그 파급력이나 독창성 그리고 공동체 생활에
서의 역할 등을 고려해본다면, 아마도 이것은 로마의 특별한
구경거리 중 하나였다고 해도 무방할 것이다. 로마의 고유한
성향이 어찌나 강했던지, 로마 제국의 멸망과 함께 이런 전통
도 자취를 감추었다. 그러므로 글래디에이터들의 역사와 유
혈이 낭자한 도살을 진행하는 규칙에 대해 상세히 기술한 그
랜트의 책은 나름대로 해피엔딩으로 마무리된다고 볼 수 있
을 것이다. 로마가 멸망하자 검투사들의 시합도 끝났다. 그리
고 우리가 분노를 쏟아내야 마땅한 대상인 그 시절 로마인들
도 이제는 없다. 하지만 이 문제에 관해 좀 더 폭넓은 관점에
서 살펴볼 필요가 있다고 본다.

* 기원전 8세기에 지금의 이탈리아 토스카나 지방에 고대 에트루리
아인이 세운, 열두 개의 도시로 이루어진 고대 국가.

검투사들의 결투는 큰 줄기에서 보면, 일종의 공개처형인데, 이러한 형식을 고안해내기까지 과거와 현재, 여러 시기에 걸쳐 적지 않은 사람들이 참여했다. 그러므로 이런 관습이 탄생할 무렵부터 20세기에 이르기까지의 인류 전체를 대상으로 화를 내는 게 타당할 것이다. 심지어 형벌 시스템에다 엔터테인먼트 사업을 치밀하게 결합시킨 것은 로마인들의 독창적인 아이디어가 아니었다. 붙잡힌 적이나 죄인을 죽인 뒤에 바로 먹어치웠던 가장 원시적인 형태의 처형에서 우리는 이미 명백한 대중 유희적 요소를 발견할 수 있다. 이 모든 것이 그저 단순하고 싱겁게 진행된 것이 아니라, 승리를 축하하는 화려한 의식을 치르면서 박수와 갈채, 환호성과 찬가가 곁들여졌다.

나중에는 죄수를 다루는 방식에 어느 정도의 개선(아, 내가 이 단어를 적으며 얼마나 찡그린 표정을 짓고 있는지 여러분이 못 보는 게 안타까울 뿐이다)이 이루어지기도 했는데, 여기서 개선이란, 일부 죄수들의 경우 곧바로 죽임을 당하지 않고 특별한 축일에 신에게 바치는 제물로 쓰기 위해 그 처형을 나중으로 미루기도 했다는 의미이다. 하지만 이렇게 처형이 연기되었다고 해서 그 유희적 성향이 사라진 것은 아니며, 오히려 더 강해졌다. 공들여 이벤트를 준비할 수 있는 충분한 시간이 주어졌기 때문이다. 이 의식에는 특별교육을 받은 무희와 가수, 연주자 들이 참여했다. 경기장은 잘 정돈되었고, 아름답게 장식되었으며, 희생자들과 구경꾼들을 포함한 모두가 축일에 어울리는 화려한 옷차림을 했다. 과일과 부침개가 담긴 바구니를 든 상인들이 군중 속을 돌아다녔고, 갓난아기는 구경에 넋이 나간 엄마의 품 안에서 시끄럽게 울어댔다. 좀 큰 아이들은 근처의 나무 위에 올라가서 결투를 관람했다. 이 모든 일은 로마의 언덕에서 염소가 풀을 뜯던 시절에 일어났고, 콜로세움 광장을 들고양이들이 점령할 무렵에도 유사한 일이 벌어졌다.

고정 관객을 확보한 페스티벌의 일종으로 '처형'을 고찰하는 책을 쓴다면, 아마도 쓸거리가 엄청나게 많을 것이다. 죄수에게 교수형이나 십자가형 혹은 화형을 집행할 때, 광장이 언제나 인파로 가득 찼다는 점을 상기해보자. 집집마다 열어놓은 창문에는 머리들이 빼곡했고, 몰려드는 구경꾼들 때문에 발코니가 무너지기도 했으며, 기요틴 주변에는 항상 자리가 부족했다.

이쯤에서 한 가지, 로마인들에게 따지고 싶은 게 있다. 어째서 그들의 위대한 문학은 이 시합의 도덕적인 측면에 대해 부끄럽게도 아무 문제제기도 하지 않았을까. 가부장적 전통이 그토록 강했던 이 민족은, 경기장에서 때로는 아버지와 아들이 싸우고 형과 동생이 사투를 벌여야만 하는 부적절한 광경을 목도하고도 왜 그냥 묵살해버렸을까. 법률 제정에 관해 그토록 자부심이 컸던 이 사회는 무엇 때문에 살인자로 하여금 또 다른 살인을 저질러서 제 목숨을 구하거나 아니면 연장하도록 허용했을까.

작가들 중 유일하게 세네카L. A. Seneca*만 이 시합에 대해 노골적인 혐오와 공포를 표출했다. 테르툴리아누스Q. S. F. Ter-

---

* 고대 로마의 스토아학파 철학자로, 네로Nero 황제의 교사·집정관 執政官 등을 지냈다.

tullianus**와 아우구스티누스 A. Augustinus***도 마찬가지였지만, 그들은 이미 기독교 신자들이었다. 그리스 문학 쪽에서도 이와 유사한 비판적인 시각을 찾아볼 수 있긴 하지만, 역시 그리 많지는 않다. 멋대로 상상해보자면, 혹시 이런 글들이 조금은 더 많았는데, 후대에 제대로 전해지지 못한 건 아니었을까. 가능성이란 늘 열려 있으므로….

** 고대 카르타고의 신학자로, 그리스도교 신자들의 순교에 감동하여 개종하였다. 신학에 관한 많은 책을 썼으며, "불합리하기 때문에 나는 믿는다"라는 유명한 말을 남겼다.
*** 초기 기독교회가 낳은 위대한 철학자이자 사상가로, 중세의 새로운 문화를 탄생하게 한 선구자였다.

라이너 마리아 릴케·루 안드레아스 살로메 지음,
반다 마르코프스카 옮김, 『편지』
Rainer Maria Rilke i Lou Andreas Salomé, *Listy*,
(trans.) Wanda Markowska, Warszawa: Czytelnik, 1980

릴케가 루 살로메를 처음 만났을 땐 이미 전화가 발명된 후였
다. 하지만 두 사람은 케이블을 이용하기보다는 상대방에게
편지 쓰는 걸 선호했다. 성급하게 시류를 따르지 않았다는 점
에 대해 그들에게 감사할 필요가 있을 듯하다. 두 사람의 지속
적인 서신 교환 덕분에 우리는 세월이 흐르면서 영원한 우정
으로 탈바꿈한 그들의 러브 스토리를 이해할 수 있게 되었고,
덤으로 시인의 작품에 대한 귀한 논평도 접할 수 있게 되었으
니 말이다.

또 다른 측면에서도 이 두 사람은, 특히 릴케는 시류나 유
행을 좇지 않았다. 시인은 '현대적이다'라든지 '모던하다'라는
평가에 별다른 의미를 두지 않았다. 이 문제에 연연했던 동시
대 다른 예술가들과 릴케는 본질적으로 달랐다. 그는 지금 자
신이 하고 있는 작업이 순간의 필요에 적합한지의 여부에는
전혀 신경 쓰지 않았다. 정치 현실도 그에게는 별다른 의미가
없었다. 당시에는 정치가 지금처럼 어디에나 끼어드는 성가신
파급력을 갖고 있진 않았지만, 그래도 신문 1면에 어떤 내용이

실리는지에 관해 아무 관심도 갖지 않는 사람은 드물었다. 아마도 제1차세계대전이 발발하는 바로 그날까지 릴케는 신문의 1면을 보지 않았을 것이다. 루 살로메는 릴케보다는 현실적이고 분별 있는 인물이었지만, 시인에게 보내는 편지에서 테러나 외교적 위협, 국제적인 재난의 위험성과 같은 세속적인 화제는 꺼내지 않기로 마음먹었다.

그렇다면 전쟁이 끝나고 세상이 완전히 바뀐 후에도 끈질기게 고수했던 릴케의 생활방식은 어땠을까. 시인은 젊은 시절부터 죽을 때까지, 여러 부유한 숙녀의 집에서 식사와 세탁을 제공받는 일종의 하숙생 신분으로 몇 달 혹은 몇 년씩 머무르면서 지냈다. 오늘날, 비단 폴란드뿐 아니라 다른 나라에서도 이런 식의 거주형태는 통상적으로 받아들여지기가 쉽지 않다. 예를 들어 주변에 형편이 곤란한 시인을 자기 집에 기거하도록 허락하고, 그가 아무 부족함 없이 평화롭게 창작활동에 몰두할 수 있도록 배려하면서 은밀하게 보살펴주는 오나시스 부인이 있다면, 어디 한번 내 앞에 데려와보라. 하지만 릴케의 시대에는 그런 귀족 아낙과 그런 예술가가 존재했다. 물론 결코 흔한 일은 아니었지만 말이다. 18세기 철학자의 무심함과 태연함으로 무장한 채 자신에게 주어진 환대를 적절히 활용할 줄 알았던 릴케는 당시 귀족 부인들에게 매력적인 기인奇人 그 자체였다.

그렇다면 이 모든 것이 의미하는 바는 무엇일까. 내가 얼마 전 빈에서 겪은 작은 사건은 그 의미를 오독誤讀한 전형적인 사례라고 할 수 있다. 그곳에서 공들여 아름답게 출판된 『20세기 오스트리아 시인선』을 훑어보던 중, 거기에 릴케가 없다는 사실을 발견하게 되었다. 어떻게 이럴 수가 있지? 의구심이 들었다. 편집자들의 감으로는 릴케는 19세기 시인에 속한다는 답변을 들었다. 이런 유치한 궤변이 또 어디 있단 말인가. 20세기가 아직 끝나지도 않았는데, 벌써 이 시대와 관련하여 통합적 시각에서 모든 걸 단순화시켜버리는 상상력이 통용되고 있다니. 게다가 이 시대에 무엇이 필수적이고 무엇이 그렇지 않은지, 그리고 어떤 시인이 여기에 어울리고 어떤 시인은 그렇지 않은지, 이미 결론이 나버렸다는 것이다. 이런 식으로 오스트리아의 가장 뛰어난 시인이면서 유럽에서도 손꼽히는 위대한 시인, 20세기 초반의 25년 동안 가장 위대한 작품을 남긴 릴케는 단지 이끼 낀 고성古城들에 머물며 천사들을 소재로 시를 썼다는 이유만으로 19세기로 쫓겨나고 말았다. 그렇다면 누군가가 고안해낸 19세기의 풍경에서도 그가 자리를 차지하지 못한다면 어떻게 할 것인가. 달력과 날짜는 존중받아야 하지 않을까.

시간과 예술은 서로 일직선으로 평행을 이루지는 않는다. 두 개의 선이 나란히 뻗어가고는 있지만, 다양한 지그재그의 형태로 요동치면서 물결 모양으로 굽이치기도 하고 이리저리 흔들리기도 한다. 단지 같은 방향으로 함께 나아가고 있을 뿐.

카를 구스타프 융 지음, 예지 프로코피욱 옮김, 『현대의 신화』
Carl Gustav Jung, *Nowoczesny mit*, (trans.) Jerz Prokopiuk, Kraków:
Wydawnictwo Literackie, 1982

이 책의 주제는 UFO이다. 하늘에서 나타나는 이 같은 현상과
관련하여 이 스위스 심리학자의 책이 물리적 팩트에 관해 언
급하고 있을 거라 기대하는 독자들이 있다면, 실망하지 말라
고 미리 경고하고 싶다. 아니다. 다시 생각해보니 경고를 철회
하는 게 좋을 듯하다. 이 책은 출간 즉시 완판되었으므로 실망
을 느낄 만한 독자들은 이미 충분히 실망했을 것이기 때문이
다. 이렇게 실망한 독자들의 입장에서 보면, 남는 건 번역자의
서문뿐이다. 이 서문은 UFO를 직접 목격한 당사자가 UFO의
존재 여부에 관해 진지하게 고찰하고 검토한 자료이다. 역자
는 UFO와 관련된 주요 자료를 모두 탐독했으며, 독자들에게
유용한 참고문헌도 추천하고 있다. 내게는 이 글의 내용 자체
가 별로 흥미롭지는 않다. 뿐만 아니라 융의 저서에 이런 텍스
트를 덧붙인 것 자체가 명백한 오류라는 생각이 든다. 이것은
마치 카뮈의 『페스트』에다 전염병과 사투를 벌이는 의료진의
활동에 대한 서문을 수록한 것과 같다.

융은 UFO 문제를 심리학적 현상으로 바라보고 있다. 실
제로 우주에서 온 손님들에 대한 기사들을 살펴보면, 각각의

기사들이 내세우고 있는 물리적 증거의 세부적인 내용이 서로 모순되고 상반되는 경우가 많다. 따라서 심리학의 관점에서 UFO에 대한 집단적 환상, 그리고 다른 이들의 믿음을 무조건 받아들일 수밖에 없는 심리적 요인에 대해 연구하는 것이 훨씬 흥미로운 접근방식이었을 수도 있다. 인류가 때때로 겪는 다른 신경증이나 노이로제에서도 비슷한 현상이 발견된다. 우리가 살고 있는 시대는 기본적으로 '물질과 통계의 시대'이며, 융에 따르면 "인류의 정신에 관해서는 명백하게 평가절하된 시대"이다. 이 시대는 무조건 한쪽으로 치우치려는 경향이 있으며, 개체의 개별적 성향을 제거하여 하나의 규칙 속에 통합해버리려는 경향이 있다. 여기에서 현대의 인간은 설 자리를 잃게 된다. 비록 스스로는 그렇지 않다고 믿고 있지만 말이다. 바로 이런 순간에 집단무의식이 발현되어 고대로부터 전해져온 유구한 상징의 언어로 개인의 공포와 무력감을 표출하게 된다. 결코 유쾌하지 않은 이런 진단에 반론을 제기하긴 힘들 것 같다. 꿈과 환상에 대한 개별적인 해석이 과연 설득력이 있느냐의 여부와 상관없이 말이다.

　마지막으로 다소 껄끄러운 문제를 언급하려 한다. 나는 꿈을 해석하는 모든 심리분석학자들이 주어진 시점에서 자신에게 필요한 요소들만 선별해서 연구하는 것 같다는 느낌을 지울 수가 없다. 왜냐하면 정신분석학에서도 이미 설파했듯이, 모든 선택에는 무의식이 개입되기 때문이다. 따라서 해석의 과정에서 선택의 무의식에 대한 해석이 병행되어야만 한다. 그런데 이러한 해석을 하기 위해서는 또 다른 해석이 요구되고, 그렇게 해석에 해석을 거듭하다보면 끝이 없다. 어쩌면 그 시작

조차도 분명치 않다. 언어로 표현된 꿈은 이미 그 꿈의 원형과
는 다른 것이기 때문이다. 요약하자면, 우리는 바닥이 없는 심
연에서 물구나무를 서려 애쓰고 있는 것이다. 하지만 아직까지
이보다 나은 방법을 우리는 알지 못하고 있는 듯하다.

율리아 자브워츠카 지음,『고대 근동의 역사』
Julia Zabłocka, *Historia Bliskiego Wschodu w starożytności*, Wrocław:
Ossolineum, 1982

이 방대한 저서의 주요 타깃 독자는 역사학자들이다. 사학 전
공생들, 학교강사들 그리고 이와 유사한 쟁점을 연구하는 학
자들. 어쨌든 간에 시인들을 대상으로 하고 있진 않다. 시인들
은 이런 책에서 별로 얻는 게 없기 때문이다. 간혹 뭔가를 건지
긴 하지만, 전문가인 저자가 의도한 것과는 거리가 멀다. 그러
므로 지금부터 내가 하고자 하는 이야기는 위의 저서에 대한
평가가 아니라, 시인으로서 내가 왜 이런 평가를 내릴 수밖에
없는지에 대한 일종의 변명이다.

　　시인은 학력과 나이, 성별, 취향과는 상관없이, 자신의 본
성 깊은 곳에 원시 종족의 영혼을 계승하고 있는 사람이다. 그
렇기 때문에 세상에 대한 학술적인 해설은 시인에게 깊은 감
흥을 불러일으키지 못한다. 그는 모든 사물 속에는 은밀한 에
너지가 도사리고 있으며, 정선精選된 어휘나 표현을 통해 이 힘
을 작동하게 만들 수 있다고 굳게 믿고 있다. 그러므로 시인은
정령精靈 숭배자이며 주물呪物 숭배자이다. 일곱 개의 학문 분
야에서 우등 학위를 취득한 시인이라 해도, 시를 쓰기 위해 책
상 앞에 앉는 순간 이성주의의 유니폼이 온몸을 갑갑하게 옥

죄는 걸 느끼게 마련이다. 이리저리 몸을 꿈틀거리며 씩씩대다가 하나, 둘 단추를 끄르고는 결국엔 옷을 홀러덩 벗어던지고 만다. 그 순간, 코걸이를 한 알몸의 미개인이 그 모습을 드러내게 된다. 그렇다. 시인은 말 그대로 미개인이다. 시라는 매개체를 통해 죽은 자에게, 태어나지 않은 자에게, 나무에게, 새에게, 심지어 등잔과 식탁의 다리에게 태연하게 말을 걸면서, 이런 행위를 조금도 바보 같은 짓이라 여기지 않는 인간을 달리 무어라 부른단 말인가.

그렇다면 이런 시인이 자연과학을 어떻게 받아들이는지 살펴보도록 하자. 동물학자들은 말은 말이고 암탉은 암탉이라면서, 동물의 정신 상태를 설명할 때 굳이 인간의 심리를 참조할 필요가 없다고 주장한다. 하지만 근본적인 차이점을 제대로 설명할 수 있는 적절한 용어를 구상해내지 못했기에 궁여지책으로 따옴표를 사용한다. 그렇기 때문에 동물은 생각을 하지 못하고 단지 '생각을 하며', 결정을 내리지 못하고 단지 '결정을 내린다.' 시인의 경우, 어쩌나 시대에 뒤떨어져 있는지 이런 식의 설명은 그에게 전혀 먹혀들지 못한다. 자신의 강아지에 관한 시를 쓰면서 이런 식으로 따옴표를 사용함으로써 혹시 모를 논쟁에 대비하려는 시인이 한 명이라도 존재한다면, 어디 한번 그 이름을 말해보라. 시인의 강아지는 분명 영리하지만, 다른 '영리한' 강아지들은 아마도 시인의 의견에 수긍하지 않을 것이다.

장황하고 긴 서문은 여기서 마치고, 다시 역사학으로 되돌아가보자. 이 분야에서도 역시 시인의 낙후성이 문제가 된다. 시인에게 과거란 여전히 전쟁과 특정 인물들의 역사이다.

반면에 오늘날의 역사학자들, 특히 통합적 가치의 위대함을 역설하는 그들에게 전쟁이나 개인은 기껏해야 부차적인 사안일 뿐이다. 이런 학자들에게 역사를 움직이는 진정한 동력은 생산수단, 소유권 그리고 기후이다. 산발적으로 일어나는 사건들은 역사의 진행 과정에서 중추적인 역할을 수행하지 못하는 것으로 치부된다. 그렇기 때문에 의도적으로 누락해버리든지, 아니면 독자들이 이보다 더 중요한 사안들에 주의를 빼앗기지 않도록 형식적으로 간략히 언급하고 넘어가버린다. 바로 이런 상황에서 활용하기 위해 특별히 고안해놓은 다음과 같은 표현들이 큰 도움이 된다. '패권의 획득', '지배권 상실', '분리주의적 경향에 대한 진압', '발전의 갑작스런 저해'… 이런 표현들 속에는 유혈이 낭자하지도 않고, 화염의 불꽃이 타오르지도 않는다. 이것은 더 이상 은밀한 침략도, 학살도, 강간도, 진압도, 박해도 아니며, 그저 X라는 나라가 '외부 침입자의 영역에 들어가게 된 것'이며, 좀 더 완곡한 표현으로 고치면 '외부의 세력', 아니 더 나아가 'Y라는 문화권'에 놓이게 된 것에 불과해진다.

역사학자들의 언어는 개념의 추상화를 추구하고 있으며, 이미 상당 부분에서 그 성과를 거두었다. 그들이 '이주移住 운동'이라고 언급해버리면, 과연 이것이 새로운 영토로 평화롭게 옮겨가서 정착하는 과정을 말하는 것인지, 아니면 다른 집단의 습격을 받은 어떤 집단이 극심한 공포 속에 피란을 떠나는 것인지 유추하기가 매우 힘들다. 하지만 시인은 여전히 이미지를 떠올리며 생각에 잠긴다. 만약 "어느 나라의 농업정책이 이웃 나라의 이익과 충돌하게 되었다"는 문장을 읽으면, 그는 곧바로 버들가지로 짠 광주리에 던져진 잘린 목들을 떠올린다. 뿐만 아니라 이 원시적인 존재들에게만 허락된 특유의 직감이 그들의 귀에 대고 속삭인다. 이 바구니는 이보다 먼저 일어난 어떤 '충돌과 마찰' 때문에 포로로 잡혔다가 시력을 빼앗긴 눈 먼 노예들의 손으로 짠 것이라고.

분석의 대상이 현재로부터 먼 과거일수록 역사학자들로 서는 당연히 흠이나 오류가 없는 안전한 스타일을 구축하기 가 한결 수월해진다. 역사학자들은 고대 인류의 서사시인 『길 가메시』*를 훑어보면서 거기에서 자신들에게 필요한 내용, 그 러니까 '국가권력의 사회기반 형성과 관련된 가장 오래된 기록 중 하나'라는 사실을 귀신같이 골라낸다. 하지만 시인은 이런 것 때문에 서사시를 감상하고 즐기지는 않는다. 만약 『길가메 시』가 이 같은 정보만 담고 있었더라면 시인의 머릿속에 이 서 사시는 아예 존재하지도 않았을 것이다. 하지만 이 서사시가 그의 뇌리에 엄연히 존재하는 건, 주인공이 절친한 친구의 죽 음을 애도하고 있기 때문이다. 한 인간이 또 다른 인간의 비통 한 운명에 대해 탄식을 한다. 시인에게 이것은 가장 핵심적인 내용만 뽑아 간추린 역사의 축약본에서도 결코 누락되어서는 안 될, 너무도 엄중한 역사적 사실이다.

앞서 언급했듯이 시인들은 보조를 맞추지 못하고 항상 뒤 떨어져 있다. 시인을 위해 내가 할 수 있는 변명은 이것뿐이다.

---

* 세계에서 가장 오래된 서사시로, 기원전 2800년경 고대 메소포타 미아 지방에서 번성했던 수메르 남부의 국가 우르크의 왕 길가메시에 대한 이야기이다. 기원전 2000년경에 수메르인들과 바빌로니아인들 에 의해 기록되었다.

누군가는 대열에서 뒤처져 걸을 수밖에 없다. 객관적 사실들의 의기양양한 행군 속에서 짓밟히고 분실된 것들을 주워 담기 위해서는.

베른하르트 야코비 지음, 레오니아 그라드스테인 옮김,
『사원과 궁전의 비밀』
Bernhard Jacobi, *Tajemnice świątyń i pałaców*, (trans.) Leonia
Gradstein, Warszawa: Wydawnictwa Artystyczne i Filmowe, 1983

이 책은 고고학적 발굴을 토대로 고대의 문화와 인간에 대해
고찰하고 있는 일련의 출판물들 가운데 하나이다. 점점 대중
화되고 있는 이러한 장르가 계속해서 새로운 정보를 전달하거
나, 아니면 적어도 지금까지보다는 좀 더 구체적인 내용들을
언급하고 있다는 건 물론 상당히 반가운 일이다. 하지만 지금
껏 누구도 쓰지 않았고 누구도 출판하지 않은, 적어도 내가 전
혀 들어본 적 없는 내용을 담은 책이 나왔으면 하는 간절한 바
람이 들기도 한다. 여태껏 내가 아는 인류학자나 역사학자 들
은 내가 특별히 관심을 갖고 있는 문제에 관해 다음과 같이 한
마디로 정리해버렸다. "이러이러한 시기에 도시가 함락당했고,
이러이러한 시기에 도시가 파괴되었다." 내가 궁금한 건, 바로
이 부분이다. 파괴되었다니, 어떻게 말인가.

우리는 아주 작은 실마리만 갖고도 사원의 외관과 궁전의
배치는 어땠을지, 성벽은 어떤 모양으로 구부러져 있었을지를
유추해낸다. 또한 한때는 눈부시게 번성했지만 세월이 흐르면
서 잊혀져버린 도시에는 시대별로 어떤 사람들이 거주했는지

에 관해서도 점점 더 많은 정보를 획득하고 있다. 또한 해당 도시가 어떤 방법으로 건설되었고, 건축자재는 어디에서 가져왔는지, 그리고 얼마나 오랫동안 건설작업이 진행되었는지에 관해서도 갈수록 많은 사실을 알아내는 중이다. 반면에 이 도시의 지면을 동일한 높이로 평평하게 만든 구체적인 방법, 다시 말해 어떻게 철거하고 파괴했는지에 관해서는 아무도 상세하게 설명하고 있지 않다. 손가락 하나를 갖다 댄다고 성벽이 와르르 무너지진 않았을 텐데 말이다. 분명 물리적인 노력과 기술적 지원, 도구의 뒷받침이 수반되어야 했을 것이다. 이를 위해서는 상당한 시간이 소요되었을 것이고, 작업이 진행되는 동안에도 수없이 많은 재고再考가 뒤따랐을 것이며, 드문 일이긴 하지만 철거작업을 포기하는 문제에 대해서도 고민했을 것이다. 또한 이 작업을 수행하도록 권고를 받거나 아니면 강제로 징용된, 일정 수의 정예요원들이 필요했을 것이다.

물론 초기작업은 자발적으로 이루어졌을 수도 있다. 도시에 입성한 적군은 할 수 있는 한 모든 걸 약탈했을 것이고, 약탈이 불가능한 것들은 무참히 파괴하고 부수고 짓밟았을 것이다. 일반적으로 이런 아수라장에는 화염이 치솟게 마련이며, 미처 빼앗지 못한 미래의 전리품들은 번제물燔祭物이 되었을 것이다. 당연히 거주민들의 시체와 함께 말이다. 하지만 이런 돌발적인 화재가 늘 기대한 효과를 가져다준 것은 아니다. 폐허가 된 마리Mari* 유적지의 발굴터에서는 엄선된 몇몇 지

* 시리아의 유프라테스 강 중류 지역에 있는 메소포타미아의 고대유적으로, 현재의 지명은 텔하리리이다. 고대부터 군사·상업상의 중요

점에 연료를 모아놓은 것 같은 흔적이 발견되었다. 만약 거대한 불로도 성벽이 붕괴되지 않을 시에는 파성퇴破城槌*로 때려 부순다든지, 밧줄로 묶어 잡아당긴다든지, 아니면 내가 짐작도 못할 다른 기발한 방법이 동원되었을 것이다. 고대의 여리고 성城도 나팔 연주만으로 무너진 것이 아니다. 오늘날의 관점으로 유추해보면, 몰래 땅을 파는 소리가 들리지 않도록 하기 위해 요란스레 나팔을 불었을 것이다. 그러므로 도시를 함락하는 과정에서 나팔이 나름대로 기여했다는 사실은 인정할 만하지만, 성벽의 붕괴에는 추가적으로 다른 작업이 요구되었을 것이다. 그렇다면 구체적으로 어떤 작업이 행해졌을까. 해저도시 시바리스Sybaris**를 붕괴시킨 수단은 강江이라고 알려져 있다.

가장 흥미로운 건, 카르타고Carthago***의 사례이다. 도시의 파괴 작업이 어찌나 정교하게 이루어졌던지, 나중에 이 땅에다 밭을 갈고 씨를 뿌릴 수 있을 정도였다. 시간과 자연의 풍화작용에 의해 정말 아무것도 남지 않았던 것이다. 처음부터 끝까

거점으로 발전하였다. 초기 왕조시대와 기원전 2000년대 후반에 가장 번영하였으나, 함무라비 왕에 의하여 멸망하였다.
* 성문이나 성벽을 두들겨 부수는 데 쓰던 나무 기둥 모양의 무기로 '공성망치'라고도 한다.
** 1962년 이탈리아의 아드리아해와 이오니아해의 경계에 있는 오트란토 해협에서 고고학자들이 발견한 해저도시로, 학자들은 이 해저도시가 그리스인들이 건설한 도시 시바리스일 가능성이 크다고 보았는데, 조사는 아직 미진하다.
*** 튀니지의 수도 튀니스에 기원전 9세기 무렵 고대 페니키아인이 건설한 식민도시로, 기원전 6세기부터 지중해 대부분을 장악하고 무역도시로 번성하였으며, 로마의 속주屬州가 된 뒤에도 아프리카-로마 문명의 중심지로서 번창하였다.

지 작업의 전 과정이 빈틈없는 관리 아래 이루어졌다. 아마도 제대로 자격을 갖춘 전문가들의 지휘를 받으며, 경험 많고 솜씨 좋은 일꾼들이 이 작업에 참여한 것으로 보인다. 과정을 배제하고, 일 자체의 성과만 놓고 보아도 놀랍도록 훌륭하다. 하지만 그 이면에 깃들어 있는 장시간의 힘든 노역, 불면의 밤, 이마의 땀방울, 완벽을 기하기 위한 의지와 뛰어난 기술력 등을 떠올려보면, 그저 경이롭고 감탄스러울 따름이다. 나는 바로 이런 과정들에 대해 서술한 책을 읽고 싶다. 심지어 책의 제목도 생각해두었다. '호모 디스트럭터 Homo destructor.' 이 표현은 호모 사피엔스, 호모 루덴스, 호모 파베르와 같이 학계에서 이미 널리 쓰이고 있는 다른 용어들과 함께 통용되어도 좋을 것이다. 이러한 제목을 가진 책은 아마도 그 분량이 상당하지 않을까 싶다.

올기에르트 보우첵 지음, 『인간 그리고 우주 저편의 존재들』
Olgierd Wołczek, *Człowiek i tamci z Kosmosu*, Wrocław: Ossolineum,
1983

생명이란 까다롭기 짝이 없어서 다양하고 특별한 조건들의 적
절한 배합이 요구된다. 우리는 그 구체적인 사례를 우리가 살
고 있는 행성에서 발견해왔으며, 아직까지는 다른 곳에서는 찾
지 못했다. 하지만 그렇다고 수억의 수억도 넘는 무수한 별들
중에서 우리와 비슷한 조건을 가진 행성이 존재하지 않는다는
의미는 아니다. 천문학과 우주비행학 분야의 대중화를 위해
힘쓰다 얼마 전 세상을 떠난 올기에르트 보우첵은 자신의 저
서에서 바로 이러한 주제에 대해 고찰하고 있다.

이런 종류의 책은 내게 복잡한 감정을 불러일으킨다. 사
실, 지구가 아닌 다른 곳에 생명체가 존재하느냐의 여부는 상
당히 흥미로운 내용이긴 하다. 하지만 나는 이 문제가 너무 신
속하게, 그리고 너무 단정적으로 규명되는 건 원치 않는다. 태
양계에 속한 다른 행성 어디에도 생명체가 존재하지 않는다는
주장이 거의 정설로 받아들여지고 있는데, 솔직히 말해 이러
한 사실은 나를 실망시키기보다는 기쁘게 만들고 있다. 내가
하나이며 유일한 행성인 지구에서 자연이 만들어낸 특별하고
기이한 변종에 속한다는 사실이 썩 마음에 든다. 뿐만 아니라

나는 UFO를 기다리지 않는다. 우주인이 진짜 내 앞에 나타나서 내 옆구리를 찔러야 비로소 그 존재를 믿을 수 있을 것 같다. 심지어 그들에게서 내가 무엇을 기대하는지조차 잘 모르겠다. 그들이 지구에 온 이유가 푸른부전나비*나 날도래,** 흡충류吸蟲類***에 대해 탐구하기 위해서일 수도 있지 않은가.

만약 그들이 마음만 먹으면 모든 분야에서 우리에게 도움을 줄 것이라는 확신은 지나치게 단순하고 진부한 견해인 듯하다. 20세기 초에 회전 테이블이 크게 유행한 적이 있었다. 사람들은 그 테이블에 둘러앉아서 누가 보석 박힌 반지를 훔쳐갔는지 알아내기 위해 코페르니쿠스의 영혼을 불러내고, 유럽에서 과연 또 다른 전쟁이 일어날지, 일어난다면 그 시기는 언제일지, 권위 있는 예언을 듣기 위해 세 살짜리 사비나Sabina의 어린 영혼을 불러내곤 했다.**** 너무도 당연하게, 모든 영혼들은 모든 것에 대해 알고 모든 것에 유용하다고 여겼던 것이다.

---

* 나비의 종류로, 머리·가슴·배 부분은 전체적으로 검은색이며, 날개 윗면은 푸른색이고, 날개 가장자리는 검은색 테가 둘려 있다.
** 날도랫과에 속한 곤충들의 총칭이다. 날개에 비늘 대신 털이 나 있어 나비 무리와 구별된다. 몸은 연약하고 날개는 크며, 색상과 무늬가 다양하다.
*** 편형동물의 한 종류로, 몸의 길이가 1cm 정도로 작고 평평하며, 앞 끝에 입이 열려 있으나 항문은 없다. 배에 빨판이 있어 척추동물의 소화기관 또는 물고기의 몸에 기생한다.
**** 20세기 초 유럽에서는 심령술과 정령숭배가 성행하였는데, 특히 때 묻지 않고 순수한 어린아이의 영혼이 영매靈媒로서 가장 효과적이라 믿었다.

그렇다면 나는 지금 무엇 때문에, UFO의 존재를 믿는지 그렇지 않은지에 관해서 쓰고 있는 걸까. 학술적 근거를 바탕으로 신중하게 결론을 유도하고 있는 이 책에 관해 논평을 하면서 이런 식의 논리로 접근하는 건, 어쩌면 요령부득으로 보일 수도 있다. 하지만 누가 알겠는가. UFO에 대한 인간들의 믿음 속에는 어쩌면 상당히 심각한 문제, 다시 말해 우주의 고독에 대한 근본적인 두려움이 도사리고 있을 수도 있다. 그리고 내가 굳이 이 이야기를 꺼내는 것도 그런 이유 때문인지도 모르겠다. 나는 이런 문제를 가볍게 여기려는 의도는 없으며, 그저 몇 가지 질문을 던지고 싶을 따름이다.

이러한 고독이 과연 정말 끔직한 것일까. 도저히 견디기 힘들 만큼? 이 책의 저자가 표현하듯이 그렇게나 "무섭고 혐오스러운" 것일까. 지구 외에 다른 혹성에는 생명체가 존재하지 않는다는 뉴스가 정말 우리로 하여금 극도의 절망에 빠지게 만들 정도로 충격적인 것일까. 물론 나는 잘 알고 있다, 알고말고. 당장 오늘이나 내일, 이런 뉴스를 당당히 공표할 학자는 그 어디에도 없을 것이다. 왜냐하면 이런 사실을 입증할 만한 그 어떤 자료도 발견되지 않았고, 또한 가까운 미래에 그러한 데이터를 얻을 수 있는 구체적인 방법 또한 개발되지 않았기 때문이다. 하지만 이런 충격적인 사실이 가져올 수도 있는 파장에 대해 짚어볼 필요는 있다고 본다.

그렇다면 이런 뉴스를 듣는다는 게 앞으로 일어날 수 있는 모든 상황 가운데 가장 최악을 의미하는 것일까. 어쩌면 그 반대일 수도 있다. 오히려 우리를 강하게 결속시키고, 각성시키고, 서로를 존중하는 법을 가르쳐주고, 좀 더 인간적으로 살아가는 방법에 대해 고민하도록 만들어주는 계기가 될 수도 있지 않을까. 우리가 내뱉는 모든 말이 전 우주를 향해 공명 共鳴한다는 사실을 알게 되면, 우리는 더 이상 헛소리나 거짓말 들을 하지 않게 될지도 모른다. 그렇게 되면, 비로소 타자의 생명이 본연의 합당한 가치를 획득하게 되지 않을까. 하나의 경이로운 현상으로서의 가치, 하나의 계시로서의 가치, 전 우주에서 하나밖에 없는 유일하고 존엄한 대상으로서의 가치 말이다. 거대하고 광활한 무대에서 미미한 역할을 맡은 배우 한 명 한 명의 대사와 몸짓이 얼마나 엄청난 의미를 갖고 있는지, 모든 무대감독들은 잘 알고 있다. … 그렇다면 우리가 그토록 두려워하고 있는 고독이란 게 과연 진짜로 고독한 것일까. 다른 사람들과 함께, 동물들, 식물들과 함께 겪고 있으면서? 이처럼 다양하고 복잡한 고독을 과연 고독이라고 부를 수 있을까.

한마디만 덧붙이겠다. 현대의 몇몇 천체물리학자들 역시 우주공간에서의 지구의 생물학적 고독에 대해 주장했다. 그리 많은 숫자는 아니지만, 중요한 건 그런 학자들이 존재했다는 사실이다. 설령 그들이 틀렸다 해도, 그 자체로 또 얼마나 흥미로운 일인가.

로널드 폴슨 지음, 할리나 안드제예프스카·
조피아 피오트로프스카 옮김,『윌리엄 호가스』
Ronald Paulson, *William Hogarth*, (trans.) Halina Andrzejewska,
Zofia Piotrowska, Warszawa: PIW, 1984

지금 내 손에는 한 예술가의 생애와 그의 작품세계 그리고 그
가 살았던 시대에 관해 전문적이면서도 흥미롭게 기술한, 매우
인상적인 학술서가 한 권 들려 있다. 윌리엄 호가스는 세계에
서 가장 뛰어난 초상화가 10인에 꼽히는 화가는 아니다(물론
그가 그린〈새우 파는 소녀〉는 고야도 울고 갈 만한 뛰어난 걸
작이지만). 그렇다고 탁월한 풍경화가도 아니었다. 본격적으
로 풍경화에 전념한 적이 없으니 말이다. '역사화가'라는 호칭
이 그에게 낯설지는 않지만, 그래도 만약 그가 이 분야에만 머
물렀다면 생전에 그리고 사후에 그가 얻은 소박한 명성조차도
그의 것이 아니었을지도 모른다. 호가스의 위대함은 풍자적이
고 우화적인 정신으로 영웅담을 모방하여 완성한 판화와 유화
연작에서 발견된다. 이 작품들은 당시의 시대상(즉 18세기 중
반)과 자연스럽게 밀착되어 있어서, 오늘날에도 우리는 호가
스의 눈으로 그 시대를 바라보고 있다.

폴슨이 쓴 이 책 덕분에 우리는 호가스의 업적에 한 가지
중요한 부분을 추가할 수 있게 되었다. 호가스는 영국 미술계

에서 가장 유능하고 독보적인 기획자였다. 그는 영국에서 최초로 저작권과 관련된 법령이 만들어지는 데 기여했다. 또한 젊은 화가들을 양성하고 교육하는 데도 중추적인 역할을 했다. 하지만 그가 이룩한 가장 핵심적인 성과를 한마디로 표현하자면, 아마도 미술 분야에서 '대중 관객'을 확보했다는 점일 것이다. 당시 영국의 문학과 연극, 그리고 비록 몇십 년이라는 짧은 역사이긴 해도 저널리즘의 경우에는 고정 관객을 갖고 있었다. 하지만 미술은 어땠는가. 물론 화가들도 존재했고, 예술품에 대한 주문과 구매도 이루어졌으며, 이를 통한 소정의 소득도 있었다. 하지만 주문을 통해 탄생된 예술품들은 부유한 귀족의 집으로 운반되어, 새끼돼지 바비큐 파티에 초대된 일부 손님들이나 감상하는 눈요깃거리로 전락하거나, 아니면 공공기관의 벽에 걸린 채 정신을 딴 데 팔고 있는 무심한 고객들이 대충 훑어봐주는 데 그쳤다. 교회에서도 마찬가지였다. 대부분의 신자들은 악의 없는 무지를 고스란히 드러내며 내부의 화려한 장식에만 눈길을 돌리기 일쑤였다. 이 모든 것은 오늘날에 통용되고 있는 의미의 '대중'과는 거리가 멀었다. 하지만 호가스는 이미 이 단어의 의미를 정확히 꿰뚫고 있었다. 그에게 필요했던 건 단순히 고객만이 아니었다. 그는 적극적인 지지자들을 원했고, 여러 감정가들의 다양한 의견을 원했으며, 나아가 중산층 계급의 견해와 일반 서민들의 호기심까지도 갈구했다. 더불어 이전에는 아무도 하지 않았던 여러 가지 일을 과감하게 시도했다. 신문광고를 활용하기 시작했고, 에칭 판화 제작에 필요한 기금을 모금하는 공고문을 게재했으며, 경매와 추첨행사, 전시회를 기획했다. 그리고 극장이나 레스토랑, 병원 등 가능한 모든 장소에서 전시회를 열었다. 지금까지 없었던 전혀 새로운 방식이었다.

호가스에게는 친구도 있고 적도 있었다. 그가 적들을 상대하는 방법은 공식적인 논쟁의 자리를 마련해서 도발하는 것이었다. 그가 설계한 기본 계획은 단순히 그림을 판매하는 것 이상이었다. 호가스가 등장하기 이전, 영국 미술계는 외국의 것이라면 무조건 높이 평가하는 궁중의 취향이 지배하고 있었다. 가장 큰 각광을 받은 건 이탈리아와 네덜란드의 그림이었다. 영국 화가들의 경우에는 복제품을 그리든지, 그나마 운이 좋으면 당시에 유행하던 이탈리아식 화풍으로 초상화를 그려달라는 주문을 받는 게 고작이었다. 하지만 호가스와 그의 왕성한 사업수완 덕분에 영국에서도 '영국인들의 고유한 초상화'가 탄생할 수 있었다. 호가스가 하는 모든 일이 자신의 영리만을 추구하는 것이라며 그를 비난하는 무리도 있었지만, 사실그가 이룩한 모든 일은 다른 예술가들을 위한 것이었다. 그들이 나아갈 수 있도록 길을 닦아주었고, 여러 가지 가능성과 방법들을 일깨워주었으며, 영국의 고유한 가치에 대한 자긍심을드높여주었다.

한 가지 사실만 더 언급하도록 하겠다. 호가스는 죽는 날까지 기발한 아이디어를 고안하고 실천했다. 한 번은 전시회를 열면서 사람을 고용하여 자신의 그림 옆에 서서 관람객들의 평가를 일일이 받아 적도록 했다. 만약 그가 몇 년 정도만더 살았더라면, 오늘날 갤러리 로비에서 흔히 볼 수 있는 방명록을 고안해냈을지도 모른다. 호가스는 절친한 동료들과 함께 런던의 오래된 간판들을 모아 전시회를 열기도 했다. 오

늘날의 소박파素朴派* 전시회를 떠올리게 하는 참신한 기획이
었다.

호가스가 왕실로부터 인정을 받게 된 건 말년에 이르러서
였는데, 사실 그때는 이미 그런 인정이 필요하지 않을 때였다.
호가스는 궁내장관이 작성한 왕실 피고용인의 목록에 '궁정화
가'로 등재되어 연간 10파운드의 연봉을 받았다. 하지만 그가
자선사업에 쓴 돈이 이보다 훨씬 많았다. 왕실의 목록에서 호
가스의 이름 옆에 기재된 사람은 궁전의 쥐 박멸가였는데, 그
는 1년에 45파운드씩을 받았다. 마땅히 그럴 만했다. 결코 유
쾌하지도 않고, 끔찍하게 지루한 업무를 반복해야만 했으니.
게다가 대대손손 기억될, 미래의 영예에 대한 아무런 보장도
없이 말이다.

* 전문적인 미술교육을 받지 않은 일부 작가들이 그린 작품 경향으
로 '나이브 아트naive art'라고도 한다.

생시몽 지음, 알렉산데르 보헨스키·마리아 보헨스카 옮김,
『회상록』
Saint-Simon, *Pamiętniki*, (trans.) Aleksander Bocheński,
Maria Bocheńska, Warszawa: PIW, 1984

모든 회상록의 집필자는 자신의 작품에서 알고 지내던 사람들
과 관련하여 좋은 이미지 혹은 나쁜 이미지를 만들어내게 되
며, 자신과 관련해서는 두 개의 자화상을 남기게 마련이다. 첫
번째 자화상은 의도적으로 그린 것이며, 두 번째 자화상은 별
다른 계획 없이 우발적으로 탄생된 것이다. 저자에게 유리한
건 두말할 나위도 없이 첫 번째 자화상이다. 그런데 뛰어난 작
가일수록 이 두 자화상의 불일치에 대해 더 많이 주목할 필요
가 있다.

　생시몽은 베르사유 궁전에서 '정의의 사도'가 아니었다.
자신은 그렇다고 생각했고, 또 그런 척하며 열심히 연기를 했
음에도 불구하고 말이다. 생시몽은 동시대 사람들의 약점이나
결점, 빈틈이나 실수, 비도덕성을 결코 놓치는 법이 없었다. 하
지만 그 자신이 음모를 꾸미고, 덫을 놓고, 우쭐거리고, 비굴한
태도를 취하고, 뒤통수를 치고, 남을 속이고, 사소한 이유로 다
른 이를 고발하고, 약자를 협박하며 두려움을 느끼게 만드는
모습을 오늘날의 우리에게 고스란히 노출시키고 있다.

하지만 나는 그를 비판하기보다는 옹호하고 싶다. 궁극적으로 생시몽은 궁중문화의 산물이었지만, 그의 폭발적인 에너지와 재능은 사실상 그곳에서 아무 쓸모가 없었다. 알려진 대로 루이 14세는 자신에게 반항적인 이 귀족을 구슬려서 황금 우리에 가두었다. 중산층 관료들의 도움을 받아 국정을 운영했던 루이 14세는 귀족들에게는 허울뿐인 지위와 작위를 하사하고, 실제로 국가를 다스리는 것과는 아무 상관도 없고 그어떤 책임도 뒤따르지 않는 많은 특권을 부여했다. 이것이 단거리 질주에서는 탁월한 묘책이 될 수도 있었지만, 장거리 질주의 관점에서는 자신이 사랑해 마지않던 군주제도를 위협하는 치명적인 방법이었다. 바로 이 시점부터 일자리를 잃은 귀족들은 자신들의 존재가 텅 빈 껍데기처럼 무의미하다는 사실을 견디지 못하고 괴로워하기 시작했다. 생시몽은 이런 겉치레에 불과한 연극이 초래하게 될 파국을 예감하며 불길한 징조를 느꼈지만, 그래도 이 연극에서 스스로 물러나겠다는 결단은 내리지 못했다. 그리하여 자신을 웃게 만들고 짜증 나게 했던 다른 이들의 행동을 고스란히 반복했다. 그는 고함을 질렀지만 결국 그 자리를 고수했고, 씩씩거리며 거친 숨을 몰아쉬었지만 결국 침묵을 지켰다.

언젠가 라브뤼예르J. de La Bruyère*의 단상斷想을 메모해놓은 적이 있다. "궁전이란 절대로 만족감을 주진 않지만, 다른 곳에서 살 수도 없게 만든다." 어쩌면 이것이 이 회상록의 모토일지도 모른다는 생각이 들었다. 만약 그렇다면, 이 코믹 드

* 17세기에 활동했던 프랑스의 윤리 사상가이자 풍자 작가.

라마를 처음부터 완전히 다른 관점에서 살펴볼 필요가 있는 건 아닐까. 천성적으로 궁중생활에 길들여진 사람들은 궁전을 떠나서는 살 수 없을지도 모른다. 어쩌면 루이 14세는 그저 실의에 빠진 자신의 신하들에게 호의를 베푼 것일 수도 있다. 조작된 야망으로 말미암은 두려움과 밀약으로 인한 압박 속에서 자신의 에너지를 분출할 수 있는 기회를 제공함으로써 말이다. 세상에는 불행한 상황에 이르러서야 비로소 행복을 느끼는 사람들도 존재하니까.

아니, 어쩌면 이 또한 잘못된 해석일지도 모른다. 루이 14세는 이제 그만 내버려두자. 궁중문화를 창시한 장본인은 루이 14세가 아니다. 그는 그저 하나의 효과적인 형태를 제안했을 뿐이다. 생시몽에 대해서도 단지 어느 한 시대를 대표하는 작가로 국한시킬 필요는 없지 않을까. 궁극적으로 그의 저서는 모든 시대와 인종, 정치체계와 시스템, 국가와 관습 들을 아우르고 있으니 말이다.

고백하건대, 나는 내세의 지옥을 믿지 않는다. 반면에 사람들이 다른 사람들 혹은 자기 자신을 대상으로 만들어놓은 다양한 유형의 지옥이 존재한다는 사실은 믿고 있다. 이제 이런 지옥들을 학술적인 방법으로 분류할 시점이 된 것 같다. 생시몽이 묘사한 지옥은 '자발적인 지옥'의 속屬에 속하며, 이러한 지옥의 아속亞屬으로는 '셀프서비스의 지옥'이 있다. 그 안에 앉아 있는 건, 자신의 가마솥에 직접 끓는 물을 붓고 있는 지원자들이다.

III. 1992–2002

미스터리란 무엇일까

토마스 드 장 지음, 네 명의 역자가 세 권을 번역함, 『미스터리 백과』
Thomas de Jean, *Księga tajemnic*, Łódź: Wydawnictwo Pandora, 1992

이런 종류의 책을 쓰기 위해 굳이 어떤 분야의 전문적인 지식을 갖고 있을 필요는 없다. 기이한 사건들의 목격자를 찾기 위해 전 세계를 누비고 다닐 필요도 없다. 대낮에 꽤 많은 구경꾼들 앞에서 보이지 않는 어떤 존재에 의해 물어뜯기고 두들겨 맞은 마닐라의 클라리타Clarita는 그 후 어떻게 되었는지 확인할 필요도 없다. 이런 책을 쓰려면, 그 전에 출판된 비슷한 유형의 다른 책들을 읽고 난 뒤, 여기에다 타블로이드판 잡지에 실려 있는 최신 뉴스들을 추가하면 된다. 대신 표절 논란을 교묘히 피해가기 위해 각각의 내용들을 잘 섞어서 재분류한 뒤, 자신만의 고유한 언어로 가공할 필요가 있다.

물론 시간이 흐르면서 더 이상 새롭거나 놀랍지 않게 되어버린 일부 내용들은 과감히 삭제해야 할 것이다. 예를 들어 달에 납치되어 그곳의 생명체와 흥미로운 대화를 나누었다는 남자의 이야기는, 1960년대에는 큰 화젯거리였지만 이제는 별다른 관심을 불러일으키지 못한다. 그 대신 새로운 뭔가가 늘 등장하게 마련이다. 히말라야에 거주하는 설인雪人으로 알려진 예티Yeti는 이제 전 세계의 울창한 밀림마다 자신의 동족들을 갖고 있다. 네스호湖에 살고 있는 괴물은 거의 모든 깊은 호수와 피오르fjord에서 발견된다. 외계인의 경우는 하도 자주 출몰해서, 잘못하면 그들 앞에서 현관문을 세차게 닫아버리는 결례를 범할 수도 있으니 각별히 유의해야 한다.

과학의 이름으로 가해진 쓴소리와 혹평은 이런 유형의 책들에 어김없이 따라다니는 꼬리표이다. 과학은 이런 책들을 노골적으로 무시하면서 스스로의 나태함을 드러낸다. 이런 유의 미스터리들을 과학적으로 증명할 수 있는 근거를 제시하는 일엔 무조건 귀를 막고 눈을 감아버린다. 그 근거라는 것이 과학적 관점에서는 여전히 오류투성이이고 불충분하기 때문이다. 하지만 과학자들보다 한술 더 뜨는 존재들이 이 책에 등장한다. 우주선을 촬영하는 데 성공했다고 주장하는 일부 사진사들만이 그들에 대해 뭔가를 알고 있다. 검은 양복을 입은 세 명의 사내가 사진사의 암실로 찾아온다. 그러고는 유창하지 못한 인간의 언어로 사진을 내놓으라고 요구한 뒤, 번호판이 없는 검은 리무진을 타고 유유히 사라진다.

독자들은 어쩌면 나를 머리가 꽉 막힌 이성주의자라고 생각할지도 모르겠다. 기이하고, 비밀스럽고, 부도덕한 일들이 우리의 평범한 세상에서 얼마든지 벌어질 수 있다는 사실을 전혀 용납하지 않는다고 오해할 수도 있다. 하지만 실상은 그 반대이다. 내게는 '평범한' 세상이란 존재하지 않는다. 세상에 대해 많이 알아갈수록 세상은 점점 더 의문투성이이며, 그곳에서 살아가는 생명체 하나하나는 나에게 전부 신비로운 우주적 변이체이다. 하루가 다르게 무럭무럭 생장하고 잎사귀에서 바스락거리는 소리를 내는 나무 한 그루에서 이미 나는 경이로움을 느낀다. 환생을 꿈꾸는 비스마르크의 중저음 목소리를 포함하여 139명에 달하는 망자亡者의 음성을 녹음한 유르겐손F. Jürgenson의 일화는 내게는 필요치 않다. 누군가는 놀라움을 느끼기 위해 좀 더 자극적인 양념, 예를 들면 부서진 화강암 조각에서 불쑥 튀어나왔다가 몇 시간 동안이나 생명을 유지했던 리버풀의 개구리가 필요할지도 모른다. 하지만 나는 풀밭 위의 개구리 한 마리로 족하다.

반달족의 운명

예지 스트쉘칙 지음, 『반달족과 그들이 세운 아프리카의 나라들』
Jerzy Strzelczyk, *Wandalowie i ich afrykańskie państwo*, Warszawa:
PIW, 1992

반달족과 관련하여 일반적으로 널리 알려진 사실은 무엇일
까. 아마도 '문명의 무모한 파괴'라는 의미로 통용되는 '반달
리즘Vandalism' 정도일 것이다. 이 책의 저자(학자이면서 뛰어
난 필력을 갖고 있다)는 인류의 역사에서 문명의 파괴는 항상
자행되어왔기에 반달족이 이 부분에서 꼭 선두 그룹에 속한다
고 볼 수 있는지에 대해 의문을 제기한다. 비극의 발단은, 반달
족의 적들은 글자로 기록을 남길 수 있었는 데 반해, 반달족의
경우는 끝까지 문자의 발명을 경멸하고 거부한 데서 비롯되었
다. 그러므로 반달족과 관련하여 우리가 갖고 있는 모든 정보
는 그들의 적들로부터 나왔고, 따라서 당연히 우호적인 내용
은 찾기 힘들 수밖에 없다. 자기들과 적대관계에 놓인 다른 종
족의 심리를 헤아리고, 그들이 저지른 일들의 숨은 동기까지
파악하려고 애쓰는 세심함을 적으로부터 기대하는 건 무리이
니까.

　　반달족이 내린 어떤 결단들은 오늘날 우리의 시각으로는
집단 광기의 표출로 볼 수밖에 없는데, 그건 우리가 그들을 제
대로 이해하지 못하기 때문이다. 예를 들어보자. 반달족은 기

원후 1세기 초반에 현 폴란드 영토의 남서부 지역과 치사Cisa 강 유역에 살고 있었다. 그런데 어느 날 갑자기 자신들의 안락한 정착지를 떠났고, 406년경에는 라인 강 유역에서 그 흔적이 발견되었다. 자신들보다 힘이 센 다른 종족의 침입으로 쫓겨난 것일까. 이후 십수 년 동안 갈리아Gallia*와 스페인을 공격할 정도로 강력한 위력을 드러낸 걸 보면, 위의 추리는 설득력이 별로 없다. 그러다 그들은 그럭저럭 정착도 했는데, 주변으로부터 별다른 위협도 없었던 스페인을 갑자기 버리고 아프리카의 북부 해안지역을 정복하기 위해 먼 길을 떠났다. 배를 타고 바다를 건너, 익숙한 자연환경을 뒤로 한 채, 낯선 기후로, 미지의 세계로 향한 것이다. … 여자들과 아이들을 데리고, 오랜 세월에 걸쳐 자신들이 빼앗았던 전리품들을 싸들고서 말이다. …

아프리카에 도착한 그들은 그리 크지 않은 국가를 세웠고, 자신들을 둘러싼 힘겨운 현실 속에서 미약하게나마 뿌리를 내렸다. 100년 정도의 시간이 흐른 뒤 비잔틴제국이 그들을 공격했고, 한 번의 짧은 전쟁으로 반달족은 영원히 정복당했다. 그렇다면 이후에 반달족은 어떻게 되었을까. 부족 구성원 모두가 한 명도 빠짐없이 전투에 참전했다가 한꺼번에 노예로 붙잡힌다는 건 불가능한 일이다. 언제나 소수의 생존자는 있게 마련이며, 그들의 입에서 입으로, 그렇게 몇몇 세대에 걸쳐 애도와 한탄의 노래가 전해지게 마련이다. … 그런데 반달족

* 고대 켈트인이 기원전 6세기부터 살던 지역으로, 지금의 북이탈리아·프랑스·벨기에 등을 포함한다.

의 경우는 하루아침에 자취를 감추었다. 아무런 흔적도 남기지 않고, 그 어떤 논평도 남기지 않은 채 역사의 장에서 증발해 버린 것이다. 훗날 누군가가 자신의 고조할머니의 고조할머니가 반달족이었다든지, 하다못해 유모가 반달족이었다는 고백을 했다는 이야기도 들어본 적이 없다.

　13세기에 이르러서야(이 시기를 꼭 주목하시라!) 폴란드인들이 자신들에게 반달족의 혈통이 남아 있음을 자랑스럽게 과시했다. 어쩌면 과거에 반달족이 폴란드 땅에 제법 오랫동안 머물렀다는 사실 때문에 직감적으로 이런 일말의 가능성을 떠올렸는지도 모른다. 하지만 안심하시라. 한밤중에 머리카락을 쭈뼛 세운 채 비명을 지르며 벌떡 일어날 일은 없을 테니까. 반달족의 계보에 대해 처음으로 언급한 건 바로 폴란드의 연대기 편찬자들이었다. 다시 말해 그때 이미 우리 폴란드인들은 연대기를 갖고 있었던 것이다. 이것은 바꿔 말하면, 그 당시에 자국의 문학을 갖고 있었다는 뜻이다. 이런 사실로 미루어볼 때, 우리는 반달족으로부터 어떤 운명적인 성향, 예를 들어 글쓰기에 대한 끔찍한 혐오감 같은 것은 절대 물려받지 않았음을 알 수 있다.

우리는 어떤 꿈을 꿀까

카를 구스타프 융 지음, 로베르트 레슈케 옮김, 『꿈의 본질에 관하여』
Carl Gustav Jung, *O istocie snów*, (trans.) Robert Reszke, Warszawa:
Wydawnictwo KR, 1993

페데리코 펠리니Federico Fellini의 영화에 이런 장면이 나온다.
지하철 연장공사를 하던 노동자들이 땅을 파다가 고대 에트루
리아 시대에 만들어진, 휘황찬란한 그림으로 장식된 지하 묘
소를 발견하게 된다. 하나, 둘 사람들이 모여들고 사진사들이
카메라를 막 꺼내려는 순간, 안타깝게도 그림들이 점점 희미해
져 회색빛으로 변하고 사라지기 시작한다. 그러다 잠시 후 아
무 말도 못 한 채 무기력하게 서 있는 사람들의 눈앞에 아무것
도 그려지지 않은 빈 벽이 나타난다. …

우리의 꿈도 이와 비슷하다. 잠에서 깨어나는 순간, 뒷걸
음질치면서 다시는 돌이킬 수 없게 자취를 감추고 만다. 이따
금, 아주 잠시 동안이긴 하지만, 꿈을 꾸고 난 뒤에 어떤 강렬
한 느낌이 남을 때가 있다. 또한 이보다 드문 일이긴 하지만,
어떤 단편적인 장면이나 상황이 기억날 때도 있다. 심리분석학
자들은 이러한 상황에 대해 지극히 정상적인 일이라고 설명한
다. 기억되지 못한 꿈은 기억된 꿈보다 명백히 덜 중요하다는
것이다. 정말 그런지 나는 확신할 수가 없다. 잠에서 깨어나는
순간에 우리를 둘러싸고 있는 환경과 다양한 요소들이 이미

우리의 기억에 상당히 많은 영향을 미친다고 생각하기 때문이다. 뭐, 하지만, 좋다. 우리가 기억 속에 붙잡을 수 있었던 꿈들이 우리로부터 무참하게 외면당한 다른 꿈들보다 뭔가 더 많은 신호와 의미를 우리에게 보내고 있다고 치자.

저명한 심리학자들의 견해 가운데 나를 불편하게 만드는 문제가 하나 더 있다. 그들에게 꿈은 그저 꿈일 뿐이다. 하지만 실제로 그들이 연구하는 대상은 꿈이 아니라 꿈에 대한 우리의 진술이다. 자신의 꿈에 대해 이야기하면서 우리는 일정한 형태의 구문構文을 사용하게 되는데, 이를 통해 우리는 자신도 모르게 꿈속의 불가사의한 혼란을 정리하고, 합리화하고, 수정하게 된다. 진술의 정확성은 우리가 어떤 어휘들을 사용하는지에 좌우되기 마련이며, 심지어 우리가 속한 문화권의 문학적 전통으로부터도 상당히 많은 영향을 받게 된다. 하나의 언어에서 다른 언어로 텍스트를 번역하는 과정에서 수많은 뉘앙스와 고유한 어조를 재현하는 것이 얼마나 힘든 작업인지 모든 번역가들은 잘 알고 있다. 그렇다면 자신의 꿈을 깨어 있는 언어로 설명하는 게 과연 이보다 더 수월한 작업일까.

어느 날 밤, 중국인, 아랍인, 파푸아뉴기니인 셋이서 똑같은 꿈을 꾸었다고 상상해보자. 불가능한 일이라는 건 알지만, 아무튼 그렇다고 가정해보자. 잠에서 깨어난 뒤 그들의 진술을 분석해보면, 틀림없이 서로 확연히 다른 세 개의 버전이 도출될 것이다. 언어체계가 다르고, 내러티브 스타일도 다르며, 개념화나 연상작용에서도 분명 차이가 발생하기 때문이다. 심리분석학을 주제로 한 책이나 논문 들이 정말 많기에, 지금껏 내가 품고 있는 것과 유사한 의문이 한 번도 제기된 적이 없을

리는 만무하다. 다만 내 보잘것없는 독서목록에서는 여태까지 이 문제를 다룬 글을 한 번도 만나지 못했다. 융의 대표적인 논문 세 편을 수록해놓은 이 책도 마찬가지다. 꾸어진 꿈과 진술된 꿈이 아무 의혹도 없이 같은 것으로 취급되고 있다. 이 책에 무조건적인 찬사를 보내기가 살짝 망설여지는 건 바로 이 때문이다.

너무 늦었다는 건 과연 언제일까

카렐 차페크 지음, 야드비가 부와코프스카 옮김, 『도롱뇽과의 전쟁』
Karel Čapek, *Inwazja jaszczurów*, (trans.) Jadwiga Bułakowska,
Wrocław: Wydawnictwo Siedmioróg, 1992

차페크가 이 유명한 재난 스토리를 출판한 건 1936년의 일이
었다. 히틀러의 파시즘이 한창 기세를 떨치는 당대의 현실에
대해 경종을 울리기 위해 구상한 것이었다. 그러므로 우리는
이 책을 가치 있는 고전으로 평가하고, 당대에 올바른 판단력
을 보여준 여느 고전들과 함께 서가에 꽂아두어야 할 것이다.
바꿔 말하면, 더 이상은 읽히지 않는 책이라는 뜻이기도 하다.
그럼에도 불구하고 만약 누군가가 이 책을 읽는다면, 그것은
기발한 아이디어와 독특한 문체 덕분일 것이다. 20여 년 전, 나
역시 단순히 독서의 즐거움을 만끽하기 위해 이 책을 읽었다.
그리고 지금, 다시 한번 이 책을 읽고 나니 등골이 오싹해졌다.
세월이 흘렀음에도 불구하고 이 책은 조금도 나이를 먹지 않
았기 때문이다.

　　이 책의 내용은 다음과 같다. 머나먼 곳에 위치한 어느 작
은 섬에 갔던 사람들이 지금껏 알려지지 않은 양서류의 서식
지를 발견하게 된다. 그리고 이 친근하게 생긴 도롱뇽들이 상
당히 머리가 좋기 때문에 물속에서 할 수 있는 다양한 작업들
을 가르칠 수 있고, 지구의 모든 환경에 순조롭게 적응할 수

있으며, 식량과 적절한 도구만 제공하면 인간에게 적지 않은 이익을 주는 유용한 존재라는 사실을 깨닫게 된다. 이것이 이 책의 서두이다. 에필로그는 다음과 같다. 도롱뇽의 숫자가 기하급수적으로 늘어나면서, 그들에게 배정된 작은 만灣들만으로는 거주 공간이 턱없이 부족하게 된다. 그 결과 지구상의 모든 대륙이 팽창하게 되고, 결국엔 물속에 가라앉게 된다. 아무 위험도 예상되지 않았던 서두와 모든 걸 되돌리기에는 이미 너무 늦어버린 에필로그 사이, 그 틈바구니를 차페크는 이른바 '정보의 잡음'으로 채워놓았다.

이 소설은 다양한 유형의 뉴스와 커뮤니케이션 자료들을 짜깁기한 패러디 몽타주이다. 여기에는 언론 뉴스, 소견서, 통계자료, 인터뷰, 보도문, 강연록, 소논문, 항소문, 선언문 그리고 성명서가 모두 있다. 집회와 회의, 브리핑, 정상회담도 빈번하게 등장한다. 이 모든 것의 테마는 도롱뇽이며, 도롱뇽에 의해, 아니면 도롱뇽에 맞서, 그도 아니면 도롱뇽을 수호하기 위해 작성된 것들이다. 이 자료들을 통해 어떤 식으로든 합의를 이끌어낼 수 없다는 사실이 점점 기정사실화된다. 시간이 흐르면서 도롱뇽에게 서비스를 제공하는 기회주의자들마저 등장하게 된다. 지긋지긋한 양서류로부터 벗어나 예전과 같은 평화를 되찾기를 갈구하는 사람들의 무리 또한 점점 늘어나게 된다. 이런 비극을 예측하여 경고를 보내고 결단을 촉구하는 인물은 당연히 등장하지 않는다.

맙소사, 대체 처음부터 어떻게 정신 나간 비관론자와 올바른 선지자를 구분한단 말인가. 잠재된 에너지로 가득 찬 이 세상을 살아가면서, 과연 어떤 에너지는 발산시켜도 안전하고,

어떤 에너지는 무슨 일이 있어도 방출시켜서는 안 된다는 걸 어떻게 미리 알 수 있단 말인가. 경보를 울리기엔 너무 성급하고 웃음거리밖에 안 되는 순간과 모든 것을 되돌리기엔 이미 늦어버린 순간, 그 사이에 불행을 막을 수 있는 가장 적절하고 완벽한 순간이 놓여 있다. 하지만 대부분 혼란과 아수라장 속에서 미처 주목하지 못하고 지나가버리게 마련이다. 과연 어떤 순간이 바로 그 순간일까. 그리고 어떻게 그것을 식별한단 말인가. 이것은 아마도 우리 인간의 고유한 역사가 인간을 향해 던지는 가장 고통스러운 질문일 것이다. 친애하는 카렐 씨, 존경하는 저승의 그림자여, 우리는 여전히 그 해답을 찾지 못했답니다.

존경하는 재판장님

한나 구츠빈스카·안토니 구츠빈스키 지음, 『야행성 동물』
Hanna Gucwińska, Antoni Gucwiński, *Zwierzęta nocne*, Wrocław:
Wydawnictwo Dolnośląskie, 1993

고요한 밤… 거룩한 밤… 온 세상이 곤히 잠든 밤… 이런 가사를 접하는 동식물학자는 틀림없이 연민의 미소를 지을 것이다. 이런, 이런, 시인들이란 참…. 그들은 풍경의 바깥쪽만을 배회하면서 순간적인 분위기나 찰나의 감상만으로 만족해 하는 존재들이다. … 사냥감도, 사냥꾼도 존재하지 않는 영원한 빙하의 나라를 제외하고는 실제로 고요하고 거룩한 밤은 어디에도 존재하지 않는다. 또한 날이 어두워졌다고 살아 있는 모든 생명체가 잠에 빠지는 건 아니다. 4000종이 넘는 포유동물 가운데 약 70퍼센트는 한밤중에 깨어서 사냥을 한다. 땅거미가 지면, 낮 동안 몸을 숨겼던 은신처에서 슬슬 기어나오기 시작하는 수많은 파충류나 양서류, 곤충이나 새 들은 말할 것도 없다.

그러므로 고요한 밤은 바스락거림, 으르렁거림, 첨벙거림, 후루룩거림, 윙윙거림, 달그락거림, 펄럭거림, 재잘거림, 삐걱거림 등으로 이루어진다. 우리의 귀가 감지하지 못하는 미세한 소리는 제외하고라도 말이다. 그리고 이런 사운드트랙을 반주삼아 매우 다양하고 은밀한 살상이 벌어진다. 그들의 희생자는 새와 그 알 들, 개구리와 그 올챙이 들, 나방과 그 유충 들, 도마뱀, 달팽이, 물고기, 메뚜기, 파리, 거미, 갑각류 들, 수많은 작은 포유동물들, 그리고 큰 포유동물의 새끼들이다. 보아뱀과 재규어 그리고 앨리게이터* 들이 도사리고 있는 열대지방에서는 심지어 몸집 큰 동물들도 안전을 보장받지 못한다.

석양이 질 무렵에는 초식동물들도 먹이를 찾아 밖으로 나온다고 혹자는 이야기할지도 모른다. 덕분에 유혈이 낭자한 도살장을 떠올리게 하는 밤풍경의 잔혹함이 조금은 누그러지기를 기대하면서 말이다. 요점은 알겠지만, 첫째, 식물만으로 만족하는 종들은 그리 많지 않다는 점을 기억할 필요가 있다. 대부분은 풀을 뜯다가도 가끔씩 나비나 유충을 씹어 먹기도 한다. 둘째, 채식주의를 가리켜 과연 결백하다고 할 수 있는지에 대해서도 의문을 제기할 수 있을 것이다. 어쩌면 이런 내 생각이 채식주의를 실천하는 사람들의 화를 돋울지도 모르겠다. 하지만 식물들 또한 삶의 의지를 갖고 있는 유기체가 아니던가. 그저 다른 방식으로 의지가 표출되고 있을 뿐인데, 그렇다고 그들에게 아예 삶의 의지가 없다고 단정할 수는 없지 않은가. 우리가 그들의 의지를 어떻게 규정하든 간에, 결국 그들의 생명이 초식동물의 접시 위에서 마감된다는 사실만큼은 변함이 없다.

지금 내가 하는 이야기는 결코 유쾌한 주제가 아니다. 자연의 본성을 파고들어 연구해보면, 대체로 우리는 유감스런 결론에 도달하게 된다. 우리 인간들 또한 다른 생명을 희생한

* 주로 북미·남미·중국에서 서식하는 악어.

대가로 영양분을 공급받고 있다는 건 부끄러운 일이다. 더욱 비극적인 건, 싫든 좋든 어쩔 수 없이 우리는 이런 살상에 가담해야만 하고, 그 와중에 제법 자주 식도락을 즐기기도 한다는 사실이다.

자, 이런 불평불만은 따분하기 그지없으니, 좀 오래되긴 했지만 우스운 농담이 필요한 시점인 것 같다. "존경하는 재판장님!" 변호사가 변론을 펼치며 목소리를 높인다. "방금 전 발언을 마친 검사님께서는 피고인들에게 성격상의 최악의 결점들만 골라서 덮어씌우며 즐기고 있는 듯합니다. 어제는 한 시민의 유례없는 뻔뻔함을 고발했습니다. 대낮에 도둑질을 했다는 이유로 말이죠. 오늘은 파렴치한 음흉함을 내세워 또 다른 시민을 기소했습니다. 이번에는 도둑질이 밤에 이루어졌거든요. 존경하는 재판장님께 묻고 싶습니다. 그러면 제 고객들은 대체 언제 작업을 해야 하나요?"

로마의 덤불

미카엘 그란트 지음, 『로마 신화』
Michael Grant, *Mity rzymskie*, Warszawa: PIW, 1993

우리에게 널리 알려진 고대의 텍스트들 대부분이 원본原本이 아니라 사본寫本이라는 사실을 아는 사람은 뜻밖에 많지 않다. 게다가 이 사본들은 다양한 시대에 다양한 의도로, 한 번이 아니라 여러 번에 걸쳐 작성되었다. 가장 꼼꼼한 필사가筆寫家라 하더라도 뭔가를 놓치거나 빠뜨리거나 왜곡시키기 마련이다. 게다가 그들에게 비용을 지불하고 이 일을 맡긴 사람들이 어느 정도의 수정을 요구했을 가능성도 있다. 특히, 아무도 기억하지 못하는 과거를 다루고 있다면 더욱 그러할 것이다.

예를 들어보자. 기원전 4세기에 로마에는 몇몇 야심 많은 세력가 가문들이 있었다. 그들은 자신들의 기원이 신화 속 주인공 아이네이아스, 혹은 적어도 이보다 나중이긴 하지만 그래도 신화 속 인물인 로물루스로부터 비롯되었다고 주장하고 싶어 했다. 필사가들이 자신의 책에서 가능한 모든 대목에 가상의 선조들을 끼워넣고, 그들에 대해 기술하면서 영웅적 업적(주로 다른 신화에서 빌려온 내용들이었다)을 첨가하고, 당시에는 존재하지도 않았던 다양한 직책을 부여한 것은 바로 이런 이유에서이다.

내가 필사가의 이야기를 꺼낸 데는 이유가 있다. 재력이 상당한 일부 가문은 역사가들을 매수해서 자신의 가문이 독보적인 영광을 뽐낼 수 있도록 전혀 새로운 내용을 기술하게 했다. 뿐만 아니라 역사를 새로 쓰는 김에 경쟁적인 위치에 있는 다른 가문에게 타격을 입히기 위해 그들의 조상 또한 날조했는데, 통상 겁쟁이이자 배신자의 모습으로 묘사했다. 이렇게 시작된 가문의 문제는 머지않아 국가의 이익과도 직결되었다. 다시 말해 신화와 전설이 뒤섞인 어두운 덤불로부터 빠져나와 승리에서 승리로 로마인을 이끄는 밝고 명확한 직선 도로를 제시하려 했던 것이다. 하지만 현실에서 이 길은 구불구불하고 울퉁불퉁했으며, 어떤 구간은 아예 눈에 보이지도 않았다. … 예를 들어 고대 에트루리아식 이름을 고집했던 왕들의 경우, 신화화에 한계가 있었다. '용맹스런' 로마인들이 모든 전투에서 '처참한' 패배를 안겼다고 기술된 적들에 관해서도 마찬가지였다. 신화 속 로마인들은 얼마 지나지 않아 '전멸시켰다는' 바로 그 적들과 새로운 전투를 벌여야만 했고, 또다시 그들을 '완벽하게' 무찔렀다. 그런데 얼마 후 죽었다던 적군들이 저승에서 돌아와 무장을 한 채 강력한 동맹군을 이끌고 나타난다. 그리고 또다시 격렬한 전투가 벌어진다.

인물들의 도덕성에 관해서도 의문이 제기되었다. 신화에 따르면 로마(역시 에트루리아 명칭이다)라는 도시는 레무스와 로물루스(이 또한 에트루리아 이름들이다)라는 이름을 가진 쌍둥이 형제에 의해 건설되었다. 하지만 안타깝게도 로물루스가 자신의 동생을 죽이게 되는데, 이는 로마의 도덕관념으로는 용인할 수 없는 일이었다. 따라서 형제살해라는 잔인한 팩트를 부드럽게 완화시키기 위해 새로운 버전들이 회자되기에 이른다. 레무스는 알고보니 악당이었고, 따라서 죽어도 싸다는 버전. 레무스는 악당이었지만, 그를 죽인 건 형이 아닌 다른 사람이었다는 버전. 레무스는 악당이 아니었고, 돌발적인 사고에 의해 살해당했다는 버전. 레무스는 살해당하지 않았으며, 도시보다 시골에서 살기를 원했기 때문에 숲속에다 오두막을 지어놓고 노년을 보냈다는 버전….

그란트의 책에서 '프로파간다'라는 용어는 몇 차례에 걸쳐 등장하는데, 실은 모든 페이지에서 반복되어야 할 듯하다. 신화 재창조의 예술(넓은 의미에서 보면 일종의 예술이라고 볼 수도 있을 것이다)이 가장 찬란하게 꽃을 피운 건, 뛰어난 재능을 자랑하는 몇몇 필사가들이 활동했던 아우구스투스 황제 때였다. 로마인들은 자신의 과거를 일종의 수단과 방편으로 이용했다. 하지만 과연 그들만 그랬을까. 고대의 다른 신화들에서도 독창적 조작의 흔적이 발견된다. 만약 이와 관련된 자료가 별로 없다면, 그 신화가 아직 그란트와 같은 연구자를 만나지 못했기 때문이리라. 가끔씩 명상에 잠기길 좋아하는 독자들에게 이 책을 적극 추천한다.

검은 눈물

레이디 퍼펙트 지음, 『삶의 기술―예절 백과』
Lady Perfect, *Sztuka życia, czyli encyklopedia dobrych manier*,
Warszawa: Wydawnictwo Elew, 1993

이 책은 원칙적으로는 모두를 대상으로 하고 있지만, 실은 여성들을 겨냥하고 있다. 살면서 나는 이런 유의 예절교육 책을 탐독하는 남자를 본 적이 없다. 매너나 에티켓과 같은 사안들과 관련하여 남자들은 대체로 여자들에게 의지하면서, 자신들을 다독이고 이끌어주기를 바란다. 이 책은 논리적이면서도 일상에서 실천 가능한 다양한 제안들을 수록하고 있다. 단, 여기에는 조건이 따른다. 우리가 인간다운 환경에서 살고 있으며, 가끔은 버스나 지하철 요금보다 비싼 값을 치르는 여행도 감당할 수 있는 삶의 여유를 누리고 있다는 전제가 충족되어야 한다.

　이런 식의 실용서를 볼 때마다 나는 늘 마지막 장章이 누락되어 있는 듯한 느낌을 받는다. 끊임없이 우리를 놀라움으로 이끄는 인생 그 자체에 대한 내용 말이다. 이 마지막 장의 제목은 '과장 없이 살기' 정도가 될 듯하다. 그리고 여기에다 '완벽을 향한 여정에서 가장 현명한 태도는 결승선에 다다르기 몇 발자국 전에 멈춰 서는 것이다'라는 내용을 언급하면 좋을 듯하다. 결승선이 절벽에 매달려 있을지도 모르기 때문이다.

어느 프랑스 여성지에서 읽은 일화 하나를 소개하겠다. 잡지에는 아내를 배신한 남편들과의 인터뷰가 수록되어 있었는데, 그들에게는 공통적으로 다음과 같은 질문이 주어졌다. "처음으로 아내를 배신한 건 어떤 상황에서였습니까?" 여러 답변들 가운데 하나가 나로 하여금 많은 생각을 하게 만들었다. 원본 텍스트를 구할 수 없는 관계로 지금부터 내 식대로 그 답변에 대해 이야기해보겠다.

한 남편이 털어놓았다. "저는 제법 잘나가는 골동품 상점의 주인입니다. 제게는 용모가 빼어난 아내가 있어요. 제 아내는 외모를 가꿀 줄도 알고, 자신의 미모를 돋보이게 하는 방법도 누구보다 잘 알고 있죠. 패션 감각도 남다르고, 무엇보다 때와 장소에 어울리는 옷차림을 할 줄 아는 사람이에요. 아내는 아이들을 건강하게 키웠고, 건전한 사고방식을 가르쳤어요. 아내가 없다면, 우리 집에서는 아마 모든 일이 제대로 돌아갈 수 없을 거예요. 물건들은 항상 제자리에 놓여 있고, 집안 구석구석이 언제나 청결하게 빛나죠. 집에서 먹는 밥은 맛있을 뿐 아니라 칼로리의 균형을 고려하고 보기에도 맛깔스럽게 차려져서 늘 제시간에 나옵니다. 제 아내는 신중하고 재치 있는 사람이라 어떤 곤란한 일이 닥쳐도 슬기롭게 헤쳐나가곤 하지요. 지인들은 저에게 이상형과 결혼한 행운아라고 합니다. 저도 그들의 견해에 동의했죠. 어느 날 제 골동품 가게의 문을 열고 한 젊은 여자가 들어오기 전까지는요.

그녀는 특별히 아름답거나 육감적인 몸매를 갖고 있지는 않았어요. 자신과 잘 어울리지도 않는 조잡한 싸구려 옷을 걸치고 있었죠. 재킷의 단추 한 개가 떨어져나갔고, 더러워진 운

동화를 신고 있었어요. 그녀는 수줍은 목소리로 진열장에 놓여 있는 목걸이의 가격을 물었어요. 별로 비싼 것도 아니었는데 그녀에게는 부담스러웠나봐요. 구매를 포기하고 출입문을 향해 걸어가다가 그녀는 그만 선반에 부딪혔어요. 그 바람에 그 위에 놓여 있던 고가의 중국 도자기가 바닥에 떨어져 깨지고 말았죠. 그녀는 잔뜩 겁먹은 얼굴로 나를 쳐다보더니 다시 시선을 옮겨 깨진 조각을 바라보았어요. 그러고는 갑자기 바닥에 털퍼덕 주저앉아 어린아이처럼 큰 소리로 엉엉 울기 시작했어요. 나는 그만 할 말을 잃고 그 자리에 멈춰 서고 말았죠. 순간 여러 가지 생각이 머리를 스치고 지나갔어요. 예를 들어 내 아내였다면 아무 데도 부딪히지 않았을 텐데… 돌이켜보니 나는 아내가 우는 걸 한 번도 본 적이 없네… 만약 아내가 울음을 터뜨린다고 해도 틀림없이 저렇게 바닥에 주저앉진 않았을 거야… 아내의 눈물은 아마도 수정처럼 맑고 깨끗하겠지… 그녀는 유명한 X사에서 출시된 고가의 마스카라를 사용하니까….

나는 정체를 알 수 없는 묘한 감정에 압도당한 채, 그 여자 앞에 무릎을 꿇고는 그녀를 부둥켜안았어요. 그러고는 티 하나 없이 새하얀 손수건을 꺼내어 그녀의 두 뺨에 지저분하게 나 있는 검은 눈물 자국을 닦아주기 시작했어요…. 모든 일은 이렇게 시작되었습니다."

아내를 배신한 골동품상은 마지막 말을 마친 뒤, 깊은 한숨을 내쉬었다.

장애물 위의 필상학

알폰스 루케 지음, 크쉬슈토프 우시친스키 옮김, 『필상학 —
당신과 당신의 성격』
Alfons Luke, *Sztuka pisania, czyli Ty i Twój charakter*,
(trans.) Krzysztof Uściński, Wrocław: Wydawnictwo Luna, 1993

폴란드에서는 어떤지 모르겠다. 하지만 서유럽에서는 필상학
자筆相學者들에게 일거리가 넘쳐난다. 점점 더 많은 기관과 회
사가 생겨나고 있고, 관련 서비스를 제공하는 개인 업체들도
나날이 늘고 있다. 이 책의 저자는 독일필상학협회의 회장이자
국제회의에서 독일을 대표하는 인물이다. 이렇게 필상학자들
은 충고와 제언, 판단을 내리고, 강의도 하고, 회합에 참여하고
있다. 뭐, 훌륭하다. 개인적으로 필상학자들에게 유감은 없다.
단지 마음에 걸리는 건, 그들로부터 조언을 필요로 하는 사람
들이다.

　　예를 들어 심리분석학자들의 의뢰인과 필상학자들의 의
뢰인을 비교해보자. 첫 번째 그룹에 속한 사람들은 주로 자신
의 심리와 어두운 내면을 환히 들여다보고 싶어 한다. 하지만
두 번째의 경우에는 다른 사람의 성격을 엑스레이로 찍어 분
석하기를 원하는 사람들이다. 심지어 당사자의 동의도 구하지
않은 채 말이다. 필상학자들의 사무실 옆 대기실에서 기다리
고 있는 미혼여성들의 핸드백에는 결혼상대 후보들이 보낸 편

지들이 들어 있다. 글씨체 전문가는 이들 중에서 누가 남편감으로 적합한지 판결을 내린다. 대기실에서는 남자들의 모습도 자주 볼 수 있는데, 그들의 관심사는 미래의 신붓감이 아니라 사업 파트너로서 해당 인물이 적합한지에 쏠려 있다.

지금까지는 사람을 판단하기 위해 숙박면접이 주로 이루어졌다. 예를 들어 누군가와 일정 기간 함께 거주하면서, 자주 이야기를 나누고, 카드 게임도 해보고(당연히 돈을 걸고서), 요트를 타거나 등산을 하면서, 함께 시간을 보내며 판단하는 것이다. 하지만 오늘날에는 모두들 바쁘고 여유가 없다. 그러니 요트를 타고 바다에 나가 거친 풍랑과 싸우거나 산꼭대기에서 침낭을 펴놓고 밤을 지샐 만한 사람이 얼마나 되겠는가. 게다가 아무나 현명한 관찰자의 역할을 수행할 수 있는 건 아니다. 이를 위해서는 고도의 집중력이 요구되기 때문이다. 대화가 꼭 최선의 방법이라고 볼 수는 없다. 어떤 집단의 경우에는 대화의 기술을 연마할 기회가 거의 없을 수도 있기 때문이다. 그렇기 때문에 필상학이 유행하게 된 것이다. 그리고 이 유행은 인간이 손으로 글을 쓰는 능력을 상실하기 전까지는 아마도 지속될 것이다. …

서구에서는 다양한 사업을 진행하는 과정에서 후보자에게 중요한 직책을 맡겨도 되는지를 판단하기 위해 필상학자들로부터 의견을 구하는 경우가 자주 있다. 후보자들에게 손으로 쓴 이력서를 제출하도록 한 뒤, 이것을 필상학 전문가에게 보내는 것이다. 아무리 그럴듯한 전문 학위나 자격증, 추천서를 갖고 있다 해도, 필상학자가 다음과 같은 견해를 피력하면 아무 소용도 없게 된다. "주위 사람들과의 협업에 어려움

이 있음"… "조직적인 운영 능력의 부족"… "경솔함"… 여기
서 한 가지 의문이 발생한다. 이런 판단을 내린 필상학자는 과
거에 다른 필상학자로부터 자신의 필체를 검증받은 적이 있을
까. 어쩌면 자신의 필체가 다음과 같은 성향을 드러낼지 누가
알겠는가. "첫인상만으로 모든 걸 판단함"… "타인에 대한 편
견이 있음"… "독단적임"….

나는 타고난 회의론자이고, 이것은 돌이킬 수 없는 사실
이다. 하지만 그래도 이 책에서 언급된 내용을 통해 개인적으
로 뭔가를 건지고 싶은 마음에 내 글씨체를 필상학자에게 보
내어 감정을 의뢰했다. 그 결과는 다음과 같은 한 문장으로 요
약될 수 있을 것이다. 나는 그다지 좋은 상태가 아니지만, 이보
다 더 좋지 않을 수도 있었다. 사실 이건 이미 오래전부터 내
가 알고 있던 사실이다.

기차에서 미인들과 동행하다

쥘리에트 벤조니 지음, 야니나 파웽츠카 옮김, 『왕들의 침대에서』
Juliette Benzoni, *W łóżnicach królów*, (trans.) Janina Pałęcka,
Warszawa: Iskry, 1994

"두 사람은 불과 한두 시간 전에 처음으로 만나 몇 마디 말을
주고받았다. 함께 춤을 몇 번 추고 나서 곧바로 침대로 향했
다…." 이런 내용을 듣는 순간, 십중팔구는 오늘날의 방탕한
세태를 가리킨다고 단정할 것이다. 지금보다 훨씬 엄격한 관습
의 지배를 받던 과거에는 있을 수 없는 상황일 거라 여기면서
말이다. 엄격했던 건 맞지만, 훨씬 문란했다. 과거부터 지금까
지 수많은 나라와 수많은 종교들이, 세속적으로 또 종교적으
로 서로 전혀 알지 못하는 사람들끼리의 육체적 접촉을 용인
하고 축복해왔다.

　유럽의 경우 불과 얼마 전까지도 이런 방식으로 왕가의
혼인이 이루어졌다. 외교적 통로에 의해 남녀의 교제가 주선되
었고, 당사자들끼리는 초상화나 편지를 주고받았다. 일반적으
로 초상화는 모델을 돋보이게 하는 데 주력했고, 편지는 시종
들이 작성하곤 했다. 그렇기 때문에 결혼식 당일에 첫 대면이
이루어진 순간, 양측 모두 충격에 빠지는 경우가 적지 않았다.
그렇다고 이미 진행된 모든 절차를 되돌리기엔 너무 늦어버린
상황이었다. 어쩔 수 없이 호화로운 예식과 성대한 피로연이

강행되었고, 그날 밤, 갓 결혼한 부부는 억지로 침소로 떠밀려 들어갈 수밖에 없었다.

　오늘날에는 남녀 간의 만남이 훨씬 가볍게 받아들여지고, 둘 사이의 육체적 거리도 서둘러 좁혀지곤 하지만, 그래도 적어도 그 순간만큼은 서로에 대한 호감과 저항하기 힘든 이끌림이 작용했으리라는 사실은 부인할 수 없을 것이다. 하지만 옛날에는 이런 식의 교감을 기대하기가 힘들었다. 높은 곳에서 군림하는 커플들은 부부로서의 의무를 성실히 수행하도록 강요받았다. 덕분에 아름다워야 할 결혼 첫날밤이 끔찍한 공포와 낯섦, 나아가 육체적인 혐오감으로 얼룩지기 일쑤였다. 다만 여자들만 이런 감정을 느끼는 게 아니었다. 결혼 초야初夜의 침대에서 지옥을 경험하는 남자들도 있었다. 왕실의 혈통을 이어받은 남자들 모두가 여자에 대해 욕망을 느끼는 건 아니었다. 때로는 일반적인 남성과는 다른 본성을 가진 이들도 있었다. 이런 상황에서의 결혼 초야는 누군가에게는 끔찍한 강간의 모습으로 각인되어 평생의 상처와 치욕으로 남았다. 게다가 중세 후반까지 혼인이라는 명목 아래 소아성애小兒性愛를 용인하기도 했다. 머리가 벗겨진 사티로스*가 자신의 배우자로 두 살짜리 아기를 맞아들였다. 아, 이런 끔찍한 이야기는 그만하자.

　기차를 타고 여행 중이던 나는 읽고 있던 이 책을 덮고 객차에 탄 승객들을 둘러보았다. 내 맞은편에는 열댓 살 정도의

* 그리스 신화에 등장하는 들판의 요정으로 상반신은 사람, 하반신은 염소의 모습을 한 채로 아름다운 님프들을 쫓아다니며 연애에 몰두하고 희롱을 즐겼다.

소녀 두 명이 앉아 있었다. 딱히 못생긴 건 아니었지만, 그렇다고 특별히 아름다운 외모도 아니었다. 하지만 만약 어떤 기적이 일어나서 이 소녀들을 중세시대의 왕궁으로 데려가 새틴 드레스를 입히고 보석으로 치장한다면 틀림없이 미인이라는 소리를 들었을 것이다. 과거에는 아름다움의 조건으로 흠이나 결점이 없는 상태를 꼽았기 때문이다. 내 앞에 앉은 소녀들에게는 두드러기나 피부질환도 없었고, 뺨에 곰보자국도 없었다. 그렇다고 뼈가 구부러진 것도 아니었다. 만일 둘 중 누군가가 어린 시절에 사팔뜨기였거나 보기 싫게 튀어나온 이빨을 가졌더라면, 벌써 오래전에 교정을 받았을 것이다. 설사 과거에 다리가 부러졌다고 해도 그때부터 평생 다리를 절며 지낼 필요는 없다…. 내 앞의 소녀들은 이것이 얼마나 큰 행운인지 모르는 듯했다. 언젠가는 저 소녀들도 누군가를 만나 결혼을 하게 될지 모른다. 그러면 자신들의 선택이 올바른 것이었는지 치명적인 것이었는지, 신중한 것이었는지 성급한 것이었는지, 사랑으로 인한 것이었는지 계산기를 두들긴 결과였는지 깨닫게 될 것이다. 그 어떤 경우라 해도 선택만큼은 온전히 자신들의 몫이리라.

미라에 대해, 그리고 우리에 대해

제임스 퍼트넘 지음, 보제나 미에제예프스카 옮김, 피터 하이먼 사진,
『미라』
James Putnam, *Mumie*, (trans.) Bożena Mierzejewska, (fot.) Peter
Hayman, Warszawa: Arkady, 1995

나는 고고학박물관에 자주 간다. 덕분에 연대순으로 나열된
다양한 턱뼈와 두개골, 경골脛骨들을 수도 없이 감상했다. 눈
부시게 아름다운 석관 속에 누워 있거나 밖에 꺼내어졌거나,
붕대를 칭칭 감은 이집트 미라들도 보았다. 미국의 미라들과
카타콤*의 미라들, 그리고 모래나 이탄泥炭** 속에 보존된 인간
시체의 잔해들도 감상했다. 이런 나를 보고, 친애하는 독자들
께서 나에게 시간증屍姦症 성향이 있다고 오해한다면 상당히
섭섭할 것 같다. 내가 이처럼 극적인 유골들을 기꺼이 감상하
는 이유는 이런 광경을 기피해야 할 아무런 이유가 없기 때문
이다.

그리고 한 가지 이유가 더 있다. '우연'과 그 우연이 만들
어내는 예측 불가능한 행동들에 나는 항상 매료당하기 때문이
다. 수천, 수만 세대에 걸쳐 히말라야에 거주하던 사람들, 그리

* 초기 기독교시대의 비밀 지하묘지로, 로마 황제의 박해를 피해 죽
은 자를 이곳에 매장하고 예배를 보기도 했다.
** 땅속에 묻힌 시간이 오래되지 않아서 완전히 탄화하지 못한 석탄.

고 그들이 남긴 진짜 유골들, 이 모든 것들은 흔적도 없이 사라져버렸다고 알려져 있었다. 그런데 알고보니 언젠가 어딘가에서 누군가가 끈적거리는 진흙 속에 우연히 발을 들여놓았던 것이다. 그 진흙이 발자국을 간직한 채 굳어져서 화석이 되었고, 그 화석이 마침내 발견되어 발자국을 연구하기 위한 학술대회가 소집된다. 다른 예를 들어보자. 먼 옛날, 고귀한 직립원인直立猿人 호모 에렉투스가 잡목 숲에 앉아서 호두를 까먹었다. 자신의 무리와 별반 다르지 않은 평범한 사내였지만, 어쩌다보니 그에게만 우연한 일이 벌어지게 된다. 부지런히 호두를 씹던 바로 그 아래턱이 9만 년의 세월이 흐른 뒤에 박물관의 진열장 안에 놓이게 된 것이다. 이번에는 한 네안데르탈인에 관한 이야기이다. 다른 네안데르탈인들보다 딱히 잘생기지도 못생기지도 않은, 그저 평균 정도의 외모를 가진 이 사내가 먼 옛날 동굴 입구에 서서 깊은 생각에 잠긴 채 이가 들끓는 자신의 머리를 긁적였다. 아마도 그는 자신이 미래의 전시품에 손을 대고 있다는 생각은 꿈에도 못 했을 것이다….

흔히 고대 이집트의 경우에는 무엇인가를 구하고 보존하기 위해 굳이 우연이 개입할 필요가 없었다고 여겨진다. 그 이전에도 이후에도 없었던 고유한 문명 덕분에 선조들의 유해가 파괴되는 것을 막을 수 있었기 때문이다. 하지만 이것은 성급한 판단이다. 무덤은 여러 차례에 걸쳐 약탈당했고, 미라는 수중에 지니고 있던 모든 것을 빼앗겼다. 그러고 난 뒤에는 불쏘시개로 던져지거나 치료약으로 쓰이기 위해 가루로 갈렸다. 그러므로 우리는 또다시 인정해야만 한다. 이 모든 것에도 불구하고 지금껏 보존된 모든 것들은 우연의 호의 덕분이라는 사실을….

이 화보집은 겁 많고 예민한 사람들에게는 권하고 싶지 않다. 나는 별로 심약한 타입이 아니라 소리 없이 고함치고 있는 두개골이나 끝이 시커멓게 변한 긴 손가락을 가진 팔들, 갓난아기의 해골을 둘둘 싸맨 보따리를 종종 들여다보곤 한다. 이 모든 것들은 공격적이면서도 오만한 방식으로 자신의 아름다움을 뽐내고 있다. 하지만 기왕 말이 나온 김에 고백하자면, 내 인내심과 저항력의 한계를 벗어나는 풍경이 하나 있다. 언젠가 밀랍인형관에 간 적이 있다. 생명체의 섬뜩한 복제품들, 뺨 위의 인공적인 홍조와 어설픈 미소, 기다란 속눈썹과 콧수염, 그리고 등 뒤에서 나를 노려보던 유리로 만든 텅 빈 눈동자, 그럴싸하게 차려입은 이 모든 무감각과 허세, 그리고 과도한 감상주의가 정말 끔찍스러웠다. 갑자기 속이 불편해진 나는 맑은 공기를 쐬기 위해 서둘러 밖으로 나와야만 했다.

톱밥

칼 시파키스 지음, 여러 번역자가 공동 번역함,『암살 백과』
Carl Sifakis, *Encyklopedia zamachów*, Warszawa: Real Press, 1994

유명인에 대한 암살은 정치 세계에서 끊임없이 반복되는 모티프이다. 저자는 이 가운데 특정한 암살들을 선별하여 기술하고 있다. 만약 역사에 기록되어 있는 모든 암살과 테러 들을 언급하고자 했다면, 적어도 100권 정도의 분량이 필요했을 것이다. 계획된 암살이 반드시 성공할 것이라고 믿는 사람들, 그러니까 암살로 인해 자신들이 바라는 효과를 거둘 수 있다고 믿는 사람들은 과거에도 늘 있어왔고 현재에도 있다. 하지만 실제로는 그중 일부, 그것도 논란의 여지가 있는 예외적인 경우들을 제외하고는 대부분 소기의 성과를 거두지 못했다. 목표했던 인물의 죽음이 결국 아무것도 바꾸지 못했거나, 아니면 예측했던 것과는 전혀 다른 결과를 초래하는 경우가 많았기 때문이다. 이러한 주제가 나에게는, 마치 지금 당장은 건너고 싶지 않은 일종의 '강'과 같다.

이 책을 읽으면서 나는 오히려 다른 문제, 그러니까 그 자리에 함께 있다가 죽음을 맞은 사람들에게 관심을 갖게 되었다. 단지 희생자와 가까운 곳에 있었다는 이유만으로 총을 맞았거나 폭파현장 근처에서 목숨을 잃은 또 다른 희생자들 말이다. 암살자들은 고귀한 신념에 따라 거사를 단행한다고 믿고 있지만, 이러한 고귀함은 암살이 자행되는 순간 물거품이 되고 만다. 폭발물을 설치한 자동차에는 적어도 운전사가 타고 있을 것이고, 비행기에는 승무원이 탑승했을 것이며, 그들의 집에는 식구들이 있으리라는 사실을 암살자들이 몰랐을 리가 없기 때문이다.

알폰소 13세*를 겨냥하여 거리에서 벌어진 암살 시도에서 서른 명의 사상자가 발생했다. 암살 시도는 왕과 함께 나란히 역사의 기록으로 남았지만, 우연히 죽임을 당한 행인들은 딱 한 번 신문의 부고란訃告欄에 이름을 올렸을 뿐이다. 부상자의 경우는 이보다 훨씬 많았겠지만, 그들은 흉터를 갖고 불구가 된 채 무관심의 침묵 속에서 오랜 세월 고통을 겪어야 했을 것이다…. 총기나 폭발물이 발명되기 전에 자행된 암살은 지금처럼 유혈이 낭자하지는 않았을 거라고 흔히들 생각한다. 하지만 현실은 그렇지 않았다. 점찍은 대상만 암살하는 게 아니라 만일의 경우에 대비하여 가족들까지 함께 살해했기 때문이다. 당대의 역사학자들은 이 같은 사실을 기록하기도 했지만, 별로 중요하지 않다고 판단되면 가차 없이 누락시켜버렸다.

---

* 에스파냐의 왕(재위 1886~1931). 노동운동, 공화혁명운동, 공황 등이 잇따라 일어났으나 적극적인 해결을 하지 못하였다. 내전으로 공화정부에 대항한 반군이 승리하여 군사독재가 시작되자 망명하였다. 결혼식 당일에 끔찍한 암살 미수 사건이 일어난 것을 시작으로 알폰소 13세에 대한 암살 시도가 계속되었지만, 그때마다 위기를 극복하였다고 전해진다.

암살 과정에서 경호원이나 노예들이 희생당했을 경우에는 언급하지 않는 게 관례였다.

"나무를 벨 때는 톱밥이 날리게 마련이다." 속담은 끔찍한 진실을 우리에게 일깨워준다. 인류의 역사에서 인간의 톱밥은 항상 넘쳐났다. 우리는 현재 새로운 유형의 암살, 다시 말해 처음부터 불특정 다수를 대상으로 한 테러가 나날이 다양한 유형으로 진화하고 있는 모습을 목격하고 있다. 정치인들의 경우에는 삼엄한 경호에 둘러싸여 있고 방탄차를 타고 다니므로, 현실적으로 그들을 목표로 삼는 건 점점 어려운 일이 되었다. 하지만 기차역과 지하철, 백화점과 술집, 대기실과 고층빌딩에 모여 있는 무고한 일반인들은 다르다. 사냥꾼의 입장에서 보면, 이런 사람들은 자신의 생존을 조금도 위협하지 않는, 무방비 상태의 손쉬운 먹잇감이다. 그리하여 테러리스트들은 아무 데나 자신들이 원하는 곳에 치명적인 폭발물을 설치해놓고 한적한 은신처에 숨어서 뉴스를 듣는다. 대량학살의 인명 피해가 많을수록 그들은 더욱 큰 만족감과 자부심을 만끽한다.

칼 시파키스의 백과사전에서는 이런 새로운 유형의 테러는 다루고 있지 않다. 왕이나 황제, 수상과 장관, 대통령이나 지도자 들에 대한 암살만 언급되어 있다. 함께 죽음을 맞은 사람들의 생애에 대한 내용은 아쉽게도 찾아볼 수 없다. 하긴 이들의 삶을 일일이 재현해내는 건 결코 쉽지 않은 일일 것이다. 그렇기에 오늘날 세계 곳곳에서 자행되고 있는 테러의 희생자들에 대해 조명한, 새로운 유형의 백과사전이 기다려진다. 희생자들 가운데 일부는 불구가 되어 눈이 멀고, 팔다리가 잘리고, 감각을 상실한 채로 삶을 지속하고 있다. 그들이 어떻게 살고 있는지 보여주는 건 가치 있는 일이라고 생각한다. 그들에게 닥친 불행은 그들의 직책이나 업무 때문이 아니었다. 그저 어딘가로 들어갔거나, 어딘가에서 나왔거나, 어딘가에서 멈춰 섰거나, 아니면 저녁이 되어 자신의 아파트로 귀가했을 뿐이라는, 정말 별것도 아닌 사실 때문이었다. 세상에는 지금 이런 백과사전이 간절히 필요하다고 생각한다. 만약 신중하고 정확하게, 그리고 공정하게 집필된다면, 노벨평화상도 바라볼 만할 것이다.

몬스트럼 monstrum*

얀 곤도비츠 지음, 아담 피사렉 분류, 『환상적인 동물학—증보판』
Jan Gondowicz, *Zoologia fantastyczna—uzupełniona*,
(edt.) Adam Pisarek, Warszawa: Wydawnictwo Małe, 1995

위대한 작가 호르헤 보르헤스 Jorge Borges는 언젠가 환상적인
존재와 관련된 백과사전을 펴냈다. 그 책을 보지 못한 게 유감
이다. 내가 아는 거라곤 그 책이 시간의 풍파를 견뎌내고 세계
적으로 유명해진 인어나 메두사, 레비아탄**과 같은 고전적인
괴물들을 수록하고 있다는 사실뿐이다.

얀 곤도비츠가 쓴 이 책은 기존의 고전적 괴물들에다 이미
거의 잊혀졌거나 특정 지역에서만 알려진 야수들, 중세시대의
어휘목록이나 기행문, 민담에서 발견한 기이한 존재들을 추가
하고 있다. 또한 문학작품을 그 기원으로 하고 있는, 비교적 최
근에 통용되는 이야기들도 다루고 있다. 주어진 과업은 훌륭하
게 수행되었고, 여기에 아담 피사렉이 참여하여 이 초자연적인
무리들을 유형과 집단, 카테고리, 종류별로 보기 좋게 체계화
했다. 두 사람은 아마도 공동작업을 하면서 즐겁고 보람 있는
시간을 보냈을 것 같다.

* 일반적으로는 괴물이나 요괴를, 의학적으로는 기형畸形, 귀태鬼胎
를 뜻하며, 잔인하고 비인간적인 사람을 가리킬 때도 이 말이 쓰인다.
** 구약성서에 나오는 바닷속 괴물로, 거대한 뱀의 모습이다.

이 책을 읽으면서 살짝 안타까운 마음이 들기도 했는데, 그 이유는 옛날엔 주술적 힘을 마음껏 뽐내던 이 괴물들이 현대에 와서는 어린아이들에게만 감흥을 불러일으킨다는 생각이 들었기 때문이다. 어린 시절, 동화 속 주인공이 된 것 같은 착각에 빠져 마당에서 잡은 개구리에게 키스했던 일, 그리고 어두운 방에 들어갈 때마다 뭔가 묵직하고 혐오스런 존재가 내 등 위로 기어오를 것만 같아 몸서리치던 일 들이 떠오른다. 그 시절은 대체 어디로 사라졌을까. 그렇다면 과연 어른들의 세상에는 괴물들이 더 이상 존재하지 않는 걸까. 아니, 그렇지 않다. 수없이 많은 사례들 가운데 진짜로 공포를 유발시켰거나, 지금도 또 앞으로도 공포를 유발시킬 수밖에 없는 대상이 적어도 하나쯤은 있게 마련이다. 이 책에서 그런 대상은 찾을 수가 없는데, 그 이유는 안타깝게도 이 책은 판타지의 산물이 아니기 때문이다. 오히려 그 반대로 상당히 현실적이며, 공룡이나 늑대인간, 유령 등 가상의 괴수들과는 거리가 먼, 뼈와 살을 가진 구체적인 존재들에 대해 이야기하고 있기 때문이다.

운 좋게도 살면서 지금껏 이런 존재를 직접 대면한 적이 없는 사람들은 TV에서 그들의 모습을 보고 그들의 목소리를 듣는다. 때때로 이런 존재들은 뭔가를 열심히 떠들고 있는 누군가의 얼굴에서 그 모습을 드러내기도 하고, 때로는 불과 얼마 전에 일어난 전쟁에서 당당히 승리를 거둔 인물의 스냅사진 속에서 고개를 내밀기도 한다. 인간에게는 아무 해도 끼치지 않는 착한 괴물들을 묘사했던 곤도비츠의 방식을 그대로 적용해서 이 존재에 대해 묘사해보도록 하겠다. 단, 하단에서 요약하는 대상의 이미지로부터는 이러한 착한 성향을 발견하기 힘들 것이다. 그보다는 차라리 묘사의 대상이 그렇게 될 수밖에 없었던 데 대해 연민을 불러일으키는 이유나 경향을 찾아내는 게 빠를 것이다.

"인간은 증오에 사로잡혀 있다. 이미 헤아릴 수 없을 만큼 오래전부터 그랬다. 그리고 결코 변하지 않는다. 변한 것이라곤 자신의 목적을 이루기 위해 사용하는 수단들뿐이다. 홀로 나설 땐 적당히 위협적이지만, 워낙 전염성이 강하기에 개별 행동을 하는 경우는 드물다. 그는 통상 타인을 무시하고 경멸한다. 그리고 자신이 새로운 질서를 만들고 있다고 확신하면서 혼란을 확산시킨다. 그는 '나'보다는 '우리'라는 1인칭 복수형을 즐겨 사용하는데, 초반에는 그런 말투가 근거 없이 느껴지지만 끈질긴 반복을 통해 결국 정당성을 획득하게 된다. 그는 항상 뭔가 고차원적인 이유를 대면서 진심을 외면한다. 유머 감각이 전혀 없지만, 일단 농담을 시작하면 부디 신의 가호로 피할 수 있기를! 그는 세상에 대해 호기심이 없다. 자신의 의지가 약해질까봐 자신이 적이라고 규정한 사람들에 대해서 알려고 하지도 않는다. 폭력적인 행동을 저지르고 나서도 대부분 다른 사람들이 먼저 화를 돋웠기 때문이라 생각한다. 자신의 행동에 의문을 품지 않고, 다른 사람들이 의문을 제기하는 것도 거부한다. 단독으로도 잘하지만, 기꺼이 집단에 동참하여 민족주의, 반유대주의, 근본주의, 계급투쟁, 세대 갈등, 그리고 개개인의 사적인 공포증phobia을 통해 공적으로 자신의 의사를 표명한다. 두개골 속에 뇌를 갖고 있지만, 그렇다고 자신의 행동을 제어할 수 있는 건 아니다…."

엘라

스튜어트 니컬슨 지음, 안제이 슈미트 옮김, 『엘라 피츠제럴드』
Stuart Nicholson, *Ella Fitzgerald*, (trans.) Andrzej Schmidt,
Warszawa: Amber, 1995

한동안 나는 위대한 엘라에 관한 시를 쓰려고 마음먹었었다. 하지만 잘 안 되었다. 이 책을 읽고 나니, 내가 엘라에 관해 말하고 싶었던 모든 것이 실은 벌써 수차례나 언급되고 강조되었다는 사실을 알 수 있었다. 하지만 이것 말고도 무의식중에 나로 하여금 글을 쓰지 못하게 만든 뭔가가 있었는데, 이제야 비로소 알게 되었다. 나는 레코딩을 통해서만 엘라의 노래를 접했을 뿐, 라이브로 그녀의 노래를 들어본 적이 없었던 것이다. 엘라가 라이브로 노래하는 걸 직접 보고 들은 적이 없는 사람은 그녀의 활기찬 애드리브와 독보적인 음정의 정확성, 그리고 음악과 자유롭게 교감하는 능력에 대해서 아무것도 알지 못하는 것이라고 저자는 단언한다. 행운을 직접 경험한 사람들은 엘라의 노래를 들으며 아마도 돛대에 묶인 오디세우스와 같은 느낌을 받았으리라. 한 가지 다른 점이 있다면, 미스터 오를 유혹했던 세이렌들은 불순한 의도를 갖고 있었지만, 엘라는 자신의 노래 속에 그 어떤 속임수도 감추고 있지 않았다는 사실이다.

엘라의 목소리에는 항상 어린 소녀의 순수함, 그리고 (이

것이야말로 가장 적절한 표현이리라) 인간에 대한 무한한 애정이 담겨 있다. 레코딩이 모든 걸 전달해줄 수 없다는 사실은 인정한다. 하지만 나는 이미 그 레코딩만 듣고도 엘라에게 열렬한 애정을 품게 되었다. 엘라의 노래는 나를 세상과 화해시켜주고, 한마디로 나를 격려해준다. 그 어떤 여가수에게도 이런 표현을 할 수는 없을 듯하다. 나에게 엘라는 가장 위대한 가수이며, 이러한 내 견해는 죽을 때까지 바뀌지 않으리라….

5년 전 엘라 피츠제럴드는 반세기에 걸친 가수생활을 정리하고 은퇴했다. 50여 년에 걸친 시간 동안 그녀는 가수로서 받을 수 있는 모든 상을 받았고, 또 충분한 영예를 누렸다. 당대의 가장 훌륭한 재즈 뮤지션들과 작업을 했고, 출시한 음반들은 여러 차례 밀리언셀러에 등극했다. 그런데 1960년대에 이르러 일부 청중들의 취향이 바뀌기 시작했다. 사람들은 엘라의 노래에서 어떤 한계를 지적했다. 모든 장애와 어려움을 단번에 극복하도록 만들어준 그녀의 목소리에는 누구도 토를 달지 못했다. 단지 표현력이 문제였다. 예를 들어 엘라와 거의 비슷한 나이인 빌리 홀리데이의 경우, 그녀는 자신의 노래에 영혼과 심장 그리고 다른 장기臟器들까지도 모두 쏟아부었다. 반면에 엘라는 절대로 자신의 노래를 극적으로 과장하지 않았다. 노래 부를 때, 마지막 남은 한 방울의 땀까지 억지로 쥐어 짜내지도 않았고, 언제나 텍스트로부터 한 발자국 떨어져 거리를 유지했다. 천만다행이었다. 나는 바로 이것이 엘라의 영광스런 월계관을 장식하는 월계수 잎사귀 가운데 하나라고 생각한다.

노래를 부르다 자칫 표현의 과잉에 빠지면 헤어나오기가

힘들어진다. 마치 가파른 비탈길을 내려가기 시작하면 멈출 수가 없는 것과 비슷한 이치이다. 우리 시대는 지금 이 표현주의적인 가창력의 마지막(제발 끝이기를!) 단계에 도달했다. 우리가 듣고 있는 건 더 이상 노래가 아니라 그저 억눌린 목소리의 분출이다. 음악적인 섬세함은 설 자리를 잃었고, 리드미컬한 데시벨이 그 자리를 차지한 지 오래이다. 물론 노래에 담긴 가사와 정서는 고귀할 수도 있다. 예를 들어 인류는 모두 한 형제이고 자연을 사랑해야 한다고 역설한다. 하지만 애석하게도 그 내용을 전달하는 방법은 거의 테러에 가깝다. 이쯤에서 우디 앨런의 영화 대사를 인용해야 할 듯하다. "자, 얼른 여기서 빠져나갑시다. 안 그러면, 저들이 인질로 잡을지도 모르니까요."

암소를 본받으세요

데일 카네기 지음, 파베우 치하바 옮김, 『근심걱정 버리고
살아가는 방법』
Dale Carnegie, *Jak przestać się martwić i zacząć żyć*, (trans.) Paweł
Cichawa, Warszawa: Wydawnictwo Studio Emka, 1995

심리학의 기본은 좋은 충고를 하는 것이다. 그리고 이것은 우
리 모두가 다른 사람과의 관계에서 자주 맞닥뜨리는 문제이
기도 하다. 이런 경우 대부분의 사람들은 올바른 일을 하고 있
다는 신념으로 아무런 대가를 바라지 않고 상대방에게 충고
의 말을 건넨다. 그렇다고 누구나 이런 충고들을 일일이 기록
해두었다가 책으로 묶어내겠다는 생각을 하는 건 아니다. 하
지만 카네기 씨는 아이디어를 떠올렸고, 우리의 건강을 해치고
잠을 방해하고 기분을 상하게 하는 근심걱정들과 맞서 싸우는
방법을 수록한 이 실용서는 그렇게 해서 탄생하게 되었다.
　저자의 충고는 틀림없이 선한 의도에서 비롯된 것이다. 특
정한 상황에 놓인 몇몇 독자에게는 얼마 동안 어느 정도는 도
움을 제공할 수도 있을 것이다. 하지만 저자의 사전에는 '아
마도', '부분적으로', '이따금', 그리고 '만약에' 같은 단어는 아
예 존재하지 않는 듯하다. 그의 낙관주의는 절제를 모르고 지
나치게 남발되고 있는 것 같다. 이런 식의 무조건적인 믿음은
회의론자인 나에게는 즉각 의심을 불러일으키며, 어쩌면 근심

걱정 없는 상태가 근심걱정을 하는 것보다 안 좋을 수도 있다는 생각이 들게 만든다. 또한 근심걱정이 없다는 건, 결국 상상력의 결핍과 무감각성 그리고 정신적인 무지를 드러내는 것이 아닐까 하는 의구심도 품게 한다.

　작가는 어느 날 한 공공도서관에 들렀다가 이 책을 쓰기로 결심했다고 한다. 거기서 그는 '근심걱정'이라는 검색어로 모두 22권의 책을 발견했다. '지렁이'라는 검색어로는 무려 89권이나 찾았는데 말이다! 하지만 내가 보기에 그는 안타깝게도 잘못된 서가를 뒤졌다. 만약 순수문학 서가를 들여다보았다면 근심걱정을 주제로 한 수천, 수만 권의 책을 발견할 수 있었을 텐데 말이다. 거의 모든 문학작품이 다양한 유형의 근심걱정에 대해 기술하고 있다. 『길가메시』나 『안티고네』, 『성서』의 「욥기」를 필두로 말이다. 더 이상 나열하다가는 끝이 없을 테니 그만하겠다. 단지 이런 관점으로 『햄릿』을 펼쳐보기만 해도 충분할 것이다. 고뇌의 상징인 주인공 햄릿을 제외하고라도, 유령을 뺀 모든 등장인물이 제각기 다른 이유로 근심걱정에 휩싸여 있다. 포틴브라스Fortinbras만 유일하게 근심걱정 없는 인물로 묘사되는데, 여기서 고려해야 할 점은 그가 거의 막판에 등장하기 때문에 자신의 속마음을 우리에게 털어놓을 기회가 별로 없다는 사실이다. 하지만 포틴브라스가 무사히 왕좌를 차지하는 순간, 온갖 골치 아픈 문제들이 파리처럼 그의 주변을 윙윙거리며 괴롭히리라는 사실을 우리는 쉽게 짐작할 수 있다. 물론 문학작품에는 아무 근심걱정 없이 살아가는 인물도 등장한다. 하지만 그런 인물들은 대체로 생각 없는 멍청이, 아니면 모든 것을 다 아는 현자의 모습을 하고 있다.

어쩌면 이 책은 쉽사리 웃음을 터뜨리지 않고 근엄한 태도를 잘 유지할 줄 아는 독자들에게는 어느 정도 효과를 줄 수도 있으니, 이 책에 대한 걱정은 접어두는 게 나을지도 모르겠다. 내 경우는 문제가 좀 있었다. 특히 작가가 자신의 결론을 주장하기 위한 근거로 삼고 있는 '실제 체험 사례'를 읽으면서 그랬다. 예를 들어보겠다. 한 남자가 아내의 병 때문에 너무 걱정을 한 나머지 이빨이 여섯 개나 부러졌다. 턱관절을 고려해서 스트레스를 받지 말았어야 한다고 저자는 주장한다. 그러면, 아내가 아픈데 기뻐하기라도 해야 한다는 건가. 또 다른 남자는 근심걱정에 빠져 지내는 동안 주식투자에서 내내 실패를 거듭했다. 하지만 걱정을 멈추는 순간 곧바로 이익을 낼 수 있었다고 한다. 바람을 피우는 남편을 둔 아내들에게 카네기 씨는 암소를 본받으라고 권고한다. "숫소가 다른 암소에게 관심을 보여도 암소는 절대로 열받지 않는다"면서….

저자가 제시한 이러한 사례들을 읽으면서 나는 찰스 디킨스의 소설 『피크위크 클럽의 기록』(1836)에 나오는 절제협회Temperance Association의 보고서들이 떠올랐다. 제2권의 4장을 확인해보시라. 혹시라도 누군가가 이 책이 집에 없다고 말한다면, 그런 이야기는 아예 듣고 싶지도 않다.

뜻밖의 횡재

토마스 만 지음, 이레나 나가노프스카·이곤 나가노프스키 옮김,
『일기』
Thomas Mann, *Dzienniki*, (trans.) Irena Naganowska,
Egon Naganowski, Poznań: Dom Wydawniczy Rebis, 1995

일기에는 이런 일기도 있고 저런 일기도 있다. 예를 들어 폴란
드 모더니즘의 거장 비톨트 곰브로비츠Witold Gombrowicz는 출
판을 염두에 두고 일기를 썼고, 덕분에 저자의 사후에 저자
를 곤란하게 만드는 일은 발생하지 않았다. 이런 종류의 일기
는 저자가 원하는 내용만 수록하고, 저자가 의도한 표현방식
을 고수한다. 문제는 개인적인 용도로 작성된 일기들이다. 문
학적으로 포장되어 있지도 않고 자체 검열도 하지 않은 채, 그
저 지나간 시간들을 스스로 정리하면서 가장 가까운 사람들에
게조차 비밀을 지키느라 받은 이런저런 스트레스를 풀기 위해
끼적인 글들 말이다.

　　토마스 만은 평생 이런 일기를 썼다. 그중 일부는 저자 자
신이 불태워버렸지만, 일부는 폐기 작업을 미루어놓았다가 깜
빡 잊었거나 아니면 귀찮아서 포기해버리고 말았다. 독자로서
토마스 만의 고백을 읽는 것은 자유지만, 그 과정에서 우리는
누군가의 비밀을 몰래 엿보고 엿듣는다는, 뭔가 짜릿하면서도
애매모호한 희열을 느끼게 된다. 독일에서 이 『일기』가 처음

으로 출판되었을 당시 얼마나 큰 논란이 있었는지 기억이 난다. 다들 어떻게든 저자의 결함이나 잘못을 찾아내고자 혈안이 되었다. 사생활에서의 실수, 감정적 개입, 경솔한 판단, 우유부단, 참을성의 부족, 독단적 이기주의, 그리고 이런저런 사소한 결점 들까지. 자신의 양심을 심판하는 것은 어렵지만, 타인의 양심에 대해 이러쿵저러쿵 평가하는 것은 별로 어렵지 않다. 게다가 자신이 우월하다는 믿음까지 안겨준다. 사람들은 내친 김에 이런 뜻밖의 횡재를 건져보려고 안간힘을 썼다. 심지어 누군가는 이 위대한 작가를 향해 이런 말도 안 되는 억지스런 책망을 하기도 했다. "토마스 만은 타인의 작품보다는 자신의 작품에 훨씬 더 많은 신경을 썼다."

이번에 출간된 『일기』의 폴란드어판에서 뛰어난 번역에 직접 서문까지 쓴 역자 또한 토마스 만이 저지른 과오들을 정확히 따져보아야 한다는 유혹을 극복하지 못했다. 그리하여 서문을 통해 남동생으로서, 남편으로서, 아버지로서, 친구로서, 독일국민으로서, 그리고 인류를 대표하는 지식인으로서 토마스 만이 얼마나 부족했는지를 지적하였다. 하지만 서문 자체가 길지 않아서 모든 결함이 한정된 분량 속에 빽빽하게 나열되어 있다. 『일기』의 텍스트에서는 이런 결함들이 드문드문 드러난다. 사실 알고보면, 타인에 대한 성급한 비판이 반드시 자기애自己愛에서 비롯되는 건 아니다. 두려움이나 의구심이 모두 터무니없는 공상의 산물일 수는 없다. 모든 질병이 심기증心氣症으로 인한 것일 수는 없으며, 모든 극적인 사건들이 전부 주관적인 이유에서 발생하는 것은 아니다. 토마스 만 또한 주어진 의무를 수행하고자 하는 의지가 없었던 건 아니다. 나름대로 노력했지만 실패한 적도 있었고, 감당조차 못 한 적도 있었으니 말이다.

결론적으로 고백하자면, 토마스 만은 분명 천사는 아니었다. 그렇다면 마지막으로 한 가지 의문이 남게 된다. 천사에 의해 창조된 문학이란 게 과연 존재하기는 하는 걸까. 개인적으로 나는 지금껏 그런 작품을 발견하는 행운을 누리지 못했다. 일부 책들 속에서 나를 매료시키고, 가슴 뛰게 만들고, 감동시키고, 생각에 잠기게 만들고, 살아가면서 어떤 방식으로든 도움을 주었던 문학은 전부 다 불완전하기 짝이 없는 필멸必滅의 존재가 생산해낸 산물이었다.

빌럼 콜프

유르겐 토르발드 지음, 미에치스와프 오지엠브워프스키 옮김,
『환자들』
Jürgen Thorwald, *Pacjenci*, (trans.) Mieczysław Oziembłowski,
Kraków: Wydawnictwo Literackie, 1994

빌럼 콜프Willem Kolff. 그가 누구지? 정치가나 가수, 배우, 아니
면 국제적인 사기꾼? 수없이 반복해서 회자되는 이름들도 우
리는 흔히 한 귀로 듣고 한 귀로 흘려버린다. 많은 이름들은
다음 날 바로 잊어버리기도 한다. 뭐, 하지만 걱정할 건 없다.
이른바 정의로운 '시간의 거름망'이 작동하여 바닥에 순금 덩
어리, 즉 정말로 기억할 가치가 있는 이름들만 남을 때까지 체
를 쳐서 모래들을 걸러낸다고 믿고 있으니까. 아름다운 환상
이다. 하지만 과연 늘 현실에 부합할까. 추측컨대 '시간의 거름
망' 어딘가에는 구멍이 뚫려 있을지도 모르고, 덕분에 금덩이
에는 모래가 섞여 있을지도 모르겠다.

빌럼 콜프란 이름은, 일부 전문가들에게는 여전히 기억되
고 있지만 대부분의 사람들에게서는 잊혀졌다. 집단의 기억 속
에서 지속적인 자리를 차지할 만한 인물인데도 말이다. 콜프
는 세계 최초로 인공신장을 창안하고 만들어낸 네덜란드의 의
사이다. 이 기구는 실제로 사용하기가 번거롭고 복잡하긴 하
지만, 건강한 신장이식을 기다리는 수많은 환자들에게는 유일

한 구조수단이었다. 콜프는 물론 신장이식에 대해서는 상상조차 하지 못했다. 그가 바랐던 건, 병들고 기능이 쇠약해진 신장이 혹시라도 운 좋게 그 기능을 회복할 때까지 대체해줄 인공적인 수단을 마련하는 것이었다.

콜프가 자신의 첫 번째 실험을 시도할 당시의 작업환경은 이루 말할 수 없이 열악했다. 이런 꿈 같은 일을 실현할 만한 아무 장비도 갖추어지지 않은 지방의 작은 병원에서 작업이 이루어졌다. 게다가 나치로부터 강제 점령당했던 시절이었다. 모든 것이 부족했다. 이미 여러 차례 사용하여 녹이 슨 피하주사의 주삿바늘도 부족했고, 고무관이나 기타 필요한 기구들도 부족했다. 몇몇 도구들은 지방의 제조업자에게 따로 주문을 해야 했고, 에나멜을 씌운 부품의 경우는 가까운 공장에서 불법으로 조달받았다. 인공신장에서 가장 핵심적인 역할을 하는 건 감염된 혈액을 여과하는 필터인데, 정육점에서 사용하는 인공 소시지 포장지를 몰래 들여와서 사용했다. 이 필터가 자주 터지는 바람에 바닥으로 피와 투석액이 쏟아지곤 했다. 의료진들은 방수 신발을 갖고 있지 않았기 때문에 몇 시간씩 벽돌 위에 올라서서 일해야만 했다. 독일군이 어디에나 출몰했고, 사방에서 감시를 했다. 12A 수술실에서 이루어지는 모든 실험은 인류를 위한 것이라는 설명도 나치를 설득할 순 없었다. 제3제국*의 이익을 위한 일이 아닌 모든 것에는 고의적인 방해공작이 뒤따랐다.

* 1933~1945년 히틀러 치하의 나치 독일을 가리킨다.

콜프의 시도가 처음부터 성공적이진 않았지만, 시도할 때마다 환자의 생명은 하루, 이틀, 일주일씩 연장되었다. 그러다 전쟁이 끝난 지 일 년 후에 마침내 성공을 거두었다. 인공신장 덕분에 여환자 한 명이 목숨을 건지게 된 것이다. 얼마 안 있어 콜프는 자신의 기기와 함께 미국으로 이주해서 그곳에서 계속 성능을 개선하고 현대화를 도모했다. 그때부터 목숨을 구한 환자의 숫자는 기하급수적으로 늘어났다.

이 책은 제목이 가리키듯이 환자들에 대해 다루고 있지만, 말이 나온 김에 의사들에 대해서도 당연히 언급하고 있다. 덕분에 나는 빌럼 콜프에 대해서 알게 되었고, 그에 대한 글을 쓰지 않을 수 없었다. 폴란드의 『세계대백과사전』에 그에 대한 언급이 단 한 줄도 없기에 더욱 그러했다.

함무라비, 그 이후?

마렉 스텐피엔 서문 및 편저,『함무라비 법전』
Kodeks Hammurabiego, (edit.) Marek Stępień, Warszawa: Alfa, 1996

3700년 전 고대 바빌로니아의 왕이자 저 유명한 『법전』을 쓴 저자, 아니 그보다는 창안자라고 할 수 있는 함무라비에 관해 역사학자들은 꽤 많은 사실을 알고 있다. 하지만 우리 비전문가들은 그저 무자비하고 엄격한 법안 제정자 정도로만 기억한다. 물론 사실이긴 하지만, 고대에는 관대한 법이란 게 아예 없었다는 점을 고려할 필요가 있다. 만약 실제로 그런 법이 존재했다면, 우리는 그 사실을 상당히 기쁜 마음으로 받아들였을 것이다. 함무라비의 행운(동시에 불운)은 자신의 법을 화강섬록암으로 만든 견고하고 내구성이 강한 현판들에다 새기라고 명령한 데서 비롯되었다. 그 현판들 가운데 하나가 온전하게 보전되는 바람에 함무라비에게는 유례없이 잔인한 인물이라는 꼬리표가 붙게 된 것이다.

『법전』의 내용은, 오만하고 독선적인 어조로 쓰인 서론과 결론을 제외하고, 모두 282개의 절로 구성되어 있다. 직접 세어보니 사형선고에 해당하는 범죄가 총 36개이고, 16개의 경우는 범죄자를 평생 불구로 만드는 형벌을 내리도록 명시되어 있었다. 나머지 범죄에는 재산 몰수나 유배, 아니면 다양한 금액의 벌금이 부과되었다. 여기까지의 내용으로 미루어보면, 바빌로니아의 형 집행자들은 그 일거리가 상당히 많았으리라 짐작된다. 하지만 그렇다고 우리가 그들에게 쓸데없이 우월감을 가져서는 안 될 것 같다. 오늘날에도 수많은 국가에서 교수형 집행인들이 눈코 뜰 새 없이 바쁘게 일하고 있다. 또한 판사들은 '무죄추정의 원칙', '방어권', '정상참작의 상황'과 같은 세부적인 사항들은 제대로 고려하지 않은 채, 별다른 망설임 없이 법정 최고형을 선고하고 있다.

다시 『법전』으로 돌아가보자. 여기서의 법은 다소 원시적이긴 하지만, 그래도 어느 정도의 논리는 갖추고 있다. 예를 들어보자. 이 『법전』에서 사악한 마법과 관련된 내용은 하나뿐이다. 피의자로 지목된 사람은 일단 물에 던져진다. 하지만 그가 살아서 뭍으로 나오면, 오히려 피의자를 고소한 사람이 사형을 받게 된다. 인류의 역사에서 그리 오래전이라고 할 수도 없는 중세시대에 마녀사냥의 불을 지핀 원동력은 바로 신고자에게 아무 처벌도 가하지 않는 불합리한 제도에 있었다. 『법전』에서는 만약 집에서 기르는 동물이 누군가를 다치게 하거나 죽게 만들면, 그 불운에 대한 책임을 동물의 주인에게 물었다. 중세시대 유럽에서는 동물들에 대한 그로테스크한 형벌이 성행했다. 하지만 함무라비의 관점에서는 동물은 무고한 존재이고, 그 동물을 단속하지 않은 인간이 벌을 받는 게 당연한 일이었던 것이다. 그 밖에 이런저런 유형의 직무유기들, 예를 들어 밭을 갈지 않았거나 둑에 난 구멍을 메우지 않았을 때, 또는 과수원에 제때 거름을 주지 않았을 때 처벌을 했다. 반면에 가뭄이나 홍수, 전염병과 같은 자연재해의 경우에는 절대로 인간에게 그 책임을 추궁하지 않았다. 이러한 재난이 인간에게 벌어진 것은 신의 뜻이라고 믿었기 때문이다. 반면에 우리가 살고 있는 20세기에는 위협과 공포의 상황이 닥쳤을 때 이따금 황당한 생각에 사로잡히는 사람들이 있다. 그들은 자신의 무력감과 절망을 어떻게든 약화시키기 위해 다른 사람을 희생양으로 삼으려는 충동을 억누르지 못한다.

마지막으로 헤로도토스Herodotos의 『여행』에 대해 언급하도록 하겠다. 함무라비 시대로부터 1300년이나 지나서 그의 영토에 발을 들여놓은 페르시아의 왕 크세르크세스 1세Xerxes I는 『법전』에 대해서는 아무것도 몰랐다. 헬라스(그리스의 옛 이름) 원정 당시에 크세르크세스 왕은 헬레스폰트 해협*에 다리를 놓으라고 명령했다. 그런데 다리를 놓은 지 얼마 되지 않아 거친 파도가 밀려와 다리를 부수고 말았다. 분노에 휩싸인 왕은 다리를 세운 인부들의 목을 치게 했다. 또한 바다를 향해 태형笞刑을 선고하면서, 채찍으로 물을 때려 영원한 노예로 삼게 하라고 명령했다. 다시 말하면, 다리를 부실공사한 사람들에게도 벌을 내렸고, 그 다리를 보기 좋게 파괴해버린 바다에게도 벌을 내린 것이다. 이에 비하면 함무라비의 논리는 수준이 훨씬 높았다.

---

* 지금의 다르다넬스 해협으로, 마르마라해와 에게해를 잇는 유럽 대륙과 아시아 대륙 간의 해협이다.

디즈니랜드

데이비드 포트너 지음, 마렉 지부리 옮김, 『동굴』
David E. Portner, *Jaskinie*, (trans.) Marek Zybury, Wrocław:
Wydawnictwo Atlas, 1995

동굴을 처음으로 발견한 건, 당연히 어둠 속에서도 앞을 잘 보
는 야행성 동물들이다. '동굴의 인간'에게는 애석하게도 이런
재능이 주어지지 않았기에 감히 동굴 깊은 곳까지 멀리 들어
갈 수 없었고, 바깥쪽에 머무를 수밖에 없었다. 사실 용기가
없었다기보다는 제대로 된 손전등이 없었던 것이다. 과거에 인
간이 사용했던 손전등이란 나뭇진을 바른 횃불이나 연료유를
사용한 등잔이 고작이었는데, 둘 다 바람이 불면 쉽게 꺼지곤
했다. 그러니 이런 도구를 갖고 호수 밑바닥으로 잠수하여 동
굴의 입구를 찾는다든지 지하의 좁은 틈바구니를 비집고 들어
가는 건 불가능한 일이었다. 동굴은 언제나 인류의 호기심을
자극했지만, 체계적인 발굴과 탐사 작업이 이루어지기 시작한
건 20세기 들어서부터였다. 그리고 그 작업은 여전히 현재진행
형이다. 발견되지 않은 동굴이 발견된 동굴보다 더 많기 때문
이다.

　널리 알려지고, 접근이 용이해지고, 붕괴 위험도 없다고
판명된 동굴들은 관광객들의 발길이 끊이지 않는 명소가 되었
다. 관람객들을 실어 나르기 위해 케이블카가 설치되었고, 동

굴 안에도 크고 작은 다리와 리프트, 난간과 기둥, 전망대가 만들어졌다. 어둠 속에서 동굴의 화려한 형상과 문양, 형형색색의 미묘한 색조들을 제대로 구별하고 감상할 수 있도록 반사망원경*을 설치하는 것 또한 필수였다. 그런데 과연 필수적일까. 뭐, 어쩌면 그럴 수도. 하지만 우리가 관람을 시작한 모든 동굴마다 과연 이런 망원경이 꼭 필요한 걸까. 만약 불빛이 우리가 꼭 봐야 할 대상을 살짝 돋보이게 해주는 선에서 은은하게 중립을 유지한다면 어떤 일이 벌어질까. 하지만 아쉽게도 대부분의 동굴에서는 그렇게 하지 못한다. 만약 바위가 연한 적갈색이면, 반사망원경은 그 바위의 적갈색을 더욱 도드라지게 부각시킨다. 석회석 안에서 청록색과 노란색, 분홍색이 어른거리면, 불빛은 그 색조를 더욱 강렬하게 만들어버린다. 만약 돌멩이가 눈처럼 새하얗다면, 반사망원경은 거기에 어떤 색감을 입혀버린다.

이것은 마치 디즈니랜드가 동굴을 습격한 것과 같다. 우리의 안목과 통찰력이 더 이상 대상을 있는 그대로의 자연스런 상태로 파악할 수 없게 만든다. 아, 그리고 때로는 둔해빠진 무자크**에게 굴복하고 말 때도 있다. 침묵과 고요는 디즈니랜드에서는 용납되지 않는 요소이기 때문이다. 더욱 밝고, 더욱 활기차게 만들 것! 그리고 자연현상으로부터 타고난 고유의 기품을 과감히 제거해버릴 것!…. 기왕 말이 나온 김에 한마디만 덧붙이자면, 디즈니랜드는 고대의 조각상들이 고전을 면치

* 대물렌즈 대신에 오목거울을 사용하여 물체로부터의 빛을 반사시켜 접안렌즈로 상을 확대하는 망원경.
** 상점·식당·공항 등에서 배경음악처럼 울려퍼지는 녹음된 음악.

못하고 있는 박물관과 갤러리까지 점령하기 시작했다. 우리는 종종 하늘색이나 오렌지색으로 치장된 전신상이나 토르소, 반신상 들과 맞닥뜨리게 된다. '더욱 아름답게'라는 명목으로 말이다…. 부디 내가 틀렸기를 바라지만, 나는 바로 이런 것들 때문에 우리의 눈이 점점 바보스러워지는 것 같다.

인류를 위한 포옹

캐슬린 키팅 지음, 다리우쉬 로소프스키 옮김, 『포옹 소백과』
Kathleen Keating, *Mała księga uścisków*, (trans.) Dariusz Rossowski,
Łódź: Wydawnictwo Ravi, 1995

이 책의 저자는 자신이 쓴 내용을 철석같이 믿는 사람인 듯하
다. 만약 사람들이 지금보다 자주 서로를 안아준다면 두말할
필요 없이 지금보다 훨씬 더 행복해진다고 말이다. 여기서 포
옹이란, 그 어떤 의도도 개입되지 않은 순수한 의미의 우정 어
린 포옹을 말한다. 뭐, 맞는 말일 수도 있다. 안 될 것도 없겠
지…. 내가 신경 쓰이는 건, 시도 때도 없이 무조건 포옹을 강
화해야 한다는 그녀의 주장이다. 그 어떤 동작도 너무 자주 반
복하다보면, 결국엔 평범해지고 본연의 가치를 상실하게 된다
는 건 뻔한 이치다. 3분 30초에 한 번씩 껴안는 장면이 등장하
는 미국 드라마를 보더라도, 잦은 포옹으로 인해 모든 음모와
나쁜 감정, 오해와 충돌이 해결되면서 16회로 예정된 드라마
가 조기 종영되는 경우는 없다.

실생활에서도 별반 다르지 않다. 특히 우리 폴란드인들은
명심해야 한다. 우리는 한 차례의 예외를 제외하고는 집단적으
로, 기꺼이, 게걸스럽게, 탐욕스럽게 포옹한 적이 없었다. 딱 한
번, 귀족문화가 정점을 이루었던 사스키Saski* 왕조 때 열심히
포옹을 했지만, 그렇다고 특별히 좋은 일이 일어난 건 아니었다.

캐슬린 씨는 미국 여성이다. 덕분에 그녀는 쉽게 열정에 빠진 듯하다. 이 책에는 누구를 안아야 하는지, 언제 어디에서 어떻게 안아야 하고, 왜 그래야만 하는지에 관한 상세한 지침이 수록되어 있다. 차례차례 짚어보자. 누구를 안을까. 물론 포옹을 거부하지 않는 모든 사람이 그 대상이다. 언제 어디에서? 역시 언제나, 아무 데서나 해야 한다. 워크숍에서, 부엌에서, 극장 앞에서, 극장 안에서, 강의실에서, 버스를 잡으러 뛰어가면서(?), 위원회 회합에서(!), 딸기를 따면서(!!), 우체국에서 편지들을 분류하면서(?!), 심지어는(대체 어디서 이런 생각이 떠올랐을까) 고고학 유적지에서 발굴작업을 하면서 말이다. 그렇다면 어떤 방식으로? 오, 상당히 다양하다. '곰 포옹', '샌드위치 포옹', '좌우로 하는 포옹', '백 허그', 그리고 다른 수많은 자세들. 그렇다면 우리는 왜 포옹을 해야 하는 걸까. 민주적이고 이타적인 감정을 표현하기 위해서이며, 만약 우리가 자연의 풍만한 품에 안길 수 있다면 친환경적인 정서를 갖게 된다고 그녀는 설명한다. 게다가 서로를 안아주는 동작은 자율신경을 강화시켜주고, 식욕을 억제하여 날씬한 몸매를 유지하는 데도 도움을 준다. 또한 포옹에는 다양한 동작이 뒤따르기 때문에 근육도 탄탄해지고 노화 방지에도 효과적이다.

* 18세기 전반기에 폴란드를 통치했던 작센 출신의 왕조. 당시 폴란드에서는 세습군주제 대신 귀족들이 직접 왕을 선출하면서 많은 특권을 누렸다. 왕권이 약화되고 귀족들의 권한이 강화되면서 폴란드의 국력은 점점 쇠퇴했고, 결국 1798년에 이웃 나라인 프로이센, 러시아, 오스트리아 3국으로부터 분할 점령을 당하게 된다.

아, 이런 기분 좋은 약속을 이렇게 비웃어도 될지 모르겠다. 한 가지만 고백하자면, 이 책의 저자가 대서양 너머 아주 먼 곳에 살고 있다는 사실에 나는 새삼 안도한다. 그녀가 만약 내 이웃이라면, 게다가 정원을 가꾸는 걸 좋아한다면, 나는 항상 도망치듯 살금살금 집에서 빠져나와야만 할 것이고, 특히 정원을 지나칠 때는 캐슬린 씨가 우리 집 쪽에 등을 돌리고 땅을 파는 타이밍을 포착하기 위해 눈을 크게 떠야만 할 것이다. 안 그랬다가는 어김없이 가해지는 그녀의 애정공세를 피할 길이 없게 되고, 나 역시 그녀에게 똑같이 화답해야만 할 테니 말이다. 그렇게 우리는 하루에도 몇 번씩 서로의 품속에 서로를 가두어야만 할 것이다. 아마도 캐슬린 씨는 포옹을 하면서 이것이 나를 젊어 보이게 만들어줄 거라고 철석같이 믿을 것이다. 내가 그녀를 부둥켜안은 채 그녀의 정원을 쳐다보며 '누가 알아? 저기에 고고학 유물이 묻혀 있을지도…'라는 엉뚱한 생각이나 하고 있을 때 말이다.

진실과 허구

포르피리우스·이암블리코스·익명의 저자 지음, 야니나 가이다-
크리니츠카 옮김, 『피타고라스의 생애』
Porfiriusz, Iamblichus, Anonymous, *Żywoty Pitagorasa*, (trans.)
Janina Gajda-Krynicka, Wrocław: Wydawnictwo Epsilon, 1993

피타고라스는 그리스의 가장 오래된 철학자 중 한 명으로, 거
의 완벽하게 신격화된 인물이다. 알려진 거라고는 기원전 6세
기에 살았고, 새로운 학파를 창설했으며, 동양의 현자들과 모
종의 교류가 있었는지는 몰라도, 그가 세운 학파에서 발표한
모든 글들이 피타고라스를 직접 인용하고 그에 대해 언급했다
는 사실이다. 또한 피타고라스 스스로가 자신의 학문적 성과
를 직접 글로 옮긴 게 아니라 그의 사후死後에 상당히 많은 외
경外經들이 그 내용을 정리하였다는 사실도 익히 알려져 있다.
이 때문에 철학사가들은 '피타고라스의 사상'이라는 표현 대신
에 '피타고라스적 사상'이라는 표현을 선호한다. 심지어 오랫
동안 그의 저작으로 알려져왔던 '정리定理'마저도 그가 직접 쓴
것이 아니라는 의혹을 제기하는 사람들까지 등장했다…. 하지
만 이런 의견은 좀 지나친 듯하다. 학문공동체를 창설하는 과
정에서 피타고라스의 주변에 수많은 지지자들이 모여든 것을
미루어보면, 그는 틀림없이 인상적인 매력과 높은 학식을 겸비
한 뛰어난 인물이었을 것이다.

전설은 흔히 볼 수 있는 평범한 인물을 둘러싸고 회자되지는 않는다. 피타고라스는 자신의 학파를 두 가지 측면에서 동시에 발전시켰다. 전형적인 자연과학 분야(기하학, 음향학, 천문학)는 물론이고, 거의 증명하기 힘든 형이상학적 추론에서도 그의 학파는 독보적인 지위를 구축했다. 당시에는 이 둘이 서로를 방해하지 않고 공존할 수 있는 분위기가 조성되어 있었던 것이다. "감성과 믿음이 현자의 돋보기나 눈동자보다 더 강하게 내게 말을 건다"…. 피타고라스 학파 사람들은 이러한 태도를 분명 이상하게 여길 것이다. 무엇 때문에 꼭 선택을 해야만 하지? 왜 A는 B보다 더 강하게 말을 걸어야만 하는 걸까. 비록 피타고라스 학파는 아니지만, 나 역시 이 낭만주의적인 인용문이 뭔가 불편하게 느껴진다. 학문(여기서는 '돋보기와 눈동자'라는 표현으로 다소 비하되고 있다)은 상상력과 직관, 그리고 비밀을 파고들겠다는 마음의 준비, 다시 말해 '감성과 믿음'의 영역에 속하는 모든 것들 없이는 한 발자국도 전진하지 못하는 법이다. 이와 마찬가지로 시詩 또한 하나의 측면에서만 집필되는 게 아니다. 나는 전 세계의 아름다운 시구들을 모은 시선집에 피타고라스의 정리를 넣어도 조금도 어색하지 않으리라 확신한다. 안 될 게 뭐가 있겠는가. 그 안에 이미 위대한 시상이 담겨 있고, 가장 긴요한 어휘들만 추려서 완성된 고유한 형식과, 시인들조차 부여하기 힘든 우아함까지 겸비하고 있는데 말이다….

피타고라스가 만든 학파는 약 2세기 동안 존속되었고, 그 이후에는 시기별로 다양한 모습으로 재탄생되었다. 거장을 숭배하는 풍습이 계속 유행하면서 그의 이력에는 갈수록 새롭고 풍부한 내용들이 추가되었다. 기원후 3세기에 쓰인 마지막 두 권의 전기에는 기적 스토리가 넘쳐난다. 피타고라스는 더 이상 필멸의 범인凡人이 아니었다. 먼저 아폴론 신의 아들로 승격되었다가, 종국에는 잠시 인간의 모습을 빌려 태어났던 아폴론 신으로 추앙받았다. 고귀한 출생성분을 배경으로 피타고라스는 이제 모든 걸 할 수 있는 전능한 존재가 되었다. 물이나 동물들과 대화를 나누었다는 둥, 날고 있는 새를 낚아채서 자신의 손등에 살포시 올려놓았다는 둥, 폭풍을 잠재웠다는 둥, 미래를 예견했다는 둥, 자신의 전생을 떠올렸다는 둥, 다양한 전설이 추가되었다. 심지어는 지금까지 언급한 그 어떤 기적보다 더 큰일도 해냈다고 알려졌는데, 방랑생활을 하면서 그가 맞닥뜨렸던 모든 폭정暴政을 뿌리 뽑았다는 내용이었다. 하지만 기적은 언젠가는 멈추게 마련이고, 모든 것은 차츰 본래의 상태로 되돌아갔다. 현재 피타고라스에 관해 우리가 기억하는 것은 다만(사실 '다만'이라는 표현에는 어폐가 있다고 생각한다. 유구한 시간을 뛰어넘어 오늘날까지 전해졌으니 말이다) 그의 유명한 '정리'뿐이다. 여기에다 덤으로 유럽의 하늘 아래서 최초로 다음과 같은 이론을 주장했다. "모든 생명체는 본질적으로 혈족관계에 있다."*

---

* 피타고라스는 살아 있는 모든 생명체는 본질적으로 혈족관계에 있다고 주장하면서, 고기를 먹는 행위를 사람이 사람을 먹는 것과 같은 잔혹행위로 치부하였다. 작은 곤충을 함부로 죽이는 것 또한 사람을 죽이는 것과 같은 범죄행위라고 규정하기도 했다. 인간뿐만 아니라 모든 동물에게도 전생이 있다고 믿었으며, 인간을 포함한 모든 동물이 다른 동물로 다시 태어난다고 믿었다.

왕자의 발(다른 신체 부위는 말할 것도 없이)

조르주 비가렐로 지음, 『깨끗함과 더러움』(프랑스어에서 번역,
때로는 오역이 있음)*
Georges Vigarello, *Czystość i brud*, Warszawa: Wydawnictwo W.A.B.,
1996

이 칼럼에는 여러분이 깜짝 놀랄 만한 내용이 담겨 있다. 어디
쯤 언급되어 있는지 굳이 밝히진 않겠다. 너그러운 우리 독자
들께서 알아서 곧바로 탐색 작업에 돌입하실 테니 말이다. 자,
그럼 차근차근 이야기를 풀어나가보겠다. 이 책의 부제는 '중
세부터 20세기까지 신체의 위생'이다. 다만 여기에다 '프랑스
에서'라는 문구를 추가해야 할 듯하다. 왜냐하면 저자는 프랑
스에서 출간된 연대기와 서간문, 회상록과 의학서적을 참고하
여 자신의 주장을 전개하고 있기 때문이다. 하지만 청결의 역
사는 거의 모든 유럽 국가들에서 비슷한 양상으로 전개되었다
는 사실을 고려할 필요가 있겠다.

중세시대 사람들은 초반에는 그래도 가끔씩 씻기는 했다.
일부 대도시에서는 공중목욕탕이 번창하기도 했지만, 15세기
에 흑사병이 창궐하면서 차례로 문을 닫았다. 공중목욕탕의

---

* 쉼보르스카는 번역에 대해 문제제기를 하면서 의도적으로 역자의
이름을 기재하지 않았다.

344

고객들이 집에서도 잘 씻었을 것이라고 단정하는 건 지나치게 단순한 논리이다. 당시에 성행하던 이론에 따르면, 물은 병균을 퍼뜨리는 수단이 될 뿐 아니라 독기를 뿜어내어 연약한 피부를 통해 내장기관에 침투함으로써 온갖 질병을 발생시키는 원흉이기도 했다.

16세기와 17세기 그리고 18세기의 일부는 사람들이 상상도 못 할 정도로 더러웠던 시기였다. 신생아는 태어나자마자 목욕을 시키긴 했지만, 그러고 나서는 곧바로 어패류를 갈아 만든 반죽으로 아기의 온몸을 문질러댔다. 물이 뿜어내는 사악한 기운을 중화시켜야 한다는 이유에서였다. 루이 13세가 처음으로 발을 씻은 건, 그의 나이 여섯 살 때였다. 그의 아버지인 헨리 4세에 관해 왕궁의 한 여인은 다음과 같이 기록하였다. "썩은 고기처럼 역겨운 냄새가 났다." 당시에는 궁전에 살던 모든 사람이 고약한 냄새를 풍겼으므로 그들의 왕은 아마도 더욱 특출한 악취를 뿜내야만 했을 것이다.

이 시대에 청결을 유지하는 방법은 흰 손수건으로 피부를 닦고 향수를 사용하는 것뿐이었다. 그나마 물질을 하는 건 얼굴과 손뿐이었다. 만약 누군가가 몇 년에 한 번씩 목욕을 하겠다고 하면, 두고두고 사람들의 입방아에 오르는 큰 사건으로 여겨졌다. 물을 받아놓은 목욕통에 제일 먼저 들어가서 씻는 건 집안의 가장이었다. 그다음엔 그의 부인이 들어갔고, 할머니나 할아버지가 그 뒤를 이었으며, 나이순대로 아이들이 물에다 몸을 담그고 나면, 마지막으로 하인들이 그 물을 사용했다. 목욕을 자주하는 습관을 가진 괴짜들은 자신들의 욕망을 철저히 감춰야만 했는데, 안 그러면 난봉꾼이나 타락한 인간으로 손가락질받기 십상이었다.

이따금 나는 당대의 시대상을 정교하고 빈틈없이 재현한 사극을 떠올려보곤 한다. 박물관에 걸려 있는 오래된 초상화들을 토대로 재현된 아름다운 의상과 가발을 걸친 배우들이 화면 속에서 행진을 한다. 무대장치에서부터 소품에 이르기까지 시대착오적이라는 비판을 받을 만한 요소는 단 하나도 없다. 하지만 자신의 영화에서 때와 얼룩, 습진, 곰팡이, 뽀루지, 면도사의 더러운 손가락에서 감염되는 바람에 생긴 고름, 그리고 만찬 때마다 수프 그릇 속으로 수시로 뛰어들곤 하는 벼룩들을 보여주겠다는 과감한 결단을 내린 감독은 지금껏 단 한 명도 없었다. 진짜 그런 영화가 나온다면, 아마 참고 보기 힘들 것이다. 관객은 영웅적인 장면이나 러브신이 나오면, 감동의 눈물을 흘리는 대신 구토를 시작할 것이다….

자, 이제 드디어 깜짝 놀랄 만한 사실을 발표할 때가 된 듯하다. 신사숙녀 여러분, 위대한 철학자 미셸 드 몽테뉴는 물을 혐오하지 않았던 바로 그 괴짜들 중 한 명이었답니다. 그는 목욕을 했습니다! 그것도 자주 했어요! 기꺼이 말이죠! 때에 찌들어 있던 자신의 시대를 보기 좋게 역행했던 거죠! 어찌나 경이로운지 제 손끝에서 그만 볼펜이 굴러떨어졌네요.

정신 나간 콜리플라워

살바도르 달리 지음, 얀 코르타스 옮김, 『천재의 일기』
Salvador Dali, *Dziennik geniusza*, (trans.) Jan Kortas, Gdańsk:
Wydawnictwo L&L, 1996

비단 예술만이 아니다. 초현실주의자들은 일상생활 또한 초현
실적이어야만 했다. 정어리 통조림을 사러 상점에 들어갈 때도
평범하게 문턱을 넘어서는 안 되며, 물구나무를 서서 손으로
라도 짚고 들어가야 할 판이었다. 초현실주의자들이 젊을 때
는, 그들이 벌이는 소란과 논쟁 들은 넘치는 유머와 삶의 활력
에서 비롯된 즉흥적인 성향을 띤다. 하지만 서른 살이 넘어가
면서 그들의 인생도 조금씩 탁해지기 시작한다. 그들의 활동
에 정치가 개입되고, 이데올로기의 선택을 강요받게 되며, 저
항과 분열에 부딪힌다. 그러면서 충격적인 해프닝을 즐기던 경
향이 차츰 사그라져서, 어떤 이들은 가정을 꾸리고 안정을 추
구하기도 한다. 초현실주의자인 아빠는 애물단지인 자식의 공
책을 펼쳐보면서 다음과 같이 말할 수밖에 없게 된다(심장에
쓰라린 통증을 느끼면서 말이다). "얘야, 학교에 다니는 동안
은 다른 사람들처럼 말하고 행동해야 한단다. 그러니까 2+2는
4인 거지. 나중에 어른이 되면, 그때는 하고 싶은 대로 하려무
나…."

살바도르 달리는 계속해서 초현실주의적인 삶을 살았던

유일무이한 인물이다. 그는 평생, 골치 아픈 회색빛 세상 위로 붕 떠올라 카니발의 풍선처럼 날아다녔다. 정치도 멀리했고, 전쟁에서도 무사히 살아남았으며, 아버지가 되지도 않았다. 그의 그림은 날개 돋친 듯 팔렸고, 덕분에 다음과 같은 쓸모 있는 충고로 젊은 예술가들에게 도움을 제공할 태세를 늘 갖추고 있었다. "화가들이여! 가난하게 살지 말고 부자가 되십시오!" 달리에게서는 항상 세상을 놀라게 할 만한 사진과 인터뷰, 사건 들을 기대할 수 있었기에 기자들 또한 그를 사랑했다. 한번은 정체를 알 수 없는 끈적끈적한 액체를 온몸에 바른 채 사람들에게 다가갔다. 덕분에 근처의 파리들이 모두 그를 향해 몰려들었다. 또한 달리는 각양각색의 개구리들과 게들을 잉크 속에 담갔다가 흰 캔버스 천에 던지기도 했다. 화장실에 간다는 표시로 자신의 귀에다 재스민 가지를 꽂곤 했는가 하면, 흰 콜리플라워들로 가득 채워진 새하얀 롤스로이스를 타고 소르본 대학에 강연을 하러 가기도 했다. 어느 날엔가는 자신의 일행을 파리로 보내어 거리 곳곳에서 장례식 관지기처럼 엄숙한 표정을 지은 채 십수 미터짜리 바게트를 사람들에게 대접하도록 했다. 그에게는 익살스럽고 재미난 아이디어들이 무궁무진했지만, 거기에 수반되는 논평은 절대로 변하지 않았다. "나는 천재다. 그러므로 내가 창조하고 실현하는 모든 것은 두말할 필요도 없이 천재적인 것이다." 기회 있을 때마다 늘 자신을 향해 목이 터져라 브라보를 외치며 환호를 보냈던 것이다.

　　달리가 자신보다 뛰어나다고, 그것도 아주 조금 우위에 있다고 손꼽은 화가는 라파엘로와 페르메이르 둘뿐이고, 생존하는 화가들 중에서 그가 그럭저럭 실력을 인정한 건 피카소가 유일했다. 동시대의 초현실주의 화가들 중에서는 그 누구도 인정하지 않았다. 놀라운 작품들을 남긴, 달리 못지않게 뛰어난 화가들이 당시에 꽤 많았음에도 말이다. 조르조 데 키리코, 막스 에른스트, 르네 마그리트 등등….

달리의 그림들은, 특히 유명한 대표작들은 내게는 너무 많은 걸 담고 있는 듯한 느낌을 준다. 그래서 그 그림들을 볼 때마다 나는 시선을 한 곳에 두지 못한 채 눈동자를 이리저리 굴려가며 조각조각 나누어 감상할 수밖에 없다. 글쎄, 개인적으로는 달리보다 마그리트를 선호한다. 아이디어를 표현함에 있어 훨씬 엄격하고 절제되어 있기에 감상자로 하여금 더욱 집중하도록 만들기 때문이다. 달리는 나에게 나이브한 시인을 연상시킨다. 시 속에 메타포를 많이 집어넣을수록 그 시가 더 나아진다고 믿는….

『천재의 일기』는 거장에 대한 과장된 숭배를 배제한 채 집필되었다. 제본에 문제가 있었는지, 책을 다 읽고 나자마자 책장이 조각조각 떨어져나갔다. 달리 본인도 이런 깜짝쇼는 미처 생각해내지 못했을 것이다.

작은 영혼들

제인 구달 지음, 예지 프루쉰스키 옮김, 『열쇠 구멍을 통해』
Jane Goodall, *Przez dziurkę od klucza*, (trans.) Jerzy Prószyński,
Warszawa: Wydawnictwo Prószyński i S-ka, 1997

제인 구달은 침팬지들을 위해 30년의 생을 바쳤다. 그녀는 탕가니카 호수 근처에 서식하는 세 무리의 침팬지 중 한 무리를 관찰 대상으로 선정하였다. 그리고 자신과 함께 작업할 공동연구원들을 모집하였다. 침팬지들은 유목민적인 속성 탓에 사방으로 흩어지곤 하는데, 각각의 유인원들의 행동을 개별적으로 추적하기 위해서는 함께 일할 인원이 꼭 필요했던 것이다.

제인 구달의 첫 번째 보고서는 학계에 큰 충격을 불러일으켰다. 그 당시까지만 해도 동물행동학에서는 동물들의 동작이나 행위가 '전형성'에 기반하고 있다고 보았고, 개체의 개별적인 심리상태는 별로 중요하지 않은 것으로 간주되었다. 따라서 동물의 '정신'이나 '감정', '개별적 특성' 등을 논하는 것은 말도 안 되는, 단순하고 무지한 의인화에 불과한 것으로 치부해버렸다. 그런데 이 젊은 여성학자의 연구 결과, 침팬지의 무리에 속한 각각의 구성원은 자신만의 비전형성을 갖고 있으며, 이것은 개체의 향후 운명에도 적지 않은 영향을 미치는 것으로 밝혀졌다. 동물들은 외부에서 가해진 충격에 항상 똑같이 반응하는 기계가 아니었던 것이다. 마침 비슷한 시기에 다른 나라에서 다른 방법을 사용하여 연구한 학자들도 비슷한 결론에 도달했다. 이렇게 해서 타부는 무너지게 되었고, 오늘날에는 동물들(특히 높은 지능을 가진 동물들)의 개별적인 특성에 대한 연구를 자유롭게 할 수 있게 되었다.

제인 구달은 자신의 보고서에서 동일한 무리에 속한 각각의 침팬지들의 생애와 이력을 과감히 재현해냈다. 그 결과 각각의 이력이 모두 달랐다. 그중에는 야심가 침팬지도 있었고, 우울한 침팬지, 화를 잘 내는 침팬지, 경솔한 침팬지, 질투심 많은 침팬지, 사교적인 침팬지도 있었다. 심지어 엄마로부터 극진한 보살핌을 받은 침팬지가 있는가 하면, 그렇지 못한 침팬지도 있었다…. 이기적이고 무자비한 침팬지가 있고, 이타적이고 희생적인 행동에 능숙한 침팬지, 나아가 다른 침팬지와 오랜 우정을 나눌 줄 아는 침팬지도 있었다. 물론 침팬지의 삶이 서정적이고 목가적이기만 한 것은 아니다. 외부로부터 위협이 가해질 때는 무리가 함께 단결해서 맞섰고, 관찰자의 시각으로는 이해하기 힘든, 서로에 대한 적대감에서 비롯된 내적인 위협이 닥칠 때도 있었다.

그렇다면 우리 인간은 어떨까. 항상 타인이 이해할 수 있는 행동만 할까. 자신이 저지른 행동에 대해 스스로가 납득하고 있을까. 인간과 침팬지의 DNA를 살펴보면, 그 차이는 겨우 1% 미만이다. 이것은 아주 적은 수치이지만 기억할 필요가 있다. 어쩌면 아주 큰 차이일 수도 있기 때문이다. 거의 유사한 감정의 토대 속에서 우리 인간만이 문화를 창조했다. 그리고 이 불가사의한 1%의 차이는 앞으로도 오랫동안 우려와 불안의 대상이 될 것이다.

갑자기 재미있는 일화(어디서 들었던가? 아니면 책에서 읽은 건가?)가 떠오른다. 성대한 파티에 주교의 지인인 백작부인이 애완견을 품에 안고 참석했다. 그녀가 묻는다. "주교님, 말씀해주세요. 동물들에게는 정말 영혼이 없나요?" 주교는 곤란한 나머지 얼굴이 새빨개졌다. "영혼이 없다"고 대답하면, 독실한 신도이면서 교회의 관대한 후원자인 백작부인을 화나게 만들 것이다. "영혼이 있다"고 대답하면, 이단의 논리가 된다. 잠시 후 그는 이 상황을 모면할 적당한 답변을 발견했다. "마담, 동물들도 영혼이 있습니다. 있긴 한데, 요만큼 작은 치수인 거죠…." 다른 사람들은 어떨지 모르겠지만, 나한테는 꽤 설득력 있는 답변이었다.

아인슈타인과 함께한 한 시간

앨리스 캘러프라이스 엮음, 마렉 크로시니악 옮김,
『명언 속의 아인슈타인』
Einstein w cytatach, (ed.) Alice Calaprice, (trans.) Marek Krośniak,
Warszawa: Wydawnictwo Prószyński i S-ka, 1997

그는 천재였고, 재능도 있었고, 자질도 충분했다. 그의 천재성을 제대로 알고 감탄할 수 있는 사람은 전문가들뿐이다. 우리처럼 보잘것없는 범인凡人은 그의 재능과 자질에 대해 막연한 느낌만 가질 따름이다. 먼저 아인슈타인의 재능으로는 다음과 같은 두 가지를 꼽을 수 있을 것이다. 실제로 그와 알고 지내던 사람들이 자주 언급했던 음악적 재능. 그리고 이 책을 통해 다시 한번 확인할 수 있는 문학적 재능. 뿐만 아니라 그는 다채로운 자질을 겸비하고 있었다. 자질과 관련해서는 누구나 다양한 시각을 가질 수 있을 것이다. 나의 관점으로는 철학적인 사고, 세상에 대한 열정적인 호기심, 자신의 생각을 명료하게 표현할 줄 아는 능력, 그리고 유머 감각을 꼽고 싶다. 이 목록은 얼마든지 늘어날 수도 있는데, 예를 들어 자신의 실수를 인정하고 바로잡는 태도라든지, 교우관계에서 우정과 신의를 지키는 모습 등을 언급할 수 있겠다.

하지만 아인슈타인과 관련하여 지나치게 달콤한 면만 부각시키지 않기 위해 두 가지 측면, 즉 정치와 부부관계에서만큼은 소양이 부족했음을 인정할 필요가 있을 듯하다. 그가 가진 정치적 견해는 뛰어난 통찰력과 어린아이의 순진무구함이 뒤섞인 혼란스런 상태였다. 본인도 정치는 자신의 분야가 아니라는 걸 잘 알고 있었다. '학자들은 핵무기를 발명할 줄은 알면서 그것의 오용을 막는 방법은 왜 고안하지 못하느냐'는 질문에 대한 그의 대답은 다음과 같았다. "간단합니다. 정치가 물리학보다 어렵기 때문이죠." 이스라엘 건국 초기에 초대 수상이었던 벤구리온D. Ben-Gurion은 아인슈타인에게 대통령직을 제안했다(속으로는 아인슈타인이 거절하기를 간절히 기도하면서). 위대한 학자는 자신의 민족과 항상 강렬한 유대감을 갖고 있었다. 하지만 동시에 자신은 세계 시민이며, 자신만의 길로 돌아다니는 데 익숙해진 들고양이 같은 존재라는 사실도 잘 알고 있었다. 그런 그가 정치세계에 뛰어들면 적지 않은 문제가 발생할 게 뻔했다. 그리하여 아인슈타인이 제안을 거절하자, 벤구리온은 마침내 안도의 한숨을 내쉬었다…. 가정생활 역시 별로 성공적이지 못했다. 두 번 결혼했지만 모두 실패였다. 항상 일에 파묻혀 있고 뭔가에 얽매여 언제나 전전긍긍하는 사람에게, 아이를 품에 안고 산책하는 자상한 아빠, 인자한 남편의 모습을 기대하기는 힘들었을 것이다….

이 책에 언급된 인용문들은 각양각색의 인터뷰와 서간문, 특정 사건과 관련된 신문기사에서 간추린 것들이다. 나는 전후 사정과 전체적인 맥락을 생략한 채 이렇게 특정 부분만 잘라낸 글들을 별로 좋아하진 않지만, 지금으로선 이것으로 만족할 수밖에 없다. 이토록 비범한 인물과 한 시간을 보낸 것만으로도 충분히 보람 있고 즐겁기 때문이다. 이 책은 신과 종교에 대한 아인슈타인의 견해에 대해 비교적 많은 지면을 할애하고 있다. 아인슈타인 본인도 자신을 가리켜 '독실한 무신론자'라고 한 바 있다. 일찍이 아인슈타인은 다음과 같이 고백했다. 연구자로서 자신이 머물던 학문의 세계는 자신에게 세상의 구조에 대해 수치심과 경외심을 동시에 느끼게 했으며, 이런 식으로 매료당하는 것 자체가 이미 일종의 종교적 체험이나 다름없었노라고. 그리고 덧붙였다. "만약 신이 이 세상을 창조했다면, 확신컨대, 절대로 우리가 그 세상을 쉽게 이해하도록 배려하지는 않았을 것이다"라고.

지금까지 언급한 것보다는 가벼운 내용의 일화를 하나만 더 인용하겠다. 전 세계의 수많은 학자들 그리고 사이비 학자들은 자신이 쓴 논문들을 무더기로 아인슈타인에게 보내어 평가와 지지를 요구하곤 했다. 만약 이 모든 자료를 다 읽고자 했다면, 그는 아무 일도 하지 못했을 것이다. 마침내 참을성이 바닥난 아인슈타인이 비서에게 다음과 같은 답장을 받아 적으라고 소리쳤다. "당신이 보내주신 출판물과 관련하여 아인슈타인 교수께서 강력히 요청하십니다. 한동안 그를 죽은 사람으로 좀 여겨달라고."

클림트의 여인들

주잔나 파르취 지음, 안나 코작 옮김, 『구스타프 클림트―
생애와 작품』
Susanna Partsch, *Gustaw Klimt―życie i twórczość*, (trans.) Anna
Kozak, Warszawa: Wydawnictwo Arkady, 1997

빈 하면 우리는 아르누보를 떠올린다. 아르누보 하면 단연 클
림트다. 클림트 하면 제일 먼저 연상되는 건 아름다운 젊은 여
인들이다. 특유의 화려하고 눈부신 형상적 구도를 위해 젊은
모델들이 기꺼이 나섰고, 초상화 작업에는 상류사회 여성들
이 줄을 섰다. 추측컨대 때로는 좀 더 젊고, 좀 더 섬세한 모습
으로 약간의 포장을 가미하기도 했을 것이다. 하지만 설사 그
랬더라도 그 강도는 아주 약했을 것으로 보인다. 열 배의 돈을
지불한다고 해도 클림트가 땅딸막하고 볼품없는 마흔 살 넘은
남작부인의 초상화를 그렸을 리는 만무하니까.

그의 초상화들을 보면 과연 이 여인들이 실제로 존재했
을까 하는 의심을 품게 된다. 그녀들은 독창적인 품종의 식물
처럼 보이긴 하지만, 아마도 실존 인물이었을 것이다. 축 늘어
진 꽃잎들 사이로 우리를 지켜보고 있는 꽃의 여신 플로라를
연상시킨다. 클림트가 창조한 이런 유형에 대해 아폴리네르는
다음과 같이 적고 있다. "이 여인은 어찌나 아름다운지 내게
두려움을 불러일으킨다." 그리고 이러한 고백에 걸맞게 시인

은 평생 평범한 외모의 여인들을 흠모했다. 흥미로운 일이다. 아르누보는 혁신적인 경향이었고, 공간의 구성에서도 앞서갔으며, 회화의 기법과 재료의 융합에서도 놀라운 발전을 이루어 냈다. 그런데 정작 아르누보가 내세운 여인의 아름다움은 시대정신을 따르지 않았던 것이다.

이 시대에 카메라에 포착된 여성들은 다른 모습을 보여준다. 그녀들은 자전거를 타거나 스키를 즐기고, 자동차의 운전대를 잡고 있거나 요트에서 방향타를 돌리고 있다. 코트에서 테니스를 치기도 하고, 심지어 바짓단을 살짝 접어올린 채 가파른 알프스 산을 기어오르기도 한다. 클림트의 여인들이 살면서 이런 경험을 했으리라고는 상상하기 어렵다. 그녀들의 가늘고 긴 손에 일간지가 들려 있는 모습은 도저히 떠오르지 않는다. 그녀들의 아름다운 엉덩이가 잘린 나무 밑동이나 궁전으로 향하는 돌계단 위에 앉아 있는 풍경이 그려지지 않는 것과 마찬가지다. 만약 이 여인들이 어딘가에 앉는다면, 그것은 아마도 비단실로 수놓은 쿠션이 놓인, 값비싼 재료로 속을 채운 푹신한 소파일 것이다. 만약 찻잔에 찻잎을 넣고 젓다가 금도금을 한 티스푼을 바닥에 떨어뜨렸다면, 그것을 주워올리기 위해 당연히 하인을 부를 것이다.

클림트의 초상화에 등장한 여인들은 아마도 그림을 보고 모두 만족했을 것이다. 반감을 드러낸 딱 한 명을 제외하고는 말이다. 그녀는 빈에서 '강철왕'이라 불리던 대부호 가문 출신의 마르가레트 비트겐슈타인으로, 당시에 이미 독립적인 사상과 주체적인 행동을 보여준 여성이었다. 그녀는 자연과학을 전공했고, 얼마 동안은 화학실험실에서 근무하기도 했으며, 단

추가 20개나 달린 진흙투성이의 부츠를 신고 철학과 문학 강의를 들으러 뛰어다녔다. 화폭 속에 담긴 건 청초하고 매력적인 처녀의 모습이었지만, 정작 본인은 이 그림이 마음에 들지 않았다. 그리하여 가족들과 함께 살던 저택에 이 그림을 걸지 않으려 애를 썼고, 결혼 후 미국으로 떠날 때도 가져가지 않았다. 이것은 아마도 이 뛰어난 초상화가에게는 심리적 상흔으로 남았을 것이며, 미래로부터 들려오는 일종의 위협적인 신호로 여겨졌을 것이다….

클림트의 여성 그림에 대한 내 단상은 여기까지다. 하지만 아직 풍경화가로서의 클림트에 대한 이야기가 남았다. 내게는 그가 그린 풍경이 사뭇 특별하게 느껴진다. 사실 숲과 초원, 물가의 작은 집 등 소재 자체는 별로 특출날 게 없는데 말이다. 하지만 만약에(물론 이런 일이 일어나선 안 되겠지만) 클림트의 전시회에서 화재가 발생하여 나에게 그림 한 점을 들고 나올 수 있는 기회가 주어진다면, 나는 〈자작나무〉라는 제목의 풍경화를 갖고 나올 것이다. 내가 부디 도리와 품위를 지켜서 그림을 박물관에 돌려줄 수 있기를 희망해본다. 하지만 그러기 위해서는 분명 얼마 동안 이 그림을 영원히 소유하고 싶은 유혹과 힘겨운 싸움을 벌여야만 할 것이다.

탱고

미아 패로 지음, 알리나 시미에타나 옮김, 『지나간 모든 것들』
Mia Farrow, *Wszystko, co minęło*, (trans.) Alina Śmietana, Kraków:
Wydawnictwo Znak, 1997

손바닥은 마주쳐야 소리가 나고, 탱고를 추려면 반드시 두 사람이 있어야 한다. 스캔들도 마찬가지다. 단, 스캔들의 상대 또한 널리 알려진 인물이어야 한다. 만약 미아 패로의 오랜 반려자가 옥수수를 재배하던 평범한 스미스 씨였다면, 두 사람의 격정적인 스토리는 그녀의 회상록에서 그저 한두 페이지 정도를 차지했을 것이며, 책도 이처럼 폭발적인 판매고를 올리지 못했을 것이다. 여배우의 삶에 오욕을 안겨준 당사자가 스미스 씨가 아니라 우디 앨런이었기에, 출판사는 이 책이 북미와 남미 대륙뿐 아니라 유럽과 아시아, 아프리카, 호주, 나아가 매일같이 펭귄을 보는 게 지겨워진 탐험가들이 머물고 있는 남극에서조차 선뜻 독자들을 끌어모을 수 있으리라는 사실을 직감했다. 출간된 지 얼마 안 되어 이 책은 영화로도 제작되었는데, 우디 앨런처럼 땅딸막한 키의 별로 유명하지 않은 배우가 출연했다. 감독은 키만 대충 비슷하면 그것으로 충분하다고 판단한 모양이었다.

　미아 패로에게는 당연히 분노하고 화를 낼 권리가 있다. 우디 앨런은 문제를 일으켰고, 심지어 나중에는 그녀가 양육

하던 수양딸과 결혼까지 했다. 게다가 전해진 바에 의하면, 그녀와 부적절한 관계를 맺을 당시에 다섯 살짜리 또 다른 수양딸을 성추행하기도 했단다. 만일 이것이 사실이라면 명백한 범죄이므로 재판까지 진행되었겠지만, 확실한 증거가 없어 기각되었다. 이제 판사의 역할은 우리 독자들에게 맡겨졌다. 단, 한쪽의 일방적인 증언을 토대로 판결을 내려야 한다….

자, 이런 이야기는 이제 그만하자. 이 책에서 나를 놀라게 한 건 딱 한 가지인데, 현대인들이 생각보다 쉽게 자신의 사적인 체험을 대중에게 공개한다는 사실이다. 게다가 관중이 많을수록 더욱 흔쾌히 자신을 드러낸다. 하지만 이런 경우, 십중팔구는 누군가의 희생을 전제로 하기 마련이다. 과거에는 타인에 대한 배려와 관심이 이런 경향을 제어하는 일종의 브레이크 역할을 했는데, 이제는 오히려 촉매제 역할을 하고 있다. 베티 데이비스Bette Davis의 딸은 자신의 엄마가 얼마나 끔찍한 사람인지 까발린 책을 냈다. 마를레네 디트리히Marlene Dietrich의 딸도 마찬가지였다. 빌 클린턴의 불륜 상대들은 갑작스럽게 터져버린 스캔들을 오히려 반겼고, 〈클린턴의 천사들〉이라는 영화에 직접 출연하기도 했다. 만약 이들에게 TV에 나와 클린턴과 무슨 일이 있었는지 마네킹을 갖고 재현해달라고 했다면, 아마도 기꺼이 수락했을 것이다. 아니, 어쩌면 클린턴과 그들 사이에는 별일이 없었을는지도 모르겠다. 중요한 건 진실이 아니라 실체가 없는 것을 주간지의 표지로 탈바꿈시키는 과정이기 때문이다. 안타깝지만, 아름다웠던 왕세자비 다이애나의 경우도 대중에게 심경을 고백한 것이 반드시 언론의 강압에 떠밀려서라고만은 할 수 없을 것이다.

다시 미아 패로의 책으로 돌아가보자. 솔직히 말하면, 나는 좀 더 고차원적인 스토리를 기대하였다. 다른 관점에서 보면 그녀는 충분히 존경받을 만한 인물이다. 자신이 낳은 아이들 외에도 주로 제3세계의 고아들을 입양하여 대규모 가족공동체를 만들었다. 하지만 그녀가 회고록에서 밝힌 대로 이러한 입양의 과정에서 과연 아무 문제가 없었는지에 대해서는 의문이 생긴다. 특히 가정이 이미 파탄 난 뒤 막판에 입양된 아이들은 어땠을까. 집 밖에는 항상 카메라를 든 기자들이 진을 치고 있고, 집 안에는 성추행당한 아이들에게 자극적인 질문들을 던지는 심리상담사와 변호사 들이 득실거렸던 그곳에서 말이다. 당시에 엄마인 미아 패로의 심리 상태가 정상이 아니었음은 말할 필요도 없을 것이다. 그렇다면 지금쯤은 모든 게 안정되었을까. 설사 그렇다 해도 일시적인 안정이 아니라고 장담할 수 있을까.

만약 미아 패로의 아이들 중 이미 성인이 된 누군가가 자신의 경험담을 책으로 쓰면 잘 팔릴 거라고 한다면 어떤 일이 벌어질까. 대체 왜 그런 짓을 하려느냐는 질문에 그는 아마도 어깨를 으쓱할 것이다. 출판사가 덤벼들고 시나리오 작가와 영화제작자가 부추기는데, 무슨 말이 더 필요하겠냐면서.

10단위로 끝나는 개략적인 날짜들

조르주 뒤비 지음, 마우고자타 말레비츠 옮김, 『서기 1000년』
Georges Duby, *Rok tysięczny*, (trans.) Małgorzata Malewicz,
Warszawa: Oficyna Wydawnicza Volumen, 1997

9세기에 서유럽은 거의 치명적으로 초토화되었다. 남쪽에서는 사라센Saracen의 공격과 정복이 있었고, 북쪽과 남쪽에서는 노르만족이, 동쪽에서는 헝가리인들이 서유럽을 괴롭혔다. 도시들은 약탈당하고 불태워졌고, 교회들은 파괴되었으며, 무역과 농업은 마비상태가 되었다. 기아와 기근이 찾아왔다. 샤를마뉴 Charlemagne 시대에 이룩한 눈부신 치적은 전부 옛이야기가 되고 말았다.

10세기에 접어들면서 서서히 피해가 복구되었고, 상황은 조금씩 정상화되었다. 기사 계급이 등장했고, 봉건제도가 시작되었다. 과거의 무정부 상태와 비교하면 괄목할 만한 발전이었다. 바로 그때 묵시록에서 예언한 세상의 종말이 임박했다는 소문이 퍼지기 시작했다. 천년왕국시대가 끝나면 불길한 징조들이 나타나고, 사탄의 지배를 받는, 짧지만 끔찍한 시간이 도래하며, 그 결과 기존 세상은 종말을 맞고, 예수 그리스도가 구세주로서 영광 속에 다시 부활하는 새 세상이 열린다는 것이다. 그리하여 모두들 이런 징조를 찾기 위해 혈안이 되었다. 지진은 늘 일어나는 자연재해 가운데 하나이고, 개기일식 또는 개기월식은 규칙적인 현상이며, 누군가의 외양간에서 머리가 둘 달린 송아지가 태어나는 것도 어쩌다 한 번쯤은 일어나는 사건이었다. 하지만 이 모든 것이 종말을 상징하는 심상치 않은 징후로 해석되었다. 이교도나 이단 종파들은 과거에도 항상 있어왔지만, 하루아침에 사탄이 보낸 사절단으로 탈바꿈하였다. 그러므로 첫 번째 밀레니엄은 극심한 공포와 처절한 회개의 분위기, 그리고 무시무시한 공황 상태 속에서 지나갔고, 사람들은 언제라도 최악의 상황과 맞닥뜨릴 만반의 준비가 되어 있었다.

이 모든 사실은 후대에 가서야 알려졌다. 당대의 연대기 기록자들(실제 그 수가 많지도 않았지만)이 그 이전 해와 다음 해에 대해서는 기록을 남겼지만, 유독 1000년도에 대해서는 침묵을 고수했기 때문이다. 프랑스의 뛰어난 중세 연구가인 저자는 이와 같은 침묵에 대해 상당히 설득력 있게 설명하고 있다. 밀레니엄의 예언이 하나도 들어맞지 않았으므로 아무 일도 일어나지 않았다고 기록하기가 매우 난처했기 때문이라는 것이다….

이 책은 적절한 타이밍에 출판되었다. 두 번째 새천년이 다가오고 있고, 또다시 종말론적 예감이 사람들의 마음을 사로잡고 있기 때문이다. 내게는 첫 번째 밀레니엄과 두 번째 밀레니엄을 비교 분석할 만한 능력이 없다. 내가 아는 건 한 가지다. 현대인들은 우수리 없이 10단위로 끝나는 날짜에 의미를 부여하는 고대의 관습을 여전히 따르고 있다는 사실 말이다. 사람들은 이러한 날짜에는 뭔가 낡은 것이 끝나고 새로운 것이 시작되어야만 한다고 믿는다.

내가 최근에 받은 세 통의 편지는 이와 같은 인간의 습성을 입증하는 살아 있는 증거라고 할 수 있다. 첫 번째 편지는 아무런 사심 없이 내게 정보를 전달하고 있다. 머지않아 세상의 종말이 도래할 것이며, 그렇게 되면 내가 평생 낭비한 덧없는 과거의 시간들도 모두 사라지게 되리라는 내용이다. 두 번째 편지(편지라기보다는 두툼한 꾸러미였다)는 발신자가 최근에 경험한 다양한 종말의 징후들을 기술하고 있다. 발신자는 "글쓰기에 소질이 없다는 사실을 잘 알고 있는 겸손한 사람"이라고 자신을 소개하면서, 나더러 철자나 표현의 오류를 모두 고쳐서 곧바로 회신해달라고 강력하게 요구하였다. 세 번째 편지는 세상의 종말이 투자성 지출을 촉구하는 기회가 될 수도 있다는 사실을 내게 일깨워주었다. 편지의 저자는 이 새로운 뉴스를 전파하느라 너무 바쁘다면서 자신의 은행 계좌번호와 필요한 금액을 내게 적어보냈다. 다른 편지들은 아마도 한창 배달되는 중이리라.

고양이 피아노

프랑수아 르브룅 지음, 조피아 포드구르스카-클라바 옮김,
『과거의 치료법―17~18세기의 의사, 성인, 마법사』
François Lebrun, *Jak dawniej leczono―lekarze, święci i czarodzieje
w XVII i XVIII wieku*, (trans.) Zofia Podgórska-Klawa, Warszawa:
Oficyna Wydawnicza Volumen, 1997

치료를 잘 받기 위해서는 타고난 체력이 건강해야 한다는 건
당연한 이야기다. 오늘날에는 귀찮은 검사나 힘든 치료를 기
피하다가 제때에 병을 발견하지 못해 문제가 생기는 경우가
많다. 하지만 치료의 과정이 아무리 힘들다 해도 옛날에 행해
지던 여러 요법들과 비교할 바가 아니다. 마취도 없이 지저분
한 손가락으로 행해지던 수술이나 알약에 들어 있는 알 수 없
는 성분들에 대한 비판은 생략하겠다. 궁극적으로 우리는 질
병에 대해서 그다지 많은 걸 알고 있지 못하니까. 하지만, 그렇
다고 이것이 최악의 상황이라고 단정할 수는 없을 것이다. 진
짜 최악은 꽤 오랜 시간 우리 자신이 그 질병에 대해 알려고도
하지 않았다는 사실이다.

　17세기 전체와 18세기의 4분의 3에 해당하는 기간은 의
학 분야에서 지적 정체기였다. 당시에는 모든 걸 고대 의사들
의 권위에 의지했다. 즉 옛 문헌에 나와 있지 않은 치료법은
아예 존재하지도 않는 것으로 간주되었다. 17세기에 이미 궁정

의사인 하비 W. Harvey가 혈액순환의 원리를 알아냈고, 18세기에는 제너 E. Jenner가 천연두 예방 접종법을 발견했지만, 문헌에 나와 있지 않다는 이유로 의학계는 오랫동안 새로운 성과들을 공식적으로 인정하지 않았다. 종교적 미신도 이러한 저항감에 한몫을 했다. 어디선가 읽은 내용이다. 말라리아로 고통받던 크롬웰 O. Cromwell은 해열작용에 도움이 된다고 밝혀진 기나피 幾那皮*의 복용을 단호히 거부했다. 이유는 한 가지였다. 영국으로 배송된 약품의 겉면에 "예수회의 가루약"이라고 씌어 있었기 때문이다….

그렇다면 프랑스에서는 상황이 어땠을까. 몰리에르 Molière와 같은 위대한 극작가를 탄생시킨 17세기에도 의사들의 사고방식은 한동안 변하지 않았다. 프랑스의 고문서 보관소에는 『루이 14세의 건강일지』라는 제목의 상당히 희귀한 문헌이 보관되어 있는데, 이 책은 왕의 주치의를 맡았던 의사들이 차례로 작성한 것이다. 이들은 60여 년의 세월 동안 왕의 질병과 통증 그리고 그 치료법에 대해 꼼꼼하고 체계적으로 기술하였다. 그런데 그 내용을 읽어보면 머리카락이 쭈뼛 선다. 국왕 폐하께서는 이 기간 동안 무려 2000알의 관장제를 복용했다고 한다. 관장제를 복용하지 않는 기간에는 구토를 유발하는 약제를 먹어야만 했다. 뿐만 아니라 내장을 깨끗하게 하고 질병을 예방한다는 명목으로 시도 때도 없이, 심지어 왕의 건강 상태가 좋을 때에도 열심히 피를 뽑아냈다…. 이렇게 해서 탈이

---

* 기나나무의 속껍질을 말린 것으로, 여기에서 말라리아의 특효약인 키니네를 채취한다.

나면 당연히 치료를 해야만 했고, 그 치료를 하다가 어떤 다른 증상이 나타나면 또 그 증상을 치료하기 위해 다른 치료법을 동원해야만 했다. 아마도 루이 14세는 120살까지는 거뜬히 살 수 있는 유전자를 타고난, 드물게 건강한 인물이었던 것 같다. 이런 치료를 받으면서 거의 여든 살까지 목숨을 부지한 것을 보면 말이다. 그의 신하들은 훨씬 짧은 생을 살았다. 당시 평균수명은 28세였다. 부부가 결혼식을 올리면, 양가 부모 네 명 중 한 명만 살아 있는 게 일반적이었다. 신생아의 4분의 1이 태어나서 열두 달 안에 사망했다.

그러다 상황은 점차 개선되었다. 각 병원에는 한 침대에 환자 두 명만 배치하라는 명령이 전달되었다. 그전까지는 통상 세 명이나 네 명이 한 침대에서 지냈던 것이다. 또한 정신질환 환자들을 철창 안에 가두지 말라는 조항도 추가되었다. 대신 별도로 마련된 방에 그들을 수용했는데, 아쉽게도 극도로 흥분한 정신착란자와 우울증 환자를 한곳에 머물게 했다. 하지만 가끔은 환자의 정신적 만족감에 신경 쓰는 의사들도 있었다. 그리하여 부유한 병원에서는 이른바 '고양이 피아노'까지 등장했다. 고양이 피아노란 각기 다른 음역대의 소리를 내는 살아 있는 고양이들을 나란히 앉혀놓고, 그들의 꼬리를 각각의 건반에 연결시켜놓은 악기를 말한다. 건반을 누르면 자연히 고양이의 꼬리를 잡아당기게 되고, 그때마다 고양이들이 애처로운 비명을 질러 기괴한 음색을 만들어낸다. 이 악기가 고안된 목적은 끔찍한 지옥 속에서 청중들이 그토록 애타게 갈구하던 유쾌함을 잠시나마 제공한다는 목적이었을 테지만, 과연?

그들은 존재했다

제임스 쉬리브 지음, 카롤 사바스 옮김, 『네안데르탈인의 수수께끼』
James Shreeve, *Zagadka neandertalczyka*, (trans.) Karol Sabath,
Warszawa: Wydawnictwo Prószyński i S-ka, 1998

17세기 뒤셀도르프 지역에 살았던 한 독일 시인이 세상을 떠난
뒤 유감스런 일이 벌어졌다. 그의 이름은 요제프 노이만Józef
Neumann. 하지만 그는 그리스어로 '노이만Neumann'을 뜻하는
'네안데르Neander'라는 필명으로 작품을 썼다. 그가 생을 마감
하자, 사람들은 그의 죽음을 성대하게 애도했다. 시인이 산책
하며 거닐던 카르스트 지형의 아름다운 계곡에 '네안데르'라는
이름을 붙인 것이다. 하지만 어느 순간 모든 게 헛된 일이 되어
버렸다. 19세기 중반부터 이 계곡을 보며 선량한 시인 노이만
을 떠올리는 사람은 아무도 없었다. 대신 사람들은 여기서 발
견된 두개골 조각만을 기억했다. 이 근방을 즐겨 산책하던 어
떤 생명체가 남긴 흔적이었다. 지금으로부터 수십만 년 전에
말이다.

고고학적 발굴과 이에 대한 연구가 갈수록 많아지고 꼼꼼
해진 덕분에 네안데르탈인으로 알려진 존재들이 유럽과 서아
시아 지역에 넓게 흩어져 살았다는 사실이 밝혀졌다. 그들은
서로 다른 문화를 가진 다양한 부족으로 나누어졌고, 각각 고
유한 기술을 개발하고 발전시켜나갔다. 처음에는 인류학자들

로부터 원시적인 원인猿人으로 취급받았지만, 결국 '호모 사피엔스'로 승격되었다. 하지만 그들은 실험적인 단계의 과도기적 호모 사피엔스였다. 다시 말해 아프리카 대륙에서 출현하여 곧바로 세계를 지배하기 시작했던, 우리 모두가 속한 현생인류의 대체적 존재였던 것이다. 이미 오래전부터 과학은 네안데르탈인의 멸종에 우리 인류가 연관되어 있다고 보았다. 네안데르탈인은 절멸한 게 아니라 새로운 인구에 자연스럽게 흡수되었다는 평화롭기 짝이 없는 이론은 최근 들어 설득력을 잃었다. 유전자 검사를 통해 당시에 이종교배異種交配가 이루어졌을 가능성은 없다는 사실이 입증되었다. 두 번째 이론은 다행스럽게도 약간의 허점이 있음에도 불구하고 아직까지는 뒤집히지 않았고, 어쩌면 앞으로도 그럴 것이다. 역사 속 신인류의 등장은 해당 지역에 거주하던 구인류에 대한 대량학살에서 비롯되었다는 이론이다. 심지어 '홀로코스트'라는 끔찍한 단어까지 거론되기도 한다…. 하지만 홀로코스트라는 개념 속에는 뚜렷한 목표 아래 체계적으로 이루어지는 행위라는 의미가 포함되어 있다. 그런데 잘 알다시피 이 두 종족은 수천 년 동안 같은 영토를 번갈아 점령하며 공존을 유지했다. 처음부터 신인류가 구인류보다 절대적으로 우세했던 것도 아니었다. 두 인류의 운명이 서로 팽팽한 균형을 이루던 시기도 있었다. 하지만 결국에는 구인류가 패배했고, 채집과 수렵이 열악한 지역으로 점차 밀려나게 되었다. 네안데르탈인이 남긴 마지막 유골들을 살펴보면, 그들이 심각한 영양결핍에 시달리고 있었다는 사실을 알 수 있다.

제임스 쉬리브의 책은 어렵고 학술적인 내용을 이해하기

쉽게 전달해주는 대중서의 모범적인 예라고 할 수 있다. 저자는 접근이 가능한 모든 발굴지를 직접 방문했고, 국제학술대회에 열정적으로 참여했으며, 다양한 토론과 논쟁을 참조했다. 또한 누가 해당 분야의 적임자인지를 정확히 판단하여 전문가들과의 인터뷰도 수행했다. 그럼에도 여전히 궁금한 점들이 많다. 예를 들어 네안데르탈인은 말을 했을까. 아마도 그랬으리라. 그렇다면 그들이 구축한 사회적 관계는 어떤 형태였을까. 종교나 신앙을 갖고 있었을까. 세계관은 어땠을까. 자아에 대한 인식은? 이 모든 게 터무니없는 공상처럼 보이지만, 이 책을 통해 우리는 이러한 각각의 질문마다 학술적 근거가 있음을 확인하게 된다.

다만 한 가지, 여기서 내가 발견하지 못한 질문이 있다. 과연 네안데르탈인은 눈물을 흘렸을까. 그의 누관淚管은 아픔이나 고통, 특히 각양각색의 비애나 슬픔에 반응했을까. 어쩌면 그들은 이러한 슬픔들을 뭐라고 명명해야 좋을지 몰라 난감했을 수도 있을 것이다. 하지만 이것이 과연 그렇게 놀라운 일일까. 나 자신도 가끔은 적지 않은 곤란을 겪고 있는데.

릴렉스의 덫

『릴렉스—101개의 조언』*
Relaks—101 praktycznych porad, Warszawa: Książka i Wiedza, 1998

휴식과 릴렉스 사이에는 커다란 차이가 있다. 휴식을 취하는 사람은 자기가 하고 싶은 걸 한다. 잠자고 싶으면 자고, 숲길을 거닐고 싶으면 숲속을 걸어다니고, 조이스J. Joyce를 읽고 싶으면 조이스를 읽는다. 하지만 릴렉스를 하겠다고 마음먹는 순간 이런 식의 자유의지는 허용되지 않는다. 직장의 업무나 그 밖의 의무로부터 자유로운 모든 여유시간은 체조나 마사지를 위해 열정적으로 활용되어야 한다. 체조나 마사지를 시작하기 전에 적절한 환경을 조성하고 준비하는 데도 시간이 필요하다. 그 어떤 애드리브도 허용되지 않는다. 심리 상태 또한 마사지를 위해 완벽하게 열린 자세를 만들어야 한다. 왜냐하면 릴렉스의 궁극적인 지향점은 우리로 하여금 모든 근심걱정을 떨쳐버리게 만드는 것이기 때문이다.

이런 종류의 실용서가 대상으로 하는 주요 독자층은 평소에 잠도 잘 자고 체력도 좋은 순진한 사람들이다. 이들의 유일한 관심사는 바로 자신의 몸이다. 그리고 당연하게도 바깥 세

---

* 저자와 역자를 밝히지 않았음.

상에 관한 약간의 정보도 필요로 하는데, 편집자들(아마도 '전문가들'일 것이다)이 그들의 그런 욕구를 귀신같이 충족시켜 준다. 예를 들어보자. "개는 인간의 충실한 반려자이다", "자연광을 방 안의 조명으로 활용해라", "걸리적거리지 않게 가구를 배치해라", "자연의 아름다움을 즐겨라", "망가진 물건들은 과감히 버려라." 지극히 당연한 소리들이다. 그런데 이런 말들을 무엇 때문에 굳이 영어책에서 번역을 해야 한단 말인가. "숨을 쉴 때는 폐의 깊숙한 곳까지 공기를 들여마셔라"라는 정보를 국내의 책에서는 얻을 수 없단 말인가. "우리의 뇌는 두 개의 반구半球로 나뉘어 있는데 십자 낱말 맞추기와 같은 두뇌활동을 담당하는 것은 좌뇌左腦"라는 사실을 확인하기 위해 굳이 뉴턴의 조국으로부터 이 책을 수입해와야 할 필요가 있을까. 개인적으로 십자 낱말 맞추기에 딱히 유감은 없지만, 이 책에서 너무도 당연하게 이것을 정신노동의 유일한 사례로 언급하고 있다는 사실은 아쉽다.

릴렉스를 할 때 필요한 것 중 하나는 물론 음악이다. 하지만 반드시 은은하고 조용하거나, 스쿼트squat 운동에 잘 어울리는 곡이어야 한다. 미술관을 방문한다든지, 강의를 들으러 가거나 연극을 보러 간다든지, 칼로리 소비량 말고 다른 이야깃거리로 대화를 나눌 수 있는 누군가를 만나는 등의 일시적인 변화에 대해서 이 책은 완벽한 침묵으로 무시한다. 릴렉스를 하기 위해 책을 읽으라는 권유는 딱 두 차례 등장하는데, 두 번 다 일종의 필요악에 의해서이다. 밤에 아직 눈꺼풀이 닫히지 않으면, "잠이 솔솔 올 때까지 잔잔한 내용의 책을 읽어라." 그리고 여행을 떠나기 위해 짐을 꾸릴 때, "긴 여행 중에 지루하지 않도록 재미있는 책 한 권을 챙겨라…."

끝으로 개인적인 고백을 하나 하겠다. 나는 휴식을 취하는 걸 좋아한다. 심지어 지나칠 정도로 사랑한다. 반면에 지금껏 릴렉스를 시도해본 적은 단 한 번도 없었다. 그래서 내가 놓친 게 과연 무엇인지 알지도 못했다. 지금은 최소한 그게 뭔지는 안다.

나체에 관해 한마디

마귈론 투생-사마 지음, 크리스티나 쉐쥔스카-마치코비악 옮김,
『의복의 역사』
Maguelonne Toussaint-Samat, *Historia stroju*, (trans.) Krystyna
Szeżyńska-Maćkowiak, Warszawa: Wydawnictwo W.A.B., 1998

동물들은 자연이 그들에게 설계해준 본래의 모습과 다르게 보
이려고 애쓰지 않는다. 자신에게 주어진 껍데기, 비늘, 가시, 깃
털, 가죽, 솜털을 겸허히 받아들인다. 특정한 상황, 또는 생의
일정한 시기에 이르러 변화가 찾아온다 해도 그저 자동적으로
바뀔 뿐이다. 양의 탈을 쓴 늑대는 우화의 왕국에서나 뛰노는
존재이다. 실제 늑대는 꿈에도 이런 생각을 하지 못하리라.
    자신의 외모를 바꾸려는 의식적인 욕망은 인간의 고유한
특성이다. 지금껏 나는 자신들의 문화를 창조한 태고의 선조
들이 완벽한 알몸으로 돌아다녔을 거라고 단언할 만큼 원시적
인 사고방식을 가진 문화를 본 적이 없다. 인간은 항상 알몸에
다 뭔가를 변용시키거나 아니면 가미하곤 했다. 예를 들어 빌
렌도르프Willendorf*의 비너스도 완전한 나체는 아니다. 목걸이
나 팔찌를 달진 않았지만, 그녀의 머리는 상당히 아름답게 손

---

* 오스트리아 북부의 지명으로, 1909년 철도공사 때, 구석기시대 후
기의 석회석제 환조丸彫 여성나체상(비너스 상)이 출토되었다.

질되어 있다. 헤어스타일 또한 차림새의 한 부분이다. 이 책의 저자에게 의복이란 몸을 가리기 위한 모피나 직물, 그 밖의 다른 옷감들만을 의미하고 있다. 하지만 나는 의복의 범주 안에 문신이나 피부 절개, 장식용 수술, 깃털들, 그리고 다채로운 색깔의 보디페인팅을 포함시키고 싶다. 이 모든 것은 나름의 의미와 상징성을 갖고 있지만, 엄연히 매무새의 일부이며, 벌거숭이 나체라고 볼 수는 없다.

신대륙에서 돌아온 선교사들은 그곳에 사는 야만적인 종족들의 벌거숭이 차림새에 대해 두려움에 떨며 이야기하곤 했다. 하지만 실제로 완전히 나체인 상태의 원주민을 목격한 사람은 아무도 없었다. 정말로 봤다면, 아마도 이제 막 태어난 신생아였으리라. 하지만 그럴 가능성 또한 매우 희박하다. 아기가 태어나면 그 즉시 악귀를 막는 부적과 종족을 상징하는 문양을 몸에 새겼기 때문이다.

자, 이제 심호흡을 하고 높이 뛰어올라 우리가 살고 있는 시대로 돌아와보자(칼럼니스트들을 상징하는 문장紋章에는 벼룩의 문양을 새겨넣어야 할 듯). 우리 시대에 나체란 어떤 의미일까 생각해볼 필요가 있다고 본다. 오늘날에도 다양한 상황과 이유로 알몸이 등장하고는 있지만, 그래도 항상 뭔가를 입고 있다가 일시적으로 '벗은' 상태를 의미한다. 누드 해변의 경우 정해진 시간, 예를 들어 오전 8시 30분부터 오후 7시까지만 알몸이 허용된다. 그것도 날씨가 좋을 때만 가능하다. 언젠가 이런 해변을 목격할 기회가 내게 주어졌다. 그래서 어땠을까. 그곳에서 완벽한 나체는 찾을 수가 없었다. 햇볕을 가리기 위해 머리에 쓴 밀짚모자, 정교한 안경테가 돋보이는 선글라스가 눈에 띄었고, 대부분 다채로운 디자인의 샌들을 신고 있었다. 어떤 이들은 손목시계를 차고 있었다. 청바지를 입고다니는 일상으로 복귀할 시간이 얼마나 남았는지 알아야만 하므로.

호두와 금박지

마르시아 루이스 지음, 보제나 스토크워사 옮김,
『스리 테너의 사생활』
Marcia Lewis, *Prywatne życie trzech tenorów*, (trans.) Bożena
Stokłosa, Warszawa: Świat książki, 1999

위대한 성악가들은 항상 대중의 우상이었다. '우상'이라는 단
어가 통용되지 않던 먼 옛날부터 그랬다. 사람들은 그들을 숭
배하고 떠받들며, 거의 어깨에 떠메고 다니다시피 했다. 물론
아주 가끔씩 쿵 소리를 내며 땅바닥에 떨어질 때도 있었지만,
평소에 그들의 발은 거의 땅에 닿을 일이 없었다. 그들의 열혈
팬들 중에는 성악에 대해 잘 아는 진정한 애호가들만 있는 것
이 아니었다. 그저 남들이 하는 대로 따라서 박수 치고 소리
지르고 휘파람 불고 까무러치기도 하는 상류층 사람들도 상당
수였다. 오늘날 도밍고P. Domingo와 파바로티L. Pavarotti, 카레라
스J. Carreras의 공연에서도 예외는 아니다. 매스미디어 덕분에
데시벨 지수가 과거보다 수천 배 올라갔다는 점만 빼고는 말
이다.

　　마르시아 루이스의 책은 루머와 자극적인 사건이라는 측
면에서 보면 우리의 호기심을 충분히 만족시켜준다. 눈부신 성
공담에서부터 각종 스캔들과 소란들, 무대 뒤에서 벌어지는
음모와 로맨스에 이르기까지 모든 게 다 있다. 사진자료 또한

풍성하다. 어느 나라의 공주와 같이 찍은 사진부터 샴페인 파티에서 억만장자와 함께 있는 사진, 그리고 가장 최근에 만나는 애인의 사진에 이르기까지. 이 모든 걸 가리켜 저자는 '사생활'이라 지칭하고 있지만, 실제로는 그들의 삶을 포장하고 있는 얇은 금박지에 불과하다. 막상 그 껍질을 열어보면, 그 안에는 잿빛의 딱딱한 호두, 바꿔 말하면 단조롭고 힘들고 끈질긴 일상이 숨어 있다. 저자는 정작 이 호두에 대해서는 말을 아낀다. 지루하고 별 재미도 없는 이야기에 귀 기울일 사람은 별로 없기 때문이다. 매일같이 되풀이되는 의무적인 발성과 호흡 훈련, 반주자와의 연습, 파트너 또는 오케스트라와 함께하는 리허설, 매니저들과의 회의, 수차례씩 반복되는 녹음은 머리에 떠올리기만 해도 벌써 지겨워진다. 무대의상 착용과 인터뷰에도 항상 수많은 시선들이 따라다닌다. 호텔은 또 어떤가. 그 이전에 묵었던 수많은 호텔들과 비슷비슷해서 나중에는 어디가 어디인지조차 헷갈린다. 과연 이런 환경에서 그들이 제대로 된 플레이보이 노릇을 할 수 있었을지 의문이다.

플라시도 도밍고가 한창 젊고 미남이었을 때, 거의 1년가량 텔아비브에 머문 적이 있었다. 그곳에서 그는 200회 넘게 공연을 해야만 했고, 50개가 넘는 오페라 배역을 외우고 익혀야만 했다. 만약 이렇게 살인적인 일정 가운데 잠시라도 자유 시간의 틈이 주어졌다면, 과연 그 틈바구니 속으로 실리콘을 빵빵하게 넣은 인조가슴을 자랑하는 슈퍼모델이 비집고 들어갈 수 있었을까. 공연을 마치고 나면, 다음 날 있을 다른 공연에 대비하고, 새로운 오페라를 위한 오전 리허설에 참가하기 위해 무조건 푹 쉬어야만 했을 테니 말이다. 그러므로 이 세 명의 성악가들과 관련된 사랑의 암투와 치정 스토리 가운데 절반가량은 신빙성이 없다고 보는 게 맞을 듯하다. 뭐, 4분의 3까지는 아니더라도 말이다….

유명한 성악가들에게는 결코 떨쳐버리기 힘든 두 가지 압박이 더 있다. 첫 번째는 긴장이다. 그 강도는 '말'로 대사를 전달하는 연극배우보다 훨씬 더 심각하다. 연극배우들의 경우, 가벼운 감기에 걸려도 대부분의 사람들은 눈치채지 못한다. 하지만 성악가들의 경우에는 대번에 소리로 표출된다. 그리고 이것은 기량이 녹슬었음을 암시하는 일종의 첫 번째 신호탄이 된다. 이럴 때 사진 속의 성악가들은 환하게 미소 짓고 있지만, 사실 속으로는 덤벨을 번쩍 들어올리기 직전의 역도선수처럼 엄청나게 떨고 있다.

두 번째 압박은 이들 중에 과연 누가 '테너리시모tenorissi-mo'*냐, 다시 말해 누가 나머지 두 명보다 뛰어난 성악가인지를 놓고 끊임없이 기사를 써대고 논쟁을 부추기는 언론이다. 내 시각으로는 세 명 모두 똑같이 아름답게 노래하고, 전부 최고의 가수이다. 그렇기에 나는 이 세 사람에게 동일하게 감사하다. 만약 파바로티가 아주 조금 더 나를 감동시켰다면, 그것은 단지 연미복 차림의 그의 모습이 거대한 검은 풍뎅이와 닮았기 때문이다. 개인적으로 풍뎅이에 대해 각별한 애착이 있기에.

* 음악용어로 'issimo'가 '뛰어난'이라는 의미를 갖고 있으므로, '테너리시모'란 뛰어난 테너를 가리킨다고 해석할 수 있다.

여자 파라오

조이스 타이드슬리 지음, 에바 비테츠카 옮김, 『하트솁수트,
여자 파라오』
Joyce Tyldesley, *Hatszepsut—kobieta faraon*, (trans.) Ewa Witecka,
Warszawa: Wydawnictwo Alfa, 1999

오래전에, 또는 얼마 전에…. 이것은 누가 말을 하고 있고 무
엇을 염두에 두고 있느냐에 따라 달라진다. 천문학자에게 '오
래전에'라는 말은 인류학자의 '오래전에'와는 다른 의미로 쓰
인다. 제2차세계대전에 대해 이야기할 때도 마찬가지이다. 만
약 전쟁을 직접 겪은 사람이라면 여전히 불과 얼마 전의 일처
럼 가깝게 느껴질 테고, 전쟁 후에 태어난 세대에게는 아주 오
래전의 일처럼 멀게만 여겨질 테니 말이다. 바로 이러한 느낌
들 때문에 연대순의 법칙이 항상 통용되지만은 않는 것이다.
내 경우도 중세의 역사학자들이 로마 시대의 역사학자들보
다 오래된 사람들처럼 느껴지곤 한다. 예를 들어 폴란드의 연
대기 기록자인 빈첸티 카드우벡Wincenty Kadłubek이 타키투스
C. Tacitus보다 훨씬 이전의 인물로 다가온다.
　　자, 이제 본론으로 들어가보자. 하트솁수트Hatshepsut는
3000년 전 이집트를 통치한 여왕이다. 파라오가 죽고 난 뒤
홀로된 하트솁수트에게는 왕이 생전에 다른 왕비와의 사이에
서 낳은 어린 아들을 돌보라는 임무가 주어졌다. 하지만 그녀

의 생각은 이와 달랐기에 스스로 파라오가 되겠다고 선언했다(물론 왕위에 오르기까지는 궁궐의 특정한 파벌로부터 도움을 받았을 것이다). 그리하여 그녀는 공공의 목적에 따라 성별을 바꾸어야만 했고, 침소를 제외한 모든 곳에서는 인공 턱수염을 붙이고, 당시 남자들의 의상이었던 미니스커트를 입어야만 했다. 오늘날 영국 여왕이 콧수염을 붙이고 큰 사이즈의 남성용 구두를 신은 채 국회에서 연례 연설을 하는 모습을 상상해보라…. 그러한 광경을 떠올리기만 해도 우리가 이런 식의 우스꽝스런 가장무도회의 전통으로부터 오래전에 탈피했다는 사실을 실감하게 되며, 지금으로부터 3000년 전에 벌어진 이와 같은 일들이 까마득히 멀게만 느껴진다.

하지만 같은 시대에 벌어진 다른 에피소드와 관련해서는 그런 생각이 조금도 들지 않고, 마치 엊그제 일어난 일인 것처럼 생생하게 다가온다. 하트셉수트가 죽은 지 얼마 되지 않아서(사실 그녀의 죽음이 자연사인지, 아니면 암살에 의해 앞당겨진 것인지는 확실치 않다), 파라오에 대한 모든 문헌과 서류에서 그녀의 존재를 없애기 위한 대대적인 작업이 이루어졌다. 카르투슈cartouche*에 적힌 그녀의 이름은 무참히 지워졌고, 파라오의 의상을 입은 그녀의 모습을 그린 그림과 이미지들, 관련된 모든 기록은 삭제되었다. 이것은 우리가 어디선가 본 듯한 낯익은 광경이다. 우리가 살고 있는 20세기에도, 거의 전 지

---

* 고대 이집트에서 왕의 이름을 기록해둔 타원형의 패널로, 당시에 이를 지칭하는 이름은 셰네우shenew였다. 우주를 상징하는 원형 안에 왕의 이름을 적음으로써 온 세상이 파라오에 속해 있음을 표현하기 위한 것으로 전해진다.

역에서 뭔가 달갑지 않게 여겨지는 정치인들이 하루가 멀다 하고 대중의 기억에서 사라지고 있다. 그들의 이름은 언제부 터인가 신문과 백과사전에서 증발해버렸고, 단체 사진 속 그 들의 자리에는 느닷없이 야자나무가 자라고 있다. 아마 앞으 로도 여기저기서 비슷한 일이 되풀이될 것이다. 당장의 필요 에 의해 역사를 지우고 왜곡하는 건 모든 압제자들의 공통적 인 철칙이다. 하지만 다행스럽게도 그들의 의도가 성공하는 건 드물다. 하트셉수트의 경우, 이집트인들은 이런저런 자질구레 한 흔적들을 간과해버렸다. 그리하여 오늘날 파라오의 기록 속에서 그녀는 다시금 모습을 드러냈다. 이집트학 전문가들은 그녀가 유능한 통치자였는지를 놓고 논쟁을 벌이고 있다. 만 약 그랬다면, 그녀의 업적은 과연 무엇일까. 누군가를 충분히 죽일 수 있음에도 불구하고 그렇게 하지 않았다는 사실을 일 종의 공로로 인정할 수 있다면, 그녀에게는 남다른 업적이 하 나 있다. 하트셉수트의 양아들은 살아남았고, 파라오의 왕좌 를 넘볼 만한 건장한 청년으로 성장했던 것이다.

이 기회에 한마디

리처드 클라인 지음, 야첵 스폴니 옮김, 『담배는 숭고하다』
Richard Klein, *Papierosy są boskie*, (trans.) Jacek Spólny, Warszawa:
Spółdzielnia Wydawnicza Czytelnik, 1998

나는 이 책의 제목과 몇 년 전 미국에서 베스트셀러였다는 부
연설명에 그만 낚이고 말았다. 미국은 흡연자를 이류 시민으
로 취급하는 나라이다. 왜냐하면 어느 곳에서도 흡연을 허용
하지 않기 때문이다. 일터나 공공장소에서도 안 되고, 지정구
역에서도 불가능하다. 실제로는 지정구역이란 게 존재하지 않
기에 유일하게 허용된 장소는 집이라고 할 수 있지만, 여기도
지뢰밭이나 마찬가지다. 흡연은 정당한 이혼사유이며, 고액의
이혼수당이 왔다 갔다 할 수도 있기 때문이다. 고위직에 도전
하는 사람이 담배를 피우다가 카메라에 포착되면, 그의 경력이
나 자질과 상관없이 중도하차하게 마련이다….

내 생각에 이 책의 저자는 문학사가文學史家인 듯하다. 수
많은 저명 작가들의 펜 끝에서 탄생한 흡연에 관한 텍스트들
이 잔뜩 실려 있기 때문이다. 그런데 저자의 논평 자체는 상당
히 따분하고, 지나치게 심리분석적이다. 과연 이 책의 어디에
베스트셀러로서의 저력이 깃들어 있다는 건지 의심스럽다. 안
타깝지만, 나는 이 책을 끝까지 다 읽지 못했다. 하지만 마침
지면과 기회가 주어진 김에 내 경험을 토대로 흡연이라는 나

뿐 습관에 대해 한마디 하고 싶다는 생각이 들었다. 그러므로 이 글은 하나의 고백과 두 가지 부탁이 될 것이다.

먼저 고백을 하겠다. 나는 담배를 피운다. 그것도 오래전부터. 이것은 일종의 중독, 그러니까 개인적인 자유를 부분적으로 상실하는 것이기에 안타깝고 속상하다. 나는 담배를 피우지 않는 사람들을 존경하며, 그 누구에게도 흡연을 권하고 싶은 생각은 추호도 없다. 다른 사람의 집에 초대를 받아 가면, 나는 항상 담배를 피워도 되냐고 먼저 묻는다. 만약 그 순간에 그 자리에 있는 누군가가 한숨을 쉬면, 나는 유감없이 곧바로 다른 방이나 화장실, 또는 계단이나 발코니, 마당으로 직행한다. 담배가 건강에 해롭다는 것쯤은 알 정도로 나이를 먹었으니 당연한 행동이다. 담뱃갑에 씌어 있는 경고문은 사실 내게 별다른 감흥을 불러일으키지 못한다. 흡연자들만 심장마비나 악성종양에 걸려 죽는 것도 아니고, 만약 그렇다고 가정한들 상황은 달라질 게 없다. 우리를 이 세상에서 데려가기 위해서 자연은 또 다른 수만 개의 무시무시한 아이디어를 갖고 있을 테니 말이다. 아마도 비흡연자들은 흡연자들보다 이 세상에 좀 더 오래 머물 수 있을지도 모르겠지만, 어쨌든 내가 하고 싶은 고백은 이게 전부다.

지금부터는 부탁을 하겠다. 친애하는 비흡연자 여러분! 여러분이 담배를 피우는 누군가에게 설득과 충고, 경고를 하고자 할 때, 제발 습관성 니코틴중독을 알코올중독이나 마약중독과 동일선상에 놓지는 말아주세요. 그것은 일종의 선동이나 다름없습니다. 나는 지금껏 니코틴 때문에 도로에서 인도로 차를 돌진시킨 운전자가 있다든지, 집에서 아내와 아이들을 정기적으로 학대하는 남자가 있다는 얘기는 들어본 적이 없습니다. 마약중독은 현실도피를 의미합니다. 이와는 달리, 흡연자들은 비흡연자들과 함께 힘을 모아 현실을 개척하기 위해 노력합니다. 잘될 때도 있고 잘 안 될 때도 있지만, 그것은 그가 직장에서 담배를 피우냐 안 피우냐의 문제가 아니라, 개인의 능력과 성향 그리고 가능성에 의해 좌우되는 것입니다.

두 번째 부탁은 이렇습니다. 만약 여러분의 모임에 골칫덩어리 흡연자가 나타난다 해도, 부디 대단한 일로 취급하지 말아주시고, 저녁 내내 그와 담배에 관한 이야기만 나누는 건 지양해주세요. 흡연이 그가 가진 가장 주요한 특성은 아니잖아요. 그 사람에게도 직업과 견해, 열정, 경험, 의견이란 게 있을 것이고, 그가 여러분을 찾아온 이유도 여러분이 습관성 흡연으로부터 자유롭기 때문이 아니라, 다른 여러 이유가 있어서일 테니까요.

만약 알몸으로 북극에 갔다가 몸에 동상 하나 없이 돌아온 한 남자가 여러분을 찾아왔다고 상상해봅시다. 그가 경솔하게 나체로 여러분 앞에 나타났는데, 한술 더 떠서 담배를 피우려고 한다면, 아마 여러분의 관심은 곧바로 이 두 번째 행동에 집중될 것입니다. 그리고 끊임없는 질문이 이어지겠죠. 왜 담배를 피우느냐, 언제부터 피웠느냐. 끊으려고 시도는 해봤냐. 그런데 왜 못 끊었냐. 안타까운 일입니다.

세상의 종말의 복수형

안제이 트레프카 지음, 『화석』
Andrzej Trepka, *Gady*, Racibórz: Wydawnictwo R.A.F. Scriba, 1999

예정된 세상의 종말은 또다시 도래하지 않았다. 하지만 이에
관해 공식적으로 해명해주는 사람은 아무도 없고, 이미 판매
완료된 다양한 유형의 티켓들도 환불이 불가능하다. 사실 지
금까지 지구에 닥친 세상의 종말들은 예고 없이 찾아왔다. 거
대한 파충류의 입장에서 볼 때 세상의 종말은 약 7000만 년 전
에 일어났다. 이보다 이전과 이후에도 파충류들은 또 다른 세
상의 종말에 의해 대량학살을 당해야만 했다. 플레시오사우루
스plesiosaurs*는 이미 1억 년 전에 멸종되었다. 혹자는 지구와
우주의 어떤 강력한 힘이 특별히 파충류만을 박해한 결과라
고 생각할 것이다. 하지만 천만의 말씀. 다양한 지질학적 재앙
과 기후조건의 변화로 인해 육안으로는 거의 보이지도 않는,
뼈만 앙상한 동물들 또한 말살당했다. 열여섯 개에 달하는 파
충류의 종種 가운데, 지금까지 살아남은 건 네 종류뿐이다. 이
들은 돌이킬 수 없는 상태로 전멸당하면서 독자적으로 쓸쓸히
사라진 게 아니라, 다른 양서류나 식물들, 곤충들, 태고의 물

---

* '파충류에 가깝다'라는 뜻으로, 수생 파충류의 대표적인 공룡이다.

고기나 미처 종種으로 분류되지도 못한 물속 생물체들과 함께 최후를 맞았다.

우리 집에는 화석에 관한 책이 한 권 있는데, 이 책을 펼칠 때마다 마치 두꺼운 부고집을 읽는 것만 같은 느낌이 든다. 필석筆石과 퇴구강腿口綱, 삼엽충三葉蟲, 벨렘나이트, 암모나이트, 코눌라리다Conulariida*와 판상산호류板狀珊瑚類 들이 모두 먼 옛날 언젠가 최후를 맞았다. 캄브리아기가 아니면 오르도비스기에, 그게 아니면 실루리아기에, 그것도 아니면 데본기에, 아니면 석탄기나 페름기에, 만약 쥐라기였다면 초기나 중기 아니면 말기에 그들은 지구상에서 사라졌다. 신생대 제3기나 제4기에도 자연은 여전히 할 일이 많아 분주했고, 이전에 자기 손으로 열정적으로 창조했던 생명체를 다시 열정적으로 전멸시켰다.

그러다 제4기의 막판에 이르러 우리, 즉 문명을 이룩한 인류가 등장했다. 조금만 주위를 둘러보면, 우리가 자연의 파괴 행위에 얼마나 적극적인 원조자가 되었는지를 확인할 수 있다. 하지만 이것은 12월의 춥고 우울한 날에 잘 어울리는 또 다른 주제이다. 바야흐로 지금은 여름, 날씨는 화창하고, 이 글을 쓰고 있는 나는 시골에 머물면서 풀밭을 거닐다가 막 돌아왔다. 조금 전 나는, 집 앞 돌계단 위에서 따뜻한 햇살을 받으며 일광욕을 즐기고 있는 아주 작은 도마뱀 한 마리를 발견했다. 하지만 그는 내게 좀 더 자세히 들여다볼 틈을 허락지 않았다. 내 모습을 보자마자 눈 깜짝할 사이에 폴짝 뛰어올라 잔

---

* 코눌라리다는 약 1억 8000만 년 전에서 6억 년 전에 번성했던 원시적인 형태의 해파리류 화석을 말한다.

디밭 너머로 재빨리 자취를 감추어버렸다. 아쉽다. 나는 도마뱀에게 묻고 싶었다. 저 수많은 세상의 종말들로부터, 특히 자신과 동족들을 겨냥한 바로 그 종말로부터 과연 어떻게 멀쩡하게 살아남을 수 있었느냐고. 물론 아무 대답도 듣지 못했으리라는 것도 안다. 하지만 그래도 개의치 않고 나는 계속해서 다음 질문을 던졌을 것이다. 계단에서 일광욕을 하고 있던 생명체가 도마뱀이 아니라 살모사였다면, 아마 저만치 떨어져서 말을 걸었을 테지만.

등반

아미르 악젤 지음, 파베우 스트쉘레츠키 옮김, 『페르마의
마지막 정리』
Amir D. Aczel, *Wielkie twierdzenie Fermata*, (trans.) Paweł Strzelecki,
Warszawa: Wydawnictwo Prószyński i S-ka, 1998

나는 수학적으로는 머리가 영 둔하다. 그럼에도 불구하고, 이
해도 안 가는 공식과 그래프, 도표가 주를 이루는 이 책을 굳
이 읽게 된 이유는 두 가지다. 첫째, 이 불가사의한 수수께끼에
는 두 명의 영웅이 등장하는데, 그들의 생애와 운명에 대해 읽
을 만한 가치가 있다고 판단했기 때문이다. 당연히 이 책에서
중심이 되는 영웅은 17세기 프랑스에서 활동한 수학자이자 혁
신적인 몇몇 연구논문의 저자이기도 한 피에르 드 페르마Pierre
de Fermat이다. 하지만 그가 남긴 논문에 관해 기억하는 사람은
그리 많지 않다. 그에게 불굴의 명성을 선사한 것은 그가 남
긴 메모에서 발견된 수학적 정리定理이다. 페르마는 여백에다
자신이 이 정리를 증명했지만 지면이 부족해서 적지 못한다는
한마디를 남겼다. 하지만 아쉽게도 그가 정말 증명을 했는지
에 관한 증거는 발견되지 않았다. 오늘날의 많은 학자들은, 사
실은 페르마가 이 수수께끼의 열쇠를 발견하지 못했을 것이라
고 추측하고 있다.

　　이 시기를 기점으로 수학은 수십 건의 소소한 전진과 몇

몇 괄목할 만한 약진을 이루어내기 시작했다. 그리고 350여 년 동안 힘들고 고된 여정이 지속되었다. 그 속에서 온갖 인간 드라마와 성급한 승리의 선언, 기대와 낙담, 정당하지 못한 경쟁들이 벌어졌다. 심지어 한 번의 결투와 한 건의 자살 사건까지 있었다. 반면에 아름다운 협업과 이타적인 원조, 독창적인 아이디어와 불굴의 인내도 발견되었다. 가장 재능 있는 두뇌들이 이 수수께끼에 도전해서 사투를 벌였다. 단지 독일의 천재 수학자 가우스C. F. Gauss만이 2주 만에 곧바로 포기를 선언했다. 그는 이 정리를 증명하기 위해서는 지금껏 알려지지 않은 전혀 새로운 접근방법이 필요한데, 만약 혼자서 이 방안을 고안하고 확인하려면 적어도 200년은 더 살면서 다른 아무것도 하지 않고 매달려야 한다는 사실을 직감했던 것이다. 가우스는 결코 짧다고는 할 수 없는 78년의 생을 살았는데, 이 중에 75년을 수학에 헌신했다. 이것은 절대 인쇄의 오류가 아니다! 가우스는 그의 나이 세 살 때 이미 놀라운 수학 영재의 면모를 보이며 숫자의 왕국에 첫발을 디뎠던 것이다….

내가 이 책을 구입한 두 번째 이유는 이렇다. 몇 달 전 나는 플래닛 채널에서 영국의 수학자 앤드루 와일스Andrew Wiles에 관한 프로그램을 보았다. 1995년에 드디어 페르마의 마지막 정리를 증명해낸 와일스는 8년 동안 정리를 풀기 위해 매달렸고, 그중 7년은 비밀리에 연구에 몰두했다. 드디어 증명에 성공했다고 판단한 그는 자신의 결론을 공인받기 위해 다양한 수학기관들에 자료를 보냈다. 하지만 애석하게도 아주 사소한 사실 하나를 간과했음이 밝혀졌고, 이로 인해 그가 쌓아올린 견고한 탑은 마치 카드로 지은 집처럼 한순간에 와르르 무너지고 말았다…. 아마 다른 사람 같았으면 좌절하고 말았을 것이다. 하지만 와일스 교수는 그렇지 않았다. 그로부터 1년 동안 세상과 완전히 고립된 상태로 놀라운 끈기를 발휘하여 미친 듯이 연구를 거듭했다. 그리고 마침내 어느 순간, 영감의 섬광이 그의 뇌리를 스치며 이렇게 외쳤다. 유레카!

나는 감탄과 존경의 눈으로 TV 화면 속에 비친 그의 모습을 보았다. 마흔 살이 넘었음에도 불구하고, 그의 얼굴은 마치 2+2가 4라는 사실도 잘 모르는데 칠판 앞에 불려나온 초등학생처럼 해맑고 천진난만했다. 프로그램에 그의 부인은 등장하지 않았다. 하지만 그녀는 아마도 오늘 남편을 위해 넥타이를 매주고 구두끈도 묶어주었을 것이다. 또한 자기가 하루만 집을 비워도 남편이 당장 지인에게 전화를 걸어 찻물을 끓이려면 어떻게 해야 하는지, 어떤 주전자를 사용해야 하는지 물어보리라는 사실을 너무도 잘 알고 있는 여인일 것이다.

독자 여러분께 이 책을 읽어보라고 권유하면서 나는 한 가지만 당부하고 싶다. 수세기에 걸친 이 고된 등반이 대체 무슨 의미냐고 묻지는 마시라. 수학자와 등반가에게 이런 질문은 하는 게 아니니까.

때늦은 작별

마르첼로 마스트로이안니 지음, 막달레나 그론체프스카 옮김,
『기억해요. 네, 기억하고말고요…』
Marcello Mastroianni, *Pamiętam. Tak, pamiętam...*, (trans.) Magdalena
Gronczewska, Warszawa: Wydawnictwo Prószyński i S-ka, 1999

성실하고 부지런한 대부분의 사람들이 그렇듯, 그는 쉼 없이
170여 편이 넘는 영화에 출연했다. 그러고는 자신의 대표적인
단점 가운데 하나로 '게으름'을 꼽았다. 그는 이미 어릴 때부터
영화계와 인연을 맺었다. 단역배우가 아니라, 영화에 등장하
는 보잘것없는 조랑말을 그럴듯한 준마駿馬로 보이게 하기 위
해 몸통에 갈기와 꼬리를 붙이는 스태프로 시작했다. 당시는
무솔리니 시대였고, 영화판에서도 제국주의적인 테마가 판을
치던 무렵이었다. 덕분에 고대 로마 제국의 사두전차四頭戰車
나 경주용 전차를 끌기 위해 마구를 채운 말들이 스크린에서
당당히 그 위용을 뽐내던 시절이었다. 이때의 영화들 중에 지
금까지 남아 있는 건 아마 거의 없을 것이다. 이 시기에 등장한
몇몇 단역 출연자들, 신인 배우들, 기술 스태프들 그리고 갓 데
뷔한 감독들과 촬영기사들로부터 머지않은 미래에 뭔가 새로
운 것이 탄생할 거라고는 아무도 예상하지 못했다. 하지만 실
제로 가까운 미래에 영화계의 판도를 뒤흔드는 새로운 조류가
나타났다. 사람들은 이를 '이탈리아 네오리얼리즘'이라 불렀

다. 사실 이런 명칭은 이 새로운 현상의 초반부를 일컫는 용어였다. 그리고 얼마 지나지 않아서 감독들은 각자의 길로 흩어졌지만, 창작의 자극은 지속되었고, 오랜 세월에 걸쳐 주목할 만한 작품들이 대거 탄생되었다.

이런 기적이 일어날 수 있었던 건, 그전에 몇 가지 역사적 사건들이 선행되었기 때문이다. 파시즘이 종말을 고했고, 이탈리아 국민들에게 치욕을 안겨주었던 전쟁도 끝났으며, 미친 듯이 질주하던 전차들이 뒤집혀서 도랑에 처박혔기 때문에 가능했던 것이다. 하지만 그렇다고 모든 게 완벽하게 설명되는 건 아니다. 여러 나라가 비슷한 역사적 경험을 했지만, 이처럼 재능 있는 영화인들이 한꺼번에 물밀듯이 등장한 사례는 찾아볼 수 없으니 말이다. 로셀리니R. Rossellini, 제르미P. Germi, 데 산티스G. De Santis, 데시카V. De Sica, 비스콘티L. Visconti, 제피렐리F. Zeffirelli, 파솔리니P. P. Pasolini, 안토니오니M. Antonioni, 그리고 베르톨루치B. Bertolucci에 이르기까지, 모두가 탁월하고 뛰어난 감독들이었다. 펠리니F. Fellini의 경우는 채플린과 마찬가지로 따로 수식어가 필요 없는 거장이었다. 바로 그의 영화를 통해 마스트로이안니는 배우로서 초반에 큰 성공을 거두게 된다. 당연한 이야기이다. 하지만 한 가지만 정정하자면, 마스트로이안니의 배우로서의 고유한 개성을 발견한 건 펠리니가 아니라 비스콘티였다. 마스트로이안니를 연극무대에 세웠고, 체호프A. Chekhov의 작품들에서 열연을 펼치도록 한 장본인이 바로 비스콘티였던 것이다. 바로 이 시기에 마스트로이안니는 배우로서 완결된 모습으로 다시 태어났다. 이전까지 그가 연기했던 단순하고 뻔한 여인의 초상은 자취를 감추었다. 대신 길을 잃고 방황하는 인물들이나 느닷없이 맞닥뜨린 생의 변곡점에서 놀라고 당황하는 인물들, 알 수 없는 이유로 삶의 메커니즘이 붕괴되고 돌이킬 수 없을 만큼 산산이 부서져버린 외로운 인물들이 그 자리에 모습을 드러냈다….

마스트로이안니는 처연함과 우스꽝스러움을 동시에 드러낼 줄 알았다. 그리고 시간이 흐르면서 노년의 슬픔과 혼돈을 섬세하게 표현할 줄 아는 몇 안 되는 배우였다. 배우로서의 겉모습이 노쇠하면, 대중적 인기는 자연히 시들게 마련이며, 열렬한 숭배자들이 보내는 팬레터의 숫자도 급격히 줄어들 수밖에 없다. 이런 팬레터의 수신자들은 대부분 큰 성공을 거둔 스타들이다. (제임스 본드의 역할을 맡은 마스트로이안니라니… 이런 바보 같은 생각이 또 있을까. 사실 이런 영화가 만들어졌다면, 아마도 가장 볼썽사나운 실패작으로 기록될 것이다….)

마르트로이안니의 회상록은 그 어느 대목도 실망스럽지 않았다. 오히려 반대로 그에게 더욱 공감하는 계기가 되었다. 이 책을 통해 누군가에게 본때를 보여주거나 앙갚음을 하려는 생각이 그에게는 전혀 없다. 그렇다고 스스로에게 천사의 날개를 달아 미화시키려 하지도 않고, 선정적이거나 자극적인 고백도 멀리한다. 이런 식의 회상록이 잘 팔리지 않으리라는 걸 자신도 잘 알고 있는 듯하다. 하지만 독자들은 그런 것보다 고차원적인 걸 원한다고 나는 믿는다. 주어진 삶에 대한 진지한 성찰. 마스트로이안니의 회상록에서 발견되는 바로 그것.

수많은 질문

허버트 로트먼 지음, 야첵 기슈착 옮김, 『쥘 베른』
Herbert R. Lottman, *Juliusz Verne*, (trans.) Jacek Giszczak, Warszawa:
PIW, 1999

서른다섯의 늦깎이로 등단해서 80편가량이나 되는 SF 소설
을 쓴 사람. 수백 명의 인물을 창조했고, 그 가운데 수십 명에
게 일일이 뚜렷한 개성과 고유한 인성을 부여했으며, 적어도
두 명(지금 내 머릿속에 떠오르는 두 주인공은 『해저 2만리』
의 네모Nemo 선장과 『80일간의 세계일주』의 필리어스 포그
Phileas Fogg이다) 정도는 문학의 명예의 전당에 이름을 등극시
킨 작가. 틈날 때마다 기행문을 즐겨 읽고, 당대의 최신 기술들
로부터 뒤처지지 않기 위해 끊임없이 노력한 인물. 이런 사람
이 과연 사랑과 우정, 연민과 같은 개인적인 감성을 가꾸기 위
해 노력할 시간이 있었을까.

　이런 질문에 대해 쥘 베른Jules Verne의 생애는 안타깝게도
긍정적인 대답을 허용하지 않는다. 단도직입적으로 말하겠다.
끔찍하리만큼 바쁘게 살았던 베른은, 실은 혐오스런 인간이자
무자비한 이기주의자, 가정의 폭군, 나아가 어쩌면 정신적인
불구자였다. 그가 세상을 떠났을 때 전 세계에서 다양한 연령
층의 독자들이 슬피 울었지만, 그가 살았던 아미앵에서는 진
심 어린 눈물을 흘린 사람이 아무도 없었다. 가족은 안도의 한

숨을 내쉬었고, 제법 넉넉했던 도시 당국에서도 초라한 비석 하나 세울 만한 기금도 내놓지 않았다….

쥘 베른이 남긴 서신들도 그에 관해 우호적인 정보를 제공하지 않는다. 존경을 담아 아버지에게 편지를 썼지만, 그의 존경심이 인간이 아닌 지갑을 향하고 있다는 의구심을 떨쳐버리기 힘들다. 상대적으로 어머니에게 보낸 편지는 사심이 덜하다. 매우 솔직하게 속마음을 털어놓았으니까. 그렇다면 과연 젊은 날의 갈망과 사랑의 열정을 고백했을까. 천만의 말씀. 그는 이 우아한 숙녀에게 보낸 편지에서 자신을 괴롭히는 위경련의 고통에 대해 끊임없이 호소하면서 대변의 모양과 색깔을 생생하게 묘사했다. 누군가에게 '사랑한다'고 고백하면서도, 청혼을 해야 할 나이가 되었을 때 미래의 신붓감으로 그가 가장 중요하게 생각한 덕목은 바로 그녀의 재력이었다. 그가 인간으로서의 온정을 가장 많이 드러낸 건 그의 형에게 보낸 편지에서였다. 하지만 젊은 날에 어찌 보면 가장 가까운 존재였던 형의 죽음을 애도하며 조카에게 보낸 마지막 편지에서 이런 모습은 여지없이 무너졌다. 고아가 된 조카에게 조의弔意와 슬픔을 전한 건 서두의 두 문장뿐이었다. 그다음부터는 자신의 쇠약해진 건강에 대한 한탄과 걱정만을 잔뜩 늘어놓았는데, 전후 맥락을 고려해볼 때 적절한 내용은 분명 아니었다.

이 작가가 최악의 모습을 드러낸 건 아들과의 관계에서였다. 쥘 베른은 무슨 연유에선가 자식을 마음에 들어 하지 않았고, 어떻게든 멀리하려 애썼다. 아이가 열다섯 살이 되자 손을 써서 열악한 환경의 소년원으로 보내버렸고, 일 년 후에는 갤리선에 태워서 지구 반대편으로 쫓아버렸다. 대체 이 소년이 무슨 잘못을 했는지는 알려진 바가 없다. 만약 아이가 어떤 잘못을 저질렀다 해도, 그 주된 책임은 부모로서의 자격도 갖추지 못한 아버지에게 있을 것이다…. 맙소사…. 이런 식의 뒷조사가 이제는 지긋지긋하지 않은가. 아무리 샅샅이 듣고 판다 해도, 과연 우리가 궁금해 하는 수많은 내용들에 대해 시원스런 답변을 찾을 수 있을까. 예를 들어, 이런 피도 눈물도 없는 냉혈한이 과연 어떻게 자신의 책을 통해 사람들을 웃기고 울릴 수 있었을까. 대체 무슨 기적이 벌어졌기에 사생활에서는 국수주의자이자 극도의 보수주의자였던 그가 인간의 과학과 발명에 대해 찬사를 보내는 뮤즈가 되었고, 다양한 인종들 간의 교감과 우정을 그처럼 아름답게 묘사할 수 있었던 것일까. 그리고 무엇보다 사악하기 짝이 없는 아버지였던 그가 어떻게 동시대의 어린이와 청소년 들로부터 사랑받고 가장 인기가 많은 작가로 군림할 수 있었을까. 이 책에서 확인할 수 있듯이 뒷조사야 얼마든지 할 수 있다. 그래도 수수께끼는 여전히 수수께끼로 남는다.

피아노와 코뿔소

비비안 그린 지음, 토마쉬 렘 옮김, 『왕들의 광기』

Vivian Green, *Szaleństwo królów*, (trans.) Tomasz Lem, Kraków: Wydawnictwo Literackie, 2000

정신이상자와 정상인 사이의 경계는 명확하지 않으며, 시대별로 그 기준도 다르다. 때문에 정신과 의사들뿐 아니라 역사학자들 또한 그 경계를 구분하는 데 애를 먹고 있다. 물론 정신질환이 극대화된 유형으로 나타날 때는 식별이 어렵지 않다. 하지만 섣불리 진단을 내리기가 애매한, 다양한 강도의 중간 단계들도 분명 있다.

자, 그렇다면 어디서부터 시작해야 할까. 우선 정신건강이란 게 무엇인지, 그리고 이런 관점에서 완벽하게 '정상적인' 사람이 과연 존재하는지에 대해서 명확히 할 필요가 있을 것이다. 나는 그런 사람들이 있다고는 생각지 않는다. 하지만 인간의 일탈이 명백한 광기로 귀결되는 경우는 매우 드물다는 사실을 꼭 덧붙이고 싶다. 단지 더 많은 위험에 노출될 수밖에 없는 직업군이 존재한다. 바로 예술가와 권력자 들이다. 예술가들의 광기는 때로 위대한 작품을 낳기도 하지만, 권력자들의 광기는 위기나 불행만을 가져올 뿐이다. 몇몇 미치광이 왕들의 경우는 애석한 마음까지 든다. 만약 그들이 직책을 미리 바꾸었더라면 정신적인 균형을 유지할 수 있었을지도 모르겠다. 영국의 왕 헨리 6세Henry VI가 그 대표적인 예이다. 국가의 여러 사안들은 그를 겁에 질리게 했다. 결국 오랜 기간 무기력 상태에 빠졌고, 자신이 누군지, 지금 어디에 있는지도 기억하지 못했으며, 아무것도 받아들이지 못했다. 만약 그가 과수원의 주인이었다면, 아마 그 자신도 그리고 그의 왕국도 훨씬 행복했을 것이다…. 통치나 지배에는 전혀 재능이 없었던 루트비히 2세Ludwig II도 마찬가지이다. 바이에른 왕국의 왕이었지만 값비싼 비용이 드는 환각에 빠져 자신만의 세상에 갇혀 지냈고, 세월이 흐를수록 점점 더 깊이 빠져들었다. 만약 그가 중산층 가정에서 태어났다면, 사업가들의 허세를 위한 저택을 설계하는 건축가가 되어 여가시간에는 음악을 들으며 느긋하게 지냈을 것이다. 더욱 이해하기 힘든 건, 그가 여러모로 미심쩍은 상황에서 호수에서 익사한 후 왕좌를 차지한 장본인이 바로 이미 오래전부터 판단력이 온전치 못했던 그의 동생이라는 사실이다.

정신질환이 유전적으로 세습될 수 있다는 사실에 대해서 걱정하는 사람은 수세기 동안 단 한 명도 없었다. 규모가 큰 대부분의 왕조에서는 혈족끼리 혼인을 했고, 가장 가까운 사촌들끼리의 결혼은 흔한 일이었다. 삼촌이나 숙부가 자신들의 친조카나 외조카와 혼례를 올리고, 이들 사이에서 태어난 후손들 또한 서로 부부관계를 맺는 경우도 잦았다. 헨리 6세의 할아버지는 조현병調絃病 환자였고, 루트비히 2세의 숙모는 자신이 피아노를 삼켰다는 망상에 빠져 지냈다….

끝으로 왕조 내의 교배가 낳은 불쌍한 희생양인 돈 카를로스Don Carlos de A. 왕자에 대해서 거론하지 않을 수 없다. 훗날 실러F. von Schiller가 자신의 문학작품에서 자유를 갈망하는 아름다운 이미지를 창조하여 그를 불멸로 만들었지만, 실상은 그렇지 않았다. 그는 어릴 때부터 정신적으로 육체적으로 타락했고, 분노조절장애와 가학적 성향까지 갖고 있었다. 벌거벗은 소녀들에게 매질을 하며 즐거워했고, 창밖을 바라보다 마음에 들지 않는 누군가가 지나가면 자신의 손으로 직접 목숨을 빼앗았다. 치수가 작은 구두를 그에게 가져온 제화공製靴工에게는 그 자리에서 구두를 먹도록 했다. 그가 실제로 왕이 되었더라도, 곧바로 분별력을 갖춘 통치자로 거듭난다는 건 불가능한 일이었으리라.

하지만 세습적인 광기보다 더 비극적인 건, 바로 전염병적인 광기이다. 우리가 살고 있는 20세기의 유럽과 아시아, 아프리카에서 바로 이런 일이 벌어지고 있다. 이제는 왕이 아니라 독재자들이 이런 광기에 휩싸여 있다. 독재권력은 광기가 번식하는 데 적합한 환경을 제공한다. 그리고 독재자들로부터 시작된 이러한 광기에 국민 모두가 전염이 된다. 이러한 전염병에 대해 이오네스코E. Ionesco는 자신의 부조리극「코뿔소」에서 탁월하게 묘사했다. 이 연극이 자주 공연되지 않는 게 유감이다. 어쩌다 무대에 올라도 꼭 필요한 곳이 아닌, 다른 곳에서 공연된다.

레이스 달린 손수건

그라지나 스타후브나 지음, 『100편의 멜로드라마』
Grażyna Stachówna, *Sto melodramatów*, Kraków: Wydawnictwo Rabid, 2000

'멜로드라마'란, 나에게는 '웨스턴'이나 '공포영화', '범죄영화'처럼 객관적이고 중립적인 용어가 아니다. 이미 19세기 말부터 까다롭지 않은 관객들을 겨냥해서 만든, 예술적 가치가 의심되는 로맨틱 드라마들을 가리키는 용어로 굳어져버렸기 때문이다. 그래서 나 또한 지금껏 이런 의미로 이 단어를 사용하고 있다. 어쩌면 나는 몇몇 사람들과 함께 시대에 뒤처져버렸는지도 모르겠다.

이 책의 저자는 이런 차이를 무시한 채, 그게 걸작이든 졸작이든 상관없이, 사랑에 관한 영화들을 전부 '멜로드라마'라 부르고 있다. 자신의 고유한 느낌을 남에게 강요하기는 어렵기에 나는 그녀의 방식을 따를 수밖에 없을 것이다. 하지만 저자가 100편의 영화를 선별하여 줄거리를 요약해놓은 이 책의 서문에서, 예를 들어 데이비드 린David Lean의 〈밀회〉(1945)는 금발의 비너스들*이 등장하는 이런저런 영화들과는 근본적으

---

* 1932년에 조셉 폰 스턴버그가 감독하고, 마를렌 디트리히와 캐리 그랜트가 주연한 뮤지컬 영화의 제목에서 착안한 표현이다.

로 다르다는 사실을 명확히 밝혀주었으면 좋았을 뻔했다. 마찬가지로 〈아웃 오프 아프리카〉는 예르지 호프만Jerzy Hoffman 감독의 폴란드 영화 〈나병환자Trędowata〉와는 완전히 상반된 영화라는 사실도 말이다. 또한 연대순으로 영화를 소개했으면 더 좋았으리라는 생각이 든다. 그랬다면 뭔가 흥미로운 결과가 나올 수 있었을 텐데, 알파벳 순서로 나열되어 있어 아쉽다.

그렇다면 나는 궁극적으로 멜로드라마를 싫어하는 걸까. 아니, 너무나도 좋아한다. 특히 오래된 영화일수록 더 좋다. 하지만 내가 옛날 영화를 좋아하고 거기에서 감동을 받는 이유는 지난 시절의 시나리오 작가와 감독, 배우 들의 지향점이 유독 내 취향에 부합하기 때문은 아니다. 나는 그저 오래전에 삶을 마감한 아름다운 사람들의 모습을 바라보는 게 좋다. 비록 그들은 떠났지만, 그래도 여전히 이 세상에 남아 있는 그들의 아주 작은 흔적들을 말이다. 그들은 왈츠를 추고, 서로의 눈을 깊이 들여다보며, 들꽃이 흩뿌려져 있는 푸른 초원을 뛰어다닌다….

플롯에는 별 관심이 없지만, 그 안에 담긴 변치 않는 사소한 항목들에는 흥미가 꽤 많다. 여주인공은 언제나 풀 메이크업을 한 채로 잠자리에 들었다가 화장이 조금도 번지지 않은 말끔한 모습으로 잠에서 깨어난다. 그녀의 하루 일과는 늘 분주한데, 대부분은 누군가 남겨놓은 쪽지를 읽거나 꽃꽂이를 하면서 보낸다. 그녀들은 아마도 마지막 영사필름이 사라질 때까지 계속해서 그렇게 분주하게 지냈을 것이다…. 남편이나 애인과 마주 앉아 심각한 이야기를 해야 할 순간이 닥치면, 언제나 화장대 거울 앞에 앉아서 머리를 빗는다.

첫 키스가 영화의 막판에 나오면 그래도 괜찮다. 하지만 초반에 나와버리면 그때부터 골치 아픈 문제들이 발생한다. 그 키스를 못마땅히 여기는 방해꾼들이 오래된 괘종시계의 뻐꾸기 자명종처럼 규칙적으로 화면에 등장한다. 여자가 사랑하는 사람에게 곧 아버지가 될 거라는 사실을 털어놓으면, 남자는 마치 아이가 어떻게 생기는지에 대해 지금까지 전혀 몰랐다는 듯 전례 없이 화들짝 놀란다. 이따금 빈곤에 시달리다가 굶주림으로 비틀거리는 여주인공들도 있다. 하지만 그녀들이 단 이틀이라도 연달아 똑같은 드레스를 입은 채 비틀거리는 경우는 절대 없다. 그러다 여주인공들은 안타깝게도 병에 걸리기도 하고, 죽기도 한다. 하지만 대부분은 안색을 살려주는 불치병에 걸린 덕분에, 아름다운 스타들은 항상 완벽한 혈색으로 죽음의 순간을 맞이한다.

남자들의 경우, 장기 손상으로 인한 질병에 걸리는 사례는 거의 없다. 그들은 주로 자상이나 총상을 입은 채 궁전이나 작은 오두막으로 옮겨진다. 그러면 그들의 사랑스런 연인들이 천사와 같은 미소를 지으며 가장자리에 레이스가 달린 손수건으로 그들의 이마에 맺힌 땀방울을 정성껏 닦아준다. 다른 치료법이나 시술은, 멜로드라마에서는 시도되지 않는다. 다음에는 어김없이 등장하는 익명의 편지들. 주인공들은 그 편지의 내용을 즉시, 그리고 무조건 믿어버린다. 편지에 대한 해명은 가능한 한 오랫동안 지연된다. 그렇지 않으면 영화가 훨씬 짧게 끝나버리고, 관객들은 너무 일찍 집에 돌아가게 될 테니 말이다. 예정보다 이른 귀가는 멜로드라마에서나 실생활에서나 상당히 위험한 결과를 초래할 수 있다.

10분간의 고독

샌디 맨 지음, 한나 브조섹 옮김, 『직장에서 우리가 느끼는 실제 감정을 숨기고 그럴듯하게 포장하는 법』
Sandi Mann, *Jak w pracy ukrywać to, co czujemy, i udawać to, co czuć powinniśmy*, (trans.) Hanna Wrzosek, Warszawa: Wydawnictwo Amber, 1999

이 책은 감성적인 성향의 직장인들, 그중에서도 소비자나 투자자, 승객 들과 같이 외부인과 끊임없이 접촉해야만 하는 직업을 가진 사람들을 대상으로 수년간에 걸쳐 진행된 사회학적 연구의 결과물이다. 서유럽에서 출판된 책이므로 그곳의 특정한 상황을 고려하여 씌어졌지만, 요즘 우리 폴란드에서도 비슷한 사례들이 발생하고 있어 흥미롭다.

　이 책을 읽고 나서 나는 예전 사회주의 체제 때의 직장인들이 지금보다 훨씬 편하게 살았다는 역설적인 결론을 내리게 되었다. 군이 자신의 감정을 포장할 필요도, 이런저런 척을 할 필요도 없었으니 말이다. 마음이 내키지 않으면 고객을 친절하게 대할 필요도 없었고, 피로나 권태, 짜증을 속으로 삭이지 않아도 상관없었다. 타인의 문제에 아무 관심이 없다는 사실을 군이 감추지 않아도 되고, 허리가 아픈데 안 그런 척하며 애써 참을 이유도 없었다. 상점에서 판매원으로 일한다 해도 손님에게 물건을 사라고 권유하거나 홍보할 필요가 없었다. 물건을 사려고 늘어선 줄이 없어지기도 전에 물건이 먼저 동이 나곤 했기 때문이다. 게다가 미소를 잘 짓는 직원이 우울한 표정의 직원보다 높은 평가를 받는 것도 아니었다. 심지어 우울한 표정의 직원이 책임감이 더 강하다면서 선호하는 고용주들도 있었다. 잘 웃는 직원은 모종의 음모를 꾸미거나 뒤에서 몰래 장난질을 칠 수도 있다고 여겼던 것이다. 더욱 슬픈 건, 우리 사회 전체가 이런 현실에 점점 길들여지기 시작했다는 사실이다.

내가 처음으로 서유럽을 여행했을 때, 화려한 상점의 쇼윈도 앞에서 충격과 두려움으로 몇 분 동안 얼어붙은 듯 서 있었던 게 기억난다. 점원이 나를 발견하고는 곧바로 가게 안으로 잡아끌었다. 내가 새하얀 여우털 코트를 사지 않으리라는 걸, 그리고 기껏해야 가장 값이 저렴한 손수건도 살까 말까 하다는 걸, 그들은 분명 직감했을 텐데 말이다….

이 책의 저자는 내 경험보다 흥미로운 일화를 소개하고 있다. 모스크바에 맥도날드가 처음으로 문을 열었을 때, 러시아의 고객들은 자신들을 향해 미소를 보내는 매장 직원들을 향해 이글이글 불타는 성난 눈길을 보냈다. 대체 왜 저렇게 웃는 거지? 혹시 우리를 비웃는 건가? 그들의 상냥한 미소를 신뢰할 수 없었던 것이다…. 만약 샌디 맨이 사회주의 시절에 이 책을 썼다 해도, 폴란드에서 그 시절에 출판하는 건 불가능했을 것이다. 하지만 그 이유가 검열 과정에서 자본주의를 찬양하는 불순한 메시지가 발견되었기 때문은 절대 아니다. 사실이 책에 그런 내용은 담겨 있지도 않으니까. 정부가 아니라 출판사가 망설이고 고민했을 것이다. 업무에 필요한 것도 아니고, 그저 자신의 개인적인 기분을 감추는 데 필요한 역량을 알아보기 위해 실시한 이 이국적인 실험에 관심을 보일 만한 독자가 당시에는 거의 없었을 테니 말이다.

자신을 끊임없이 위장하다보면 다양한 스트레스가 쌓이며, 이 스트레스들은 그것을 풀 수 있는 창구를 필요로 한다. 이것은 절대 간단한 일이 아니다. 저자는 관찰의 영역은 넓게 설정한 반면, 이에 대한 충고나 해결책은 지나치게 비좁은 여백에 몰아놓았다. 깊게 숨을 들이마셨다가 내뱉기를 반복하기. 일시적인 교대 근무. 대기실이나 다른 방으로 가서 분노나 화를 발산하기. 정작 가장 효과적이고 유용한 처방은 딱 한 문장으로 정리해버렸다. "완벽한 고독 속에서 약간의 시간을 보내기." 그러면서 10분 정도의 시간을 권장하고 있다. 하지만 이것은 너무 짧은 시간이 아닐까. 말 나온 김에 한마디만 덧붙이겠다. 고독은 매우 좋은 것이며, 대도시의 환경에서 살아가는 우리 모두에게 꼭 필요한 것이다. 하지만 외로움이나 쓸쓸함은 해로운 것이다. 과연 우리는 이 둘의 차이를 언제쯤 구별할 수 있게 될까.

작고 못된 소년

도널드 스포토 지음, 얀 스타니스와프 자우스 지음,
『알프레드 히치콕』
Donald Spoto, *Aflred Hitchcock*, (trans.) Jan Stanisław Zaus,
Warszawa: Wydawnictwo Alfa, 2000

히치콕은 체중감량을 시도하는 모든 이에게는 악몽과도 같은
존재였다. 그는 성인이 된 후로 항상 수십 킬로그램을 웃도는
과체중을 안고 살았지만, 비교적 오래 살았다. 어마어마한 양
의 기름진 고기와 느끼한 소스, 그리고 디저트를 입에 달고 살
았고, 이른 아침부터 늦은 밤까지 항상 술을 끼고 지냈다. 뿐
만 아니라 계속 스트레스에 시달렸다. 제작자와 시나리오 작
가, 배우 들과의 마찰 또한 끊이지 않았다. 건강을 지키며 효율
적으로 일하기 위해서 결코 해서는 안 될 일들만 골라서 했다.
그러면서도 그는 끊임없이 작업했고, 영화인들 중에 그에 필
적할 만한 인물이 거의 없을 정도로 왕성한 창작활동을 했다.
53편의 장편영화를 찍었고, 그중 몇 편은 영화사에 길이 남을
명작으로 꼽힌다. 하물며 그의 영화는 오늘날까지도 관객들의
등골을 오싹하게 만든다. 여러 편의 TV 쇼도 제작했고, 몇 달
에 걸쳐 준비해놓고 미처 촬영에 들어가지 못한 영화도 몇 편
있다. 그러다 결국 그는 세상을 떠났다. 내 기억이 맞다면, 이

런 식의 최후는 평생 건강에 각별히 신경 쓰며 살던 다른 사람들에게도 똑같이 찾아오게 마련이다….

이처럼 경이로운 인물을 두고 짧은 평전을 쓸 수는 없을 것이다. 그래서 작가인 도널드 스포토 또한 두꺼운 책을 썼다. 그는 히치콕이 만든 영화들을 각각 상세하게 묘사·분석하였고, 평론가들의 다양한 견해도 수록했다. 또한 히치콕과 개인적으로 알고 지내면서 때로는 기분 좋게, 때로는 두려워하면서 그의 변덕을 감내했던 사람들의 회고담도 모아놓았다. 간간이 거장 본인의 진술도 읽을 수 있다. 개인적으로는 히치콕의 목소리가 더 많이 담겨 있었으면 한다. 가장 흥미로울 수밖에 없는 대목이기 때문이다. 히치콕이 털어놓은 고백을 들을 때마다, 사람들은 그가 진심을 말하고 있는지, 아니면 농담을 하고 있는지 확실하게 단정 지을 수가 없었다. 언제나 남들보다 한발 앞서갔기 때문이다. 이 평전에서도 그런 상태로 그를 내버려두는 편이 나았을 것 같다. 하지만 저자는 딱딱한 호두껍질 속에 무엇이 숨겨져 있는지 알아내기 위해 히치콕의 실체를 끈질기게 파고든다. 그에게 어떤 두려움과 고통, 콤플렉스와 장애가 있었는지 말이다. 그리하여 이 모든 것을 낱낱이 들추어내는 데 성공하지만, 과연 그래서 결과는 어떤가. 예를 들어 성욕이 제대로 채워지지 않았을 때 식욕을 억제하지 못하는 반응이 나타날 수 있다는 건 이미 널리 알려진 사실이다. 하지만 지구상에는 아름다운 금발 미녀를 남몰래 짝사랑하는 대식가들도 무수히 많다. 그런데 어째서 그들 중에 유독 한 사람만 〈이창裏窓〉이나 〈새〉와 같은 영화를 만들었단 말인가. 재능의 비밀은 여전히 미스터리로 남았다. 독보적인 영화를 만들기 위해 그가 절망 속에서 얼마나 많은 바닷가재를 먹어치웠는지와는 상관없이 말이다….

　자, 이제 히치콕 본인과 그의 작품 활동으로 다시 돌아가보자. 한편으로 보면, 이미 젊은 나이에 영화계에서 탁월한 전문가로 인정받았으니 그는 분명 행운아였다. 하지만 다른 한편으로 보면, 주변에서 그를 진정한 예술가로 보는 시각은 드물었다. 유럽의 몇몇 제작자들이 그를 예술가로 칭하며 열광적인 지지를 보냈을 뿐이다. 그의 영화는 가끔 아카데미상 후보에 오르기도 했지만 한 번도 수상하지는 못했다. "언제나 들러리만 서고, 진짜 신부는 못 되어봤네요." 여유롭게 농담을 했지만 실제로는 마음이 아팠을지도 모른다.

　아, 히치콕이 남긴 몇 마디의 말을 더 인용하지 않고는 못배길 것 같다. 생전에 그는 스스로 묘비명을 지었다. "작고 못된 아이에게 무슨 일이 벌어졌는지 보세요." 인생에 대해, 그리고 장례예절에 대해 좀 아는 내가 보기에 그의 계획은 현실에서는 결코 이루어지기 힘든 황당한 것이었다. 가슴 윗부분을 깊게 드러낸 드레스와 턱시도를 우아하게 차려입은 고매한 청중들 앞에서 그는 연설을 마치며 다음과 같은 말을 남겼다.

　"1분에 한 번씩 살인사건이 일어난다고 들었습니다. 그러니 여러분의 귀한 시간을 낭비하지 않겠습니다. 얼른 가서 일하셔야죠. 감사합니다."

마침내

에드워드 기번 지음, 이레나 쉬만스카 옮김, 『서로마 제국의 멸망』
Edward Gibbon, *Upadek Cesarstwa Rzymskiego na Zachodzie,*
(trans.) Irena Szymańska, Warszawa: PIW, 2000

"이제 로마인들이라면 지긋지긋해!!!"

그리 멀지 않은 과거에 책의 출간 여부를 결정하는 절대적인 권한을 갖고 있던 한 여인이 버럭 소리를 질렀다. 빈틈없고 조심성 많은 그녀의 판단은 전적으로 옳았다. 언제까지나 권력을 유지하겠다고 선언한 사회주의 정권이 역사적인 연구물에 경계심을 갖는 건 지극히 당연한 일이었다. 영원히 지속되는 건 아무것도 없다는 사실을 이런 연구들이 보여주기 때문이다. 심지어 거대한 제국이었던 로마조차 말이다. 로마 제국의 몰락에 대해 읽으며 일부 독자들은 일종의 반동적인 희열을 맛볼지도 모른다….

실제로 이런 여인이 검열을 담당하고 있었는지, 그래서 1960년에 기번의 기념비적인 저서가 『로마 제국의 쇠퇴와 멸망』이라는 제목으로 폴란드에서 2권까지 출간된 것이 그녀의 덕분이었는지는 나도 모른다. 다만, 2권까지는 '쇠퇴'라는 다소 완곡한 표제에 어울리는 내용이 담겨 있어 출간이 허용되었지만, 최후의 '멸망'에 대해 다루고 있는 3권은 결국 출간되지 못했다. 뭐, 사실 여부를 떠나서 위에서 인용한 외침은 당대의 현실을 생생하게 보여주는 한 단면이라고 보아도 무방할 것이다.

그리고 마침내 40여 년의 세월이 지나서 제3권 『서로마 제국의 멸망』이 우리 손에 전달되었다…. 앞서 출간된 두 권의 책을 갖고 있던 사람들에게는 매우 반가운 소식일 것이다. 하지만 과연 그런 사람들이 얼마나 되겠는가. 그동안 강산이 여러 번 바뀌었는데 말이다. 과거에 출판되었던 두 권의 책이 이번에 동시에 출간되지 못한 게 안타까울 뿐이다. 아마도 예산 부족 때문일 거라고 추측해본다. 이번에 출간된 마지막 권에 서문을 추가해서 저자에 대한 설명과 함께 이 책이 유럽의 사상에 미친 영향에 대해 소개할 수도 있었을 텐데, 아쉽다.

에드워드 기번은 계몽주의 시대의 가장 날카로운 지성 가운데 한 명이다. 당대의 프랑스 사학자들과 달리 그는 보수적인 신념을 갖고 있었고, 모든 변화에서 이에 수반될 최악의 상황을 예측했다. 로마의 운명에 관한 자신의 저서 또한 절망적인 상태에서 집필했다. 그는 네르바-안토니누스 왕조*가 지배하던 약 200여 년 동안을 로마 역사에서 가장 아름다운 시기로 보았다. 실제로 이 시기는 비교적 평화로웠고, 문명이 꽃피었던 시기였다. 로마에게 정복당한 민족들은(무자비하고 잔인한 방법으로 정복당했다는 사실을 간과해서는 안 된다) 합리적인 통치 덕분에 로마라는 울타리를 자신의 안전과 발전을 보장받을 수 있는 보호막으로 여겼다. 하지만 수세기 전부

---

* 플라비우스 왕조의 마지막 황제인 도미티아누스가 암살된 서기 96년부터 콤모두스가 살해당한 192년까지로, 네르바에서 마르쿠스 아우렐리우스 안토니누스로 이어지는 이 시기가 로마의 황금기였다.

터 시작된 정복은 결코 완결되지 못했다. 로마 제국에 흡수된 민족들은 각기 오래전부터 고유한 적들을 갖고 있었다. 로마는 새로운 민족을 정복하는 순간 그들의 적 또한 인계받았고, 또다시 그 적들을 진압하고 로마에 귀속시켜야만 했다. 하지만 새롭게 진압한 민족의 뒤에는 또 다른 적들이 도사리고 있었다. 그리하여 로마는 또다시 정복을 시도해야만 했고…. 이런 식으로 끝도 없는 전쟁이 이어졌다. 『서로마 제국의 멸망』은 이런 치명적인 필연이 궁극적으로 어떤 결과를 낳았는지를 적나라하게 보여준다. 결국 로마는 더 이상 정복에 나서지 못하고 자국을 수호하는 데 급급할 수밖에 없었다.

로마의 멸망에는 또 다른 이유들이 작용했는데, 그 이유들에는 각기 고유한 다른 이유가 연관되어 있다. 법과 관습을 수호하고 유지해왔던 제도들이 무너졌고, 군대의 기강과 전투력도 갈수록 약해졌으며, 알 수 없는 나태한 포만감과 각종 의혹이 로마 시민의 정신을 사로잡았다. 급속도로 성장한 기독교 세력은 전통적인 종교를 통해 다져진 로마인들의 유대와 결속을 와해시켰다. 기독교 또한 내적 갈등이 있었고 교리의 해석을 놓고 크고 작은 다양한 분파로 갈라졌기 때문에, 하루아침에 구舊종교가 기독교로 대체된 것은 아니었다. 하지만 이 분파들은 한 가지 목표에서만큼은 서로 굳게 단결했다. 이교도를 끝까지 몰아내고, 그들의 사원과 조각상, 성화와 모자이크를 파괴하는 것. 이 책에서는 소멸 직전의 로마 제국을 차지하기 위해 그 세력을 전역으로 확장해나가는 기독교의 끈질긴 활동들에 대해 아예 한 장章을 할애하고 있는데, 가장 슬픈 대목 가운데 하나이다. 뭐, 하지만 별수 있겠는가. 기번이 온 힘

을 다해 되고 싶어 하는 그런 '정직한 역사가'에겐 즐겁고 유쾌
한 이야기를 늘어놓을 기회가 좀처럼 주어지지 않는 법이니.

어리석은 블록들

앤드루 랭글리 지음, 마렉 마치오엑 옮김, 『100명의 대단한 폭군』
Andrew Langley, *100 największych tyranów*, (trans.) Marek Maciołek,
Poznań: Wydawnictwo Podsiedlik-Raniowski i S-ka, 1996

이 책을 구입하면서 나는 일러스트레이션 말고는 별다른 기대
를 하지 않았다. 실제로 삽화는 꽤 훌륭하다. 이미지의 시대를
살아가면서 나 역시 일러스트레이션을 곁들인 텍스트를 읽는
데 익숙해져버렸기에. 하지만 그게 다다.

제목부터 뭔가 석연치 않다. 인류의 역사에서 폭군들은
훨씬 많다. 어림잡아 수십만 명은 족히 넘을 것이다. 어떤 이들
은 짧게, 또 어떤 이들은 상대적으로 길게 광기에 시달렸을 뿐
이다. 어떤 이들은 좁은 영토에서, 또 어떤 이들은 넓은 영토에
서 활약했다. 어떤 이들은 자신의 가족을 학살하는 데 그쳤지
만, 다른 이들은 원치도 않는 '가족'이라는 개념을 민족 전체에
적용시키기도 했으며, 또 어떤 이들은… 기타 등등, 기타 등등.
그런데 과연 어떤 기준으로 이들을 선별해서 0이라는 숫자 속
에 어림잡아 한정을 짓는단 말인가. 이런 경우 선택의 기준을
만든다는 것 자체가 당키나 한 일일까. 저자는 스스로에게 한
번도 이런 질문을 던지지 않는다. 그저 머릿속에 떠오른 사람
들을 마구잡이로 책 속에 쑤셔넣었을 뿐이다.

스탈린도 있고, 히틀러도 있다. 그런데 그들과 함께 나폴

레옹도 등장한다. 이건 좀 지나친 비약이 아닐까. 그런데 또 로베스피에르M. Robespierre는 없다. 저자에게 로베스피에르의 희생양들은 그저 업무를 수행하다 사고를 당한, 운 나쁜 사람들 정도로 여겨졌나보다. 이 책에 토르케마다T. de Torquemada는 있다. 하지만 그의 후임자는 없다. 베리야L. P. Beriya는 있지만, 그의 전임자는 없다. 피사로F. Pizzaro가 등장하지만, 이들 말고는 집단학살을 자행한 정복자는 더 이상 발견되지 않는다.* 지면의 부족으로 그들을 누락시킨 걸까.

만약 그렇다면 바이에른 공국의 불행했던 왕 루트비히 2세는 왜 나오는 걸까. 그는 드라큘라와 같은 폭군도 아니었고, 스스로 그렇게 되고 싶어 한 적도 없는데 말이다. 오스트리아의 수상 로버트 멘지스Robert Menzies는 어떤가. 반대파들 그리고 장관들과의 마찰로 인해 스스로 사임했을 뿐인데…. 자신과 같은 무리 속에 들어와 있는 멘지스를 보면, 폴 포트Pol Pot나 이디 아민Idi Amin, 보카사J. B. Bokassa와 같은 폭군들은 기가 막혀 너털웃음을 터트릴 것이다.

가만! 그런데 지금 내가 뭘 하고 있는 거지? 뭔가 수상쩍은 게임에 빠져들고 있는 게 아닐까. 내 의지와는 상관없이 어느 틈엔가 나는 '폭군'이라는 타이틀을 획득하기 위해서는 몇

---

* 토르케마다는 15세기 도미니크 수도회의 수도사로, 에스파냐의 초대 종교재판소장을 지냈다. 1만여 명을 화형시키고, 유대인을 박해했다. 베리야는 구소련의 정치가이자 비밀경찰의 총수로, 1917년 공산당 입당 후 치안을 담당하며 대숙청을 지휘했다. 피사로는 16세기 에스파냐의 군인·정치가로, 잉카 제국을 정복하는 과정에서 살육과 파괴를 자행했다.

구의 시체가 나와야 하고, 몇 명이나 되는 사람들을 박해해야 하는지, 그리고 리스트에서 높은 순위를 차지하기 위해서는 여기에 얼마의 숫자를 더해야 하는지, 궁금해 하기 시작한 것이다. 이 시대가 선호해 마지않는 방식, 득점표를 만들어 점수를 매기고, 투표와 그래프로 순위를 보여주고, 'Top 10'이나 'Top 100'을 선정하는 유행에 나 역시 목덜미를 낚인 채 끌려들었나 보다. 오늘날 이런 식의 관행은 사방에서 볼 수 있다. 그게 스포츠나 주식시장 혹은 경제지표라면 별문제가 되지 않는다. 하지만 어떤 분야는 이런 식으로 순위를 매겨 리스트를 작성하는 관례로부터 보호될 필요가 있다. 문화가 그 대표적인 예이다.

화요일에서 수요일 사이에 어떤 책이 가장 많이 읽혔고 어떤 책의 순위가 떨어졌는지 우리는 당장 확인할 수가 있다. 모든 게 곧바로 수치로 나타나고 분석된다. 하지만 수요일부터 목요일 사이에는 이미 그 순위가 뒤바뀔 수 있다는 걸 다들 염두에 두고 있다. 게다가 치열하게 순위 다툼을 벌이고 있는 각각의 작품은 그 장르나 성격이 확연하게 달라서 비교가 아예 불가능할 정도이다. 몇 년 전 나는 발행부수를 기준으로 애거사 크리스티의 작품이 성경을 앞질렀음을 나타내는 도표를 본 적이 있다. 그리고 애거사 크리스티를 앞지른 건 마오쩌둥이 쓴 『어록語錄』이었다. 이런 식의 순위가 뭔가를 나타낼 수는 있겠지만, 사실 그게 뭔지는 불분명하다. 역사도 이와 비슷하다. 이렇게 어리석은 블록들을 자꾸만 쌓아올리는 건 아무 의미가 없다. 그러니 『100명의 대단한 폭군』을 사려거든, 이보다 훨씬 저렴하고 실용적인 『감자를 요리하는 100가지 방법』을 구입하시길. 그게 한결 나은 선택일 테니.

416

단추

즈비그니에프 코스췌바 지음, 『문학 속의 단추』
Zbigniew Kostrzewa, *Guzik w literaturze*, Łowicz: Muzeum Guzików,
2000

워비츠Łowicz에 단추박물관이 문을 열었다. 상단에 박물관 이름이 인쇄된 업무용지와 봉투도 발행되었고, 문학 속의 단추에 관한 작은 책자도 출간되었다. 이런 소식을 들으면, 어떤 이들은 눈을 크게 부릅뜬 채 일그러진 미소를 날리면서 다음과 같은 질문을 던질 것이다. 한가하게 박물관이나 만들다니, 대체 이 도시에 사는 사람들에게는 무슨 문제나 심각한 걱정거리는 없나보다고. 이렇게 작은 도시에는 지역 수공예품이나 동물 조각상을 진열해놓은 가게, 아니면 뭔가를 기념하기 위해 만든 작은 공간 정도면 충분하지 않느냐고. 당연히 충분하지 않으며, 그래서는 안 된다고 생각한다.

어쩌면 나만 운이 나빴는지도 모르겠다. 여행길에 오르면, 나는 항상 지역 박물관을 들러보고 싶은 마음이 든다. 하지만 막상 찾아가보면 문이 닫혀 있거나(열쇠는 박물관 관리인이 갖고 있다), 아니면 안으로 들어갈 수 있다 해도 당직 아주머니로부터 내가 최근 서너 달 동안 그곳을 찾은 첫 손님이라는 이야기나 듣게 되는 경우가 다반사다. 이유는 뻔하다. 아름답거나 역사적으로 흥미로운 전시품들은 오래전에 대도시로 옮겨졌고, 사람들로부터 별다른 관심을 끌지 못하는 것들만 남겨졌기 때문이다. 하지만 일부 소도시에서 특정한 주제에 초점을 맞춘 특별한 전시공간을 조성한다면 문제는 달라진다. 물론 도시마다 다른, 독특한 주제를 선택한다는 전제하에 말이다.

'단추박물관'이라는 간판을 발견한 한 여행객이 놀라워하며 잠시 망설이다가 안으로 들어가 구경을 한다. 그러다 그는 자신과 조상들이 태어난 고향마을에 이런 식의 멋진 박물관을 만들면 좋겠다는 생각을 하게 될지도 모른다. 낡은 그림엽서나 오래된 기도서를 모아놓은 박물관? 장난감 박물관, 또는 게임에 쓰는 카드나 체스 판들을 전시하는 박물관? 그 옆에 작은 음식점을 열고, 수프를 끓이다가 양말을 빠트리는 치명적인 실수만 하지 않는다면, 이 소도시의 명성은 꽤 멀리까지 퍼져나갈 수 있을 것이다.

내가 이런 박물관을 지지하는 이유가 하나 더 있다. 폴란드에는 수집가들이 꽤 많다. 오래된 거라면 무조건 이것저것 쓸어모으는, 그런 수집가들은 염두에 두지도 않았다. 내가 생각하는 건 정말 특별한 수집품을 갖고 있는 진정한 애호가들, 꼼꼼하고 까다로운 수집가들이다. 그들은 대부분 자신의 수집품들을 누구에게 물려줄 것인지를 놓고 곤란을 겪는다. 할아버지가 열광했던 사소한 물건들을 기꺼이 상속받기를 원하는 가족은 많지 않다. 일부 큰 박물관이 유품을 수용한다고 해도, 대부분의 경우 지하 창고에 처박히기 일쑤다. 이럴 때 가장 좋은 해결책은 곳곳에 흩어져 있는, 소도시의 풍경을 활기 있게 만들어주는 소규모 박물관들이다.

이제 다시 단추로 돌아가보자. 문학 속의 단추에 관한 팸플릿 외에, 단추의 역사에 관한 소책자가 나와도 꽤 유용할 듯하다. 나 또한 단추에 대해서는 아는 게 거의 없다. 내가 아는 거라곤 고작, 어느 날 갑자기 하늘에서 뚝 떨어진 게 아니라 어떤 종족이 고안해내서 사용하기 시작했으리라는 추측 정도다. 내 생각에는 아마도 중세 초반에 생겨났을 것 같다. 어쨌든 고대인들은 단추를 사용하여 옷을 여미지는 않았으니까. 대신 다양한 피불라fibula*나 버클, 매듭이 동원되었다. 그렇지 않았다면 보레아스나 아퀼로**가 그들의 가운을 수시로 열어젖혔을 테니 말이다. 고대 이집트인들이 입던 새하얀 린넨 드레스는 어땠을까. 어찌나 꽉 조였던지 옷 속에 머리를 집어넣을 수 없을 정도였다. 그러니 드레스의 뒤쪽 어딘가에 틀림없이 절개선이나 구멍이 있었을 테고, 어떤 방식으로든 잠그거나 여밀 수 있게 했을 것이다.

이 대목에서 두 눈 부릅뜨길 좋아하는 사람들은 아마도 내게 다음과 같은 질문을 하고 싶을 것이다. 나일 강 유역의 재단사가 겪었을 고민보다 훨씬 더 큰 문제나 골칫거리가 당신에게는 없느냐고. 물론 내게는 더 큰 고민들이 많다. 하지만 그렇다고 좀 사소한 고민을 해서 안 될 이유는 없지 않은가.

* 고대 그리스, 로마에서 옷을 어깨에 고정시키는 데 사용했던 장식적인 브로치나 핀 종류.
** 각각 고대 그리스 신화와 로마 신화에 나오는 북풍北風의 신이다.

질문에 대한 찬사

재레드 다이아몬드 지음, 마렉 코나쉐프스키 옮김, 『총, 균, 쇠—
인간 사회의 운명』(퓰리처상을 받을 만한 작품)
Jared Diamond, *Strzelby, zarazki, maszyny — losy ludzkich społeczeństw*,
(trans.) Marek Konarzewski, Warszawa: Wydawnictwo Prószyński i
S-ka, 2000

이 책에서 '왜'라는 질문이 몇 번이나 나오는지 처음 책을 읽기
시작한 순간부터 세어보지 않은 게 안타깝다. 아마 수백 번은
등장할 것이다. 이 거대한 숫자는 결국 한 가지 질문으로 귀결
된다. 지구상에 존재하는 다양한 문명들 간의 커다란 편차는
대체 어디서 비롯되었으며, 그런 차이점은 왜 오늘날까지도 좁
혀지지 않는 걸까. 인류의 출발은 거의 비슷했고, 수렵과 채집
생활을 하던 소규모 집단들이 식량과 은신처를 찾아 헤매는
가운데 문명이 탄생했다. 그런데 왜 어떤 문명은 수천 년에 걸
친 유구한 역사를 자랑하고, 어떤 문명은 급격한 변화를 겪어
야만 했는가.

　인종차별주의자들(자신의 이러한 성향을 드러내놓고 인
정하지 않는 사람들까지 포함해서)은 이런 질문에 대해 준비
된 답변을 갖고 있다. 그저 머리가 좋은 민족과 그렇지 못한
민족의 차이라는 것이다. 하지만 조금만 생각해보면 이런 답
변이 얼마나 어리석은지 금방 알 수 있다. 지능의 차이는 그 이

유가 될 수 없다. 아르키메데스와 같은 인물들은 어디서든 존재할 수 있지만, 그렇다고 모두가 "유레카!"라고 비명을 지르며 뛰어나올 수 있는 개인 욕조를 소유하고 있었던 건 아니기 때문이다. 북극이나 남극에 거주하는 사람들은 쌀을 경작하는 기술을 고안할 수가 없었고, 아열대 지방의 원시림에 거주하는 사람들은 야생 양들을 사육할 수가 없었다. 캥거루의 젖을 짜거나, 아니면 안장도 없이 그 위에 올라타는 방법을 생각해내지 못했다고 오스트레일리아의 원주민들을 우습게 볼 수는 없는 노릇이다. 이와 비슷한 유형의 제약은 무수히 많으며, 그러한 한계들은 각각 특별한 결과들을 초래했다. 저자는 이러한 내용을 기술하기 위해 자신의 지식과 타인의 지식, 즉 빙하학자들의 견해에서부터 식민지 정복의 역사에 이르기까지 다양한 문헌들을 활용하고 있다. 질문과 대답, 그리고 대답 후에 꼬리를 물고 이어지는 또 다른 질문들이 끝없이 이어진다. 하지만 이게 꼭 나쁘기만 한 걸까.

까마득히 먼 미래에 인류가(만약 그때까지 우리가 생존해 있다면) 모든 것을 다 아는 세상이 온다고 가정해보자. 그렇게 되면, 모든 질문은 흔적도 없이 사라질 것이다. 그 질문에 대한 이유들이 먼저 없어질 테니까. 시시콜콜한 사안들에 대한 궁금증이나 수수께끼, 가설이나 의문은 모조리 증발해버릴 것이다. 우주를 포함한 모든 것이 은하계의 컴퓨터에 던져져서 분석되고, 조사되고, 확인되고, 추정되고, 계산될 것이다…. 과거는 명확하게 그 뼈대를 드러내고, 현재 또한 손바닥 보듯 훤히 알 수 있게 될 것이다. 그렇다면 미래는 어떨까. 이런 상황에서 과연 미래란 것이 존재할까. 전지全知의 신은, 내게는 그 무엇과도 비교할 수 없는 재난이자 상상력의 마비, 그리고 총체적인 침묵으로 다가온다. 우리 모두가 똑같이 모든 걸 다 안다면, 과연 할 말이 뭐가 있겠는가. 이런 시대가 결코 오지 않는다고 확신하는 것만으로도 큰 위로가 되리라….

이 책의 분량은 500페이지가 넘는다. 저자는 말미에서 이 책의 주요 테마와 관련된 모든 질문에 대해 충분히 설명하지 못했다는 뉘앙스를 남긴다. 정말 멋지지 않은가. 여름휴가 때 이 책을 가져가라고 독자들께 권하고 싶다. 바캉스 때 읽는 책은 꼭 '가벼운' 것이어야만 한다는 어리석은 생각이 대체 어디서 비롯되었는지 모르겠다. 오히려 그 반대다. '가벼운' 책은 (독서라는 걸 한다는 전제하에) 주로 잠들기 전에 읽힌다. 가사일이나 직장 업무에 하루 종일 시달리고 난 뒤, 심각한 주제를 다룬 책에 집중하기 힘들 때 말이다.

이 책의 내용과는 별 상관없지만, 반가운 소식 하나를 일종의 보너스로 덧붙이겠다. 저자는 서문에서 자신의 아내인 '마리시아Marysia'*에게 감사하다는 말을 남겼다. 이것은 우리가 멀리 해외여행을 갔다가 어딘가에서 우연히 저자를 만나게 될 경우, "진 도브리Dzień dobry"라고 폴란드어로 인사를 건네면 그가 틀림없이 알아듣는다는 의미이다.

---

* 폴란드에서 여성의 이름인 마리아Maria를 일컫는 애칭.

소심증

2001년 6월 30일 체스와프 미워쉬의 아흔 번째 생일을 맞아
『가제타 비보르차 *Gazeta Wyborcza*』에 기고한 칼럼*

체스와프 미워쉬 Czesław Miłosz**의 시를 '비필독도서' 칼럼에서
다룬다고? 미워쉬의 시는 평소에 생각이란 걸 하고 사는 사람
이라면, 당연히 '필독도서 목록'에 들어가야 한다고 여길 것이
며, 이 판단은 전적으로 옳다. 그러므로 나는 이 칼럼에서 그의
시에 대해서는 언급하지 않겠다. 내게는 좀 더 고약한 아이디
어가 있다. 나에 대해서 쓰려고 한다. 좀 더 상세히 말하면, 미
워쉬라는 시인과 그의 작품에 대한 나의 소심증에 대해서 말
이다.

　모든 게 시작된 건 상당히 오래전, 그러니까 1945년 2월이
었다. 그때 나는 전쟁이 끝난 후 처음으로 개최된 시낭송회를
보기 위해 크라쿠프에 있는 스타리 극장 Stary Teatr의 객석에 앉

---

* 쉼보르스카는 이 칼럼에서 미워쉬를 지칭하는 모든 대명사를 대문
자로 표기하며 그에 대한 한없는 존경심을 드러내고 있다.
** 폴란드의 시인이자 소설가, 에세이스트로, 제2차세계대전 당시 반
나치 저항시인으로 활동했다. 사회주의 시절인 1951년 미국으로 망명
했다. 캘리포니아 대학교의 슬라브어문학과 교수를 지냈고, 1980년에
노벨문학상을 받았다.

아 있었다. 참가자들의 이름이 내게는 아무 의미가 없었다. 당시 나는 그래도 산문은 어느 정도 읽었지만, 시에 대해서는 정말 무지했기 때문이다. 그래도 열심히 귀를 기울이고 무대를 바라보았다. 참가한 시인들의 낭독이 모두 대단한 건 아니었다. 어떤 이들은 지나치게 비장미를 강조했고, 어떤 이들은 목소리가 갈라졌으며, 원고를 쥐고 있는 손을 부들부들 떠는 이들도 있었다. 그러다 어느 순간, 누군가가 미워쉬의 이름을 호명했다. 그러자 그가 전혀 긴장하는 기색 없이, 과장을 배제한 채, 담담하게 자신의 시를 읽기 시작했다. 그의 낭송은 마치 소리 내어 사색하는 것 같았고, 그 사색에 우리를 초대하는 듯했다. 그때 나는 속으로 외쳤다. '이게 바로 진짜 시구나. 저 사람이야말로 진짜 시인이구나….' 아마도 그 순간 나는 지나치게 편파적이었을 것이다. 그 자리에는 특별히 주목할 만한 시인이 적어도 두세 명은 더 있었다. 하지만 특별함에도 어느 정도의 등급은 있게 마련이다. 내 직감이 내게 속삭였다. 앞으로 계속해서 미워쉬를 우러러보게 되리라고.

얼마 후 나의 감탄과 존경이 가혹한 시험에 부딪히는 사건이 발생했다. 어떤 계기로 나는 태어나서 처음으로 고급 레스토랑에서 식사를 하게 되었다. 사방을 이리저리 둘러보던 중 조금 떨어진 곳에 친구들과 함께 앉아 있는 체스와프 미워쉬를 발견했다. 그런데 그는 절인 양배추를 곁들인 포크 커틀릿을 허겁지겁 먹고 있었다. 그 모습은, 내겐 충격 그 자체였다. 시인들도 때로는 뭔가를 먹어야 한다는 사실을 몰랐던 것도 아니었다. 하지만 이렇게 흔하고 세속적인 메뉴를 고르다니? 충격은 그리 오래가지 않았다. 이보다 더 크고 중요한 일련의 사건들을 겪으면서, 어느 틈에 나는 시를 탐독하는 독자가 되었다. 그사이 미워쉬의 시집 『구원 *Ocalenie*』이 출판되었고, 언론을 통해 시인의 새로운 시들을 접할 수 있었다. 그의 시 한 편한 편을 읽을 때마다 그를 향한 나의 소심증은 점점 커져갔고, 더욱 견고해졌다.

내가 그를 다시 만난 건, 1950년대 말 프랑스 파리에서였다. 미워쉬가 파리의 한 카페 안으로 걸어 들어오더니 내가 앉은 테이블 옆을 지나갔다. 누군가와 약속을 한 모양이었다. 그에게 다가가서, 어쩌면 그가 당시에 꼭 듣고 싶어 했을 이야기를 건넬 수 있는 절호의 기회였다. 당신의 책이 폴란드에서는 금서목록에 올랐지만, 그래도 사람들이 몰래 읽고 있다고. 한 부씩 베껴서 국경을 넘어 은밀하게 반입되고 있다고…. 정말로 당신의 시를 읽고 싶어 하는 사람들은 어떻게든 시집을 구해서 읽고 있다고…. 하지만 결국 나는 그에게 다가가지 못했고, 아무 말도 하지 못했다. 소심증과 수줍음이 나를 마비시켜버린 것이다.

많은 세월이 흐른 뒤에야 미워쉬는 폴란드를 방문할 수 있었다.* 크라쿠프의 크루프니츠카 거리에서 엄청난 군중이 그를 기다렸다. 마침내 그가 모습을 드러냈지만, 기자들의 플래시 세례와 수많은 마이크에 가려서 그의 얼굴은 거의 보이지도 않았다. 그가 피로에 지친 얼굴로 언론의 공세에서 간신히 빠져나오자마자, 사인을 받으려는 독자들의 무리가 재빨리

---

* 미국으로 망명했던 미워쉬는 1980년에 노벨문학상을 수상한 뒤, 1981년 6월에야 폴란드 땅을 밟을 수 있었다.

그를 에워쌌다. 그 과격한 군중 속에서 그에게 다가가 인사를 하고 사인을 해달라고 부탁하며 그를 성가시게 만들 용기가 내게는 없었다.

그가 두 번째로 폴란드를 방문했을 때, 비로소 나는 그와 개인적으로 만날 수 있는 기회를 가졌다. 그때 이후로 많은 것이 바뀌었지만, 어떤 면에서는 아무것도 바뀐 게 없었다. 실제로 나는 그와 이야기를 나누고, 서로 잘 아는 벗들과 함께 모임을 갖고, 심지어 다양한 문화행사에서 함께 시를 낭독하고, 원치 않는 공식적인 자리에 함께 초대되어 고생을 나누기도 하는 다양한 기회를 누렸다. 하지만 지금까지도 여전히 나는 이토록 위대한 시인을 어떻게 대하면 좋을지 잘 모르겠다. 그를 향한 내 소심증과 수줍음은 예전의 상태 그대로 머물러 있다. 비록 이따금 서로에게 농담을 건네기도 하고, 차갑게 식힌 보드카 술잔을 함께 기울이기도 하는 사이지만 말이다. 심지어는 함께 식당에 갔다가 똑같은 요리를 주문한 적도 있었다. 절인 양배추를 곁들인 포크 커틀릿을.

옷을 입은 남자들

예지 투르바사 지음, 『우아한 남자의 ABC』
Jerzy Turbasa, *ABC męskiej elegancji*, Kraków: Pracownia AA, 2001

"여자는 아름답게 보여야 하고, 남자는 멋있게 보여야 한다."
이 전문적이면서도 유머러스한 책을 쓴 저자의 말이다.
뭐, 그렇다 치자. 그런데 '아름답게'는 뭐고, '멋있게'는 또 뭐란
말인가. 여성복에서 '아름답다'는 건, 작금의 유행에 부합하는
걸 말하고, '흉하다'라는 건 몇 년 전에 아름답다고 여겨지며
유행했던 것을 말한다. 남성복의 좋은 점은 변화가 천천히, 신
중하게 진행되며, 급격한 변이를 지양한다는 것이다. 그렇다면
이러한 차이는 어디에서 비롯된 것일까. 이에 대해서는 페미니
스트들이 설명해줄 수 있을 것이다.

여성복 디자이너들은 대부분 스스로를 아방가르드하다고
여기지만, 그들의 눈앞에 서 있는 모델은 여전히 20세기의 부
유한 중산층 가문 출신의 여성이다. 당연히 아무 직업도 갖지
않은 채 남편에 기대어 살아가면서 아이를 돌보는 일에만 전
념하는 여성, 여가시간은 많지만 관심사는 별로 없는 그런 여
성 말이다. 그렇기 때문에 그녀는 아침부터 밤까지 사치품이나
장신구에 골몰할 수 있고, 매일매일 옷을 갈아입으며 즐길 수
있다. 하지만 남성들의 경우는 다르다. 대부분 바깥일에 매달

려야 하므로 끊임없이 의복에 신경을 쓸 만한 시간적 여유가 없다.

홍미로운 차이점이 하나 더 있다. 오늘날의 패션계에서 여성복의 경우에는 '영 패션young fashion'과 같은 하위의 개념이 존재하지 않는다. 왜냐하면 여성들은 마지막 숨이 끊기는 최후의 순간에도 젊어 보이고 싶어 하기 때문이다. 반면에 남성복의 세계에서 '영 패션'은 자유로움과 괴상한 아이디어가 허용되는, 일반적인 신사복과는 명확히 구별되는 별도의 개념이다. 하지만 어느 시점이 되면, 이런 경향은 자연스레 사라진다. 젊은 남성은 학업을 마치면 일자리를 구하게 되고 일정한 지위에 오른다. 이런 상황에서는 원하든 원치 않든 간에 정장 속에 몸을 집어넣을 수밖에 없다. 이때 정장은 반드시 우아하고 품위 있어야만 한다. 다시 말하면 눈에 띄게 요란해서는 안 된다는 의미다. 장례사무소의 소장이 엘비스 프레슬리의 차림새를 한 채 손님을 맞이하는 모습은 도저히 상상이 가질 않는다. 법정에서 피고를 기소하며 열정적인 몸짓으로 설명하는 검사의 법복 사이로 "I love you"라고 씌어진 흰색 티셔츠가 살짝 드러나는 광경도 결코 있을 수 없는 일이다.

『우아한 남자의 ABC』는 두 부류의 남성들을 표적으로 삼고 있다. 먼저 우아한 옷차림을 하고 싶지만 그게 어떤 건지 잘 모르는 남자들. 그리고 이미 오래전부터 우아함과 품위를 유지해왔지만 최근에 허리 사이즈가 늘어나면서 새로운 연미복을 자신에게 선사하고 싶은 남자들. 물론 이들의 연미복은 당연히 맞춤 제작이어야 한다. 크라쿠프에 거주하는 유제프 투르바사Józef Turbasa*와 같은 거장에게 주문을 한다면 금상 첨화일 것이다….

사실 이 두 부류 말고도 한 가지 부류가 더 있는데, 이 책의 저자는 이들을 가망 없는 케이스로 단정 지으며, 멀리서 보기만 해도 피해다닐 것만 같다. 이 세 번째 부류란 바로 꾀죄죄한 남자들이다. 가난해서 그렇다면 이해라도 할 수 있을 것이다. 그렇다고 야심이 부족해서도 아니다. 오히려 그 반대다. 이 부류의 남자들은 원한다면 재정적 부담 없이 정기적으로 옷을 구매할 수 있다. 그저 옷을 쇼핑하는 게 끔찍할 정도로 따분해서 안 할 뿐이다. 이들에게 야심은 낯선 게 아니다. 때로는 사람들로 하여금 감탄을 절로 불러일으킬 정도로 놀라운 성과를 이루어내기도 하니까. 다만 그게 잘 고른 넥타이나 말끔하게 다려진 바지와 같은 분야가 아닐 뿐이다. 이런 부류의 대표적인 홍보대사는 항상 늘어진 스웨터를 입고 다녔던 아인슈타인일 것이다. 자신의 영화 속에서 늘 쭈글쭈글 주름 잡힌 옷을 입고 당당히 활보했던 우디 앨런 또한 여기에 속한다. 폴란드의 야첵 쿠론Jacek Kuroń**도 같은 부류다. 얼마 전, 쿠론은 재킷을 입은 채로 몇 번에 걸쳐 대중들 앞에 서야만 했다. 애써 밝은 표정을 지으려고 했지만, 그의 눈빛은 동정을 갈구하고 있었다.

---

* 크라쿠프 출신의 양복 재단사로, 그가 만든 양복은 최고의 맞춤복으로 각광받았으며, 그 분야에서 예술가 또는 거장으로 불렸다.
** 폴란드 자유노조의 대부로, 민주화 운동의 선봉에 섰던 정치가이다. 평소에 청바지를 즐겨 입었다.

고백하건대, 나는 항상 이런 부류의 남자들에게 묘한 끌림을 느낀다. 언젠가 내가 사랑했던 그 사람에게 그가 신고 있는 구두가 너무 낡았으니 버리는 게 좋겠다는 이야기를 한 적이 있었다. 그러자 그는 내게서 곧바로 시선을 거두고는 창문을 열고 쓸쓸한 눈빛으로 먼 곳을 바라보기 시작했다.

지루함과 경이로움*

타데우시 니첵 지음, 『문외한과 애호가, 모두를 위한 연극 입문』
Tadeusz Nyczek, *Alfabet teatru—dla analfabetów i zaawansowanych*,
Warszawa: Wydawnictwo Ezop, 2002

타데우시 니첵은 문외한과 애호가, 모두를 위해 이 유쾌하고
도 지혜로운 연극 소백과를 썼다. 내 경우는, 애호가는 분명 아
니며 문외한에 가까울 것이다. 최근 들어 거의 극장에 가지 않
으니 더욱 그렇다. 꽤 많은 것들이 신경에 거슬리고, 한술 더
떠서 지루할 때도 있기 때문이다.

예를 들어 나는 연출자가 배우들에게 판자 위를 구르거
나 기어다니라고 지시하는 걸 좋아하지 않는다. 등장인물들의
삶이 일상적이고 따분하다는 사실을 부각시키기 위해서라는
건 알겠지만, 나는 이런 메시지가 극의 대사와 내용을 통해 전
달되는 쪽을 선호한다. 또한 나는 무대장치를 최소화한, 텅 빈
무대에서 고전극古典劇을 공연하는 것도 별로 좋아하지 않는
다. 의자 몇 개와 테이블 하나만 놓으면, 연극에서 흔하고 보
편적인 요소들이 바로 제거된다고 확신하는 듯해서 불편하다.
이른바 현대적인 해석이라는 명목으로, 그리고 관객에게 친근

* 쉼보르스카가 남긴 마지막 독서칼럼.

431

하게 다가가기 위해서라면서, 옛날에 씌어진 작품에 등장하는 인물들이 요즘 의상을 입고 나오는 것도 마음에 들지 않는다. 만약 햄릿이 무릎 근처를 졸라매는 품이 넉넉한 반바지를 입고도 우리를 감동시키지 못한다면, 청바지를 입는다 해도 마찬가지일 것이다. 의상이 바뀐다고 해결될 문제가 아니기 때문이다. 여자 배우가 남자 역할을 맡는 것도 좋아하지 않는다. 이런 시도를 통해 대체 무엇을 말하려고 하는지 모호하기 때문이다.

소설을 각색한 연극을 볼 땐 복잡한 심경이 된다. 만약 원작자가 희곡을 쓰고 싶었다면, 처음부터 그렇게 했을 것이다. 일부 연출자들의 지나친 야망이 때로는 두렵게 느껴질 때도 있다. 그들은 자신이 원작자보다 더 재능이 있고 현명하다는 것을 어떻게든 입증하고 싶어 한다. 분명 더 재능 있고, 더 현명한 연출자들도 존재하기는 한다. 하지만 그렇다면 그들은 왜 자신의 독자적인 희곡을 쓸 생각은 하지 않고, 굳이 타인의 작품을 골라 개조하고 원전에 없는 의도를 집어넣으려 애쓰는 걸까. 타데우시 칸토르Tadeusz Kantor*는 자신의 작품을 쓰기 시작했고, 위대한 걸작을 남겼다.

여기서 또 다른 의문이 생긴다. 과연 나의 이런 불평불만에는 예외가 없는 걸까. 물론 있다. 때로는 규칙을 벗어나는 경우도 생기게 마련이니. 미코와이 그라보프스키Mikołaj Grabowski**가 연출한 〈관습의 묘사Opis obyczajów〉가 대표적인

---

* 폴란드의 화가, 판화가, 무대장치가, 연출가, 전위예술가.
** 폴란드의 배우이자 감독, 연극영화과 교수.

예다. 이 연극에는 내가 싫어하는 요소들이 포진되어 있다. 18세기에 사제司祭였던 옝제이 키토비츠Jędrzej Kitowicz가 쓴 회상록을 각색했고, 배우들은 요즘 옷을 입고 등장한다. 그럼에도 불구하고, 왜 그래야만 하는지 충분히 공감할 수 있었다.

나는 연극만이 가진, 영화가 해낼 수 없는 모든 요소들을 높게 평가한다. 등장인물 간의 길고 긴 대화, 공간에 떠도는 주의 깊고 세심한 침묵은 연극에서만 가능하다. 대부분의 영화에서 너무 긴 대화는 겉돌기 때문에 짧게 끊거나 압축해서 편집되기 마련인데, 그렇게 되면 느낌이 완전히 달라져버린다. 또 다른 차이점이 있다. 배우의 심장은 연극에서만 뛴다. 거기서 그들은 살아 있는 존재다. 어제와 오늘, 똑같은 연기는 한 번도 없으며, 오늘과 내일도 마찬가지다. 영화는 필름 속에서 배역의 한 가지 버전만을 간직한다. 그 버전이 최고였는지 그렇지 못했는지, 우리는 결코 알 길이 없다. 그리고 마지막으로 정말 큰 차이가 있다. 적절한 표현이 없어 그저 '경이로움'이라고밖에 부를 수 없는 기적 같은 현상은 연극에서만 벌어진다. 언젠가 2차대전이 끝난 지 얼마 안 되어 실러의「전원시」가 연극으로 공연된 적이 있었다. 어느 순간 무대의 한구석에 양치기 소년이 등장해서 바이올린을 연주하기 시작했다. 그 밖에 그는 아무것도 하지 않았다. 아무런 표정도, 아무런 몸짓도 없었다. 그저 머리를 약간 기울인 채 우두커니 서서 연주만 했을 따름이다. 무대 중앙에서는 다양하고 생생한 구경거리가 펼쳐지고 있었다. 하지만 극장 안의 모두가 구석자리의 그 소년을 바라보고 있었다. 나중에 팸플릿을 보고서야 알았다. 당시만 해도 무명이었던 그 배우의 이름이 타데우시 워므니츠키 Tadeusz Łomnicki(1927~1992)*라는 사실을.

* 20세기 폴란드를 빛낸 국민배우. 시대극부터 현대물에 이르기까지 천의 얼굴을 가진 배우로 연극, 영화, TV 시리즈에서 다양한 역할을 소화했으며, 감독으로서도 작품을 무대에 올렸다.

즐겁게, 편안하게, 자유롭게… '읽는' 즐거움

시인의 서재를 들여다보다

세상 만물에 대해 끝없는 애정과 호기심을 보여주었던 시인, 틀에 박힌 생각이나 선입견을 거부한 채 투철한 성찰의 과정을 거쳐 대상의 본질에 다가서기 위해 부단히 노력했던 시인 쉼보르스카의 서가에는 과연 어떤 책들이 꽂혀 있었을까. 정곡을 찌르는 명징한 언어, 풍부한 상징과 은유, 간결하면서도 절제된 표현과 따뜻한 유머를 구사했던 시인은 과연 평소에 어떤 책들을 읽었을까.

역자이기 전에 쉼보르스카의 시를 사랑하는 독자의 한 사람으로서 늘 궁금했다. 그래서 시인이 1967년부터 2002년까지 30여 년 동안 연재했던 독서칼럼이 한 권의 책으로 엮여 폴란드에서 출간되었을 때* 너무도 반가웠고, 이 책을 우리말로 옮기는 지난 몇 달 동안 마치 시인의 서재에 은밀히 초대받은 듯한 짜릿한 설렘을 맛보았다.

* Wisława Szymborska, *Wszystkie lektury nadobowiązkowe*, Kraków: Znak, 2015.

30여 년의 대장정

쉼보르스카 시인은 총 562편의 독서칼럼을 썼다. 1967년 문예
주간지『문학생활 Życie literackie』제24호(6월 11일자)에 'Lektu-
ry nadobowiązkowe(직역하면 '비필독도서'라는 뜻이 된다)'라
는 제목으로 세 편의 서평을 발표한 것이 그 시작이었다. 당시
『문학생활』에는 'Lektury obowiązkowe(필독도서)'라는 제목
의 칼럼이 연재되고 있었는데, 교수나 문학평론가들이 필진으
로 참여하여 이른바 권위 있고 무게 있는 문학작품들을 소개
하곤 했다. 쉼보르스카의 서평은 이 필독도서 칼럼과 대구를
이루며 상호보완적인 의미에서 좀 더 대중적인 책들, 다양한
장르의 도서들을 자유롭게 소개하려는 취지에서 기획된 것이
라고 볼 수 있다. 이후 1979년까지 12년 동안 쉼보르스카는 통
상 두 편의 서평을 격주로 게재했다. '필독도서'라는 거창한 타
이틀을 앞세운 권위적이고 도식적인 서평의 틀을 과감히 탈피
한 이 연재가 독자들로부터 꾸준한 관심과 사랑을 받으면서,
쉼보르스카는 시인으로서뿐 아니라 칼럼니스트로서도 입지를
굳히게 되었다.

1981년 쉼보르스카는『문학생활』편집부를 그만두고 월
간지『피스모 Pismo』의 공동발행인을 맡게 되었다. '비필독도서'
칼럼도 자연스럽게『피스모』로 그 창구를 옮겨갔다. 1984~
1985년에는 문예지『오드라 Odra』에서 연재를 이어갔다. 이
후 8년 동안 쉼보르스카의 칼럼은 긴 휴지기에 들어가게 된
다. 그동안 쉼보르스카는 시작詩作에 몰두하면서 두 권의 시
집『다리 위의 사람들 Ludzie na moście』(1986),『끝과 시작 Koniec i

początek』(1993)을 출간했고, 1990년에는 연인이자 소울메이트이던 소설가 코르넬 필립포비츠Kornel Filipowicz가 세상을 떠나면서 개인적으로 큰 아픔을 겪기도 했다. 또한 그의 조국 폴란드에서도 극적인 사건이 벌어졌는데, 1989년 베를린 장벽의 붕괴와 더불어 사회주의 체제(1948~1989)가 무너지면서 자유시장경제체제가 도입되었고, 정치적으로도 민주화를 이룩하게 된 것이다.

1993년 다시 칼럼니스트로 돌아온 쉼보르스카는 폴란드에서 최대의 발행부수를 자랑하는 일간지 『가제타 비보르차*Gazeta Wyborcza*』에서 '비필독도서' 칼럼을 재개했다. 1990년대 폴란드 출판시장이 개방되면서 서방세계로부터 다양한 책들이 잇따라 유입되었고, 검열의 억압에서 벗어난 작품들이 대거 출판되면서 칼럼의 소재와 쓸거리도 보다 풍성해졌다. 이전의 칼럼과는 달리, 이 시기에 발표된 서평에는 제목이 붙여졌다. 1967년 로맹 가리의 『하늘의 뿌리』로 시작된 쉼보르스카의 독서칼럼은 2002년 6월 15일 타데우쉬 니첵Tadeusz Nyczek 교수가 쓴 『문외한과 애호가, 모두를 위한 연극 입문』에 대한 서평을 끝으로 그 대장정을 마감하게 된다.

서평을 고르고 배열하면서

『비필독도서』의 한국어판 제목은 『읽거나 말거나』이다. '필독'이라는 굴레로 독자들을 구속하고 싶지 않고, 그저 자유롭게, 즐겁게, 편하게 책 읽기를 만끽하라는 쉼보르스카 특유의 유쾌한 권유, 이걸 우리말로 풀어낸 제목이다. 이 책에는 쉼보르스카가 발표한 562편의 서평 가운데서 엄선한 137편이 연대순으로 수록되어 있다. 선정기준은 명확했다. 별도의 배경지식 없이도 한국의 독자들이 쉽게 그 내용을 이해하고 공감할 수 있는 서평들을 먼저 추려냈다. 에리히 프롬의 『사랑의 기술』, 제레드 다이아몬드의 『총, 균, 쇠』처럼 국내에 번역되어 알려진 책들, 그리고 모차르트나 슈베르트, 히치콕, 채플린, 니체, 릴케, 토마스 만, 클림트와 같은, 우리에게 친숙한 예술가들의 회고록이나 평전이 우선순위에 올랐다(예술가의 전기는 쉼보르스카의 칼럼에서 가장 큰 비중을 차지하고 있다). 폴란드의 역사나 관습, 특정인물에 대한 상세한 사전정보가 없으면 그 내용을 이해하기 힘든 도서에 관한 서평은 부득이 배제했다. 독서목록을 면밀히 살펴본 결과, 시인이 동양의 문학이나 문화에 관심이 많았다는 사실을 발견할 수 있었기에, 특히 동아시아와 연관된 책들의 서평은 될 수 있으면 빼놓지 않고 담아내고자 했다(시인은 "한자漢字에 대해서 아무것도 모른 채로 이 세상을 살아간다는 건 바보 같은 일"이라고 단언하기도 했다). 그 과정에서 『춘향전』에 대한 서평을 발견한 건 보물과도 같은 수확이었다. 더군다나 폴란드에서 한국학이 뿌리내리는 데 결정적인 역할을 했던 1세대 한국학자 할리나 오가렉 최Halina Ogarek-Czoj 교수의 번역본을 쉼보르스카가 직접 읽었다는 사실이 더욱 반갑게 다가온다.

혹자는 이 서평집을 읽으면서 순수문학에 대한 서평이 거의 없다는 사실에 대해 실망할 수도 있고, 의문을 제기할 수도 있을 것이다. 쉼보르스카는 나름대로 실용서나 대중학술서와 같은 출판물에는 "좋은 결말 또는 나쁜 결말이 존재하지 않으므로 이런 책들이 좋다"는 완곡한 답변을 내놓기도 했다. 하지만 보다 근본적인 이유는 독서광으로 알려진 시인이 다방면에 걸친 지적 호기심을 충족시키기 위해 평소 장르에 구애받지 않고 다양한 책들을 두루 읽는 습관을 갖고 있었기 때문일 것이다. 또한 '필독도서'라는 타이틀을 달고 있는 고전문학이나 기타 순수문학 작품들은 이미 여러 경로를 통해 소개되고 홍보되는 반면, '필독도서'의 범주에 포함되지 않는 가볍고 대중적인 책들을 대상으로 한 칼럼은 드물다는 사실도 이유가 되었으리라.

여기에 폴란드의 정치적 특수성도 한몫을 했다. 칼럼이 기획될 당시 사회주의 체제를 고수했던 폴란드에서는, 정부의 엄격한 검열을 통과한 작품들만 공식적으로 출판이 허용되었다. 사회주의 시절, 정부 주도 아래 출판의 국유화가 이루어지면서 다양한 책들이 저렴한 가격으로 대중에게 공급되었고, 특히 실용서나 학술서, 백과사전, 어린이 그림책 등은 괄목할 만한 양적·질적 성장을 이루어냈다. 하지만 순수문학의 경우에는 사회주의 리얼리즘이 강조하는 선동적 경향이나 이데올로기의 억압으로부터 자유로울 수 없었기에, 공식적인 경로보다는 지하출판이나 해외출판 등을 통해 그 전통과 명맥을 이어갈 수밖에 없었다. 이런 상황에서 쉼보르스카는 사회주의 정권에 의해 '필독도서'라는 공인된 자격을 부여받은 책들보다는 그렇지 않은 책들에 눈을 돌렸고, 결과적으로 이것은 탁월한 선택이었다. 쉼보르스카의 칼럼이 사회주의 시절에도, 그리고

폴란드가 민주화를 이룩한 1989년 이후에도 꾸준히 사랑받을
수 있었던 비결이 바로 여기에 있다.

쉼보르스카 시인이 알려주는 독서법

시인이 서문에서 명시한 바와 같이 이 서평집은 딱딱하고 심
각한 평론이 아니라 눈길 가는 대로, 손길 닿는 대로 이런저런
책들을 골라 읽고, 그 단상을 자유분방하게 적은 조각글의 모
음이다. 쉼보르스카는 '필독도서'라는 명목으로 이루어지는 일
종의 범주화에 반기를 들며, 고정관념을 탈피한 새롭고 자유
로운 독서법을 제안한다. 필독도서 목록이나 베스트셀러 순위
따위에 얽매일 필요가 없으며, 그저 내키는 대로, 끌리는 대로
재미있게 읽으면 된다는 것을, 시인은 30여 년에 걸친 방대한
독서기록을 통해 우리에게 몸소 보여준다.

　요리책이나 여행안내서, 자기계발서와 같은 실용서적에서
부터 식물도감, 대중학술서, 특정 주제와 관련된 소백과사전,
역사논평, 회고록, 전기에 이르기까지 서평의 소재는 가히 전
방위적이다. 쉼보르스카는 말한다. "유익한 정보를 얻을 수 있
는 지적인 책은 물론이고, 그렇지 않은 시시한 책들도 얼마든
지 고를 수 있으며, 결국에는 거기서도 뭔가를 배우게 된다"
고. 그러니 "모든 것은 자신에게 달려 있다"고.

　이 책에 등장하는 광범위한 독서 리스트는 세상을 향한
쉼보르스카의 무궁무진한 관심과 끊임없는 호기심을 반영하
는 동시에, 특정분야에 편중된 책 읽기를 지양함으로써 삶의

다양한 가치를 찾고자 했던 시인의 평소 독서습관을 엿볼 수 있게 해준다. 심지어 벽걸이 달력을 소재로 한 칼럼의 경우처럼, 엄밀히 말해 서평이라고는 할 수 없지만, 우리 곁에 늘 함께 있는 인쇄물에 대한 단상도 발견된다. 신간이나 화제작이 아니어도 상관없으니 가장 가까이에 있는 책들, 손쉽게 접할 수 있는 책들부터 읽으라는 조언으로 해석할 수도 있겠다.

책과 마주하는 순간, 쉼보르스카는 그 어떤 가식도 없이 온전히 그 자신이 된다. 폴란드 문단을 대표하는 지식인도, 존경받는 노벨상 수상자도 아닌, 순수한 '애호가'이자 겸허한 '아마추어'의 입장에서 모든 권위를 내려놓은 채, 오로지 책에만 집중한다. 그렇기에 모르는 것에 대해 절대로 아는 척하지 않으며, 마음에 들지 않는 책은 마음에 들지 않는다고 진솔하게 털어놓는다. 두루뭉술하고 긍정적인 평가가 주를 이루는 작금의 서평들과는 본질적으로 다르다. 누구보다 자신의 감정에 솔직하기에 때로는 혹평도 서슴지 않는다. 예를 들어 에바 M. 슈첸스나의 요리책 『동아시아의 음식』을 읽으며, "순수한 호기심도, 미각도 만족시켜주지 못하는 어정쩡한 상태"로 책이 출간된 데 대해 출판사의 무능을 가차 없이 지적하기도 하고, 앤드루 랭글리의 『100명의 대단한 폭군들』에 관한 서평에서는 이 책을 구입하느니 차라리 『감자를 요리하는 100가지 방법』을 사는 게 낫다고 단언하기도 한다.

책을 고를 때 '필독도서'라는 틀에 연연할 필요가 없는 것처럼, 책을 읽는 방법에서도 정도正道는 없다는 사실을 쉼보르스카는 우리에게 일깨워준다. "어떤 책을 끝까지 완독하지 않아도 되고, 또 원한다면 어떤 책은 뒤에서부터 거꾸로 읽을 수도 있다"고 시인은 말한다. 새뮤얼 피프스의 『일기』처럼 곁에 두고 몇 번이나 되풀이해서 읽는 책도 있고, 20년의 세월이 흐른 뒤 카렐 차페크의 『도롱뇽과의 전쟁』을 다시 읽었다는 에피소드에서 확인할 수 있듯이 긴 세월이 흐른 뒤 다시금 펼쳐보게 되는 책도 있을 것이다. 책을 읽다가 중간에서 멈추고, 그 자리에서 떠오른 이런저런 생각과 감상을 글로 옮긴 서평들도 눈에 띈다. 『삼국지』의 폴란드어판을 읽다가 등장인물들의 이름이 너무 낯설고 복잡해서 결국 끝까지 읽지 못하고 포기했다는 솔직한 고백은, 완독에 대한 부담감으로 책을 선뜻 가까이하지 못하는 독자들, 정형화된 책 읽기에 길들여진 탓에 독서를 일종의 과제물처럼 여기는 독자들에게 큰 위로로 다가온다.

형식의 구속에 얽매이지 않는 자유분방한 서평을 통해 쉼보르스카는 독자들을 향해 이렇게 말하고 있는 듯하다. "여기 요즘 내가 읽고 있는 책이 있어요. 한번 읽어볼래요? 뭐, 싫으면 말고요…."

책과 삶이 만나는 지점

쉼보르스카 시인의 팬이라면, 이 서평집을 통해 넌지시 드러나는 시인의 개인적인 취향이나 사적인 모습들이 사뭇 반가울 것이다. "자신에 대해 공개적으로 떠들어대는 것은 결국 스스로를 궁핍하게 만든다"면서 사생활을 외부에 좀처럼 노출시키지 않고 인터뷰도 자제했던 쉼보르스카였기에, 텍스트 속에서 이따금 고개를 내미는 시인의 맨얼굴이 더욱 신선하게 다가온다. '책'이라는 매개체 덕분에 우리는 살바도르 달리보다 르네 마그리트를 좋아하고, 새와 고양이를 사랑하고, 오래된 영화를 즐겨 보고, 선사시대에 대해 각별한 관심을 갖고 있고, 흡연이 몸에 좋지 않다는 사실을 잘 알면서도 끝내 담배를 끊지 못하고, 찰스 디킨스와 우디 앨런, 프리데리크 쇼팽, 엘라 피츠제럴드의 열혈 팬이고, 옷차림에는 별로 신경 쓰지 않는 지적인 스타일의 남자에게 끌리고, 선배 시인 체스와프 미워쉬 앞에서는 항상 소녀 팬처럼 얼굴을 붉히는 쉼보르스카의 인간적인 면모를 발견할 수 있다.

시인의 어마어마한 독서량과 다방면에 걸친 해박한 지식은 독자로 하여금 절로 감탄을 자아내게 한다. 지금이야 정보 검색이 보편화되어 인터넷만 연결하면 실시간으로 관련 정보를 얻을 수 있지만, 쉼보르스카가 칼럼을 연재했던 20세기에는 도서관에 가서 직접 확인하거나 일일이 발로 뛰면서 필요한 정보를 수집해야만 했다. 그런 점에서 본다면, 폴란드뿐 아니라 세계의 정치, 사회, 역사, 문화, 예술, 과학 등 다양한 분야를 아우르며 쉼보르스카가 보여준 폭넓은 식견과 안목, 그리고 깊은 성찰이 더욱 놀랍기만 하다.

20세기에 씌어진 서평이지만, 21세기를 사는 우리네 삶과 맞닿아 있는 내용들도 눈길을 끈다. 예를 들어 카사노바의 『회고록』에 대한 서평에서 쉼보르스카는 남성중심적인 시각에 의해 신화화된 카사노바의 허상을 지적하면서 1975년 '세계 여성의 해'를 맞아 여성의 권익을 보호하기 위한 운동에 적극 동참하겠다고 선언한다. 우리 사회 전반에 만연한 남성중

심적 위계를 거부하고, 그동안 여성들이 겪어온 불평등을 바로
잡기 위한 변혁의 물결이 거세게 일고 있는 21세기 대한민국
에서 시인의 이러한 선언은 각별하게 다가올 수밖에 없다. 한
국사회에서 공개입양에 대한 본격적인 논의가 진행된 것은 21
세기에 들어서이지만, 쉼보르스카는 이미 1970년대에 공개입
양을 찬성하는 의견을 내놓았다(반다 쉬슈코프스카-클로미넥
의 『입양, 그 후에는?』에 대한 서평). 아무것도 모르는 돌고래
를 살상무기로 길들이는 인간의 잔인함을 비판한 서평(엘지비
에타 부라코프스카의 『돌고래의 모든 것』에 대한 서평)을 읽
다보면, 어린이를 자살폭탄테러에 동원하는 일부 이슬람 극렬
주의자들의 만행이 저절로 떠오른다. 그라지나 스타후브나의
『100편의 멜로드라마』에 대한 서평에서 쉼보르스카가 정리해
놓은 멜로드라마의 공식을 살펴보면, 오늘날 한국 TV에서 흔
히 볼 수 있는 여러 드라마의 전개와 별반 다르지 않다는 사실
을 깨닫게 된다.

책과 시가 만나는 지점

평소 쉼보르스카의 시를 가까이하고 있는 독자라면, 이 서평
집을 읽으며 책과 시가 서로 만나는 지점을 찾아보라고 권하
고 싶다. 각 서평들이 1967년부터 2002년까지 연대별로 배열
되었으니 시인이 특정 시집을 출간할 당시에 어떤 책들을 읽
고 있었고, 어떤 생각을 하고 있었는지 연결시켜보는 것도 흥
미로울 듯하다. 나아가 쉼보르스카가 쓴 시를 구체적으로 떠

올리게 하는 구절들도 눈에 띄는데, 이런 대목들을 찾아보는 것도 이 책을 읽는 또 다른 재미가 될 것이다.

예를 들어 엘라 피츠제럴드의 평전에 대한 서평을 보면, 쉼보르스카가 이미 1995년부터 엘라에 대한 시를 쓰고 싶어 했다는 사실을 확인하게 된다. 그리고 시인이 엘라에 열광하는 구체적인 이유도 알게 된다.

> 한동안 나는 위대한 엘라에 관한 시를 쓰려고 마음먹었었다. 하지만 잘 안 되었다. 이 책을 읽고 나니, 내가 엘라에 관해 말하고 싶었던 모든 것들이 실은 벌써 수차례나 언급되고 강조되었다는 사실을 알 수 있었다. (…) 엘라의 목소리에는 항상 어린 소녀의 순수함, 그리고 (이것이야말로 가장 적절한 표현이리라) 인간에 대한 무한한 애정이 담겨 있다. (…) 엘라의 노래는 나를 세상과 화해시켜주고, 한마디로 나를 격려해준다. 그 어떤 여가수에게도 이런 표현을 할 수는 없을 듯하다. 나에게 엘라는 가장 위대한 가수이며, 죽기 전에 이러한 내 견해는 바뀌지 않으리라.
> ― 스튜어트 니컬슨의 『엘라 피츠제럴드』에 대한 서평(1995) 중에서

이 서평을 쓰고 나서 십수 년의 세월이 흐른 뒤, 쉼보르스카는 결국 엘라 피츠제럴드를 위한 헌정시를 썼다. 신神조차 그녀의 목소리를 듣고 위안을 받는다는 최고의 찬사를 담아서.

> 신께 기도했다,
> 온 마음을 다해서,

행복한 백인 소녀로

자신을 만들어달라고.

만약 모든 걸 바꾸기에 너무 늦었다면,

주님, 제 몸무게가 얼마나 나가는지 좀 봐주세요,

그리고 절반만이라도 제게서 덜어가주세요.

하지만 자애로운 신은 안 된다고 대답했다.

단지 엘라의 심장에 손을 얹고,

그녀의 목구멍을 들여다보고는 천천히 머리를

    쓰다듬었다.

그리고 덧붙였다— 만약 모든 것이 끝나거든

내게로 와서 날 기쁘게 해주렴,

내 검은 위안, 노래하는 그루터기야.

— 「엘라는 천국에」(2009) 전문

칼럼 속의 문장이 아예 시구詩句로 탈바꿈한 사례도 있는데,
찰스 디킨스의 평전에 대한 서평이 그 대표적인 예다.

인류를 사랑할 뿐 아니라, (드문 일이긴 하지만) 인간을 사
랑하는 작가… 바로 디킨스다.

— 이레나 도브쥐츠카의 『찰스 디킨스』에 대한 서평(1972) 중에서

도스토옙스키보다 디킨스를 더 좋아한다.

인류를 사랑하는 나 자신보다

사람들을 사랑하는 나 자신을 더 좋아한다.

— 「선택의 가능성」(1986) 중에서

446

『암살 백과』에 대한 서평의 경우, 시인이 앞서 발표한 시와 함께 읽으면 그 의미가 더욱 명료하게 다가온다.

폭탄은 정확히 오후 1시 20분에 술집에서 폭발할 예정이다.
지금은 겨우 1시 16분.
어떤 이들은 때마침 안으로 들어가고,
어떤 이들은 때마침 밖으로 나온다.
                    ─「테러리스트, 그가 주시하고 있다」(1976) 중에서

오늘날 세계 곳곳에서 자행되고 있는 테러의 희생자들에 대해 조명한, 새로운 유형의 백과사전이 기다려진다. 희생자들 가운데 일부는 불구가 되어 눈이 멀고, 팔다리가 잘리고, 감각을 상실한 채로 삶을 지속하고 있다. 그들이 어떻게 살고 있는지 보여주는 건 가치 있는 일이라고 생각한다. 그들에게 닥친 불행은 그들의 직책이나 업무 때문이 아니었다. 그저 어딘가로 들어갔거나, 어딘가에서 나왔거나, 어딘가에서 멈춰 섰거나, 아니면 저녁이 되어 자신의 아파트로 귀가했을 뿐이라는, 정말 별 것 아닌 사실 때문이었다.
                    ─ 칼 시파키스의『암살 백과』에 대한 서평(1994) 중에서

또 다른 예를 들어보자.『미스터리 백과』에 대한 서평에서 시인은 다음과 같이 이야기한다.

세상에 대해 많이 알아갈수록 세상은 점점 더 의문투성이이며, 그곳에서 살아가는 생명체 하나하나는 나에게 전부 신비

447

로운 우주적 변이체이다. 하루가 다르게 무럭무럭 생장하고 잎사귀에서 바스락거리는 소리를 내는 나무 한 그루에서 이미 나는 경이로움을 느낀다. (…) 누군가는 놀라움을 느끼기 위해 좀 더 자극적인 양념, 예를 들면 부서진 화강암 조각에서 불쑥 튀어나왔다가 몇 시간 동안이나 생명을 유지했던 리버풀의 개구리가 필요할지도 모른다. 하지만 나는 풀밭 위의 개구리 한 마리로 족하다.

— 토마스 드 장의 『미스터리 백과』에 대한 서평(1992) 중에서

이 구절을 읽으면, 사람들이 좀처럼 관심을 두지 않는 보잘것없는 미물, 예를 들어 죽은 딱정벌레나 길가에 핀 팬지꽃을 놓치지 않고 바라보려 애썼던 시인의 심정을 훨씬 더 잘 헤아릴 수 있게 된다.

시골길에 죽은 딱정벌레 한 마리가 쓰러져 있다.
세 쌍의 다리를 배 위에 조심스레 올려놓은 채.
죽음의 혼란 대신 청결과 질서를 유지하면서.
이 광경이 내포하는 위험도는 지극히 적당한 수준,
갯보리와 박하 사이의 지정된 구역을 정확히 준수하고 있다.
슬픔이 끼어들 여지는 완벽하게 차단되어 있다.

—「위에서 내려다본 장면」(1976) 중에서

이 촉박한 여행길에서 나는 허무와 실재를 제대로 구분하는
　　법을 알기도 선에

그만 길가의 조그만 팬지꽃을 깜빡 잊고, 놓쳐버리고
　　말았습니다.
이 사소한 실수가 얼마나 엄청난 것인지 그때는 미처 생각지
　　못했답니다.
아, 이 작은 생명체가 줄기와 잎사귀와 꽃잎을 피우기 위해
얼마나 많은 노력을 기울여야만 했을까요.
오직 한 번 무관심한 듯 세심하고, 당당한 듯 연약한 모습을
　　드러냈다가
영원히 사라질 이 순간을 위해,
얼마나 오랜 시간 조바심쳐가며 애타게 기다려왔을까요.
　　　　　　　　　　　　　　　　　　　　ㅡ「생일」(1972) 중에서

쉼보르스카에 따르면 세상의 모든 생명체는 아무리 작고 보잘
것없는 것일지라도 그 자체로 이미 존엄하고 경이로운 존재이
다. 시인은 사물의 본성과 상대적 가치를 인정함으로써 자생
적 생명의 원천인 자연과 직접 교감하기 위해 끊임없이 시도
한다.

나, 생을 향해 말한다ㅡ너는 아름답기 그지없구나.
더할 나위 없이 풍요롭고,
한결 더 개구리답고, 마냥 밤꾀꼬리답고,
무척이나 개미답고, 꽤나 종자식물답다.
　　　　　　　　　　　　　　　ㅡ「알레그로 마 논 트로포」(1972) 중에서

449

시인의 이러한 자연관은 『화석』에 대한 서평에서도 어김없이 드러난다.

조금 전 나는, 집 앞 돌계단 위에서 따뜻한 햇살을 받으며 일광욕을 즐기고 있는 아주 작은 도마뱀 한 마리를 발견했다. 하지만 그는 내게 좀 더 자세히 들여다볼 틈을 허락지 않았다. 내 모습을 보자마자 눈 깜짝할 사이에 폴짝 뛰어올라 잔디밭 너머로 재빨리 자취를 감추어버렸다. 아쉽다. 나는 도마뱀에게 묻고 싶었다. 저 수많은 세상의 종말들로부터, 특히 자신과 동족들을 겨냥한 바로 그 종말로부터 과연 어떻게 멀쩡하게 살아남을 수 있었느냐고. 물론 아무 대답도 듣지 못했으리라는 것도 안다. 하지만 그래도 개의치 않고 나는 계속해서 다음 질문을 던졌을 것이다.

　　　　　　─ 안제이 트레프카의 『화석』에 대한 서평(1999) 중에서

평범하고 일상적인 대상을 향한 시인의 애정 어린 시선, 그리고 생명의 미세한 숨결에 귀 기울이려는 겸허한 태도를 우리는 서평집 곳곳에서 발견할 수 있다.

이처럼 쉼보르스카가 남긴 서평들 속에는 시인의 시 세계와 문학관을 이해하는 데 도움이 되는 수많은 단서들이 숨겨져 있다. 확신컨대, 이 책을 읽고 나서 쉼보르스카의 시집을 다시 펼쳐보면, 아마도 그 공감과 이해의 정도가 훨씬 더 넓어지고 깊어졌음을 실감할 수 있을 것이다.

읽는 즐거움, 쓰는 즐거움, 그리고 옮기는 즐거움

일찍이 쉼보르스카는 「쓰는 즐거움」(1967)이란 시를 통해, 필멸의 존재인 인간이 무언가를 씀으로써 지속의 가능성을 모색하는 데 '쓰는 즐거움'이 있다고 역설했다. 이 서평집은 우리에게 '읽는 즐거움'이 어떤 것인지를 생생히 전달해준다. 시인은 단언한다. 책을 읽는다는 건, 인류가 고안해낸 가장 멋진 유희라고. 시인 쉼보르스카에게 책이란 삶의 일부다. 하지만 때로는 느긋하고 자유롭게 공상의 날개를 펼칠 수 있게 해주는 도피처이기도 하다. 시인은 책을 더욱 사랑하기 위해 '필독'이라는 굴레를 과감히 거부한다. 그렇기 때문에 시인의 책 읽기는 한없이 자유롭고 편안하고 즐겁다. 가식과 허세, 체면, 강박 따위는 모두 벗어던진 채 그저 읽는 순간이 행복한 독서, 시인의 표현을 빌리자면, "중생대 지층 속으로 순간 이동할 수도" 있을 만큼 온전히 책 속으로 빠져드는, 황홀한 몰입을 선사하는 독서이다.

쉼보르스카는 평생 이렇게 '읽는 즐거움'을 만끽했고, 자신의 생각과 느낌을 글로 표현하며 '쓰는 즐거움'도 함께 추구했다. 시인의 칼럼은 다양한 분야를 아우르며 지적 호기심의 영역을 점점 넓혀갔고, 특유의 철학적 사유가 정제된 문장으로 옮겨지면서 세월의 무게와 더불어 깊이가 더해졌다. 만약 쉼보르스카 스스로가 책 읽기와 글쓰기를 진심으로 즐기지 못했다면, 무려 30여 년 동안 독서칼럼을 지속하는 것은 불가능했을 것이다. 이 책을 읽으며 우리는 책을 더 가까이하는 방법, 책을 더 사랑하는 방법, 책을 더 재미있게 읽는 방법을 자연스레 터득하게 된다.

쉼보르스카의 서평집을 읽으며 독자로서 한없이 즐거웠다. 그리고 역자로서 이 아름답고 유쾌하고 심오한 글들을 한 줄 한 줄 우리말로 옮기면서, 한편으로는 두렵고 떨리면서도 한편으로는 행복했다. 누구보다 먼저 작품의 아름다움을 감상할 수 있고, 그것을 모국어로 옮기면서 또 다른 아름다움을 창조하는 것이야말로 역자의 가장 큰 보람이자 기쁨이다. 이 한 권의 책을 통해 '읽는 즐거움'을 넘어 '옮기는 즐거움'까지 마음껏 누릴 수 있었으니 역자의 입장에서 이런 행운이 또 어디 있을까 싶다. 위대한 시인으로부터 책을 더욱 사랑하는 비법을 전수받은 덕분일까…. '폴란드어'에서 출발하여 '한국어'로 향하는 멀고도 험난한 여정이 예전처럼 고되지만은 않았다.

2018년 여름
최성은

추천사

쉼보르스카, 우리가 사랑해야 할 사람

김소연(시인)

이 글은 쉼보르스카에 대해 쓰는 열 번째 글쯤 될 것 같다. 다른 글에 인용을 한다거나, 강의의 내용에 소개하는 것까지를 포함하면 적어도 수십 번 쉼보르스카를 인용했다. 친구들과 이야기를 나누는 사적인 자리에서 쉼보르스카라는 이름을 꺼낸 건 수백 번은 될 듯하다. 나는 그냥 쉼보르스카가 좋다. 깊어서 좋고 통쾌해서 좋고 씩씩해서 좋고 소박해서 좋다. 옳아서 좋고 섬세해서 좋다. 발랄해서 좋고 명징해서 좋다. 그러면서도 뜨겁고 진지해서 좋다. 내가 알던 시와 어딘지 달라서 좋다. 쉼보르스카의 얼굴도 좋고 웃는 표정은 더 좋고 담배를 피우는 모습은 더 좋다. 다른 시인들과 어딘지 다른 개구 진 표정들이 좋다. 시에 대한 고정관념을 부수고 싶은 순간마다, 특히 여성 시인에 대한 고정관념과 마주칠 때마다 쉼보르스카를 언급했던 것 같다.

맨 처음 쉼보르스카에 대한 산문을 썼을 때에는 '비미의 미'라는 제목을 붙였다. 그 글에는 쉼보르스카의 시선집『끝과 시작』을 두 번 구매하게 된 이유에 대하여 적었다. 쉼보르스카의 시를 맨 처음 접했을 때 나는 쉼보르스카를 소화할 그릇이

453

못 되었다. 히말라야에서 매일매일 고행처럼 산행을 하던 시간에 읽었기 때문이다. 그땐 등산화 속에서 발을 꺼내놓고 삐걱대는 침대에 겨우 몸을 누인 시간이었으므로, 쉼보르스카가 나에게 전하고 싶은 이야기들을 거절할 수밖에 없을 정도로 육체적으로 피곤했다. 그곳에 두께가 있는 시집 한 권을 남겨두는 것이 내일의 가벼운 짐을 도모하기 위해선 어쩔 수 없는 선택이었다. 이 숙소에 한국 사람이 묵게 되면 반갑게 읽을 수도 있지 않을까 하며 버리고 돌아왔다. 그때는 내가 서울로 돌아와 쉼보르스카의 시집을 다시 구매하게 될 거라고는 예상하지 못했다. 자주 그녀의 시구가 머릿속에 맴돌았다. 가물가물한 기억이 간절함 비슷한 것으로 옮겨갈 무렵, 전문을 찾아 읽어야겠다며 다시 시집을 샀다. 이후론 언제나 곁에 두고 읽어온, 나달나달해진 나의 최애 시집이 되어 있다.

이 독서칼럼에는 한 권 책으로 인해 인생이 바뀌었다는 표현 같은 건 찾아볼 수 없다. 필독을 권하는 서평문화에 반대하는 입장을 취하고 쓴 칼럼이었다. 쉼보르스카다웠다. 역사에 길이 남을 명저나 깊이 있는 문학서적들보다는 실용서와 대중학술서들을 많이 다루었다. 『동물의 음성─생체음향학 입문』이나 『암살 백과』 같은 책들을 소개하는 쉼보르스카의 호기심 어린 눈빛이 생생하게 상상되었다. 1972년 12월 31일에는 『1973년 벽걸이 일력』에 대한 칼럼을 썼다. 365페이지짜리 두꺼운 책에 대하여 쓰지 않을 이유가 없다고 적어두었다. 능청스러운 유머로써 저자에게 이의제기를 하는 쉼보르스카를 엿보는 것은 이 책의 가장 큰 즐거움이었다. 무엇을 찬양하는지가 아니라 무엇에 반대하는지를 알게 될 때에 그녀를 더 존경하게 되었다. 『모두를 위한 하타 요가』나 『포옹 소백과』에 대해 이의를 제기하는 그녀의 글을 읽고 있으면, 쉼보르스카의 성격이 느껴지고 마침내 친구에게 느끼는 듯한 사랑스러움도 전해진다. 특히 대문호들에 관한 저서에서 이의를 제기할 때 쉼보르스카는 단호하다. 도스토옙스키의 아내 안나 도스토옙스키가 쓴 『나의 가여운 표도르』에 대한 글과 찰스 디킨스의 전기 『찰스 디킨스』에 대한 글. 쉼보르스카의 시 「선택의 가능성」에서 "도스토옙스키보다 디킨스를 좋아한다"라는 시구가 취향에 대한 이야기가 아니라 윤리관에 입각한 이야기였다는 것을 어렴풋이 짐작만 하던 내게 그 윤리관의 정확한 정체를 알게 한 중요한 글이었다.

어떤 책이 좋은 책인지를 말해주는 독서칼럼은 많다. 하지만 어떤 책이 어떤 점에서 나쁜 책인지를 말해주는 독서칼럼은 드물다. 좋은 책을 알아보는 안목만큼이나 나쁜 책을 알아보는 안목이 소중하지 않은가. 이 책을 읽다보면, 나쁜 책이 어떤 점에서 나쁜지에 대한 안목을 재정비하는 즐거움을 보너스처럼 누리게 될 것이다. 쉼보르스카가 어떤 시인이었는지 그녀의 시를 통해 느끼는 시간들이 나에겐 무척이나 든든한 시간들이었다. 이 서평집을 통해서 그녀가 어떤 사람이었는지에 대해서 비로소 느낄 수 있게 되었다. 그녀의 독서경험들이 어떤 식으로 그녀의 시에 들어왔는지를 포함해서. 드디어 나는 든든한 시인이 아니라 든든한 사람을 얻게 된 것 같다. 쉼보르스카가 디킨스를 일컬어 인류도 사랑하지만 인간도 사랑한 드문 존재라고 말해두었는데, 나는 쉼보르스카를 이렇게 말해두고 싶다.

우리가 사랑해야 할 시인이기도 하지만 우리가 사랑해야 할 사람이라고.

지은이 비스와바 쉼보르스카

폴란드 중서부의 작은 마을 쿠르니크에서 태어나, 여덟 살 때인 1931년
폴란드의 옛 수도 크라쿠프로 이주하여 평생을 그곳에서 살았다.
야기엘론스키 대학교에서 폴란드어문학과 사회학을 공부했으나 제2차
세계대전으로 인해 중퇴했다. 1945년『폴란드 일보』에 시「단어를
찾아서」를 발표하며 등단한 뒤, 첫 시집『우리가 살아가는 이유』(1952)부터
『여기』(2009)에 이르기까지 12권의 시집을 출간했다. 타계 직후인
2012년 4월 미완성 유고시집『충분하다』가 출판되었다. 가치의 절대성을
부정하고 상식과 고정관념에 반기를 들면서 대상의 참모습을
바라보기 위해 부단히 노력했고, 역사에 함몰된 개인의 실존을 노래했으며,
만물을 포용하는 생명중심적 가치관을 반영한 폭넓은 시 세계를 펼쳐
보였다. 정곡을 찌르는 명징한 언어, 풍부한 상징과 은유, 절묘한 우화와
패러독스, 간결하면서도 절제된 표현과 따뜻한 유머를 동원한 시들로
'시단詩壇의 모차르트'라 불리며, 전 세계 독자들로부터 많은 사랑을 받고
있다. 독일 괴테 문학상, 폴란드 펜클럽 문학상 등을 받았으며, 1996년
노벨문학상 수상의 영예를 안았다.

옮긴이 최성은

한국외국어대학교 폴란드어과를 졸업하고, 폴란드 바르샤바 대학교에서
폴란드 문학 박사학위를 받았다. 거리 곳곳에서 문인의 동상과 기념관을
만날 수 있는 나라, 오랜 외세의 점령 속에서도 문학을 구심점으로 민족의
정체성을 지켜왔고, 그래서 문학을 뜨겁게 사랑하는 나라인 폴란드를
'제2의 모국'으로 여기고 있다. 현재 한국외국어대학교 폴란드어과에서
교수로 재직 중이며, 2012년 폴란드 정부로부터 십자 기사 훈장을 받았다.
옮긴 책으로『끝과 시작─쉼보르스카 시선집』,『충분하다─쉼보르스카
유고시집』,『쿠오 바디스』,『흑단』,『헤로도토스와의 여행』등이 있으며,
『김소월, 윤동주, 서정주 3인 시선집』,『흡혈귀─김영하 단편선』,
『마당을 나온 암탉』등을 폴란드어로 번역했다.

쉼보르스카 서평집
읽거나 말거나

초판 1쇄 발행 2018년 8월 11일
초판 3쇄 발행 2022년 3월 21일

지은이 비스와바 쉼보르스카
옮긴이 최성은
발행인 박지홍
발행처 봄날의책
등록 제311-2012-000076호 (2012년 12월 26일)
주소 서울 종로구 창덕궁4길 4-1, 401호
전화 070-4090-2193
전자우편 springdaysbook@gmail.com

기획 박지홍
편집 박지홍, 조윤형
디자인 전용완
제작, 제책 인타임

ISBN 979-11-86372-54-8 (03890)

이 도서의 국립중앙도서관 출판시도서목록(CIP)은 서지정보
유통지원시스템 홈페이지(http://seoji.nl.go.kr)와
국가자료공동목록시스템(http://www.nl.go.kr/kolisnet)에서
이용하실 수 있습니다(CIP제어번호: CIP2018021818).

This publication has been supported by the ©POLAND Translation Program.
이 책은 Polish Book Institute의 재정 지원을 받고 출간된 출판물입니다.